눈에 보이는 귀신

看得見的鬼
李昂 著

눈에
보이는
귀신

看得見的鬼

리앙 장편소설 | 김태성 옮김

문학동네

차례

귀신들의 나라에는 영토는 없고
귀신들의 울음소리만 음산하다

섬은 동해에 가까운 태평양에 위치해 있다. 깊고 드넓은 바다 한가운데 있는 작은 섬은 아주 가까이 있는 대륙 국가들에게 손바닥만한 나라로 여겨졌다.

섬의 원주민들은 태평양에 흩어져 거주하는 남도 민족이다. 12세기 초에 중국 남부 연해지역에 한인漢人들이 이 섬을 찾아와 식민지를 개척하기 시작했다. 1557년, 포르투갈 선원들이 타이완臺灣 해협을 지나다가 우연히 이 섬을 발견하고는 탄성을 내뱉었다.

"Illa Formosa!"(봐라! 아름다운 섬이다.)

이리하여 '포르모자'가 이 섬을 통칭하는 이름이 되었다.

섬은 네덜란드인과 스페인인, 중국의 청淸 왕조 정부, 일

6

본, 중화민국 등의 통치를 차례로 겪어야 했다. 2000년에 이 섬에서는 이천만 명이 넘는 국민 전체의 투표를 통해 일당 독재정치를 끝내고 민주화의 길을 걷기 시작했다.

섬의 경제가 급속도로 발전하고 민주화가 성공을 거두면서 모든 사람들이 편안하고 즐거운 삶을 살 수 있게 되었다. 그러나 정당이 교체된 뒤로 서로 다른 정당 간에 공격이 시작되었고 밀고 당기는 투쟁이 끊이지 않으면서 각 분야의 발전이 정체의 늪에 빠지고 말았다.

섬은 이미 경제적 우위를 상실하고 문화적 정체성을 결여한 데다 독립 자주성마저 상실했기 때문에 더이상 자신을 믿고 의지할 수 있는 중심으로 간주할 수 없게 되었고 필연적으로 대국을 중심으로 삼던 과거로 돌아가 망망한 바다 한가운데 떠 있는 작은 섬, 주변화된 '고대의 황폐한 복종의 땅 古荒服地'이 되는 것이 시간문제였다.

동시에 이 섬이 겪어 온 사백여 년의 다양한 문화적 축적과 성과 그리고 특수성은 기억으로만 남게 되었다.

이렇게 귀신의 나라가 되어, 나라는 있지만 영토는 없는 것이 되어, 일찍이 대국의 주체 안에 있던 소리는 자취를 감추고, 그저 세상 밖에서 어지럽게 울리는 귀신의 소리만, 귀신들의 울음소리만 가득하게 되었다.

이렇게 귀신들의 나라에는 영토는 없고 귀신 울음소리만

음산하다. 이제 귀신들의 울음소리만 음산하고 영토가 사라진 귀신들의 나라에도 한때는 무수한 소리들이 요란했고, 귀신들의 온갖 취향과 의지가 넘쳐 흐르면서 변화무쌍하고 다자다기多姿多奇한 모습을 보였던 적이 있었으니, 이는 특별히 기록해둘 만한 일이 아닐 수 없다.

　이에 삼가 여기에 그 기억을 적어두려는 것이다.

나라의 동쪽

———

정번파의 귀신

세상 끝은 어디인가, 어디로 가야 하는가

그녀는 무수한 산들이 겹쳐진 산골 좁다란 오솔길 어귀에 숨어 사는 귀신이다. 게다가 여자귀신이다. 그녀는 루청鹿城[*] 이 해운에 의지하여 크게 번성하기 전부터 정번과 일대에 살고 있었다.

루청의 동부 주변 섬들의 중앙으로 산맥이 하나 가로지르고 있어 최고봉이 사천 미터에 달하지만 양쪽으로 뻗어 나온

---

[*] 루청 : 루강鹿港의 원래 명칭은 루즈강鹿仔港으로 대만 장화彰化현에 속해 있다. 루강은 초기 한인들이 아직 대대적으로 이주해오기 이전에 타이완의 평야지역에 거주하는 남도어계南道語系 원주민 부족인 평포平埔족의 한 지파인 바부자족Babuza의 거주지였으며 당시에는 마즈린사馬芝遴社에 속했다. 네덜란드인들이 타이완을 점령하기 이전에는 원주민들이 사슴을 사냥하던 곳이었다고 전해진다. 청 광서光緖 8년에 황봉창黃逢昶이라는 한인이 타이완을 유람하고 나서 『타이완잡기臺灣雜記』라는 책과 함께 「루즈강 숙번의 사슴 사냥 시鹿仔港熟番打鹿詩」라는 제목의 시를 남긴 바 있다.

수많은 산들이 점차 낮아지면서 구불구불 길게 이어져 루청 부근에 이르면 이미 그리 높지 않은 산들이 한순간에 평지로 변해 루청 동쪽은 산으로 들어가는 작은 입구가 되고 최적의 방어지가 된다.

한인들이 이곳을 개간하기 위해 찾아오기 전부터 평포족의 지파인 바부자가 이곳에 무리를 지어 살면서 마즈린사라 칭했다. 이곳은 평야가 비옥하고 거대한 무리의 매화사슴이 해구의 초원 위를 뛰놀았다. 바부자인들은 사슴을 잡아 가죽과 고기를 과거의 통치자였던 네덜란드인들에게 건네고 대신 필요한 물품을 얻어냈다.

일찍이 이곳에 왔었던 한인들은 이런 시구를 남겼다.

산으로 둘러싸인 해구海口 한가운데로 물이 흐르니
오랑캐의 여인들이 밤 뱃놀이를 하네.
사슴을 잡아 신이 나서 집으로 돌아가니
노랫소리 절정에 이르는 가운데 하늘 높이 달이 뜨네.

고기잡이와 사냥으로 생계를 이어가는 바부자족 사람들은 한인들이 내려와 식민지를 개척하기 시작한 뒤로 순식간에 해안가의 평야지역을 빼앗기고 점차 산간지역으로 쫓겨가게 되었다. 이들은 산으로 이주하면서 늙어서 움직일 힘이 없는 부녀자와 아이들은 그대로 남겨두었다. 이곳을 점령한 한인들은 이들의 거주지를 가리켜 '번파장番婆莊' 또는 '하번파下番婆'라고 불렀다.

이들이 '번파장'과 '하번파'를 모두 잃고 다시 산간지역 어귀로 쫓겨나자 한인들은 그곳을 정번파頂番婆라 불렀다.

가장 꼭대기, 마지막 거주지라는 의미였다.

1

그때 그녀는 여전히 바부자족의 이름을 갖고 있었다. 이를 한자로 표기하자면 이라伊拉, 이판렌伊凡蓮, 와나娃那 등으로 쓸 수 있었다.

하지만 사람들이 기억하는 그녀의 이름은 월진月珍/월주月珠였다.

월진/월주는 어느 한인에게서 얻은 이름이었다. 그 한인은 경작지를 개간하러 온 여느 한인들과 달랐다. 그녀는 '만춘루萬春樓'의 아방관阿芳官, 포주이었다.

말이 만춘루지 사실은 강안의 시냇가에 높이 기둥을 세워 뼈대를 만들고 그 위에 나무판을 얹은 허름한 건물에 불과했다. 한 조각 한 조각 조악한 나무판자를 나란히 세워 만든 벽

틈새로 찬바람이 그대로 들어왔고 손님이 많을 때면 집 전체가 흔들려 삐걱거리는 침대가 한쪽으로 쏠리기도 했다. 여기에 바람까지 가세하기라도 하면 정말 큰일이었다. 들리는 얘기에 따르면 정말로 집 전체가 무너진 적도 있었다고 한다.

여기저기 얼싸안은 남녀들은 부드러운 모래 위로 떨어진 덕분에 대부분 아무런 상처도 입지 않았다. 여인들은 우르르 무겁게 떨어져내렸고 대부분 밑에 깔려 있었다. 남자들의 비대하고 육중한 몸이 그 위로 덮치면서 그녀들의 몸을 육침 肉枕으로 삼았다. 서로 포개져 신음하는 남녀의 울부짖는 소리는 집 위의 상황과는 사뭇 달랐다. 어떤 여인은 붉은 배가리개오늘날의 브래지어에 해당하는 중국의 전통 복식가 아직 반쯤 걸려 있고 그 위로 사내의 바지가 무릎 아래까지 내려와 있었다. 어떤 한 쌍은 벌거벗은 온몸을 그대로 드러냈고 또 어떤 쌍은 강가에 떨어진 뒤에도 여전히 두 몸뚱이가 한데 엉켜 있었다. 사태가 수습된 뒤에 전해진 얘기에 따르면 남자의 물건이 그대로 꽂혀 있었는데도 다행히 부러지거나 비틀어지지 않았다고 한다.

월진은 이 사고로 다리가 부러졌다. 떨어지면서 멀리 튕겨 나가 강가의 축축한 모래톱을 벗어나면서 큰 바위에 부딪친 것이었다. 간신히 몸을 일으킨 그녀는 멀지 않은 곳에 동료들이 오줌과 똥으로 범벅이 되어 축축하고 더러운 땅바닥에 앉아 있는 것을 보았다. 그녀는 동료들과 손가락으로 서로를 가리키며 키득키득 큰소리로 웃어댔다. 눈물과 콧물을 동시에 흘리며 미친 듯이 웃어댔다.

강바닥에 기둥을 세우고 그 위에 지은 '만춘루'에서는 일을 마치고 나면 창문을 열고 대야에 담긴 물을 곧장 밖으로 쏟아버릴 수 있었고, 그러면 졸졸 가늘게 흐르는 시냇물이 오물을 깨끗이 쓸어가 주었다. 나중에는 큰일을 보고 싶은데 정말로 적절한 장소를 찾지 못할 경우 요강에 변을 본 뒤 곧장 창밖 모래밭에다 쏟아냈기 때문에 여름이 아닌데도 항상 무겁고 축축한 악취가 코를 찔렀다. 이런 오물의 습지에는 사람이 떨어져도 겉으로는 아무런 상처를 입지 않았다. 하지만 드문드문 대변이 묻어 있는 지붕 덮개용 띠풀이 머리에 얹혀 있는 모습을 보고는 서로 손가락질을 해대며 당장이라도 숨이 넘어갈 것처럼 박장대소하다가 그것도 모자라 여전히 히죽히죽 웃고 있었다.

깨끗한 바위 위로 떨어진 월진만 다리가 부러졌다.

'만춘루'는 산기슭 강가에 자리잡고 있었다. 이곳은 이미 루청의 시골이라고 하기에도 어려운, '정번파'에 있다고 하는 것이 더 정확한 표현이었다. 가장 변두리에 있는 셈이었다. 이곳에는 월진처럼 한인과 바부자족의 피가 섞인 것이 분명해보이는 여자들이 무척 많았다.

그녀는 피가 아주 잘 섞인 편은 아니었다. 한인의 납작한 코에 바부자족 사람들의 쌍꺼풀 짙은 큰 눈을 가졌다고는 하나 넓고 평평한 볼에 두꺼운 입술을 조합하면 결코 한인들이 말하는 아름다운 얼굴은 아니었다. 그녀의 작고 육중한 체구도 한인들이 좋아하는, 바람에 날아갈듯 가늘고 호리호리한 체형과 거리가 멀었고 가슴 부위를 뭔가로 고정시켜 본 적이 없어서인지 두 개의 커다란 젖가슴도 일을 할 때마다 이리저리 제멋대로 흔들렸다. 전하는 얘기에 따르면 너무 흔들려서 보는 사람의 눈이 어지러울 정도였다고 한다.

이것 말고도 월진은 영원히 루청 시내 우푸로五福路 뒷거리에 있는 반옌문半掩門 안으로 들어설 수 없는 치명적인 약점을 하나 지니고 있었다. 두 발이 너무 크다는 것이었다. 두꺼운 발등에는 그녀의 몸집처럼 살이 많았고 발가락은 하나같이 밖으로 뒤집혀 있었다. 원래 논밭에서 흙탕물이나 밟던 그녀의 발은 전족纏足, 여성의 발이 크게 자라지 않도록 어려서부터 천으로 꽁꽁 싸매던 중국 전통 습속이 어떤 것인지도 알지 못했고, 삼촌금련三寸金蓮, 전족을 미화하여 부르는 말을 남자의 어깨 위에 높이 걸치는 기분은 더더욱 경험할 수 없었다.

또 어쩌면 월주는 네덜란드인의 씨앗인지도 모를 일이었

다. 그녀의 긴 갈색 곱슬머리는 '홍모번紅毛番'*이라 불리기
에 안성맞춤이었다. 네덜란드인들을 습관적으로 홍모번이라
부르기도 했지만 '번'이란 단어는 월주의 핏줄에 흐르는 생
번生番* 또는 숙번熟番* 이라는 또다른 혈통을 가리키기에 적절
했다. (물론 한인의 혈통일 가능성도 배제할 수 없었다.)

　월주는 커다란 눈과 오뚝한 코, 또렷한 이목구비에 늘씬
하고 균형 잡힌 몸매를 지니고 있었고, 다양한 피가 섞인 피
부는 마치 흑설탕을 탄 우유처럼 비단 같은 윤기가 흘렀다.
그녀의 큰 키와 큰 발도 역시 당시 사람들이 좋아하는 모습
은 아니었다. 그녀 자신도 루청항 부두의 낮고 축축한 곳에
위치한 '반옌문'에 발을 들여놓을 기회를 찾지 못했다. 그곳
에 갈 수만 있었다면 간혹 원양어선의 선원들이 있어 똑같은
'홍모번'끼리 서로 마음이 맞을 수도 있었을 것이다.

　하지만 월주는 그나마 월진보다 형편이 나은 셈이었다.
적어도 다리가 부러지진 않았기 때문이다. 그녀의 '만춘루'
는 '번파장' 어귀에 있었다. 그 근처에는 '대학'이 하나 있었

---

*　홍모번 : 일찍이 타이완을 지배했던 네덜란드인을 '빨간 털의 오랑캐'란 의미로 홍모번
　이라 칭했다. 당시 네덜란드인들이 건축한 홍모성紅毛城 유적지가 타이베이臺北 근교
　딴수이淡水 지역에 아직 남아 있다
*　생번 : 청 조정이 정성공鄭成功 집단으로부터 타이완의 정권을 탈취한 이후 청의 통치에
　복종하기 시작한 타이완 원주민을 말함.
*　숙번 : 생번에서 한 걸음 더 발전하여 청 조정이 지정한 세금을 납부한 계층을 말함.

다. 서른 개가 넘는 루청 마을 공중화장실의 대변이 집결하는 곳이었다. 루청의 공중화장실은 사람들이 모여들면서 처음에는 서쪽 바다 근처 취락에 있었던 것이 점차 동쪽 산간 지역으로 발전해왔다. 도둑들이 화장실 분뇨 항아리를 훔쳐가지 못하도록 자물쇠를 채워두던 이 공중변소들은 대개 르투인日妇人들이 경영했다. 이들은 똥 푸는 인부들을 고용하여 어깨에 매는 통으로 분뇨를 교외의 '대학'으로 옮긴 뒤, 이를 소 달구지를 이용하여 한 대씩 비료로 팔아넘겼다.

월주가 있던 만춘루에는 자체 변소가 있었다. 포주는 돈벌 기회를 놓치지 않고 당시의 규정에 따라 분뇨를 모아 사람들에게 몰래 팔아넘겼다. 통상적으로 집 안에 있는 변소는 그 집에 사는 여자들 수에 따라 값을 매겼다. 여인들은 거의 외출하지 않고 남자들처럼 바깥에 나가 아무 데서나 대소변을 해결하지 않으니, 분뇨가 전부 집 안에 모이기 때문이었다. 만춘루 생활은 전부 여인들 손으로 이루어졌고, 일이라고 해야 온종일 누워서 하는 짓거리가 전부였다. 포주는 집 안의 변소를 이용해 상당한 돈을 챙길 수 있었다. 이를 두고 당시에는 "정말 대담한 루청 사람은 똥을 싸고 그걸 찹쌀로 바꿀 줄 안다"라는 말이 구전되기도 했다.

월주가 있던 만춘루는 번파장 초입에 자리잡고 있었고, 이곳에는 루청의 '대학'이 하나 있었다. 비록 냄새는 좋지 않았지만 날마다 사람들이 오가는 데다 똥을 운반하거나 버리러 오는 사람들이 많아 제법 인기가 있는 곳이었다.

월진/월주가 어떻게 '한인'들에 강점됐던 땅을 되찾으려고 했는지에 대해서는 루청 사람들이 흔히 말하는 "똥개는 똥만 밝힌다"라는 말 외에도 갖가지 소문이 남아 있었다. 일반적으로 사람들은 월주가 땅을 되찾을 수 있다는 한인 통사通事, 평포족을 상대로 통역과 사법, 세무, 행정 등의 업무를 관장하던 직책의 선동에 속아 엄청난 양의 담배와 술을 뇌물로 바치고 이곳에 발을 들여놓게 되었다고 믿고 있었지만, 한인 통사가 그녀의 커다란 유방과 천족天足, 전족을 하지 않은 발에 끌려 받아주었다는 설도 있었다. 번녀番女들이 일단 무법巫法을 쓰기 시작하면 보통 사람들은 적수가 될 수 없었다.

다리가 부러져 제대로 생계를 유지해나갈 수 없게 된 월진이 돌아가려 한 곳은 정번과 산자락에 있는 작은 땅덩이였다. 한인 남편이 아내를 맞아들일 때는, 멀리 떨어져 사는 남편의 친척들이 전부 가족을 따라 이주해 그 땅을 완전한 남편의 소유로 간주하여 강제로 점령해버리고는 아내의 가족들을 내쫓고, 급기야 아내를 살해하거나 폭행을 가해 병신을 만들기도 했다. 아내를 '만춘루'에 팔아버리는 경우도 적지 않았다.

부족 사람들이 동쪽으로 이주하면서 무수한 산들을 넘어

'포사浦社'라 불리는 곳으로 간다고 했다. 그러면서 나이가 많아 병을 달고 사는 아낙네들은 그대로 남겨두고 떠났다. '번파장'과 '하번파'에는 이런 노인들이 적지 않았고, 그녀들이 남아 보살펴야 하는 어린 손자손녀들의 운명도 그녀들과 크게 다르지 않았다.

어쩌면 월주의 요구가 비교적 어려운 것이었는지도 모른다.

일찍이 한인들은 부족의 금기를 잘 알고 있었다. 그래서 일부러 죽은 개 한 마리를 그녀 조상들의 밭에 던져놓았고 나중에는 그 인근에 묘지를 조성하기도 했다. 결국 부족 사람들은 땅이 불결해지고 상서롭지 못하게 되었다고 판단하고 그 지역을 떠나 다른 곳으로 이주하였다.

월주는 원래의 땅으로 돌아갈 수 없다면 그 땅을 빌려 농사라도 지을 수 있기를 바랐다.

루청 사람들은 월주가 '사람을 잡아먹으면서 얼굴과 가죽도 가리지 않는' 그런 요물일 거라고 생각했고, 여기에 공상과 몽상이 더해지면서 이 모든 것이 홍모번 선교사에게 영향을 받은 탓이라고 여겼다.

대부분이 취안저우泉州 출신인 루청 사람들은 탕산唐山에서 모시고 온 신들을 독실하게 믿고 섬겼다. 도처에서 마조媽祖와 관세음보살, 각 성姓 왕야王爺들의 묘당이나 사원을 찾아볼 수 있었다. 루청 사람들은 나중에 교역 항구가 되어 식견이 넓어지자 외지에서 건너온 신神도 받아들여 섬기게 되었다.

그 때문에 루청 사람들은 홍모번 선교사들이 믿는 신을 사교로 간주하지 않았다. 단지 이런 외래 종교를 믿는 사람들을 무시하면서 '밥 빌어먹는 종교吃教'라 비아냥거릴 뿐이었다. 먹을것만 주면 어떤 종교든 다 믿는다는 뜻이었다. 애당초 생번이나 번파들은 이러한 번교를 믿었고, 이에 대해 루청 사람들은 번에 번을 더했으니 두말할 것도 없다고 했다. 그런 이유에서 루청 사람들은 생번들이 홍모번 선교사를 살해하는 것을 지지했고, 결국 선교사들은 밤에만 몰래 선교활동을 벌일 수 있었다.

월진/월주는 강점된 땅을 되찾으려다 오히려 생번과 한인, 홍모번의 반목을 선동한다는 혐의를 사고 말았다. 이에 루청에 주둔하던 수사水師, 해군의 신汛, 명청 시대에 군대가 주둔하던 지역이 발칵 뒤집혀, 해안방어를 책임지는 동지同知, 지부知府의 부직으로 정오품에 해당함 나리가 재빨리 지현知縣에게 명령해 조사를 벌이게 했다. 그러면서 반드시 사건을 반란과 연관된 일로 확대하라고 주문했다. 번인의 반란을 평정했다는 정치적 업적을 만들어내기 위해서였다.

그래야만 멀리 탕산에 있는 상급 관원들이 그의 치적을

높이 사주기 때문이었다.

붙잡힌 월진/월주는 이리저리 매를 맞고 불려 다니다가 목이 베여 저잣거리에 내걸리거나 사람들에게 내보일 때까지 기다릴 필요도 없이, 감옥에서 일찌감치 숨을 거두고 말았다. '닭을 죽여 원숭이들에게 겁을 주려는' 의도였는지, 월진/월주의 시신은 정번파 근처 좁은 산길 초입에 버려졌다. 산속을 수시로 드나드는 번인 사냥꾼들에게 경고의 암시를 주기 위해서였다.

기본적으로 친척이 없다 보니, 바람이 거세게 불어대는 한밤중에 몰래 가서 시신을 훔쳐가는 사람도 없었고, 이 일로 관부에 분노를 드러내는 사람도 없었다. 월진/월주의 시신은 이렇게 험하고 좁은 산길 어귀에 버려졌다.

애당초 경고를 위한 조치였으므로, 시신은 위아래 옷이 완전히 벗겨진 채 버려졌다. 시신을 버리러 왔던 아문의 차역들은 지사 나리를 대신하여 원래 수천수만의 사내들이 올라타고 내리눌렀던 더러운 몸뚱이를 죽어서도 발가벗긴 채 사람들에게 공개하는 것은 그녀가 생전에 음식을 토해내던 부위에 어떤 특이한 점들이 있는지 자세히 살피게 함으로써 경고의 암시를 주기 위한 것이라고 말했다.

길 가는 사람들 중에 비교적 담이 큰 사람들은 정말로 눈을 크게 뜨고 시신을 구경하려고 덤비다가 그 자리에서 연신 토악질을 하기도 했다.

월진/월주가 옥에 갇혔을 때부터 루청에는 관원 나리가 죄인에게 채찍질을 하거나 손가락을 꺾지는 않고 이 번녀가 음식을 토해내던 곳부터 손을 댔다는 소문이 돌고 있었다. 원래 젖가슴이었던 두 개의 살덩어리는 어떻게 짓밟혔는지 납작하게 뭉개졌고 살갗도 완전히 벗겨졌다. 위에 약간의 살점이 남아 서로 이어져 있지 않았다면 피와 살을 구별할 수 없는 두 살덩어리가 배꼽 밑으로 떨어진 것처럼 보일 뻔했다. 하반신은 앞뒤로 수많은 구멍이 뚫려 있었고 어떻게 지지고 태우고 파냈는지 형체를 알아볼 수 없을 정도로 심하게 부어 있었다. 아직도 여기저기 상처에서 피가 흐르고 있어, 마치 하반신 전체에 음식을 토하는 입이 무수히 달려 있는 것 같았다.

이처럼 하반신은 극심한 상처를 입었지만 다른 부분은 살과 피부가 멀쩡했다. 알몸을 완전히 노출한 시신 위로 햇볕이 내리쬐고 바람이 불었다. 때로는 강추위가 몰아치기도 했다. 산길 초입의 바람은 유난히 차가웠다. 그래서인지 겉으로는 시신이 부패하는 모습을 볼 수 없었고 단지 냄새만 조금씩 풍길 뿐이었다. 뭘 좀 아는 사람들은 몸 안의 장기가 이미 썩기 시작했다고 말했다.

그리하여 어느 날 갑자기 아침 일찍 일어나 그 앞을 지나가던 사람의 눈에 여자의 시신 위로 소금이 잔뜩 뿌려져 있는 것이 발견되었다. 소금은 그리 많이 뿌려져 있지 않아 시신 전체를 다 가리기에는 부족했다. 둥글게 굽은 두 다리가 그대로 드러나 있었다.

또 어느 날에는 길을 가던 사람 하나가 더 많은 소금이 뿌려져 이제는 발까지 거의 가려져 있는 모습을 발견하게 되었다. 원래 시신이라면 다 큰 어른들도 감히 제대로 쳐다보지 못하고 그저 슬금슬금 옆으로 지나치며 곁눈질하는 게 고작이다. 그런데 이제는 굵은 소금이 뿌려져 시신을 직접 보는 것이 아니다 보니, 많은 이들이 한참이나 눈길을 모은 끝에 마침내 굵고 하얀 소금으로 덮인 물체가 등이 굽은 시신임을 또렷이 알게 되었다.

여인은 죽기 전에 극심한 고통을 당한 것이 분명했다. 그래서 몸이 심하게 굽어지고 상반신과 하반신이 각기 다른 방향으로 뒤틀려 있었다. 한데 모아 앞으로 뻗으려 몸부림을 쳤던 손은 허리에서 찢겨져 나온 꽈배기麻花 같았다.

나중에는 더 많은 소금이 여인의 몸을 덮었다. 소금 알갱이가 비교적 희고 이물질이 적어 여인의 몸을 하얀 눈처럼 곱게 덮어주고 있는 것으로 보아 다른 지역에서 건조된 굵은 소금도 섞여 있는 것이 분명했다.

사람들은 그 며칠 사이에 밤새 여인의 몸에 뿌려진 굵은 소금이 한 사람의 손에서 나온 게 아니란 사실을 잘 알고 있었다. 주변의 여러 염전에서 가져온 소금일 가능성이 많았다. 소금 한 자루를 뿌렸는데도 여인의 다리를 다 가리지 못하자 그 이튿날 밤 또다른 누군가가 소금 한 자루를 더 가져다 뿌린 것이었다.

하지만 뭐라고 말하는 사람은 없었다.

바다 가까이 인접한 루청은 소금이 아주 싸고 흔해서 몇 자루를 산다고 해도 별로 큰돈이 들지 않았다. 하지만 연해 지역에서 산길 어귀까지 운반하려면 적어도 수십리 길을 걸어야 하기 때문에 결코 쉬운 일이 아니었다.

루청에는 또 오래전부터 굵은 소금과 쌀겨로 시신을 덮는 습속이 있었다. 옛날 취안저우와 장저우漳州에서 계투械鬪*에 나섰다가 길거리에서 도끼나 칼에 맞아 죽은 시신을 당장 다른 곳으로 옮길 수 없을 경우, 나중에 관부로부터 추궁을 받을까 두려워 가족들도 감히 시신을 인수하려 나서지 못했다. 그래서 시신을 길거리에 그대로 방치할 수밖에 없었고 시신이 부패하면서 내는 악취를 감당할 수 없었다. 이렇게 시신을 제대로 땅에 묻어 안장할 수 없게 되면 가족들은 몰래 야

* 계투 : 중국 화중華中과 화남華南 지역에서 부락들 사이의 이해 대립으로 인해 무기를 들고 벌인 집단투쟁을 말한다. 수리와 경계, 분묘 등이 주요 원인으로 작용했다.

음을 틈타 수레로 소금이나 쌀겨를 실어다가 시신을 덮어두
곤 했다.

번파인데다 비참하게 죽어 시신이 산길 어귀에 버려진 여
인을 누군가 소금으로 덮어줄 수 있다는 것은 그것만으로도
다소나마 그녀의 억울함을 풀어줄 수 있는 일이었다. 루청
사람들은 모두들 그렇게 생각했다.

잇따라 소금이 뿌려지면서 여인의 시신은 세밀한 부분까
지 완전히 가려져 모습을 알아볼 수 없게 되자, 꼴이 아니게
굽은 몸은 결국 작은 소금더미가 되고 말았다.

이렇게 오랜 시간이 지나면서 바람에 날린 흙과 돌이 그
위에 쌓였다. 그리고 그 위로 잡초가 자라났다. 겉으로 보면
산길 초입 가까이 생겨난 작은 둔덕에 지나지 않았다.

사람들도 점차 이 사건을 잊었다. 게다가 억울하게 죽은
이 번파는 때가 되면 번인 특유의 무술巫術을 부려 귀신으로
변해서 산길 어귀에 출몰하는 재주도 없었다. 또한 서둘러
자신을 비참하게 죽인 관원이나 옥졸에게 보복하려 나서지
도 않았다.

제 억울함을 풀고자 했던 번파는 이미 윤회의 단계로 접
어들어 새롭게 다른 세상으로의 전이를 진행하고 있었다.

2

죽어서 여귀廬鬼, 죽을 때 원한이 너무 커서 환생이 불가능한 귀신가 된 여자귀신은 자신의 몸이 소금더미에 갇혀 있는 것을 발견했다.

맨 처음 소금더미는 작은 산처럼 그녀를 완전히 뒤덮었다. 게다가 몸 구석과 틈 전체에 가득 스며들어가 어떤 탄력도 허락하지 않았다. 처참히 죽은 몸이 온갖 수난을 겪고 허리가 꽈배기처럼 비틀린 여인, 그녀는 죽어서도 이처럼 극도로 괴이하고 고통으로 가득한 자세로 묶여 있었다.

그녀는 또 그 소금 알갱이들이 자기 온몸의 피부를 뒤덮고 아주 빠르게 체내로 스며들어 원래의 체액을 대체하고 있는 것을 발견하게 되었다. 그리고 살 속의 수분과 혈맥을 흐르던 피가 줄어들어 그녀의 몸은 점차 수축되었다.

그녀의 몸은 부패되지 않고 단지 수축될 뿐이어서 그 덕분에 자신이 작고 왜소하게 변해가는 것을 확실히 감지할 수 있었다.

몸이 수축되어 그녀의 혼을 꼼짝 못하게 가둬놓고 있는 것인지, 아니면 이미 골수까지 젖어든 소금이 그녀의 활동을 제약하는 것인지 알 수 없었다. 혼백이 자신의 몸에 갇혀 있어 한순간도 몸을 떠나지 못하고 있는 것만은 분명했다.

소금으로 밀폐된 제 몸에서 빠져나올 수 있다 해도 여전히 몸 위를 무거운 소금더미가 짓누르고 있는 건 어쩔 수 없었다. 소금더미는 일정한 시간이 지나자 자체의 결정을 가진 알갱이들이 서로 결합되면서 둥글고 커다란 덮개를 이루었다. 한 덩어리로 성형된 구리 담장이나 철제 장벽처럼 한 치 틈도 없이 밀폐되어 도저히 빠져나갈 수 없었다.

무술을 부릴 줄 몰랐던 여자귀신은 일찍이 생전에 소금의 기능에 관해 들어본 적이 있었다. 일반 승려나 고승들이 '유가염구瑜伽焰口'*를 외면서 손으로 뿌리는 쌀이나 소금은 굶주린 귀신들을 구제하는 천억 개의 도술로 변한다는 것이었다. 법술이 세고 고명한 지관이 손가락에 찍어 튕기는 소금은 억만의 귀신들을 몸에서 한 치도 빠져나오지 못하게 막을 수도 있다고 했다.

마음속에 극도의 원한을 품고 오직 복수만을 꿈꾸던 귀신들은 전생의 인연이 만들어낸 우연 속에서 루청 사람들의 연민이 자신을 구속하고 제한하는 최고의 형벌이라는 사실을 깨달았다. 정말로 모든 것이 인과관계에 따라 순환했다. 저승의 어두운 세계에서도 그렇게 정해져 있었다.

---

* 유가염구 : 불사佛事의 일종으로 음식을 주어 아귀의 배를 채워주거나 망자를 추천한다. 가장 중요한 기능은 설법과 수계를 통해 아귀나 망자들이 하루빨리 고통에서 벗어나 보살이 되게 하는 것이다.

귀신들이 어떻게 마음속 몸부림을 포기하고 소금더미에 꽁꽁 갇혀 길고 긴 세월을 견뎌낼 수 있는 것일까?

먼저 머리와 다리가 서로 다른 방향을 향하고 있는 그 꽈배기 같은 몸뚱이를 돌아봐야 했다. 머리와 다리가 서로 다른 곳을 향하다 보니 한시도 반듯하게 누울 수 없었고 머리와 발이 일치하지 않다 보니 자신의 발을 제대로 볼 수도 없었다.

생전에 그녀는 대부분의 시간을 누워서 보냈다. 상대하는 남자에게 특별한 기벽이 있을 때에만 남자의 요구에 따라 다른 자세를 취할 수 있었다. 그런 경우를 제외하고 그녀는 언제나 하늘을 향해 누워 있었다.

머리를 반듯하게 하고 누우면 눈으로 볼 수 있는 자기 몸은 극히 제한된 일부에 지나지 않는다. 그래서 웬만큼 시간이 지나면 한 번씩 고개를 들어 나무판자 침대에 누운 자기 발을 쳐다보곤 했다. 이 두 발만이 누운 자세에서 두 눈으로 또렷이 확인할 수 있는 자기 몸이었기 때문이다. 발을 뺀 온몸은 남자가 위에서 내리누르고 있었다.

평소에 그녀는 남자가 자기 몸 위에서 열심히 움직이는 동안 틈틈이 두 발을 쳐다보곤 했다. 남자가 그녀의 다리를 벌리면 발도 따라 벌어졌다. 커다란 두 발은 손바닥만큼이나 길고 발가락도 제각기 바깥쪽으로 벌어져 있어서 차지하는 공간이 아주 넓었다. 밭에 들어가 농사를 짓지 않아서인지 발톱 밑에 때가 껴 있지도 않았고 수정처럼 깨끗한 발톱은 조개껍질처럼 가지런하게 발가락에 붙어 있었다.

그녀는 자신의 작은 발가락을 바라보았다. 발톱은 상한 데 하나 없이 온전했다. 그녀가 이제까지 본 대부분의 발톱과 다른 모습이었다. 그녀가 본 다른 발들은 발톱 크기가 일정치 않았고 깨지고 갈라진 부분에 시꺼멓게 때가 끼어 있었다.

누워서 자신의 발을 볼 수 있기만 하면 하반신 전체가 남자에 의해 마비되어 아무런 감각이 없다 해도 자기 몸이 아직 온전하게 존재한다는 것을 알 수 있었다.

눈으로 대충 훑어본 것을 기준으로 삼아 여자귀신은 소금더미 안에서 굽어지고 뒤틀린 몸을 이리저리 움직여 보았다. 아주 느리게 몸이 수축되고 작아지면서 생긴 미세한 공간을 이용해 아주 조금씩 몸을 뒤채며 다시금 발을 볼 수 있길 기대한 것이다.

이처럼 여자귀신은 소금더미를 상대로 몸이 수축되고 작아지면서 생긴 공간과 싸워야 했다. 소금더미가 육신의 틈을 파고들지 못하게 해야 최소한의 가녀린 운신의 자유를 쟁취할 수 있었다. 그러면서 그녀는 발을 다시 볼 수 있길 한없이 기대하고 갈구했다. 귀신이 이렇게 노력하고 상상한 결과 서

서히 모습을 드러낸 것은 그녀의 발뿐이었다.

오로지 자신의 발뿐이었다.

그리고 시간은 아주 빠르게 흘러갔다.

극도로 긴 일단의 시간이 흘러갔을 것이다. 누워 있는 여자 혼귀의 눈에 처음에는 자신의 발밖에 보이지 않았다. 그러다가 나중에는 이 두 발이 환영으로 발전하면서 곱절로 늘어나기 시작하더니 셀 수 없이 무수한 발들이 그녀의 시야를 가득 메워버렸다.

너무나도 친숙하던 두 발이 이제는 왜 그리 갈수록 낯설어지는 건지 알 수 없었다. 때로 형태가 발 같지 않아 보이기도 했고 수시로 커졌다 작아지길 반복했다. 발 하나가 시야에 가득 찼다가 이내 소금만큼 작아져 혼신의 힘을 다해야 겨우 찾아낼 수 있었다.

갈수록 발의 모습을 잃어가던 발은 마침내 다른 사물로 변하기 시작했다. 처음에는 두 개의 고구마로 변하더니 얼마 후에는 무로 변했다. 이어서 옥수수나 수세미, 동과冬瓜 형상으로 변했다. 심지어 조롱박, 오이, 가지의 형상으로 변하기도 했다.

그녀는 이런 사물들을 통해 움직이는 느낌을 즐겼다. 두 개의 고구마나 무, 수세미, 가지…… 그리고 발이 또다른 고구마와 무, 수세미, 가지…… 이런 것들을 만들어냈다. 이런 사물들이 한 줄로 이어지면서 몸 아랫부분에 무수한 발을 만들어냈고 그녀의 감각을 매우 안정적으로 유지시켜주었다.

물론 두 발이 작은 쌀알이나 벼이삭으로 변할 때면 그녀는 마음이 불안해지기도 했다. 쌀알이나 벼이삭은 정말로 너무 여리기 때문에 이것들이 발이 되어 움직이면 뿌드득 뿌드득 땅바닥에 가득 흐트러지기 때문이었다.

그녀가 평평하게 우뚝 선 두 발이 포도나 용안龍眼, 포도알보다 조금 큰 과일로 용의 눈처럼 생김, 연무蓮霧, 타이완에서 많이 나는 아열대 과일의 일종, 파인애플, 바나나로 변하는 것을 보게 되는 일은 없었을까? 있었다. 생전에 쉽게 구할 수 없던 이런 과일들 때문에 그녀는 혹시나 스스로 고개를 숙이고 다니다가 자신의 발을 먹게 되지나 않을까 걱정해야 했다.

여자귀신은 생전에 사람이 죽은 뒤에도 빛을, 아주 강렬한 한 줄기 빛을 볼 수도 있다는 얘기를 들은 적이 있었다. 전생에 업보가 나쁘지 않은 사람은 하늘 가득 오색 광채를 볼 수도 있고, 단아한 자태로 구름을 타고 내려오는 황금보살에 이끌려 서방 극락세계로 갈 수도 있다고 했다. 그곳에는 더이상 삶과 죽음의 경계도 없고 고생도 없으며 끝없는 행복과 즐거움만 있다고 했다.

하지만 소금더미 밑에 깔린 여자귀신은 이런 빛들을 보지 못했다. 오색 광채의 인도를 받아본 적도 없었다. 오색 광채는 처음에는 투명하면서 몹시 찬란하고 화려한 파란빛으로 나타났다가 이어 밝고 환한 흰빛과 눈부신 노란빛, 반짝거리는 붉은빛으로 변했다. 그리고 마지막에는 휘황찬란한 초록빛으로 변했다. 모든 불빛들이 귀신들을 두려움과 무서움, 굶주림과 분노로부터 멀리 이끌어주었다.

하지만 그녀의 눈에는 자기 두 발이 고구마와 무, 쌀알과 벼이삭, 바나나, 용안, 수세미 등으로 변하는 모습만 보일 뿐이었다.

그녀는 자신의 발을 통해 이런 사물들만 본 게 아니었다. 그녀는 (크게 벌린 두 손바닥 같은) 두 발이 남자의 물건으로 변하는 모습도 보았다. 남자들의 물건은 모양이 제각각이었다. 굵은 것도 있고 가는 것도 있었으며 긴 것도 있고 짧은 것도 있었다. 색깔도 제각각이라 자줏빛이 도는 것이 있는가 하면 붉은 것과 검은 것도 있었다. 남자들의 물건을 발로 삼아 길을 걸을 수 있을까? 그럴 수 있다면 아마 살과 힘줄이 붙은 돼지의 내장을 밟듯 뿌드득 소리와 더불어 하얀 점액질 농액이 흘러나오리라.

그녀는 남자의 물건이 대변으로, '만춘루' 근처에서 볼 수 있는 수많은 형태의 대변으로 변하는 모습도 보았다. 남자의 물건과 대변 모두 그녀의 몸을 드나들었다. 처음에는 남자의 물건이 하나하나 차례로 그녀의 음호陰戶를 통해 들어오고 대변이 한 가닥 한 가닥 항문을 통해 빠져나가더니, 나중에는 온통 뒤죽박죽이 되어 대변이 한 가닥 한 가닥 음호를 통해 들어오고 남자의 물건이 하나하나 항문을 통해 빠져나갔다.

그 때문에 그녀는 머잖아 말로만 듣던 악령을 보게 되리라 여겼다. 악령이 자신을 거센 불꽃과 증기가 비등하는 지옥으로 데려가 목을 자르고 심장을 꺼내고 위장을 끄집어내고 뇌수를 핥아먹고 신선한 피를 마시고 살과 근육을 씹어먹고 뼈를 깨물 것이라고. 그러는 사이에도 하반신으로 남자들의 물건과 대변이 부지런히 드나들 것이라고.

하지만 고개를 숙여 내려다보면 눈에 보이는 것이라곤 두 발밖에 없었다. 이번엔 뜻밖에도 발이 고구마, 무, 쌀알, 벼이삭, 바나나, 수세미 등으로 전환된 모습이 보고 싶어졌다. 남자의 물건이나 대변이 아니기만 하면 될 텐데 그마나도 뜻대로 되지 않았다.

자신의 두 발밖에 보이지 않았다.

시간은 빠르게 흘러갔다.

그 섬(타이완)에 피할 수 없는 태풍과 지진이 되풀이되었다. 여러 차례 태풍과 폭우가 일어 마침내 줘수이계濁水溪와 그 지류가 범람하여 난리가 났다. 그 태풍과 폭우는 상류에서 흙과 돌을 휩쓸어와 산길 어귀 소금더미를 또 여러 차례

타격했다.

약간의 시차를 두고 한 번씩 찾아오는 크고 작은 지진에 산과 계곡이 일시에 요란한 소리를 내고 천지가 흔들리고 나무, 바위, 황토가 자리를 바꿀 만큼 강한 에너지가 몰려오자 작은 소금더미는 지속적으로 얻어맞고 끊임없이 다른 사물에 부딪치며 흔들렸다.

그리하여 끝내 바위처럼 단단하던 소금더미도 깨져 흩어지고 말았다.

자유를 되찾은 여자귀신은 감금된 소금더미에서 날듯이 빠져나와 오래지 않아 주변의 대략적인 방향과 위치를 알아냈다. 그러고는 쏜살같이 복수를 하러 루청으로 날아갔다.

하지만 정작 루청에 도착해서는 방향을 잃고 말았다.

그녀는 원래 루청 사람이 아니었다. 루청에선 명절이나 축일이 되면 도처에서 화려한 등불을 켜놓고 온갖 신들에게 절을 올리며 즐겁게 먹고 마시는 번화한 도시 풍경을 볼 수 있었다. 또한 루청 사람들은 가을과 겨울에 불어오는 구강풍九降風을 피하기 위해 집을 지을 때 구불구불한 골목을 조성했기 때문에 외지에서 온 번파였던 그녀가 길을 잃는 건 지극히 당연했다. 햇볕과 비를 가리려고 만든 '불견천不見天'이 있는 데다, 밤에는 애문隘門, 중국 전통 건축에서, 범죄 방지와 계투를 위해 골목 전체를 막아놓는 문을 굳게 잠그는 터라 마을로 도저히

34

들어갈 수가 없었다.

'번파'의 인지 능력에서 벗어나지 못한 여자귀신은 놀라움과 두려움으로 조심스럽게 루청 전체를 쏘다니다가 낮이 되면 서둘러 애문 밖으로 돌아와 소금더미 안에 몸을 숨겼다. 이렇게 한참이나 시간을 허비하고서야 그녀는 간신히 수사의 신과 루청 해안방어 동지의 아문이 어디 있는지 알아낼 수 있었다.

귀신은 눈에 보이는 것들을 감히 믿을 수 없었다.

과거에 위용을 자랑하던 아문 입구에는 깃대는 고사하고, 화려한 비단에 다양한 문양이 아로새겨져 있던 깃발 하나 보이지 않았다. 아문의 대문도 송두리째 기울어져 있었다. 대문을 지키던 아역衙役들이 사라진 건 말할 필요도 없었다.

대문 바로 옆에는 두 개의 아주 작은 난장강亂葬崗, 전쟁이나 전염병으로 많은 이가 죽었을 때 수많은 시신들을 한꺼번에 대충 매장해놓은 것이 자리하고 있고, 이곳에 출몰하는 귀신들은 제각기 다른 옷을 입고 있었다. 어떤 옷은 한 번도 구경해보지 못한 것이었다. 귀신들은 허물어져 잡초만 가득한 아문의 청당廳堂을 아무 거리낌 없이 드나들었다.

여자귀신은 이것이 어쩌면 심술에 의한 환각이거나 누군가 몰래 법술을 부리는 것이고, 자신은 이미 그 함정에 빠진 것일지 모른다는 생각에 은근히 두려웠다. 하지만 며칠 밤을 보내면서 멀리서나마 유심히 지켜봐도 별 변화는 보이지 않았다.

단지 어느 날 밤, 어느 모로 보나 '토공자土公仔, 타이완 서남 연해지역의 장례 습속에서 화장한 시신의 뼈를 검사하는 사람' 같은 사람이 하나 나타나 '지기주地基主'*에게 제사를 지내는 광경을 목격하게 되었다. 그는 삼겹살 몇 조각과 계란, 두부말림 등 아주 간소한 음식 몇 가지를 차려놓고 극도로 단출한 생례牲禮를 올렸다. 제를 마친 그는 태운 금지金紙를 전부 망초 가지와 잎으로 덮었다.

다음날 밤, 여자귀신은 누런 군복 차림에 홍태양紅太陽 휘장이 달린 모자를 쓴 군인들을 발견하게 되었다. 그들은 도통 알아듣지 못할 말로 통역원을 통해 토공자 몇몇을 지휘해 계속 무덤을 파헤쳤다. 아문 앞에 언제부터인지 다리 하나가 부러진 태사의太師椅, 등널과 팔걸이는 반원형이며 다리는 접을 수 있는 나무의자가 놓여 있었다. 다리가 부러진 부분은 나뭇조각으로 대충 떠받쳐놓았다.

그 이튿날 밤, 여자귀신은 무덤에서 파낸 시신 하나가, 마치 산 사람이 의자에 앉아 있는 것처럼, 비스듬히 기운 아문

---

* 지기주 : 타이완 민간신앙에서 집이나 건물을 지켜주는 수호신. 일반적으로 설, 청명절, 중원절中元節에 간단한 음식을 차려놓고 지전을 태우며 절을 올린다.

어귀의 그 망가진 태사의 위에 앉아 있는 것을 보고 경악을 금치 못했다. 그 시신은 사지가 마구 뒤틀려 있었다.

이 음시蔭屍는 온몸의 살과 피가 그대로 남아 있었고 염을 한 옷도 전혀 부패되지 않아 짙은 색깔을 고스란히 유지하고 있었다. 파란색과 검정색이 섞인 옷은 앞뒤로 모두 화려한 도안이 아로새겨져 있었다. 루청 사람들은 이를 일컬어 '전 보후보前補後補'라 했다. 생전에 관원이었던 사람만 이런 옷을 입을 수 있었다.

여자귀신은 이 모습을 멀리 떨어져 구경하면서 이리저리 배회했다. 그 음시가 걸친 관복이 그녀의 두려움과 원한을 여전히 자극했기 때문이다. 사실 여자귀신은 다 썩지 않은 시신을 두려워했다. 자신이 소금더미 안에 갇혀 있었듯이 시신 안에 영혼이 갇혀 있다가 일단 음시가 다 썩으면 혼백이 풀려나지 않을까 싶어서였다.

풀려나올 시신이 과거에 자신을 때려죽였던 그 지사 나리인 것은 아닐까?

여자귀신은 생전에 이런 관함이나 직함을 깊이 알아본 적이 없었듯이, 죽어서도 이 음시의 주인공이 대체 누구인지 알아보지 못하고 그저 조심스레 살펴보기만 했다.

다행히 '토공자'가 무덤에서 파낸 이 음시를 태사의에 앉혀놓은 것은 한낮의 햇볕을 쏘여 빨리 썩게 하려는 것 때문이었다. 하루 또 하루 여자귀신은 밤마다 살갗이 꺼져가는 음시의 구릿빛 얼굴과 관복 밑으로 삐져나온 길고 푸른 두 손을 바라보기만 했다. 음시가 썩어 쭈그러드는 건 확실했지만 그 속도가 너무 느렸다. 그저 잡다한 색깔의 머리카락만 쑥쑥 자라나 밑으로 허물어지는 걸 막으려는 듯했다. 문드러져 떨어진 건지, 줄어들어 떨어진 건지 모를, 길게 자라 소라처럼 말린 손톱이 손가락 옆에 떨어져 있었다.

눈두덩 안 깊이 가라앉은 눈동자는 아직 제 자리에 잘 박혀 있는지 반짝반짝 빛을 내면서 지독한 원한을 뿜어대고 있었다.

시종 혼백이 빠져나오는 모습은 보이지 않았다.

아마도 시신의 부패 속도가 너무 느렸는지 여자귀신이 본 군복 차림에 홍태양 깃발을 손에 든 사람(이제 그녀는 그들이 '일본인'이고 그들에 의해 세상이 운영되고 있다는 사실을 알게 되었다)들이 '토공자'들을 질책하고 있었다. 아마도 '토공자'들이 평소 방법으로 음시에서 석회를 걷어내고 물을 적신 뒤 살을 발라내고 뼈를 긁어낸 모양이었다.

하룻밤 사이에 그녀의 눈에서 음시의 모습은 사라지고 태사의만 남게 되었다. 부러진 다리를 떠받치던 나뭇조각도 빼갔는지 태사의는 한쪽으로 기우뚱해져 있었다.

이 관원의 시신 외에 다른 아역, 종복의 모습도 보이지 않았다. 여자귀신은 무너진 아문 밖을 배회하다가 결국 아문 전체가 알 수 없는 원인으로 이미 완전히 사라져 존재하지 않게 되었다는 사실을 믿는 수밖에 없었다.

나중에 루청 사람들이 몰래 주고받는 귓속말을 엿듣고서야 여자귀신은, 사람들이 '토공자'들이 이처럼 부덕할 리 없다고 믿고 있음을 알게 되었다. 지사 나리의 음시를 태사의에 앉혀놓고 구경시킨 것은 그 몸이 빨리 변하는 걸 막기 위해서였다. 음시의 법력이 매우 강해 시신이 상하지 않을 뿐 아니라 '토공자'들도 자손들에게 화가 미칠까 두려워 절대로 음시의 미움을 살 일을 하려 하지 않아서 그랬는지도 모를 일이었다.

루청 사람들은 이 모두가 일본인들의 의도에 따른 것이라 믿었다. 일본인들은 이러한 방법으로 저들의 위세를 드러내고 통치 권력을 과시함으로써 '닭을 죽여 원숭이들에게 겁을 주는' 효과를 거두려 했다는 것이 그들 생각이었다.

여자귀신은 연신 냉소를 지으며 더이상 아문에 가까이 가지 않았다.

일본인들은 아문의 잔해는 물론이고 그 옆에 있던 난장강도 다른 곳으로 옮기고 아문이 있던 자리를 싹 밀어 공터로 만든 뒤 '국민초등학교'를 짓기 시작했다.

여자귀신은 이때부터 자주 루청 시내를 돌아다니다 날이

밝아올 무렵에야 서둘러 산속 길가의 소금더미로 돌아가 몸을 숨겼다. 그녀는 이렇게 일본인들이 흡연을 금하고 남자들의 변발을 모조리 잘라버리고 가혹한 형벌을 집행하면서 수많은 이들을 잡아가두는 것을 그저 두 눈을 부릅뜨고 지켜보고 있었다. 그 대상이 한인이나 거의 한화된 한번漢番들에게 집중되었기 때문에 여자귀신은 이를 특별히 조심할 필요가 없었다.

그녀에게는 즐거움을 누리는 자신만의 방법이 있었다. 여자귀신은 갈수록 더 많은 여인들, 특히 한인 여인들이 전족을 하느라 꽁꽁 싸맸던 작은 발을 풀어 '천족'이 되는 모습을 즐거운 눈으로 바라보곤 했다.

젊은 여자들은 그녀가 생전에 가졌던 것과 똑같이 큰 발을 가지고서도 전혀 부끄러워하는 기색 없이 대로를 활보했다. 때로는 '철마鐵馬'라 불리는 물건에 올라타 두 발을 크게 벌리고 엉덩이와 허벅지를 씰룩거리며 발판을 밟아댔다. 발이 앞을 향할 때면 출렁대는 가슴도 따라 앞을 향했다. 그 자세가 마치 생동감 있게 그 짓을 연습하는 듯했다.

단지 남자들의 그것만 없을 뿐이었다!

(어쩌면 남자들의 그것이 전부 커져 있는 것인지도 모를 일이었다.)

여자귀신은 또 여인들이 '양장'을 입어 종아리를 한껏 드러내고 가슴에도 자신이 생전에 그랬던 것처럼 뭔가 조여 매지 않는 것을 좋아했다. 하지만 여인들이 도대체 가슴을 어떻게 건사하는지 자신처럼 심하게 출렁거리지 않았다.

(아마도 아주 작은 '부라자ブラアゼヤ'를 찬 모양이었다.)

여자귀신은 한 번도 싸맨 적이 없는 '천족'으로 루청 시내 곳곳을 구경하며 돌아다니다가 신나는 곳을 발견하면 입을 크게 벌리고 소리 내어 마음껏 웃어댔다. 여태껏 전혀 그런 적이 없었던 것처럼 마음껏 즐겼다.

그녀는 또 일본인들이 아문과 과거의 해군 주둔지인 수사신을 철거하고 시가지를 정돈하는 광경도 목격했다. 월주의 혼백이었다면 생전에 '만춘루'가 있던 자리와 루청 근처에 서른 군데가 넘는 공중변소가 몰려 있던 '대학'에 특별히 관심을 기울였으리라.

월주는 일본인들을 따라 다니며 집집마다 변소를 설치하여 필요할 때 분뇨를 퍼다 거름으로 쓰도록 권장하는 광경을 목격할 수 있었다. 서른 군데가 넘던 루청의 공중변소는 전부 가득 차 더이상 사용할 수 없었고 르투인들도 분뇨를 퍼서 '대학'에 가져다 팔 수 없게 되었다. '만춘루' 인근의 '대학'도 더이상 악취가 하늘을 찌르지 않았고 '정번파' 밖에 있는 녹지緑地만 특별히 푸른 풀밭이 되었다.

여자귀신은 틀림없이 하늘과 땅이 놀랐을 '불견천不見天'

의 제거 과정도 목격했을 것이다.

건륭·가경 연간에 루청은 타이완 전체를 통틀어 가장 부유한 지역이었고, '우푸로五福路'라는 거리에는 몇 리에 걸쳐 화려한 상가들이 줄지어 있었다. 이곳 상가들 건물 위에는 바람을 피하고 비를 막아주는 거대한 덮개지붕이 처져 있었다. 그러다 항구가 폐쇄되고 대규모 상업항이 쓸모 없게 되자 온갖 상품으로 넘치던 '우푸로'의 모습도 더는 볼 수 없게 되었다. 당연히 '불견천'도 돌보는 사람이 없어졌다.

일본인들은 '불견천' 덮개지붕을 설치한 탓에 햇볕이 들지 않아 사방에 음습한 기운이 가득하고 지극히 비위생적이라고 판단했다. 그래서 그들은 반드시 '불견천' 지붕을 철거해야 한다는 '(일본)국민신체건강총동원'이라는 지시를 내렸다.

여자귀신은 '불견천' 덮개지붕을 철거한다면, 이곳에 수백 년째 살며 혼신을 다해 '불견천'을 지켜온 월홍月紅/월현月玄의 혼백도 함께 사라지고 말 것이라 생각했다.

하늘이 놀라고 땅이 진동할 이 루청의 대변혁 과정에서 여자귀신은 도처에 떠도는 혼백들을 보았다. 재건 중인 루청이 송두리째 거대한 공사장이 된 것이다. 도로를 확장하는가 하면 자꾸 옛 건물을 허무는 통에 곳곳에 깨진 벽돌과 기와 더미가 생겨났고 사방에 목재가 뒹굴었다. 더이상 몸을 숨길 곳이 없게 된 혼백들은 거리를 떠돌 수밖에 없었다.

과거의 골목과 오래된 가옥들, 낡은 우물, 심지어 거리 모퉁이마다 하나 또는 여러 혼백들이 자리를 차지했고, 수많은 혼백들이 사방으로 새 근거지를 찾아 헤매었다.

여자귀신은 황량한 들판 바깥에 있는 자신의 은신처가 무사한 것을 큰 다행으로 여겼다. 그 소금더미는 루청 사람들은 물론, 일본인들도 거들떠보지 않았고 다른 귀신들조차 욕심을 내어 빼앗으려고 덤비지 않았다.

변화와 혼란의 시대에 귀신들은 계속 루청과 산간지역을 이리저리 떠돌고 있었다.

3

도대체 무슨 이유로 느닷없이 그녀가 작은 묘당廟堂에 모셔지고 향불 공양까지 받게 됐는지, 솔직히 말해 월진/월주의 혼귀도 제대로 이해할 수 없었다.

과거에 그녀를 붙잡아 마구 때려 죽음에 이르게 했던 지사 나리도 탕산에서 내려와 그녀에게 두려움을 갖게 하지 않았던가? 일본인들이 패전하여 물러가자 이번에는 탕산에서 또다시 '국민당' 군대가 내려왔으니 사단이 일어나지 않을 수 없는 상황이었다.

실제로 2월 28일에 그들에 대한 항쟁과 그에 따른 대규모 검거 열풍이 벌어지고 말았다.

그날 밤 여러 젊은이들이 산길 어귀에서 산간지역으로 들어가 몇몇 봉우리를 넘어야 했다. 이렇게 도피에 성공한 이들은 다시 일본으로 돌아가 사건이 가라앉은 뒤에야 지인들에게 부탁해 평안하게 잘 있다는 소식을 전해왔다. 그들은 하나같이 도망치면서 보일락 말락 희미하게 흰옷을 입은 여인 하나가 나타나, 줄곧 산속에서 흐릿한 모습으로 사뿐사뿐 움직여 자신들의 앞길을 인도해주고, 그들을 뒤쫓는 경찰과 헌병들은 다른 데로 따돌렸다고 했다.

(혹시 산속에서만 피어오르는 몽롱한 안개가 낮게 깔려 숲속을 떠돈 것이 마치 흰옷을 입은 여인이 길을 잡아준 것 같은 착시를 일으킨 건 아닐까? 그 안개가 그들을 붙잡으려 혈안이 된 추적자들의 앞길을 흩뜨려놓은 건 아닐까?)

믿건 말건 얼마 지나지 않아 누군가 산길 어귀로 찾아와 다량의 지전을 태우고 세 가지 짐승고기를 가져다 차려놓고 절을 올리며 제사를 지내기 시작했다. 제삿상에 올렸던 고기는 왜 도로 가져가지 않았는지 알 수 없었다.

들리는 얘기에 따르면 절을 올리러 온 사람은 '관계당국'의 조사와 추격을 피해 도망치다가 발을 헛디뎌 산속 계곡 물에 빠졌는데, 바로 그때 그 옆 부서진 돌더미에 누워 있던 여자 시신을 한 구 발견하게 되었다고 했다.

소문에 따르면 시신은 세 척쯤 되는 어린애 크기로 쪼그라져 온몸이 단단해진 채 매끄러운 빛을 냈으며 형체를 완전하게 알아볼 수 있었다고 했다. 게다가 다 큰 여자의 시신이었다고 했다. 젖가슴 두 개가 봉긋 솟아 성징이 뚜렷했지만 하반신은 상처투성이에다 곳곳에 울긋불긋 멍이 들고 검붉은 핏자국도 한두 군데가 아니었다는 것이다.

얼마 후 그 자리에 바람과 비를 막아줄 아주 작은 묘당이 하나 세워졌다. 산길 어디서나 흔히 구할 수 있는 돌과 나무 판자로 지은 것이었다. 묘당 높이는 다섯 척밖에 되지 않았고 묘문 가까이에는 붉은 천이 드리워져 있었다. 그 천 뒤에 여인의 시신이 세워져 있고 이미 옷을 입힌 상태였다고 했다. 또다른 소문에 따르면 시신을 납골함에 담아 붉은 천 뒤에 눕혀 놓았다고도 했다.

어쨌든 누구도 감히 그 붉은 천을 들추고 시신의 상태를 자세히 살펴보려 하지 않았다.

이 묘당에는 이름도 없었다. 그저 묘전에 향로가 하나 마련되어 있어 향불이 꺼지지 않고 항상 누군가 찾아와 절을 올리긴 했지만 그것이 산속의 평안을 바라서인지, 아니면 다른 소원이 있어서인지는 알 수 없었다.

대규모 검거 열풍에 뒤이어 백색테러의 고압적인 통치가

전개되었다. 루청 사람들은 흔히 "백성들은 귀만 있고 입이 없다"라는 말로 당시의 상황을 기억했다. 입을 열어 시정을 논하는 것이 절대로 불가능한 상황이었다. 그저 이 산속 오솔길 어귀에 수백 년째 손상되지 않고 남아 있는 여자 시신에 관한 이야기만 끊임없이 구전됐을 따름이다.

오래된 기억을 다시 찾게 되면서 옛것을 좋아하는 여편네들은 그 여인이 감히 지적地籍을 위해 관부官府에 대항하여 싸우던 번파라고 말하기도 했다. '번인의 담력'을 지녀야만 능욕과 죽음을 당해도 후회하지 않을 수 있다는 것이었다. 들리는 소문으로는 탕산에서 내려온 더러운 관원들은 번인 땅을 강제로 점거하는 과정에서 백마를 타고 뛰어다녔고, 지나간 자리는 전부 그들 땅으로 삼았다고 했다.

루청 사람들은 온갖 표현과 방법을 다 동원하여 번파들의 용기와 담력을 칭송했고 맨 끄트머리에는 오직 번파들만 이런 번인의 용기를 갖추고 있었다고 덧붙였다.

하지만 이 번파들이 '잠식賺食'* 출신이라는 사실을 언급하는 소문은 없었다.

능욕을 당해 죽음에 이른 월진/월주의 혼백은 이제 저만

---

* 잠식 : 중국 대륙에서 토지와 생계를 위해 타이완으로 내려와 어렵사리 정착한 객가客家 사람. 여기서 객가란 '하카'라 발음하며, 외지에서 옮겨와 중국 남부, 즉 광둥 북부, 장시 남부, 푸젠 남서부 등지에 사는 사람을 말함.

의 작은 묘당을 갖게 되었다. 그 후로도 삼십 년간 끊이지 않고 전개된 검거 열풍으로 갑자기 루청 사람 몇몇이 사라지거나 하면 그때마다 누군가 산길 어귀의 돌과 나무로 된 묘당을 찾았고, 이 묘당은 점차 벽돌에 기와를 얹은 어엿한 건물로 변신해갔다. 하지만 크기는 그대로여서 성인 하나가 간신히 들어갈 높이에 대여섯 평 넓이가 고작이었다.

커다란 묘당을 건축하지 않는다는 것은 그 신의 지위에 대한 루청 사람들의 평가가 높지 않다는 것을 뜻했다. 여전히 마음을 쓰고 두려워하긴 했지만 지나치게 높이 떠받들지는 않았다. 그러다 보니 이 신위를 꼼꼼히 탐구하는 사람도 없었다.

돌과 나무로 지었을 때나 벽돌과 기와로 지었을 때나 이 묘당에는 시종 이름이 없었다. 묘당 안 공양 탁자에 조각상 하나 없었고 붉은 천으로 만든 포렴 하나가 영원처럼 변함없이 드리워져 있을 뿐이었다. 오랜 세월이 흐르면서 먼지가 쌓이고 색이 바래지면 똑같은 색깔과 똑같은 크기로 천만 바꿔놓을 뿐이었다.

하지만 공양 탁자 위의 향로에는 향불이 끊이지 않았다. 기도하러 찾아오는 사람들이 돌아가면서 향을 올린 듯했다. 어쩌면 누군가 남몰래 자주 드나들면서 이 작은 묘당의 향불이 끊이지 않도록 돌보고 있는지도 몰랐다.

붉은 천 뒤에 몸을 숨긴 여자귀신은 소금더미 아래에 묻혀 있기에 알몸에 화려한 옷을 걸치고 있는지, 아니면 세 척밖에 안 되는 납골함에 들어 있는지 알 수 없었다. 어쨌든 수백 년의 세월이 흘러 처음 발견됐을 때 그녀는 서 있는 자세였다.

생전에 대부분의 시간을 누워서 보내면서 자신의 두 발을 바라보던 귀신은 죽은 뒤에도 누운 채 구부러진 몸을 이리저리 뒤채여 다시 한번 자신의 발을 보고파 했다. 이제 몸이 꼿꼿하게 선 상태에서 오랫동안 소금더미에 눌려 아주 작게 쪼그라져 있긴 했지만 어쨌든 서 있을 수 있었다.

서 있는 여자귀신은 자신의 몸을 선명히 볼 수 있었다.

그녀의 피부는 대부분 크게 손상되지 않은 상태였다. 월주였다면 '홍모번'과 '생번'이 한데 뒤섞인 피부색이 흑설탕처럼 검은 가슴에 스며들어 감촉도 비단처럼 고왔을 것이다. 전신이 수축된 뒤로 모공이 보이지 않았고 살결이 한층 부드러워져 옥을 깎아놓은 양 매끄럽게 윤이 났을 것이다.

그 치욕의 상처만 아니었다면 그랬으리라.

월진은 다중 혼혈이었다. 몸집이 작았지만 두 가슴은 정말로 볼 만했다. 거대한 젖가슴이 앞으로 불룩 튀어나와 고개를 숙이면 두 개의 커다란 살덩이밖에 보이지 않았다. 그리고 그 살덩이는 한가운데에 진한 자줏빛 포도알 두 개를 키우고 있었다.

그러나 이 거대한 유방이 불룩 솟은 부분은 살갗이 완전히 벗겨져 있었다. 피부를 벗겨낸 회자수劊子手, 사형 집행인는 솜씨가 정말 뛰어나 유두와 유방 언저리에 동그랗기가 아주 아름다운 두 개의 원을 남겨놓았다.

피부가 완전히 벗겨진 두 유방에는 핏빛이 흥건한 것이 주변 다른 부위의 피부와 전혀 다른 빛깔이었다. 소금더미에 축소되었는데도 앞가슴에 달린 두 개의 동그라미 색깔과 광택이 확연히 다르다는 것을 알 수 있었다.

형이 집행되는 광경을 바라보던 지사 나리는 충분히 만족하지 못했는지 회자수에게 유방 피부를 벗겨낸 뒤 가는 칼로 유두 아랫부분을 여러 조각으로 절개하라고 명령했다. 유자껍질을 벗기는 것과 같은 방법이었고 유방 하나에 열 개의 칼집을 내게 한 것이 다를 뿐이었다. 열 조각으로 절개됐음에도 유두가 굳게 붙어 있어 잘린 유방이 흩어져 떨어지진 않았다. 하지만 절개된 부분은 우산처럼 벗겨낸 유자껍질처럼 활짝 펼쳐져 있었다.

지사 나리는 또 회자수에게 명령하여 다른 부위의 살을 베어내 유방의 절개된 상처 열 군데에 쑤셔 넣게 했다.

이렇게 유방에 잔뜩 살을 쑤셔 넣은 결과, 월진/월주는 전대미문의 거대한 유방을 갖게 되었다. 유방은 몸 전체와 비율이 맞지 않을 정도로 거대하여 가슴을 거의 다 차지했다.

이리하여 소금더미에 갇혀 수축된 유방을 가진 여성의 성징을 한눈에 알아볼 수 있었고 두 개의 거대한 살덩이가 몸부림치듯 매달려 있게 되었다. 그녀의 가슴은 서로 다른 부위의 살이 뒤엉켜 모양이 극도로 기이했다.

지사 나리가 유방을 절개하여 억지로 다른 부위의 살을 쑤셔 넣게 한 것은 월진/월주의 '객가 떠돌이' 출신 성분을 이용하여 수치심을 더하려는 처사였다. 유방에 메워 넣은 살과 피는 월진/월주의 하반신에서 도려낸 것이었다. 치욕의 정도를 한 단계 더 높이려는 잔혹한 의도였다.

객가 출신 여자들의 음부는 영원히 남자들이 맘대로 물건을 넣었다 뺐다 할 수 있게 해야 하기 때문에 몇 개로는 충분하지 않다는 것이 지사 나리의 생각이었다. 이런 생각을 분명히 드러내기 위해 지사 나리는 회자수에게 월진/월주의 하반신에 각각 열 개의 칼집을 내고 그 부분의 살과 피를 오려 유방에 쑤셔 넣은 다음, 살을 오려내 구멍이 생긴 부분을 원래의 음부처럼 만들어놓으라고 명령했다.

또한 지사 나리는 객가 여인의 음부를 여러 번 사용하여 음순이 밖으로 크게 벌어지고 검붉은 색깔이 나게 하라고 지시했다. 이리하여 회자수는 월진/월주의 몸에 열 개나 되는 음부를 만들어 남자들이 충족하게 해놓았다.

회자수가 몇 번째인지 모르는 음부를 만들었을 때 월

진/월주는 참혹한 비명과 메마른 울부짖음 속에서 여러 번 기절했지만 모두들 그 고통을 알면서도 모른 체했다.

(항간의 소문처럼 정말로 외간남자들의 물건이 지사 나리의 명령에 따라 이렇게 만들어낸 음호를 드나들었는지는 알 수 없었다.)

몸 전체가 멀쩡하면서 여성의 성징이 있는 부위만 잔혹하게 유린당한 여자의 몸은 죽어서도 우연한 원인으로 썩지 않고 소금더미에 덮여, 이른바 치욕의 흔적을 완전히 감춰둘 수 있었다. 그러다 수백 년이 지나서야 하나씩 선명하게 그 모습을 드러내게 된 것이다.

제대로 만들어낸 그 열 개의 음호들은 하나같이 아주 처참하지만 말이 없는 입이었다. 이 입들은 줄줄이 황폐한 하늘의 비정을 토해내고 있었다.

더이상 누워 있지 않고 누군가에 의해 일으켜져 설 수 있게 된 여자 시신은 고개를 숙여 수백 년 된 상처를 내려다보았다. 처연한 눈물이 줄줄 흘러내렸다. 하지만 아무리 많은 눈물을 흘려도 소금더미에 절여져 돌처럼 딱딱하게 굳은 몸 안으로 스며들진 못했다. 흐르는 눈물은 오히려 시신의 겉만 적시면서 수년간 쌓인 먼지와 연기 자국을 씻어줄 뿐이었다. 그 덕분에 상처들이 모두 선명해지고 영원한 치욕이 뚜렷이 드러났다.

여자귀신은 소금더미에 갇혀 있던 혼백이 드나들게 되면
돌처럼 딱딱해진 이 몸에 난 치욕의 상처가 수백 년이 지나
도 없어지지 않는 건 아닌가 하는 걱정이 앞섰다.

아무튼 귀신은 제 몸에 낙인처럼 새겨져 영영 지워지지
않는 치욕의 상처가, 사람들이 추적하는 목표가 되리라곤 꿈
에도 생각지 못했다. 상처가 대대적으로 기록되고 복권 당첨
을 약속하는 표시로 쓰이리라곤 미처 상상하지 못했다.

2·28사건*이 있은 지 30년이 채 안 되어 해외무역과 가
공업으로 차츰 부유해지기 시작한 섬은 광적인 황금만능의
유희와 욕망의 추구에 빠져들었다. '다쟈러大家樂'니 '류허차
이六合彩'니 하는 지하 도박이 섬 전체에 퍼져 천만 명이 넘
는 사람이 즐기는 전국적인 스포츠가 되었다.

원래 산속 오솔길 어귀의 묘당에 기거하던 여자귀신은

---

* 2·28사건 : 1947년 타이베이시 전매국 단속원들이 밀수 담배를 팔던 노점상 여인을
단속하는 과정에서 총격이 발생해 타이완인 한 명이 사망함으로써 촉발된 사건. 본성
인과 외성인 간의 종족 갈등으로 사태가 순식간에 악화돼 2월 28일에 타이베이시 전
역에서 파업, 철시, 시위가 벌어졌다. 3월 1일을 넘기며 타이완 전역으로 번지자 당황
한 국민당 정부는 계엄령을 선포하고 3월 8일 본토에서 2개 사단의 병력을 불러 3월 9
일부터 대대적인 살육과 약탈을 자행해 진압에 나섰다. 이 과정에서 수많은 학생들과
무고한 타이완 주민들이 무참히 죽고, 현지 정치지도자, 경제인, 언론인들이 대거 체
포되거나 처형되었다. 국민당 정부는 이 사건을 빌미로 1949년부터 1987년까지 군사
독재와 '백색테러'로 알려진 40년간의 탄압정치를 강행했다. 1988년, 리덩후이 정권
출범 직후 진행된 '2·28사건 진상조사' 공식 보고서에 따르면, 당시 사망자는 외성인
7~8백 명을 포함, 최대 2만8천 명에 달하는 것으로 알려졌다.

사람들이 음묘陰廟를 찾아와 절을 올리면서 명패明牌*를 요구하는 바람에, 광적인 노름의 어지러운 조류에 빠져들고 말았다.

처음에는 루청 출신뿐 아니라 거의 모든 사람들이 산길 어귀에 나타나 각양각색의 음묘에 절을 올렸다. 절을 올리는 사람들은 대개 향을 피우면서 소원을 빌었다. 그 소원은 복권에 당첨되어 큰돈을 벌 수 있도록 신명께서 '명패'를 내려달라는 내용이었다.

이어서 항상 산길 입구를 배회하며 떠나지 않는 미친 사내가 하나 나타나더니 그 역시 사람들의 절을 받는 대상이 되었다. 이 미친 사내는 대단히 우아하고 점잖은 사람으로 본디 루청의 한 권문세가의 자제였다고 했다. 전해지는 바로는 대규모 검거 선풍이 불었을 때 몰래 도주하려던 부친이 등을 수차례 군인들의 대검에 찔린 채 두 발을 계속 앞으로 디디면서 코를 박고 고꾸라지는 모습을 목격한 뒤부터 정신이 이상해졌다고 했다.

이 미친 사내에게서 폭력의 흔적은 전혀 찾아볼 수 없었

---

* 명패 : 1980년대 중엽 타이완 중부 지역에서 '다쟈뤄'가 유행하면서 상금을 애국복권 형식으로 지급했다. 애국복권의 상금 지급이 비공개로 이루어지다 보니 많은 사람들 이 사전에 번호가 유출되고 있다고 여겼고 이런 정보에 밝은 사람들을 '명패를 가졌 다'고 표현했다. 나중에 이는 사실이 아닌 것으로 판명되었고 결국 애국복권도 폐지되 었다.

다. 다만 뭐라 하는 건지 알 수 없는 말을 쉼 없이 중얼거렸다. 커다란 두 눈이 쉬지 않고 사방을 두리번거리는 것이 마치 뭔가에 크게 놀란 표정이었지만, 그러면서도 무언지 모를 원한을 숨기고 있는 듯했다. 경각심과 두려움이 순간적으로 어긋나면서 일종의 광란이 교차하고 있었다.

여러 해 동안 옷을 빨지 않은 탓인지 사내의 몸 전체에서 역한 악취가 풍겼고 회백색 장발에는 이가 잔뜩 기어 다니고 있었다. 소문에 따르면 그가 명패를 내리기 시작한 뒤로 밤낮을 가리지 않고 한 무리의 사람들이 그를 쫓아다니면서 악취를 참아내며 그의 입에서 어떤 숫자가 나오는지 신중하게 귀를 기울이곤 했다고 한다.

어찌된 일인지 일부 사람들은 젊은 나이에 미쳐버린 이 사내가 아직 '동자의 몸童子身'을 갖고 있어서, 그가 일러줄 명패가 그의 아랫도리에서 나온다고 믿기 시작했다.

필경 낮에는 금기가 있을 터였으므로, 몇몇 사람들은 밤이 되길 기다렸다 이 사내를 힘으로 제압해 손과 발과 머리를 묶고 억지로 바지를 벗긴 뒤, 풀을 엮어 만든 끈으로 이어놓은 바지 한쪽을 찢어내, 깨끗이 씻어본 적 없는 더러운 하체를 노출시켰다. 튼실한 두 허벅지는 진흙처럼 검은빛이었고 그 사이에 더 검은빛 작은 살덩이 하나가 달랑거렸다. 사람들이 똥오줌 냄새 뒤섞인 체취가 코를 찔러 욕지기가 치미는 것을 애써 참고 더러움에도 아랑곳없이 몸을 붙잡고 있는 사이, 누군가 손을 뻗어 그의 사타구니를 더듬었다.

잠시 후 사람들은 결국 참지 못하고 까르르 웃음을 터뜨렸다. 미친 사내는 일반 성인의 체격을 갖추고 있었지만 밑에 달린 자손 주머니는 어린아이의 그것만큼이나 작아서 양물陽物이라 할 것도 없었다. 한 번도 써보지 않았는지 몇 번을 주무르고 얼러도 '이쑤시개 크기'에서 더 나아가지 못했다. 사람들은 웃지 않을 수 없었다.

모두들 뭔가를 깨닫고는 흩어져 돌아갔다. 바지가 찢어진 사내만 남아서 하반신을 그대로 드러낸 채 이리저리 돌아다녔다. 입으로는 쉬지 않고 뭔가를 중얼거리면서.

바지를 벗긴 사건을 통해 어떤 사람은 '이쑤시개만한' 양물은 없는 것이나 마찬가지이므로 이를 숫자로 나타내면 '0'이란 숫자가 된다는 것을 깨달았다. 여기에 힘들게 사내의 아버지가 군인들에 살해된 날짜와 시간을 알아내 조합한 숫자를 통해, 당시로선 아주 보기 드문 '세 송이 꽃'을 유추해냄으로써 수백만 원에 달하는 복권상금을 탔던 것이다.

이런 소문이 전해지자 당연히 더 많은 사람들이 몰려들었다. 그러나 정작 이 오솔길이 인파로 발 디딜 틈 없이 붐비고 심지어 유람차까지 동원되어 밤만 되면 섬 전역을 통틀어 가장 떠들썩한 광경을 이루게 된 것은 이른바 '번녀가 명패를 내린 사건' 때문이었다.

전해지는 바에 따르면 이번에는 어떤 사람이 정말로 '다섯 송이 꽃'에 당첨되었는데 한 번에 오만 원을 걸 수 있는 '다쟈뤄'에 몇 백 배를 걸었다고 한다. 이처럼 과감하게 돈을 걸 수 있었던 것은, 꿈에 온몸에 상처투성이인 '번녀'가 나타나 원수를 대신 갚아달라고 하소연하는 모습이 선명히 보였기 때문이라고 했다. 꿈속 번녀의 몸에 난 상처의 수를 일일이 세어 얻어낸 숫자의 조합으로 돈을 걸었더니 과연 큰돈에 당첨되었다는 것이다.

이처럼 한번 대박이 터지자 일시에 큰 소란이 일었다. 산길 어귀에 시신이 버려졌던 이 '번녀'의 사적이 수백 년이 지나 다시 주목받기 시작한 것이다. 이번엔 그녀와 청대 탕산에서 내려온 관원의 항쟁은 거론되지 않고 지사 나리의 잔혹한 면만 강조된 게 다를 뿐이었다. 사람들은 그녀의 객가 신분에는 개의치 않고 하반신에 지사 나리의 명령으로 열 개의 음호가 뚫렸다는데, 그걸 원래의 음호를 포함한 열 개로 세어야 하는지, 따로 열 개의 음호를 만들었으니 도합 열한 개가 되는 것인지를 놓고 집요하게 고민했다.

물론 사람들은 그녀 몸에서 떨어져 나가지 않고 남아 있던 유두를 0으로 계산할 것인지, 아니면 두 개를 합쳐 8로 계산할 것인지, 그것도 아니면 음호 한 개를 더해 6으로 계산할 것인지를 놓고도 고심해야 했다. 어쩌면 10이나 18……
이 될 수도 있었다.

당연히 사람들은 '번녀'의 남아 있는 시신을 확인하고 직접 대조해보려고 했다. 어떤 사람은 새로운 과학기술을 이용해야 한다며 방사선 조사를 하자고 주장하기도 했다. 그렇게 하면 몸에 난 어떤 구멍도 법안法眼을 피해가지 못할 것이고, 그렇게 하면 충분히 또다른 조합의 명패를 내릴 수 있다는 것이었다.

하지만 지난번에 대박이 터진 뒤로 폭력배들이 묘당 주위를 완전히 에워싸고 스물네 시간 교대로 지키고 있어 감히 아무도 가까이 다가가지 못했다.

명패를 구하러 찾아오는 사람들은 정말 많았다. 묘당을 찾아가는 길에 형제끼리 말다툼을 벌이는 일도 있어 모두들 사단이 날까 두려워했다. 누가 꿈속에서 이런 방법을 생각해낸 것인지, 여러 개의 음묘를 비교하여 향을 올린 자리에 재가 떨어진 모양에서 숫자를 유추해내는 사람도 있었고, 묘당 앞 출입구에 소금을 뿌려놓는 사람도 있었다. '번녀'가 활발하게 활동하면서 밤마다 외출을 하고 가는 길마다 흔적을 남기는데, 소금에 남아 있는 흔적을 추적하면 명패를 알아낼 수 있다는 것이었다.

산길 어귀에 거센 바람이 불어 소금이 날려서 그런 것인지, 아니면 산속의 작은 벌레들이 소금 알갱이 위로 기어다니면서 그런 것인지, 그것도 아니면 정말로 '번녀'가 밤에 외출을 했던 것인지, 과연 소금길 위에 밤마다 서로 다른 모양의 흔적이 나타났다. 그 결과 각종 숫자를 판독해내느라 수많은 인파가 산속으로 몰려들었다.

인파를 따라 각양각색의 노점들도 나타나면서 백색테러의 계엄하에서 아주 드물게 볼 수 있는 소규모 군중집회와 대규모 묘회廟會, 명절에 사원이나 묘당 부근에서 제사, 오락, 장사 등 다양한 활동이 한꺼번에 행해지는 전통 풍속, 야시夜市 등이 자연스럽게 이루어졌고 심지어 서글픈 항쟁을 계속하는 당외 인사들의 선거유세 활동에도 이러한 인파가 동원되었다.

'번녀'가 명패를 내리기 시작한 뒤부터 상창香腸, 불에 구워 마늘과 함께 먹는 중국식 소시지을 파는 장사가 나타나더니 '다쟈뤄' 숫자 조합의 비결을 파는 장수, 점쟁이, 군고구마 장수, 옥수수 장수 등이 나타나는가 하면, 금붕어 낚시와 공 던지기 등 다양한 오락을 제공하여 주머니를 터는 노점들도 나타났다. 이 온갖 유형의 노점들은 밤이 되어서야 장사를 시작했다가 새벽이면 일제히 흩어져 돌아갔다. 노점상들이 사용하던 등불이 산길 어귀를 환하게 밝혀주었다.

어둠 속 산간지역의 좁은 길 어귀가 밤만 되면 갑자기 환해지고 수많은 사람들이 운집하여 내는 소리의 물결이 더해져 요사스럽고 기이한 광경들이 환영처럼 흘러갔다. 이렇게 하늘이 울릴 듯이 요란하던 광경은 날이 새면 소리 없이 사라지고 새벽햇살 사이로 무거운 흙먼지만 날렸다.

여자귀신은 갑작스럽게 찾아온 번화함과 자기 몸에 사람들이 바치는 '영광'이 두려워 묘당 밖을 반 발짝도 벗어나지 못했다. 사람들이 자신의 객가 신분과 그로 인해 갖게 된 상처를 그렇게 칭송하며 더이상 치욕과 연관시키지 않는다 해도, 여자귀신은 자기 몸에 찍한 낙인과 수백 년간 지워지지 않은 상흔을 감히 직시할 수 없었다.

그러다가 어느 깊은 밤에 '석두공石頭公'의 은혜에 보답하기 위한 스트립댄스를 목격하게 되었다.

가장 낮은 번호에 당첨된 사람 하나가 '석두공'에게 찾아와 답례하면서 금패도 내걸지 않고 다섯 가지 짐승고기도 차려놓지 않은 채 가자희歌仔戱, 타이완의 전통 희극나 포대희布袋戱, 타이완의 전통 인형극가 아닌 스트립댄스로 감사의 뜻을 표하고자 했던 것이다.

그 당시 섬에는 장례를 지낼 때 상주가 '전구를 단 꽃자동차'를 가져와 여자들이 나이트클럽처럼 화려하게 장식한 차 위에서 춤을 추게 했다. 반라, 심지어 전라의 몸으로 공연을 하는 목적은 망자를 즐겁게 하고 하늘로 가는 그의 영혼을 위로하기 위한 것이라고 했다. 하지만 '석두공' 앞에서 스트립댄스를 춘다는 것은 여자귀신으로선 한 번도 들어보지 못한 이야기였다.

그날 밤, '석두공'에서 춤을 춘 사람은 중년이 넘어 보이는 무녀舞女였다. 급히 돈이 필요해 이런 공연 제안을 받아들인 듯했다. 사실 이른바 '스트립댄스'에는 별 특별한 기교가 필요치 않았다. 그저 앞뒤로 몸을 가볍게 움직이며 몸에 걸친 공연용 투명 잠옷과 브래지어, 스타킹, 팬티 등을 하나씩 벗어던지면 그만이었다. 공연시간도 다 합쳐서 음악 두 곡 정도 연주되는 시간이면 충분했다.

준비해온 의상으로 갈아입은 스트립댄스 무녀는 들고 온 녹음기를 켠 다음 '석두공' 앞의 작은 공터에서 잠시 머뭇거리다 춤을 추기 시작했다. 다행히 음악이 흐른 뒤로 춤이 비교적 자연스러워졌다. 상황에 맞게 몸을 이리저리 비틀면서 걸친 옷가지들을 하나씩 벗어던지자 통통하고 매끄러운 배가 드러났다.

원래 그녀는 옷을 다 벗고 대충 몸을 좀 흔들어주다가 올 생각이었으나 뜻하지 않게 준비해온 카세트테이프에 문제가 생기고 말았다. 〈님은 언제 오시려나何日君再來〉*의 한 소

---

* 〈님은 언제 오시려나〉: 타이완 가수 덩리쥔鄧麗君의 대표곡. 그녀는 1980년대에 "중국의 낮은 늙은 덩 씨(덩샤오핑)가 지배하고, 밤은 젊은 덩 씨(덩리쥔)가 지배한다"는 말을 낳을 만큼 대단한 인기를 누렸다. 한국에선 〈첨밀밀〉의 가수로 유명하다.

절이 세 번이나 반복되더니 그 다음 부분이 끝없이 되풀이되고 있었던 것이다.

혼자 공연을 하다 보니 음악도 자신이 직접 틀어야 했다. 물론 같이 온 조수도 없었다. 게다가 춤도 거의 끝나가 음부를 잠시 매만지다가 팬티만 벗어던지면 되는 순간이었다. 스트립댄스 무녀는 녹음기에 신경 쓰지 않고 얼른 원래 리듬으로 돌아와 춤을 마저 끝내려 했다. 하지만 뜻하지 않게도 "인생을 살면서 취하기가 쉽지 않으니, 지금 취하지 않으면 또 어느 때를 기다릴까" 하는 대목에서 또다시 뒤로 넘어가지 못하고 같은 소절만 되풀이되었다. 하는 수 없이 무녀가 옷을 다 벗어던지고 반시간 가량 더 춤을 추고 나자, 녹음기는 저절로 작동을 멈추었다.

'석두공'에서 감사의 제사를 지내기 위해 무녀를 고용한 사람은 이 스트립댄스 무녀가 정말로 욕망에 취해 감정적인 춤을 췄다고 생각했다. 일이 끝나고 나서 들은 얘기에 따르면 굽 높이가 십 센티미터가 넘는 하이힐을 신고 춤을 춘 중년의 무녀는 몸이 몹시 피곤했는데도 어쩐 일인지 느낌이 신기하고 야릇했다고 했다.

"뭔가 딱딱한 물체가 줄곧 내 음부를 자극하고 있었어요. 마치 남자 물건 같기도 했는데 단지 안으로 들어오지 못하고 있는 것 같았어요. 다행이 음악이 끝나니까 그런 느낌도 사라지더라고요."

중년의 무녀는 스트립댄스를 신명에게만 보여주고 사람들에게 와서 구경하도록 알리지 말았어야 했다면서, 춤을 추는 동안 내내 사방에서 무수한 눈동자가 번뜩였는데도 입장료를 받지 못했으니 자기만 손해를 보았다며 툴툴거렸다.

무녀를 고용한 사내는 몹시 억울했다. 이는 보안에 부칠 필요조차 없는 일이었다. 어떻게 사람들에게 그런 춤을 구경하러 오라고 통지를 할 수 있단 말인가? '석두공'께서 기분이 상해 재운을 빼앗아 다른 사람에게 줘버리면 자신은 헛수고한 꼴이 되기 십상이기 때문이다.

그날 밤, 현장에 사내 혼자 있었다는 것은 너무나 명백한 사실이었다.

여자귀신은 입을 크게 벌리고 껄껄 웃으며 자리를 떴다.

그런 몸으로 스트립댄스를 춰서 신명에게 보답하려 했다는 사실에 여자귀신은 사방을 날아다니면서 온갖 기이한 웃음을 쏟아냈다. 여자귀신이라 그런지 여자의 몸에 대해선 아주 많은 식견을 갖추고 있었다. 생전에 기거하던 '만춘루'에는 온통 여인들의 알몸뿐이었던 것이다. 최근에는 산속 오솔길 어귀에 숨어 있으면서도 장례 행렬의 '전구를 단 꽃차'뿐 아니라 각 성姓의 왕야나 대장야大將爺 같은 엄숙한 신들에게까지 누군가 야외무대에서 스트립댄스를 추어 즐거움을 공양하는 광경을 볼 수 있었다.

무대에는 항상 젊은 사람의 알몸이 있었다. 사람들은 이를 '유치幼齒, 다섯 살 미만의 어린아이를 지칭하나 의미가 확대되어 청소년을 통칭하기도 함'라고 불렀다. 옷을 벗을 때도 반드시 해야 할 일이 있었다. 옷을 깡그리 다 벗은 뒤에는 행동규칙인지, 아니면 순전히 어쩔 줄 몰라서 그런 것인지 모르지만, 무대 위에 넋이 나간 채로 그대로 서 있어야 했다. 이럴 때는 아무리 젊은 몸이라 해도 인간으로서의 감각은 전혀 느끼지 못했다. 그저 몸에 인두겁을 뒤집어쓴 채 이상한 공간에 액자처럼 서 있었을 뿐이다.

하지만 넋이 나갔다 해도 젊은 몸은 여전히 희고 윤기가 자르르 흘렀다. 게다가 스트립댄스를 추던 그 중년의 무녀처럼 배가 통통하게 튀어나오고 음부에는 털 한 가닥 보이지 않았다. 두 유방은 유두가 안으로 함몰된 것으로 보아 기피 대상인 '백호白虎'임에 틀림이 없었다. 유두가 함몰되어 있고 음모가 적은 이 중년의 무녀는 엉덩이 아랫부분이 가슴으로 자리를 옮겼는지 앞뒤가 전혀 맞지 않는 이상한 체형을 지니고 있었다.

(이런 '백호'들은 과거에 만춘루에서도 받아주지 않았다.)

그래서인지 그녀는 이렇게 음묘를 찾아와 옷을 다 벗어젖히고 온갖 음란하고 천박하고 상서롭지 못한 춤을 추고 있었던 것이다. 정말 만사가 피할 수 없는 운명으로 정해져 있는 것인지도 몰랐다. '백호'가 되면 필연적으로 이런 처지가 되기 마련인 것이다!

여자귀신은 한동안 암흑에 갇혀 있다가 갑자기 반짝하는 영혼의 빛을 보게 되었다. 정말로 자기 몸이 운명의 손에 맡겨진 거라면 굳이 뭔가에 집착할 필요도 없을 테고 수백 년간 가슴에 맺혀 있던 응어리도 굳이 간직할 필요가 없을 터였다.

여자귀신은 몸을 뒤집어 바람처럼 날아서 '금신金身, 금빛을 칠하여 만든 부처의 몸'으로 빚어진 자기 몸을 보고 싶어졌다. 전광석화 같은 찰나에 날아온 묘당 앞의 소금 길엔 고요만 감돌았다. 밤새 짙은 어둠 속으로 밀물처럼 몰려왔던 이들은 모두 물러가고 환한 불빛도 찾아볼 수 없었다. 그저 군데군데 은빛만 반짝일 뿐이었다. 뜻밖에도 그 반짝이는 길은 누군가를 이끄는 듯했다. 여자귀신은 자신도 모르게 걸음을 내딛어 포장된 은빛 길을 걸어갔다.

귓가에 음악 연주 소리가 들려오는 듯했다. 끊어질 듯 이어지며 멀리서 가늘게, 귀 기울여 자세히 들으려 하면 들리지 않다가 갑자기 음악소리가 귀에 가득 차곤 했다. 여자귀신은 앞으로 몇 걸음 나아갔다. 음악소리는 진짜였다. 원래는 옛날에 애틋한 마음을 전할 때 쓰던 눈바람眼風을 날려 보낼 수 있었지만, 어느새 여인의 운미韻味가 가득했다. 곧이어 그녀는 자연스레 연화지蓮花指 모양의 손가락을 하고 섬섬옥수로 눈바람을 헤치며 옥을 깎은 듯 미끈한 다리를 높이 쳐들고 허리를 틀어 몇 번 휭 돌아 묘당에 닿았다.

흥이 채 가시지 않았는지 여자귀신은 다시 몸을 돌려, 소금 깔린 은빛 길에서 다양한 춤사위로 움직이는 숨결을 즐겼다. 몸과 혼이 경쾌한 동작으로 거꾸로 서기, 옆으로 돌기, 하늘 날기 같은 자세들을 이어가며 아주 활발하고 비범한 움직임을 보였다.

음악소리가 빨라졌는지 여자귀신을 통해 나타나는 춤 동작이 훨씬 격렬해졌다. 소금 길은 마치 길게 깐 붉은 양탄자 같았다. 무대 공연처럼, 여자귀신은 극에 이른 다양한 춤사위에서 몸과 혼이 일찍이 맛보지 못했던 아찔한 쾌감을 느꼈다. 끝없는 희열이자 도취 상태의 편안함이었다.

(이 은빛 길이 정말로 그녀를 이끌어줘서 그런지 무수한 전세금생前世今生을 지나가며 매순간 시시각각으로 삼라만상이 모습을 달리했다. 하지만 종점은 어디이며, 도대체 어느 방향으로 가고 있단 말인가?)

시간이 멈춘 것인지, 눈에 보이는 마음이 빙빙 돈 것인지 분간할 수 없었다. 여자귀신은 고개를 숙여 아래를 굽어보았다. 자기 몸에 걸쳐진 화려한 비단 두루마기가 보였다. 우선 몸을 떠나 마찬가지로 느린 속도로(어쩌면 눈 깜짝할 순간인지 모르지만) 멀리 날아갔다. 귀신을 믿는 군중 앞에 비취와 옥으로 만든 관을 쓰고, 수많은 황금조각과 진주와 마노로 만든 목걸이와 팔찌로 화려하게 치장을 했다. 끝으로 옷과 허리띠도 걸쳤다.

바삭바삭한 귀신의 알몸이 은빛 길 한복판에 우뚝 섰다.

처연한 눈물(눈물의 느낌)이 눈에 차올랐으나 방울이 되어 떨어지진 않았다.

순간, 어쩌면 수백 겁의 세월일지도 모르는 그 순간, 여자귀신은 실오라기 하나 걸치지 않은 알몸으로 소금 길에서 춤을 추기 시작했다. 처음엔 어색해 손과 발을 어디 두어야 할지 몰라 하더니, 이내 깔깔 웃음을 흘리며 벌거벗은 몸 전체를 죄다 흔들었고, 일단 그렇게 되자 수습이 불가능해졌다. 여자귀신은 문득 뭔가 느껴지는 바가 있었다. 제 춤사위와 손동작이 뜻밖에도 스트립댄스를 추던 중년의 무녀와 매우 흡사했던 것이다.

(유일하게 출 줄 아는 춤이 스트립댄스였을까?)

어쩌면 여자귀신은 그 '전구를 단 꽃자동차' 위에 알몸으로 선 '유치'처럼 곤혹감 탓에 춤 동작을 더 맹렬하게 하고 벌거벗은 몸에 붙은 살덩이가 죄다 출렁거리게 엉덩이와 유방을 힘차게 흔들었던 것인지도 모른다. 은밀한 곳에 있는 구멍들도 모두 열려 무언가가 들어오는 것을 거부하는 것 같으면서도 환영하고 있었을지도 모른다. 천지에 춘정春情이 가득하고 춘광春光이 끝이 없는 계절이었다. 이어서 여자귀신은 영혼의 상태로, 가볍게 다리 찢기와 물구나무 서기, 등 펴기, 허리 굽히기 같은 고난도 동작을 이어갔다.

(그러나 춤 동작 탓에 알몸의 두 다리가 쫙 벌어질 때 구멍이 뚫려 있는 은밀한 부위가 원래 이 여인의 음호였는지 아니면 지사 나리가 뚫어놓은 열 개의 가짜 음호인지 구별할 수 없었다. 차가운 바람이 불어 가볍게 몸을 자극하면 원래의 음호 한 곳만 자극을 받는 건지 아니면 열 개의 구멍에 다 파급되는 건지도 알 수 없었다. 끝없는 춘정과 욕망을 해소하려면 어디서 비와 이슬을 기다려야 하는 건지도 알 수 없었다.)

아! 여자귀신이 소리를 질렀다.

모든 것이 뿌리의 소재지인 이 몸뚱이 안으로 돌아와야 하는데 왜 바깥으로만 방법을 찾아다니며 불안해했던 것인가! 수백 년 만에 여자귀신은 처음으로 두려움 없이 고개를 숙여 주변을 둘러보고, 몸에 난 그 십여 군데의 치욕스런 상처를 살펴보았다.

늦게나마 여자귀신은 두 손을 뻗어, 열 조각으로 갈라 다른 부위의 살을 메워 넣었던 두 젖가슴을 만져보았다. 비율이 맞지 않게 억지로 만든 거대한 유방에서 가벼운 전율이 느껴졌다. 두 손으로도 그 흔들림을 주체할 수 없는 것 같았다. 곧이어 젖가슴이 심장박동을 이끌어 활발하게 요동치는 것만 같았다.

그러나 갑자기 아주 이상한 생각이 들었는지, 여자귀신은 예전에 보았던 그 스트립댄스 무녀처럼 두 젖가슴을 어루만지며 춘정을 자극할 만한 야릇한 동작들을 시도해 보았다. 두 손을 가슴에 달린 거대한 유방에 올려놓고 남들이 하듯 이리저리 비비고 어루만져 보았다. 두 개의 거대한 유방에서 무한한 춘정을 뽑아내려는 듯이 말이다.

그러나 뚜렷한 감각 속에서 두 손이 떠맡은 거대한 유방이 점점 작아지더니 격정과 애무로 인해 절개해 쑤셔 박아둔 하반신 살이 삐져나와 소금 길로 떨어졌다. 한쪽 유방에 난 열 개의 상처에서 떨어진 살과 피가 더할 수 없이 선명하게 소금 길에 드러났다.

여자귀신은 아무 느낌도 없는 듯 두 유방을 어루만지던 손을 율동에 따라 차츰 아래로 옮겨 억지로 만들어진 열 개의 음도 입구를 더듬었다. 절개된 상처를 따라가며 여자귀신은 한없이 부드럽고 따스한 표정을 지었다. 살짝만 닿아도 어느 상처가 얕고 어느 상처가 몸 안쪽으로 통하는지 알 수 있었다. 상처의 통증만 있고 다른 감각을 갖추지 못한 다른 신체 부위와 전혀 달랐다. 상처가 있는 부분은 애당초 자기 몸에 속한 게 아니었다.

본능적인 감각도 필요 없이 여자귀신의 두 손은 자연스럽게 음호를 어루만졌다.

아! 이곳에서만 끝없는 춘정이 솟아나고 있었다.

엉덩이를 흔들며 몸을 앞뒤로 움직이는 동안 절개되어 억지로 만들어진 음도 하나가 아무 느낌도 없이 저절로 일탈해 똑같이 소금 길 위로 떨어졌다.

여자귀신의 알몸은 소금 길에서 계속 극도로 음탕한 자태로 온갖 방탕한 춤을 추었다. 방기되어 날아가는 것은, 감각은 없고 상처의 고통만 있는 열 개의 가짜 음호였다. 하얀 소금 길에 떨어져 한 가닥 줄을 이루며 똑같이 처참한 무언의 상흔을 만들었다.

마침내 몸 전체에 난 스무 개의 상처가 흰 소금에 올려놓은 듯 또렷이 드러났다. 상처 부위마다 소금이 뿌려져, 말 그대로 '상처에 소금을 뿌리는' 이중의 효과를 거두었다. 눈이 휘둥그레질 만큼 놀랍기만 했다. 그러나 그 상처 자국도 소금 길에 수렴되어 소금에 뒤덮이고 말았다.

얼마나 상쾌하고 자유로운가! 여자귀신은 고개를 숙여 아래를 바라보았다. 수백 년에 걸친 삶과 죽음의 복잡한 갈등을 자아내던, 그림자처럼 따라다니던, 몸 여기저기에 흩어진 살과 피와 힘줄이 뒤섞인 온갖 상처들이 말끔히 사라져 더이상 보이지 않았다.

가느다란 미소 한 줄기가 귀신의 입가에 번졌다.

그러나 막을 수 없는 것은 여자귀신이 회전을 하기 시작했다는 것이다. 귀신의 몸은 갈수록 빨라지더니 급기야 연기처럼 그림자처럼 가벼워 보였다.

(이 은빛 불꽃이 정말로 그녀의 앞길을 인도할 가장 강한 빛인가? 은빛은 환하게 밝은 흰빛이었다가 눈부신 노란빛으로 변하더니 반짝이는 붉은빛, 휘황한 초록빛, 투명하고 눈부신 파란빛으로 변해갔다. 빛의 불꽃마다 분출하는 색과 가시적 속도가 달랐다. 극도로 천천히 느린 동작으로 충만하게 다가와서는 몸을 뚫고 혼체魂體에서 하나로 합쳐져 오색 휘황찬란한 불빛을 쏟아냈다.)

여자귀신은 고개를 숙이고 아래를 응시했다. 시간이 그 자리에서 멈춰버린 것이 분명했다. 온몸을 흐르는 오색 광채가 말라 바삭바삭하던 영혼과 몸에 불꽃만 남게 했다. 전혀 실체가 없었다.

이어서 눈으로 볼 수 있는 마음속 생각이 빙글빙글 도는 가운데 여자귀신은 자신이 불꽃의 형상으로 전환되는 것을 목도했다. 똑같이 극도로 느린 속도로 사방을 향해 헤엄치듯 떠나갔다. 아주 멀리 갔다.

4

기이하게도 명패를 낼 수 있는 '번녀'의 시신이 갑자기 자취를 감추자 섬 전역의 폭력배들이 들고 일어나 서로 상대방 조직이 '금신金身'을 감춘 것이 아닌가 하고 의심하면서 나름대로 대책을 마련하고 있었다.

다행스럽게도 '관계당국'에서 '다쟈뤄'가 사회 혼란을 야기한다고 판단하고는 적시에 '혼란시기 반란행위 징치조례'를 제정해 정부가 물주가 된 '애국복권'의 발행을 금지했다. 도박에 빠진 이들은 상금제도에 공신력이 떨어지자 점차 발을 빼게 되었다.

'다쟈뤄'가 물러가고 새로 나타난 '류허차이'가 아직 기반을 잡지 못한 사이, 한동안 산속 오솔길 어귀의 은밀한 곳에선 금신의 신명을 볼 수 있었다. 사람들은 높이가 두세 척쯤 되는 신명들 가운데 음묘왕공이나 토지공을 제외하고 정신正神인 관제군關帝君이나 나타태자哪吒太子, 오로재신五路財神, 심지어 옥황대제玉皇大帝의 목각상이나 조소상까지도 전부 묘당 바깥으로 들어냈다.

이렇게 사묘寺廟나 작은 사당에서 유기된 신상들은 원래 남몰래 매일 찾아와 기도를 올리는 신도들에게서 향불 공양을 많이 받은 터라 명패 구하기에도 안성맞춤이었다. 하지만 일단 '강구損龜, 타이완 사투리로 도박이란 뜻, 여기서는 도박게임 명칭'나 '다쟈춰'가 다시 부활할 가능성이 적으니 유기되는 운명을 피하기는 어려웠다.

사람들은 세상 풍속이 하루가 다르게 변해 신들조차 자신을 보호하지 못한다고 한탄했다. 일부 선량한 사람들은 신상이 사방에 방기되어 굴러다니는 것을 눈 뜨고 볼 수 없다며 이들을 잘 모아두었다. 이름도 없는 '번파'의 묘당에 있던 '금신' 역시 이 운명을 피할 수 없었으나, 다행히 수십 존의 다른 신상들과 함께 수집되어 존비와 크기에 관계없이 한꺼번에 작은 묘당 안에 쌓여, 적어도 비바람과 땡볕은 피할 수 있게 되었다.

이젠 아주 극소수만이 예의 그 '번파' 금신이 어디로 갔는지 계속해서 행방을 쫓고 있을 따름이다.

나라의 북쪽

———

대나무의 귀신

누가 텅 빈 대나무 속을 불어댔는가

1

'한약자선漢藥仔仙'이라 불리는 한의사가 탕산에서, 그것도 아주 최근에야 이곳으로 왔다는 사실은 루청 사람들 누구나 다 알고 있었다. 그리고 그의 고명한 의술을 칭찬하면서 탕산에서 온 한의사가 있어야만, 그의 집안에서 대대로 전해지는 조상의 비방이 있어야만 신기한 효험을 발휘할 수 있고, 이런 효험은 현지 한의사들과는 비교가 되지 않는다고들 했다. 루청 베이터우北頭, '북쪽 끝'이라는 뜻의 지명, 탕산에서 가장 가까운 부두에 도착하여 배에서 내린 이 한의사는 물가에서 멀리 떨어진 아주 편벽한 곳에 터를 잡고 정착했다. 때는 이미 루청이 가장 흥성했던 건륭·가경 연간이 지나 타이완 중부의 큰 하천인 줘수이계가 범람하여 큰 재해가 발생하고 그 거대한 지류는 루청 항구로 흘러들던 시기였다. 원래 큰 함선들이 정박할 수 있는, 항구의 수심이 깊어 한꺼번에 백 척의 배가 정박할 수 있는, 큰 배는 만여 석에 달하는 짐을 실을 수 있고 작은 배도 천 석 정도의 짐을 실을 수 있는 섬 중부의 가장 크고 좋은 항구였던 루청은 끝내 모래의 퇴적을 이기지 못해 뱃길이 점점 좁아지고 바닥에 돋은 수많은 암초들로 뱃길이 자꾸 휘어지는 바람에 배를 대기가 여간 어렵지 않게 되었다.

'한약자선' 일가는 탕산과 루청 외항을 오가는 대형 증기선을 타고 루청에 도착한 뒤 다시 작은 배로 옮겨 타고서야 간신히 베이터우 부두에 닿을 수 있었다. 길가에 배와 수레가 많은 데다 또다른 이유가 있어 '한약자선'은 마치 도망자처럼 뭍에 오르자마자 곧장 부두 뒤쪽으로 숨어들어야 했다. 일가는 바다 쪽으로는 고개 한 번 돌리지 않았다.

이 '한약자선' 일가가 사람들의 의심을 받기 시작한 것은 우선 아내와 아이들을 합쳐 전부 네 식구나 되면서도 큰 짐 하나 없이 부부 둘이 작은 보따리 하나씩 달랑 들고 왔다는 사실 때문이었다. 짐 보따리 부피가 그리 작지는 않았지만 한 가족이 옷을 갈아입기에는 턱없이 부족한 수준이었던 것이다.

타이완으로의 초기 이민은 이미 수백 년 전에 끝난 터라 탕산의 명明, 청淸 왕조가 쇄국정책을 편 뒤부터 타이완으로 오려는 이들은 모두 몰래 바다를 건너야 했다. 나중에 해금 海禁 조치가 풀리긴 했지만 남정네들이 가솔을 이끌고 타이 완으로 오는 것은 여전히 허락되지 않아 '탕산 출신 사내는 많지만 탕산 출신 여인네는 없는' 기이한 상황이 벌어졌다. 게다가 타이완으로 오는 이들은 대부분 모험가들이나 가난 에 찌든 사람들, 범죄를 저지르고 도망친 사람들로 하나같이 독신의 '나한경羅漢卿'들이었다.

건륭·가경 연간을 지나면서 탕산 푸젠福建 취안저우의 한강蚶江 어귀와 루청에 정식으로 부두가 설치되고 양안 해 협을 오가는 수역에 상선들이 운집함에 따라 상인들 왕래가 잦아지면서 루청에도 상가가 형성되고 상점들이 즐비하게 들어서 온갖 물산이 넘쳐나고 민생이 넉넉해졌다. 탕산과 루 청 사이를 오가는 이들 중에는 상인과 부자들뿐 아니라 평범 한 사람들도 많았다.

그런데 왜 '한약자선'은 그렇게 불안해하는 표정으로 두 려움을 감추지 못했던 것일까? 도대체 왜 근심 가득한 표정을 내보이고, 창백한 얼굴로 어쩔 줄 몰라 했던 것일까?

배가 심하게 흔들리는 격한 풍랑을 견디지 못하고 오는 내내 얼굴이 하얗게 질리도록 토악질을 해댔던 것일까? 하 지만 루청과 탕산 취안저우 사이의 거리는 아주 가까워 열

여덟 시간이면 서로 닿을 수 있었다. 게다가 양쪽을 오가는 배는 대형 선박이라 노의 길이가 스무 자에 달했고 밑에 화물을 가득 싣고 선창바닥을 석판으로 마감하여 매우 안정적이었다.

이 대형 선박으로 해협을 오가는 것은 해금령 아래서 작은 배로 몰래 건너다닐 때보다 훨씬 안전하여, "눈 깜짝할 사이에 여섯 가운데 셋이 죽는다"는 속담은 더이상 어울리지 않았다. 여름에 태풍을 만나거나 해적을 만나 털리지만 않는다면 과거에 타이완으로 내려왔던 옛 사람들이 그토록 두려워하던 '흑수구黑水溝'니 '홍수구紅水溝'니 하는 심해 구간도 별 치명적인 위험이 되지 않았다.

그렇다면 왜 '한약자선' 일가 네 식구는 루청 베이터우 부두에 오른 뒤에도 그처럼 겁에 질린 표정으로 뒤도 돌아보지 못한 채 줄행랑치듯 앞만 보고 갔던 것일까?

항구에 토사가 쌓이면서 상업 교역이 그다지 활발하지 못하게 된 베이터우 부두에 모여 있던 거의 모든 사람들의 눈길이, 손에 짐 보따리를 들고 다른 사람은 제대로 쳐다보지도 못한 채 앞만 보고 걷는 이 네 사람에게 쏠렸다.

사람들이 '한약자선'이라 부르는 이 한의사는 일가 네 식구를 거느리고 베이터우 부두 근처 여관에 잠시 짐을 풀었다가 바다에서 멀리 떨어질수록 좋다고 생각했는지, 항구에서 아주 멀리 떨어져 주로 번인들만 모여 사는 산간지역에 작은 집 한 채를 얻어 정착했다. 섬 한복판에 있는 충산崇山 준령의 삼천 미터가 넘는 고산들에 비하면 산이라 하기엔 너무 보잘것없는 곳이었다. 그저 해안 충적지 근처의 작은 언덕에 지나지 않기에 사람들은 이를 '윤자崙仔'라고 불렀다. '한약자선'은 아주 간단히 '회춘의 묘방'이라는 간판을 내걸고 바로 이곳에서 진료를 시작했다.

의술이 고명하다는 소문이 루청 전역에 퍼지기 전에 '한약자선' 일가는 대나무를 가공해 젓가락 만드는 일로 생계를 유지했다. 경영에 능했던 '한약자선'는 젓가락 생산을 점차 확대해 인근의 부녀자들이나 어린아이들에게 일을 맡겨야 할 정도로 가업 규모를 키워갔다. 적어도 그 사건이 일어나기 전까지는 그랬다.

약간의 규모를 갖춘 젓가락 공방은 원가原價를 낮추려고 다량의 대나무를 한꺼번에 사들여 쌓아두면서 그 대신에 생산량을 조절하는 방식을 취했다. 다행히 '한약자선'의 집은 편벽한 곳이라 문 앞에 널따란 공터가 하나 있었다. 한 묶음씩 운반해 쌓아놓은 대나무더미는 작은 산을 이루었다.

새로 벤 대나무는 비취빛을 띠고 아주 단단한 데다 길이는 사람 키 정도나 됐다. 비록 굵기가 밥그릇 정도 되는 맹종죽孟宗竹은 아니지만 직경이 손가락 하나는 넘었고 죽육이 가늘고 죽신이 동글동글하고 표면에는 윤기가 흘렀다.

원통 모양의 대나무를 한 다발씩 묶어 쌓으면 열 가닥 정도가 한 덩어리가 되어 더 큰 원통 모양을 이루면서도 미끄러져 굴러 떨어지지 않았다. 한 무더기씩 쌓아올린 대나무더미는 서로 부딪치면서 그리 큰 힘을 가하지 않아도 차례로 또르륵 또르륵 소리를 내면서 아래로 미끄러져 내렸다.

그래서 이런 대나무더미 위에 사람이 서 있었다는 얘기는 들어본 적이 없었다. 처음 소문이 나돌 때 사람들은 기이한 현상이라고만 했다. 밤중에 누군가 그 앞을 지나다 사람 그림자 하나가 대나무더미 위에 서 있는 것을 보았노라고 했다.

도대체 무엇이 그렇게 미끄러운 대나무더미 위에 설 수 있단 말인가?

또다른 소문이 돌았다. 누군가 그 사람 모습을 보았는데 틀림없는 여자라는 것이었다.

한밤중에 대나무더미 위에 '여인'이 서 있었다고?

이쯤 되면 확실하다고 할 수밖에 없었다. 더이상 어떤 증거도 필요치 않았다.

'한약자선'이 집 안에서 다른 뭔가를 찾고 있다는 사실을 아는 사람은 아무도 없었다. 이런 일이 사람들이 잔뜩 모인 시가지나 주택가 골목에서 일어났다면 주변 이웃들이 자발적으로 나서서 떠벌리는 일은 없었을 것이다. 모두가 두려움에 벌벌 떨면서 소리를 지르며 뛰쳐나왔을 것이고, 잘못해서 그 무언가가 몸에 달라붙었다면 아무리 떨쳐내려 해도 뜻대로 되지 않았을 것이다.

'한약자선'은 루청 사람이 아닌 데다가, 베이터우 부두 인근에 사는 사람들은 모두 '한약자선' 일가가 당황한 모습으로 뭍에 올라 자신이 건너온 바다 쪽을 단 한 차례도 돌아보지 않았던 것을 생생하게 기억하고 있었다.

(도대체 탕산에서 뭘 가져온 것일까?)

사람들은 나름대로 제각기 의론을 펼치기 시작했지만 아무리 오지랖 넓은 아낙네들도 직접 그 집을 찾아가 따져 묻진 못했다.

오래지 않아, 길 가는 행인들이 밤만 되면 대나무가 쌓여 있는 길을 피해 먼 길로 에둘러가더니 벌건 대낮에도 그 집 앞을 지나가는 사람들이 갈수록 줄어들었다. 갈 길 바쁜 사람들은 근처까지 와서 하나같이 조심스런 발걸음으로 감히 여기저기 눈길을 주지 못했고 잰걸음으로 '한약자선'의 집 앞을 휙 지나치기에 바빴다. 일단 그 집 앞을 지나면 땅바닥에 침을 뱉는 것도 잊지 않았다. 사악한 기운을 토해내 재난과 액운을 막으려는 몸짓이었다.

결국 '한약자선'의 공방에서 대나무 젓가락을 깎던 부녀자와 아이들도 하나씩 저마다 다른 핑계를 대며 그만두었고 '한약자선' 일가만 남아 계속해서 집 앞 공터에서 대나무 젓가락을 깎았다.

어른 키만한 대나무를 깎아, 쓰기 편한 젓가락으로 만들려면 먼저 대나무마디를 고려해 톱으로 칠 촌 정도 길이로 잘라야 했다. 그리고 이렇게 잘린 대나무는 반드시 대나무 특유의 마디가 갖춰져 있어야 했다.

속이 빈 이 대나무 조각은 마디마다 한 층의 공백이 있고 다른 식물의 마디나 줄기처럼 특히 단단하고 약간 돌출되어 있었다. 그 때문에 곧은 젓가락을 만들기에 적합하지 않았다.

톱으로 대나무를 자르는 일은 무척 힘이 들어 어른들이라야 할 수 있었다. 일손이 줄어들어 식구들만 일을 하다 보니 일도 느려질 수밖에 없었다. 큰 더미로 묶어놓은 대나무는 작은 산처럼 '한약자선' 집 문 앞에 계속 쌓여만 갔다.

오래지 않아 사람들은 그 요지부동의 대나무더미 아래서 누군가 금지金紙를 태운 흔적을 발견했다. 다 탄 종이는 땅바닥을 온통 재로 어지럽혔다. 수량이 상당히 많았음을 짐작할 수 있었다.

이렇게 많은 금지를 태웠다면 '한약자선'도 틀림없이 그 대나무더미 위에 서 있는 여인을 보았을 터였다.

또다시 분분히 소문이 퍼지기 시작했다.

정말로 베이터우 지역을 떠들썩하게 한 것은 대나무더미 아래서 아무리 많은 금지를 태워도 별 효과가 없다는 사실이었다. 인근 지역 사람들은 금지 공양을 많이 받을수록 그 '여인'은 갈수록 더 명분이 커지고 할 말이 많아져 대나무더미 위에 더 오래 머물게 되는 거라고 말하기도 했다.

때로는 어린애가 놀라 대낮에도 울음을 터트렸고 경기를 가라앉히려 해도 아무 소용이 없었다. 한번 놀란 아기는 얼굴이 새파래진 채 야위어갔다. 닭과 오리에게 전염병이 돌아 무더기로 죽어나가는 일도 있었다. 부부싸움도 끊이지 않고 고부간 갈등도 심해졌다.

정말 사람과 말이 한꺼번에 망가지는 대재난이었다(만일 사슴 무리에서 지명이 유래한 루청에서도 말이 생산되었다면 말이다).

이제 '한약자선' 일가에 관한 일이 아니더라도 베이터우 지역을 지키는 최대의 수호신인 '오부삼왕야嗚府三王爺, 생전에는 왕공귀족이었다가 죽어서는 지역 수호신이 된 오씨 귀족 가문의 세 신명'의 힘을 빌리지 않으면 안 되는 상황이 됐다.

'오부삼왕야' 묘당에는 세 왕야의 신상이 한자리에 모셔져 있었다. 세 신상 모두 묘당 안에서 지극히 안정된 자세로 바다를 굽어보고 있었다. 베이터우 지역에 터잡은 옛 사람들은 일찍이 이곳 해변에서 영패슈牌로 보이는 나뭇조각을 하나 건져낸 적이 있다. 어민들은 나뭇조각에 새겨진 글을 알아보지 못했고, 그 물건을 다시 바다로 던져버렸다. 그러나 그 뒤로도 수차례 똑같은 신물信物을 건져 올리게 되자, 서둘러 지방관에게 보고하지 않을 수 없었다.

영패에는 '오부삼왕야'라는 이름이 또렷이 새겨져 있었다. 주묘主廟가 탕산 취안저우의 후이안惠安에 있는 왕야들의 위패가 어찌어찌하다 물위를 떠다니게 됐고, 바다를 건너 예상치 못하게 루청에 이르게 된 것이 분명했다. 베이터우 지역 옛 사람들은 개간한 땅에 작은 묘당을 하나 세우고 그 영패를 모셨다.

나중에 왕야들이 현현하여 주민들을 역병의 재난에서 구해주자 사람들은 이 묘당을 대거 확장하여 지금과 같은 대묘로 개축했다. 선민들의 유지에 따르면 '오부삼왕야'는 원래 탕산 조정의 대장군들이었으나 간신들의 모함으로 비참한 죽음을 맞았다가 나중에 자초지종이 밝혀지면서 충렬에 봉해졌고, 그 뒤로 공령신령功烈神靈이 되어 백성들의 제사를 받고 있는 것이라 했다.

'오부삼왕야'는 줄곧 영성靈聖으로 잘 알려져 있었다. 사람들은 '한약자선'과 관련된 일을 의논할 때도 계동乩童*을 통해 법력이 나타나도록 했다. 계동은 묘당 앞을 밤새 뛰어다니더니 가시가 박힌 상어검鯊魚劍, 부계에는 문계文乩와 무계武乩가 있는데, 무계에서 계동이 들고 다니는 다섯 보물 중 하나으로 아무것도 걸치지 않은 자신의 등을 후려치기 시작했다. 등짝에 한 줄 한 줄 핏자국이 나면서 이내 피와 살이 희미하게 뒤섞였다. 그런데도 계동은 여전히 손을 멈추지 않고 계속해서 소리를 질러댔다.

억울합니다! 억울한 일이 있단 말이에요!

그러면서도 뭐가 억울한지는 말하지 않았다. 어쩌면 애당초 말할 수 없는 것인지도 몰랐다.

계동에게 신이 내리기 전에 사람들은 '한약자선'에게 벌써부터 의심의 눈길을 보내고 있었다.

최근에 탕산에서 왔고 친척이나 연고도 없이 처자식만 데리고 왔으니 그곳에서 무슨 잘못을 저지르고 왔는지 알 수 없었다. 바야흐로 외적들의 침략으로 치욕이 계속되고 있고, 파란 눈에 노란 털을 가진 탕산의 홍모번들이 청 왕조의 강

* 계동 : 두 사람이 나무막대기가 매달린 틀을 들고 모래판 위에 서 있다 모래판에 글자나 그림이 나타나면, 이를 신이 계시를 내려 막대기가 움직이는 것으로 보고 길흉을 판단했다. 이를 부계扶乩라 하는데 부계의 점술을 대행하는 아이를 계동이라 한다.

산을 절반이나 차지하고 있는 형국이었다. 다행스럽게도 '백련교白蓮教, 불교를 바탕으로 한 중국의 민간종교'가 있어서 주문을 외워 칼이나 창이 몸을 뚫지 못하게 하면서 홍모번들을 죽이는 대단한 신력을 발휘하고 있었다.

이런 마당에 감히 '한약자선'은 탕산에서 무슨 짓을 저지르고 이곳으로 건너온 것일까?

루청 사람들은 최근에 새로 온 이민자들에게 줄곧 의구심과 경계의 태도를 늦추지 않았다. 그럴 만도 했다! '한약자선'의 아내는 매일 하얀 상의와 검은 바지를 입고 옷깃이 목까지 빳빳하게 서도록 풀을 먹인 채로 몸을 움직일 때마다 마치 종이로 만든 사람처럼 온몸이 바스락거렸다. 아무리 정갈하고 깨끗한 성격이라 해도 굳이 그렇게까지 할 필요가 없는 것이려니와 그녀가 무슨 고귀한 집안의 규수인 것도 아니었다. 종일 허리를 구부리고 앉아 대나무 젓가락을 깎는 것이 고작이었다!

(그렇다면 대체 그들에게 어떤 사연이 있는 것일까?)

루청 사람들은 새로 이주해오는 이민자들을 줄곧 이방인으로 대해왔다. 똑같이 푸젠에서 왔으면서도 새로 온 사람들의 민남어閩南語, 중국 푸젠성 남부의 방언으로, 타이완 주민 대부분이 표준어와 함께 사용함 억양을 싫어했다. 그들은 일이백 년 전에 자신의 선조들도 탕산 인근 지역에서 바다를 건너 타이완으로 왔다는 사실을 까맣게 잊어버렸다.

'오부삼왕야'가 계동을 통해 억울함을 토로하게 하긴 했지만 그 진상은 밝혀내지 않자 베이터우 사람들은 뭔가 숨겨진 사연이 있는 게 분명하다고 단정했다. 스스로 대나무더미 위에 여인이 서 있는 것을 직접 보았다고 말한 사람들은 '한약자선'의 집으로 몰려가 숨기고 있는 사실을 만천하에 밝히라며 고함을 쳐댔다.

이들을 맞이해 대답을 하러 나온 사람은 옷깃을 빳빳하게 풀 먹인 흰 저고리에 검정 바지를 입고 선 '한약자선'의 아내였다. 검은 머리칼은 뒤로 둥글게 말아 쪽을 져 비녀로 안정되게 고정시킨 모습이었다. 입은 야무지게 다물고 있었다.

'한약자선'의 아내는 애써 담담한 표정을 지으면서도 약간의 두려움을 드러내며 말했다.

"저희는 푸젠 통안同安에서 온 사람들로 약방으로 생계를 꾸려 가고 있었습니다. 어쩌다 가벼운 일로 이웃집 여자와 말다툼을 하게 됐는데 마침 남편이 지나가다 그 여자가 정말 못된 여자라고 생각하고는 가까이 다가가 가볍게 밀쳤지요. 배가 남산만했던 여자는 순간 중심을 못 잡고 휘청하더니 곧장 땅바닥으로 넘어져 그 자리에서 피를 쏟았어요. 그러더니 갑자기 산기를 느껴 그날 밤으로 아이를 낳다가 난산으로 아이와 함께 죽고 말았습니다."

'일시이명—屍二命, 시신 하나에 두 개의 목숨'이었다.

남편이 무심코 밀친 게 그만 큰 사단이 되자 너무 두려운 나머지 간단한 짐을 꾸려 집이고 재산이고 되돌아볼 것 없이 처자식만 데리고 배를 타고서 타이완으로 야반도주를 했다는 거였다.

바다를 건너는 정크선주로 상선으로 쓰이던 중국식 범선 위에서도 귀신이 된 '일시이명'의 임산부가 그림자처럼 따라오는 것이 느껴졌다. 밤중에 어른 둘이서 어린아이 둘을 꼭 부둥켜안고 배에 탄 수많은 사람들 틈에 섞여 있어서, 귀신이 가까서 다가오지 못했을 뿐이었다.

낮에 배가 해안에 닿자 '한약자선'은 아이들에게 무슨 일이 있어도 뒤를 돌아봐선 안 된다고 신신당부를 했다.

줄곧 들리던 소문에 따르면 수역을 사이에 두고 있기만 하면 혼귀들이 뭍에 오르는 일은 불가능하다고 했다. 그래서 음계陰界의 명하冥河를 제외하고 일반 수역은 혼귀들을 피안에 남겨둘 수 있는 중요한 수단이 된다고 했다. 혼귀들을 뭍에 오르게 하려면 성과 이름을 불러대면서 갈 곳과 방향을 지정해야 하고 아울러 비밀스런 주문과 법사들이 경經 읊는 소리, 방울 흔드는 소리가 있어야 한다고 했다.

'한약자선'은 사람의 오른쪽 왼쪽 어깨에 각각 두 개의 횃불이 타오르고 있는 한, 또 고개를 돌려 뒤돌아보지 않고 이 두 횃불이 꺼지지 않기만 한다면, 충분히 뒤를 쫓아오는 혼귀를 막을 수 있으리라고 믿고 있었다는 것이다.

'한약자선'의 아내가 설명을 마치자 숨겨진 사연을 밝혀내어 지역의 재난과 액운을 막아야 한다고 소리치던 사람들은 마음속으로 그녀를 비난하면서 의심이 싹 가라앉지는 않았는지 서로 의혹의 눈길을 주고받았다. 그러더니 잠시 후 각자 다른 구실을 대면서 집으로 흩어져 돌아갔다. 그러나 난산 끝에 피범벅이 됐던 이 '일시이명'의 여자귀신이 억울한 원한을 품고서 어떤 악귀가 되어 있는지는 아무도 알지 못했다.

절대로 그냥 넘길 수 없는 일이었다!

과연 얼마 후 억울하게 죽은 이 여자귀신이 대나무더미에 앉은 모습이 목격됐을 뿐 아니라 사람들 꿈에 나타나기까지 했다. 태도를 보아서 알 수 있듯이, 여자귀신은 제 정당성을 주장하려고 거침없이 '한약자선'의 집과 마당 곳곳을 돌아다녔다.

이웃 사람들의 증언도 잇따랐다. 여자귀신이 입은 긴 치마 밑단에 정말로 커다란 핏자국이 있고 탁한 피가 방울방울 쉼 없이 흘러나오고 있더라는 것이었다. 치마가 트인 부분에는 살과 힘줄이 피와 한데 엉켜 커다란 응어리를 이루고 산도産道를 채 벗어나지 못한 핏덩어리 영아가 매달려 있었다고 했다.

또한 여자귀신이 침실 허공에서 배에서 태아를 밀어내려는 것인지, 배에 너무 큰 힘을 준 탓인지, 비린내 나는 더러운 피가 흘러나오고 태아의 손발과 눈, 끊어진 내장과 으스러진 살점이 한 점 한 점 마치 음식을 먹이듯이, 침대에 잠든 부부의 얼굴 위로 떨어져 내렸다고도 했다. 그 이튿날 아침에 잠에서 깬 '한약자선'의 아내와 아이들도 얼굴과 입에 마른 피와 살의 냄새가 가득했다. 마치 방금 푸짐한 식사를 끝낸 것처럼 말이다.

놀랍고 두려웠지만 그렇다고 함부로 소란을 떨 수도 없었다. 베이터우 지역 수호신인 '오부삼왕야'도 이 일을 모른 체하려는 게 역력했다. '한약자선'은 하는 수 없이 음계와 소통하는 능력을 갖춘 인근 '청수궁淸水宮'에 가서 도움을 청하기로 했다.

청수궁의 왕이尪姨, 타이완 도교의 여성 법사로, 우리의 무당과 비슷함는 중년 여자로 임수부인臨水夫人을 모시고 있었다. 어려서부터 채식을 하면서 평생 임수부인을 신봉했고, 결혼도 하지 않아 처녀의 몸 그대로였다. 왕이는 주로 여인들의 생전의 삶과 임신에 관한 온갖 일을 주관했고, 특히 피 흘리며 난산하다 죽은 여인들을 구제하는 일을 도맡았다.

부탁을 받은 '청수궁'의 왕이는 곧장 법술을 시작해 향 기둥 두 개가 미처 다 타기도 전에 금세 여귀를 불러냈다. 왕이가 입에서 흰 거품을 게우더니 갑자기 거대한 힘에 떠밀리듯 온몸이 뒤로 밀려났다. 두세 장丈 정도 뒤로 밀려간 왕이의 몸은 아무런 감각도 없는 것처럼 다시 꼿꼿이 섰다.

공도公道를 주재한답시고 사람들을 이끌고 '한약자선'의 집을 찾았던 베이터우의 원로도 커다란 핏자국이 왕이의 치마 전체를 붉게 물들이는 광경을 지켜보았다.

왕이는 몸을 일으킨 뒤에도 곧장 앞으로 걸어가지 않고 오히려 한 발을 뒤로 디딘 채 온몸을 옆으로 눕히면서 돌기 시작했다. 팽이처럼 한참을 돌더니 하체도 따라 돌기 시작했다. 오염된 피가 왕이의 치마에서 빠져나와 사방으로 흩뿌려져 주위의 사람들 옷에 방울방울 튀었다.

몹시 놀란 사람들은 이 낯설고 신기한 광경에 완전히 빠져들어 감히 손을 뻗어 얼굴에 묻은 탁한 피를 닦아낼 생각도 하지 못했다. 그저 그 비릿한 피 냄새가 코끝에 매달려 있게 내버려둘 뿐이었다. 제단에선 향불이 계속 타오르고, 불에 탄 금종이의 재가 흩날리고 있었지만 누구 하나 이를 가리려 하지 않았다.

마침내 팽이처럼 돌던 왕이가 움직임을 멈추자 피도 흩뿌려지지 않았다. 왕이가 멈춰 서자 사람들 귀에 어디서인지 모를 울음소리가 들리기 시작했다. 울음소리는 부드럽고 가늘게 사람들 귀를 파고들고 머릿속을 맴돌며 쉽사리 사라질 줄 몰랐다. 울음소리는 악마의 소리처럼 머리를 뚫고 들어와 머릿속을 아주 오랫동안 머물며 멈출 줄 몰랐다. 그리고 그 울음소리와 동시에 왕이의 입에서 루청 억양이 아니라 소리 끝에 민남 억양이 약간 섞인 어투로 황천의 비참함을 호소하는 소리가 터져 나왔다.

'일시이명'이었다!

베이터우 인근 지역에 사는 사람들은 '한약자선'에게 공도를 밝힐 것을 요구하기 시작했다.

초도超渡, 주로 타이완과 홍콩에서 망자, 그중에서도 특히 뱃속에서 죽은 영혼을 저승으로 편안히 보내주는 위령 행위 의식은 항상 두서가 없는 법이라, 이튿날 밤 제단을 설치하거나 의례 올리는 절차도 없이 '청수궁' 앞에서 부랴부랴 치러졌다. 왕이는 끼니를 때우러 청수궁에 들어가다가 부체附體, 망자의 혼령이 몸에 붙어 따라다니는 것과 마주치게 되었다.

다름 아닌 탕산에서 온 '일시이명'이었다.

무방비 상태에서 속수무책이었던 왕이는 손에 든 쌀밥 한 그릇을 얼른 땅바닥에 뿌렸다. '청수궁' 앞 공터가 온통 하얗게 밥알 천지가 되었다.

'일시이명' 귀신은 이번에는 자신의 비참함을 토로하는 데 그치지 않고 큰소리로 '한약자선'을 욕하면서 두 집안이 몇 대에 걸쳐 이웃으로 살면서 쌓인 억울했던 사연들을 털어놓았다. 왕이는 어른 키 높이로 뛰어올라 오른손 집게손가락을 앞으로 내밀며 왼손으로 허리를 짚었다. 여염집 아낙네들이 거리에서 일상적인 불평을 늘어놓는 자세였지만 흥분되는 대목에 이르러서는 몸이 어른 키 높이로 튕겨 오르곤 했다.

천둥처럼 요란하게 솟아올랐다.

이후로 '일시이명'의 임산부는 날마다 찾아왔다. '청수궁'의 왕이가 옷을 풀어헤치고 측간에 갈 때도 따라 들어와 요란하게 떠들면서 괴롭혔다. 왕이가 일을 보려고 옷을 반쯤 벗었을 때나 잠을 청하려고 두 눈을 막 감았을 때도, 어김없이 나타나 '청수궁' 앞을 휙휙 날아다니며 큰소리로 욕을 마구 해댔다.

베이터우 인근 사람들은 '일시이명'의 임산부가 이렇듯 허구한 날 찾아와 억울해하는 것에 놀라움과 두려움을 갖게 되었다. 그런데 가만히 들어보면, 이 여인의 욕설은 여느 아낙들이 저잣거리에서 나누는 수준을 넘어 음란한 내용까지 거침이 없었다. 특히 남녀지간의 은밀한 이야기는 한두 마디로 끝나지 않았다.

'일시이명'의 임산부는 자신은 한몸에 두 사람의 억울함을 지니고 있어서 여자귀신이 됐으며, 그러나 두려울 게 전혀 없다고 큰소리치면서 예교의 규율 따윈 애당초 안중에도 없으니, 하고픈 말이나 다해야 응어리진 속이 그나마 시원히 풀릴 것 같다고 했다.

이리하여 마침내 그녀가 두 집안이 몇 대에 걸쳐 이웃으로 살아온 얘기를 꺼내기 시작했다. 남편들끼리 서로 싸우고 사촌과 형수가 간통한 얘기, 어린 자매들이 임신한 얘기 같은 온갖 추한 사연들을 죄다 털어놓았다. 하나같이 놀랍고 신기하며 애증과 원한이 착종된 이야기들이라 사람들의 이목을 한데 모으기에 충분했다. 게다가 얘기가 날마다 이어지다 보니 거짓말은 하나도 보태지 않았는데도 줄거리가 교묘하게 누락되거나 중첩되면서 장회章回소설만큼이나 흥미롭게 가지를 치며 체계적으로 뻗어나갔다.

베이터우 인근의 사람들은 처음에는 집 안에 꼭 틀어박혀 몰래 이 얘기를 엿듣다가 귀신이 늘어놓는 얘기들이 하나같이 인간사의 시시비비를 보여주고 너무나 흥미롭기에 하나둘 집 밖으로 기어나와 귀신을 따라 돌아다니기 시작했다. 그리하여 사람들은 밤만 되면 '청수궁' 앞으로 몰려나와 몸을 감추고 숨죽이며 귀신을 기다리게 되었다.

마치 아주 재미있는 연극을 구경하러 나온 사람들 같았다.

'일시이명'의 임산부는 밤마다 왕이의 안배에 따라 두 집안 사이에 있었던 일들을 낱낱이 얘기하면서 다시금 제 억울함을 호소했다. 생전에는 감히 말할 수 없었던 일을 전부 솔직하게 직언하기 시작했다.

그녀는 원래 여인들 사이의 말다툼이 있었던 것이 아니라고 했다. 사실은 '한약자선'이 아내를 돕는다고 가까이 다가와 세게 밀치는 바람에 땅바닥에 넘어져 피를 흘리다 난산 끝에 죽게 된 것이라고 했다. 게다가 '한약자선'이 자신의 미색을 수차례 넘보며 유혹하다 뜻대로 되지 않자 배가 남산만하게 불러 있는 것은 거들떠보지도 않고 땅바닥으로 세게 밀쳐 태아가 내려앉아 탯줄을 끊기도 전에 엄마 뱃속에서 함께 죽고 말았다는 거였다.

원래 귀신이 말하는 대로 자세를 취하면서 땅바닥 위로 밀려 떨어져 있던 왕이 이번엔 갑자기 하늘을 향해 누운 채로 교접을 하는 자세로 허리를 말더니 엉덩이를 들어 올리며 앞뒤로 쉬지 않고 움직이기 시작했다. 마치 정말로 남정네가 위에 올라타 막 딱딱해진 물건을 삽입하고 있는 것같이 말이다.

주위에서 몰래 구경하던 사람들의 눈에는 정말로 왕이의 배가 몸 전체를 따라 움직이고 움직임이 반복될 때마다 배가 점점 부풀어 오르는 모습이 확연하게 보였다. 잠시 후 이미 뱃속의 아이가 여덟아홉 달쯤 된 것처럼 배가 커졌다.

그러다가 끝에 가선 갑자기 왕이의 다리가 팔자로 쫙 크게 벌려져 막 물건이 삽입되려는 음부를 다시 세게 닫아버리더니 음탕한 미소를 지으며 더러운 말을 쏟아냈다.

네놈의 물건을 내 자궁에 밀어 넣으면 ― 안에 있는 아기가 ― 아주 시원해하겠지 ― 네놈의 ― 그 물건에 달린 눈은 내 자궁을 보지 못했을지 모르지만 ― 아기의 눈은 ― 훤히 보고 있지 ― 네놈의 ― 그 물건을 말이야!

(히, 히, 히…)

네놈의 물건은 ― 감히 쳐다보지 못하고 ― 손만 하나 뻗어 ― 내 아기의 손을 잡겠지 ― 내 아기의 작은 손은 ― 네놈의 그 물건을 잡겠지.

(히히, 히히, 히히히…)

왕이는 입으로 이런 요상한 노래에 화답하며 계속 음탕한 미소를 짓다가 가끔씩 목 놓아 울기도 했다. 한참을 이러다가 점차 웃음과 울음이 멈췄다. 이런 이상야릇한 춘정이 일반적인 춘색은 만나지 못하고 기이한 인간과 귀신의 교접만 연출되고 있었다. 그리고 '한약자선'의 양구陽具는 정말로 여자귀신의 자궁에 들어가 그 안에 들어 있는 태아를 보고 있었다.

몸을 감추고 구경하던 몇몇 대담한 남정네들은 두 손으로 자신의 양물을 꼭 움켜쥐고 살아서 이런 화를 당하지나 않을까 하는 두려움에 모두들 살금살금 자리를 떴다.

이번 소란으로 '일시이명'의 임산부는 대충 절정이 지나가버려 또다시 사람들을 놀라게 할 명목이 없다는 것을 확인하고는 며칠간 왕이의 몸에 달라붙지 않았다.

주위 이웃들도 모두 잠시나마 안도의 한숨을 내쉬었다.

'청수궁'은 다시 평안을 되찾았다. 왕이는 이 빙의를 겪으며 몸이 반쪽이 되어 가벼운 바람만 불어도 날아가 버릴 듯했다. 그래서 다시 귀신을 부르려면 다른 법사를 찾아야 했다. 하지만 '청수궁'은 이 사건에 힘입어 명성이 크게 높아져, 물도랑 옆 작은 묘당에서 루청 현성 전체로 그 이름이 자자해졌다.

어떤 사람들은 이 일에 관여하지 않으려 한 '오부삼왕야'에게 비난을 서슴지 않으면서, 이처럼 백성들 근심을 잠재우는 데 왕야들이 마땅히 나섰어야 한다고 수군댔다. 물론 이렇게 말하는 사람들도 신명들에게 불경한 모습을 보일 수 없어 그저 왕야의 관원들을 탓하며 보좌 능력에 문제가 있다고 입을 모았다. 여기저기서 세 왕야의 관원들과 탕산의 '오부삼왕야' 사이에 '아주 모호한' 관계가 있다는 소문이 떠돌았다. 일이 터질 때마다 탕산의 눈치를 보며 그쪽 집사들과 모종의 거래를 한다는 것이었다.

탕산에서 온 이 '일시이명'의 임산부 사건을 처리하지 못하면 루청 사람들 모두 왕야의 능력이 부족하고 백성의 어려움을 풀지 못한다고 할 테고, 정말 제대로 처리해내면 탕산 쪽에서 일부러 어려운 문제를 만들어서 보냈다며 불쾌해할 수 있었다.

사람들은 조용히 기다리면서 왕야들의 관원들이 어떻게 해서 문제를 풀려는지 지켜보기로 했다.

바닷가에서 수차례 '오부삼왕야'의 영패를 건져 올렸을 때 처음에는 작은 묘당 하나를 세웠으나 세 왕야가 점차 많은 문제를 해결하고 역병을 물리치자 대묘로 개축했었다. 그러나 이 사건이 터진 뒤부터 '오부삼왕야'는 자신들의 묘당에 향불이 계속 타오르게 하기에 곤란한 지경이 되고 말았다.

이민자들을 따라 멀리서 건너온 신들 중 마조가 바다의 여신이 되어 해상의 안전을 지켜주어 연해지역(물론 루청도 포함된다) 백성들의 믿음을 사고 있었고 향불을 걱정할 필요도 없었다. 한편 각 성姓의 왕야들처럼 탕산의 산간지역에서 온 신들의 운명은 제각기 달랐다.

'오부삼왕야'는 루청에 큰 역병이 돌았을 때 역신疫神을 몰아낸 공로로 대묘가 건립되는 영광을 누렸었다. 하지만 루청이 한창 번성하던 건륭·가경 연간에 전염병이 재발하지 않았던 것은 다른 이유 때문이었다. 섬에서 가장 크고 훌륭한 항구가 모래와 진흙이 퇴적되어 더이상 제 역할을 하지 못하게 되자 상업의 활기가 사라져 대규모 전염병이 폭발하지 않았던 것이다.

또한 줄곧 큰일을 도맡았던 '오부삼왕야'는 이런 음명 세계의 인과응보를 따지는 자잘한 일은 다루지 않다 보니 별 관여할 일이 없는 태평한 국면을 맞이해 향불도 점차 줄어들게 되었다. 조만간 풍수의 기운도 일에 관여할 수 없으리만치 쇠락할 처지였다.

'일시이명'과 '한약자선' 사건으로 명성을 누리게 된 '청수궁'이 모시던 원래 주신은 임수부인 진정고陳靖姑였다. 진정고는 탕산에서 온 신이지만 민간에 '요괴를 거둬들인 여신'으로 이야기가 전해지면서 신으로 모셔져 상당한 제사와 공양을 받게 되었다. 하지만 존비를 따지자면 당연히 왕야들에게 미치지 못했다.

그럼에도 '청수궁'의 왕이는 줄곧 신기한 능력을 인정받아왔다. 왜냐하면 사람들의 음명 원한을 도맡아 풀어줄 뿐 아니라 전세前世 혼인에 얽힌 억울한 사연을 비롯해 제명에 못 죽은 어린애의 원혼을 달래는 일, 갈 곳을 찾지 못하고 이승을 떠도는 혼귀들을 내쫓는 일 등에서 상당한 힘을 발휘했기 때문이다.

이런 왕이의 모계에 생번인 바부자족 무녀 하나가 대대손손 전해진 무독巫毒과 음법陰法에 힘입어 온갖 주문과 주술을 꿰뚫고 있었고, 그 덕분에 그토록 영험하다는 소문도 은밀히 나돌았다. 그래서 억울한 혼귀들이 자신에게 빙의하여 온갖 더러운 동작과 자세를 취하는 것을 마다하지 않는다는 것이었다.

이리하여 사람들은 섬(타이완)에서 자생한 생번의 무법이 바다 건너 탕산에서 온 왕야들의 무법보다 훨씬 더 영험하다고 믿기 시작했다.

3

'일시이명'의 여자귀신은 '청수궁' 왕이의 몸을 빌려 자신의 억울함을 토로하고 누명을 벗었기에 '베이터우' 사람들은 '한약자선'에게 망자의 원한을 풀어주고 잘못했던 점들을 바로잡을 수 있도록 어느 정도의 말미를 주어야 한다고 생각했다.

하지만 뜻밖에도 얼마 지나지 않아 '일시이명'이 또다시 마을에 나타났다. 지난번 일로 명분이 선 여자귀신은 왕이에게 빙의할 필요도 없이 당당하게 '한약자선'의 집으로 뛰어들었다. 여자귀신은 더이상 어둠에 몸을 숨기거나 사람들을 깜짝깜짝 놀라게 하지도 않고 아예 밤부터 날이 셀 때까지 그 집에 머물렀다.

'일시이명'은 밤새 그 집 안을 떠돌며 소란을 일으킬 또다른 방법을 생각해냈다. 모두가 잠이 든 깊은 밤에 '일시이명'의 임산부는 귀신 특유의 능력을 발휘해 바람을 일으키고, 그 바람이 마당에 쌓인 대나무 속을 일일이 다 통과하게 하여 대나무에서 요란한 소리가 나게 했다.

쉬쉭 — 휘리릭 — 쉬쉭 — 휘리릭, 아직 젓가락이 되지 못해 마당에 가득 쌓인 수백 주의 대나무들이 여기저기서 요란하게 울음소리를 내기 시작했다. '일시이명'의 임산부는 묶어놓은 대나무더미 위에 안정된 자세로 앉아 손에 긴 대나무 장대를 들고 입으로 죽신에 대고 바람을 불기 시작했다. 대나무 우는 소리가 사방으로 퍼지며 끊임없이 이어졌다.

쉬쉭 — 휘리릭 — 쉬쉭 — 휘리릭 —

음미音尾가 서로 꼬리를 물고 흐느끼듯 이어졌다.

베이터우 지역, '한약자선'의 집에서 반경 몇 리 떨어진 곳까지 온통 대나무를 불어대는 날카로운 소리로 뒤덮였다.

처음에 '한약자선'은 그 소란함을 참지 못하고 대책을 찾느라 부심했다. 여자귀신은 이미 왕이의 몸을 빌려 '한약자선'의 치부를 다 드러냈다. 해선 안 될 말을 한 건 물론이요, 있는 말 없는 말을 전부 늘어놓았다. 어차피 체면은 구겨질 대로 구겨졌고 남은 것이라곤 더러운 목숨뿐이니 한번 부딪쳐보는 것도 무방할 듯했다.

해가 중천에 다다르자 '한약자선'은 양기陽氣가 가장 왕성해진 것을 느꼈다. 게다가 이날은 새로 짓는 집에 대들보를 올리고 옛집을 헐고, 흙을 갈기에 더없이 좋은 길일이었다. 그는 한동안 가까이 가지 않았던 대나무더미 쪽으로 가 자세히 살펴보았다. 여귀가 몸을 기탁할 뭔가 낯선 물건이 있는지 찾아보려고.

'그것'을 찾아 없애기만 하면 귀신이 몸을 숨길 곳이 없어지고 그러면 그 귀신이 다시 찾아오지 못하리라 생각했다.

그러나 '한약자선'이 반나절 내내 찾아도 보이는 것이라곤 다발로 묶어 쌓은 대나무들뿐이었다. 오랫동안 방치해서 바람 맞고 비에 젖어 원래 차등품 죽재였던 것이 죽신 곳곳에 균열이 가고 가느다란 틈이 벌어져 있었다. 이처럼 가느다란 틈새들은 거센 바람이 불면 정말로 쉭쉭 — 휘리릭 — 하는 소리를 낼 수 있었다.

하지만 얼마나 센 기력이 있어야 속이 텅 빈 이 대나무들을 울릴 수 있단 말인가!

'한약자선'은 온몸이 차갑게 떨리는 것을 느꼈다. 겉으로 보기에는 텅 빈 듯한 대나무 속에 강대한 미지의 힘이 들어 있는 듯했다. 수많은 전세금생前世今生과 무상한 윤회, 끝없는 억울함과 원한이, 영원히 빈 것 같아 보이고, 영원히 뭔가가 안으로 들어와 채워지기를 기다리는 것 같아 보이는 이 대나무 안에 숨어 있는 듯했다.

속이 텅 빈 대나무 줄기는 아주 견고하고 서로 통과할 수 없는 마디들로 가로막혀 있었다. 전생과 이생, 이생과 또 그 다음 생의 끝없는 억울함과 원한도 이 대나무 줄기처럼 각자의 마디 속에 완전히 갇혀 영원히 서로 교류하고 교체될 수 없었다. 그 때문에 서로간의 용서와 속죄는 영원히 불가능했다.

전생과 이생, 그리고 그 다음 생으로 억울함과 원한의 응보만 이어질 뿐이었다.

'한약자선'은 한동안 대나무 앞에 우두커니 서 있었다. 오래도록 자신을 주체하지 못한 채.

청명한 하늘에 한창 햇볕이 내리쬐고 있었지만 '한약자선'은 느닷없이 온몸에 한기를 느꼈다. 알고 보니 몸 전체에 식은땀이 흐른 데다 바람을 조금 맞아서 그런지 온몸에 소름이 돋았다. 한 차례 또 한 차례 이런 현상은 계속 되풀이되었다.

그와 동시에 바람은, 먼 하늘 끝에 엷게 피어오른 마지막 구름안개를 걷어갔다. 어떻게든 바다 쪽으로 눈길을 던지고 싶지 않아 집 앞 마당에 서 있던 '한약자선'은 그리 멀지 않은 곳에 일렁이는 파란 그림자를 보았다.

자신과 '일시일명' 간의 원한을 풀 방법이 없다는 것을 인정한 '한약자선'은 갑자기 마음에 어떤 충동이 일어 더이상 대나무더미 안에 숨어 있을지도 모르는 그 기이한 물건을 두려워하지 않게 되었다. 그는 비교적 낮은 곳에 놓인 대나무 묶음을 밟고 대나무더미 위로 힘차게 올라섰다.

처음에는 뚜둑 — 쩌억 — 하고 대나무 줄기들이 갈라지는 소리가 났다. 오랫동안 마당에 한가롭게 방치된 채 모진 비바람에 그대로 노출됐던 죽신은 더이상 둥글고 매끄럽지 않아 올라서기가 그리 어렵지 않았다. 오히려 상당한 중량을 받은 속이 빈 죽신은 압력을 견디지 못하고 받쳐주는 지지점이 없는 부분부터 뚜두둑 부서지기 시작하여 평평하게 뭉개져버렸다.

'한약자선'은 생각했던 것보다 훨씬 쉽게 대나무더미 꼭대기까지 기어 올라갈 수 있었다.

대나무더미 꼭대기에 바람이 불어왔고 사방에 '한약자선'보다 높이 솟은 것은 없었다. 대나무더미 군데군데가 납작하게 무너지긴 했지만 여전히 제대로 서 있기가 힘들었다. 키가 큰 '한약자선'이 중심을 잡느라 몸을 뒤뚱거리는 모습이 마치 바람에 흔들리는 것 같았다.

이어서 마침내 저 멀리 아른거리던 파란 그림자를 뚜렷하게 볼 수 있었다. 하늘과 바다가 맞닿은 수평선이었다. 가장 높은 위치에 올라선 '한약자선'의 시야는 거칠 것이 없었다. 맑게 갠 하늘은 밝게 빛나고 그가 서 있는 작은 언덕 '윤자'의 대나무더미 꼭대기에서는 부두와 짙은 쪽빛 바다가 한눈에 들어왔다.

하지만 여전히 두려움을 떨칠 수 없었다. 바다는 아직도 되돌아보고 싶지 않은 재앙이자 액운으로, 갖가지 잊을 수 없는 과거를 떠올리게 했다. 도저히 정면으로 마주할 수 없었다. 대나무더미 위에 올라선 '한약자선'은 너무 높은 곳에 서 있는 데다 몸이 앞으로 기울어지고 발밑이 마비되어 앞으로 고꾸라질 듯한 강한 끌림을 느꼈다.

곧장 밑으로 떨어져 내려가면 곧바로 저 깊고 푸른 바다였다. 파랗다 못해 검푸른, 가장 깊고 무거운 바다의 심연, 경계도 없고 그 깊이를 헤아릴 수도 없는 바다였다.

바다는 파란 빛으로 빛나고 있었다. 그와 바다 사이에는 어느 정도 거리가 있었지만 거둬들인 시선 너머로 얼마든지 아스라이 넘실대는 그 빛을 느낄 수 있었다.

그러고 나서야 그는 비로소 바다의 광활함을 깨달았다.

예전에는 바다가 하늘 끝에 닿아 있다는 사실만 알고 있었지만 이제는 바다가 끝나 하늘과 만나는 지점의 빛과 파란 색깔이 서로 같아 바다의 경계가 하늘 끝으로 한없이 확대된다는 것을 알게 되었다. 시선을 가득 메운 바다는 (혹시 등 뒤에도 바다가 펼쳐져 있는 것은 아닐까?) 부둣가에 줄지어 자리한 마을의 범위를 압축시켜 육지를 아주 작은 물가의 풀밭으로 만들어버렸다. 드넓은 쪽빛 바다와 하늘 사이에서 육지는 비례를 따질 수 없을 만큼 좁은 일부에 지나지 않았다.

그날 야반도주를 하면서 조상들에게 물려받은 탕산의 가산을 버려두고 허겁지겁 건너온 것이 바로 이처럼 광대한 바다였고, 그렇게 고생해 도착한 곳이 이 거대한 바다 한복판에 있는 섬 타이완이었으니, 만일 그 '일시이명' 임산부가 여전히 뒤를 바싹 쫓는다면, 앞으로 그녀를 떼어놓을 방법이 있긴 한 것일까?

저 깊은 바다는 정말 끝이 없었다! 예전에는 자신이 건너온 바다를 보지 않으려고 어떻게든 시선을 피해왔으므로 그 광활함을 깨달을 길이 없었다. 그러다 이제 바야흐로 심해의 해류가 빚어낸 틈 사이에 형성된 협곡 '흑수구'와 '홍수구'가 더할 수 없이 험준하여 건너기가 쉽지 않다는 것을 충분히 알 수 있을 듯했다. 하늘을 뒤덮고 있는 이 바다를 건너는 일만 해도 너무나 힘든 일이었다.

이렇게 끝없이 펼쳐진 바다조차 그 '일시이명'의 임산부를 떼어놓지 못했으니 아무리 멀리 떨어진 곳으로 도망친들 몸을 의탁할 곳을 찾기가 여간 힘든 일이 아닐 듯했다.

기왕에 그렇다면 차라리 이미 몸을 기탁한 이 섬을 마지막 거처로 삼는 게 낫지 않을까? 어차피 다른 곳으로 도망친 대도 마지막 거처가 될 만한 곳이 없을 테니.

'한약자선'은 그렇게 드넓은 바다를 앞에 두고 조용히 마음을 정했다.

물론 그날에도, '일시일명'의 임산부는 또 찾아와 소란을 피웠다. 낮에 짓밟힌 대나무 틈새로 바람을 불어 예전보다 훨씬 더 다양한 소리를 만들어냈다. 제 근거지가 침입당한 것에 대한 항의의 표시로 새로운 방법의 소란으로 장난치는 것이 분명했다. 일부러 한참동안 소리 죽이고 있다가 시끄러워 잠에서 깬 사람들이 이제 소란이 다 지나갔나 보다 하고 다시 잠을 청할 때쯤 다시 대나무마디에 바람을 불어 천지를 진동시키기도 했다.

이렇게 꼬박 하룻밤이 어수선하게 지나갔다.

이튿날 밤 '한약자선'은 처자식들을 데리고 '오부삼왕야'의 대묘 앞에 가 자발적으로 왕야들에게 악귀를 쫓아줄 것을 간청했다. 왕야를 모시는 관원들은 잠시 상의하더니 곧장 계동을 통해 접신을 해보기로 결정했다.

북과 징을 치는 소리가 마을에 울려 퍼지자 사람들은 즉시 뭔가 일이 터진 게 분명하다고 생각하고는 모두들 '오부삼왕야' 묘당 앞뜰로 모여들었다. 계동은 이미 제단에 오를 채비를 마치고 목욕재계를 하고 있었다. 의식을 거드는 집사들이 백 개가 넘는 선향線香에 불을 붙여 그 향을 계동의 몸에 갖다 댔다. 그러자 한순간에 계동의 등과 가슴, 배에 검은 그을음이 생겨났다.

계동은 접신과 동시에 머리와 다리를 심하게 떨며 사지에 심한 경련을 일으켰다. 상어검으로 피가 나도록 등을 찌르고 월부月斧로 팔을 찍어 붉게 흐르는 피로써 대길大吉을 나타내면서 왕야들의 명령을 토해냈다.

알고 보니 '일시이명' 임산부와 '한약자선'은 칠대에 걸쳐 원한이 맺혀 있는 사이였다. 이번 생에서도 '한약자선'은 '일시이명' 임산부에게 너무나 깊은 상처를 안겨주었기 때문에, 그녀가 원한을 풀 수 있게 그냥 내버려두는 게 상책이었다. 지난번 왕야들이 손을 쓰려 하지 않았던 것도 다 그런 이유에서였다.

하지만 이번에 '일시이명'은 멀리 탕산에서 산을 넘고 물을 건너 낯선 땅에 도착해서 탕산에 있는 가족들과 예교를 내던지고 가족의 지저분한 역사를 낱낱이 까발렸으며 더욱이 과거의 가정교육과 예법을 저버리고 온갖 더러운 짓을 일삼고 있었다. 이는 천리가 받아들이기 어려운 행태였다.

더욱이 그녀는 절대로 해선 안 될 짓을 저질렀다. 뱃속에 있는 태아를 생각지 않은 것이다. 그녀는 제 몸에서 아직 다 나오지도 않은 아이의 혼령을 돌보지 않고 모녀가 한몸이 되어 사사로운 원한을 갚기 위해 산도에서 반쯤 나오다 걸린 그 핏덩이를 매달고 이생을 떠돌았다. 그 결과 영아의 시신은 피와 살을 구분할 수 없을 정도로 처참히 짓이겨졌다. 원래 이 일과 아무런 상관도 없었던 무고한 영아의 영혼은 이제 다시 태어나지도 못하고 여귀와 함께 이생을 떠돌고 있는 것이다. 이 모든 죄업이 '일시이명'에게 돌아가면 앞으로 또 다른 원한이 얽히고설키게 될 것이다.

마침내 '오부삼왕야'가 심사숙고 끝에 계동을 통해 계시를 내렸다.

'한약자선'은 문곡성文曲星의 기운을 타고났으며, 비록 공명은 이루지 못했어도 엄연히 사람을 구하는 한의사여서 '일시이명'의 임산부가 수차례 장시간 소란을 피웠는데도 머리털 하나 다치지 않았던 것이라고 하면서, 두 사람의 원한은 이번 생에서는 풀 방도가 없으니 다시 윤회에 들어가 다음 생에서 그 억울함을 풀도록 하라고 했다. 아울러 '한약자선'은 '일시이명'에게 중대한 상해를 입혔으니, 금세에서부터 보상을 해야 한다고 밝혔다.

이어서 '오부삼왕야'는 최후판결을 내렸다.

'한약자선'의 아내가 다음 달에 배가 불러 아들을 낳게 될 것이니 그 아들을 '일시이명'의 양자로 삼게 하여 세상의 빛도 보지 못하고 죽은 핏덩이의 혼을 달래주라는 것이었다.

그리해야만 이 어린 영혼도 다시 새 생명으로 환생할 수 있다고 했다.

이런 계시가 떨어지자 사람들은 일제히 향불을 피워 세왕야께 감사하며 무릎을 꿇고 절을 올렸다. 신명이 물러가고 계동이 입에서 흰 거품을 물고 몸을 제대로 가누지 못하고 땅바닥에 쓰러지자 사람들은 '오부삼왕야'의 현신이 속세의 사사로운 원한을 풀어주었다고 굳게 믿으며 신명의 능력과 은혜를 칭송했다.

이제 더이상 원혼이 소란을 피우지 않을 것이라고 믿게 된 사람들은 일제히 집으로 돌아가 다 못 잔 잠을 마저 자려 했다. 오로지 '한약자선'의 아내만 아이가 설 낌새가 전혀 없는 평평한 배를 감싸 안고 두려움에 질려 그 자리에 굳은 표정으로 서 있었다.

정말로 여귀의 뱃속에서 죽은 영아를 임신하여 다시 환생시켜야 한단 말인가?!

집으로 돌아가던 사람들은 '한약자선' 아내 앞을 지나면서 하나같이 의미심장한 눈빛으로 그녀의 밋밋한 배를 위아래로 훑어보았다. 사람들 눈빛에는 야릇한 불안함과 모종의 적의가 섞여 있었다.

'오부삼왕야'를 모신 묘당은 해안 부둣가에서 그리 멀지 않은 곳에 자리잡고 있었다. 원래는 묘당 바로 앞이 항구였으나 흙과 모래가 쌓여 항구가 막히면서 새로 드넓은 간석지를 만들고 있었다. 새로 조성된 땅은 소금기가 너무 강해서 여느 식물들은 생장하지 못하고 아주 거칠고 생명력이 강한 임투나무林投, 타이완 해안가에 폭넓게 자생하는 열대성 상록 교목와 억새풀만 거대한 군락을 이루며 무성히 자라났다.

신선한 초록빛 임투류는 선인장과 유사하여 수분이 많고 줄기가 두툼했으며 바람 한 점 없는 어둠 속에서 싱그러운 향기를 내뿜어 바다의 짠내를 덜어주었다.

방금 전 어둠 속에서 계동이 불을 붙인 모닥불과 횃불에서 아직 꺼지지 않은 불씨가 요상하게도 여전히 붉은 빛을 내고 있었다. 노란 불꽃의 혀 같은 불길은 사라지고 비참하리만치 강한 붉은 핏빛 천지였다. 남은 불빛마저 꺼져가고 칠흑 같은 어둠이 조용히 다가올 즈음, 입에 하얀 거품을 게우고 신명을 물린 계동이 갑자기 소리를 지르며 자신이 모로 누워 있던 묘당 앞마당을 벗어나 새로 조성된 간석지 쪽으로 내달리기 시작했다.

사방으로 흩어져가던 사람들은 모두들 놀라 걸음을 멈추고 소리가 나는 쪽을 돌아보았다.

계동은 묘당 앞마당을 가로질러 무성하게 가지가 우거진 임투나무 숲 앞으로 다가갔다. 묘당 앞마당의 채 꺼지지 않은 모닥불이 무력하나마 멀리 빛을 던지고 있었지만, 보이는 것이라곤 괴수들이 웅크린 듯한 형상의 임투나무 숲에 선 계동의 희미한 그림자뿐이었다.

그러나 바로 그때 어디서 그런 힘을 얻었는지, 꺼져가던 모닥불이 갑자기 두세 자 되는 높이로 불길을 뿜었다. 그 순간 황금빛 불꽃이 천천히 몸을 돌리던 계동의 모습을 환하게 비춰주었다.

계동은 더이상 상어검을 요란하게 휘두르지 않았다. 어느새 두 손에는 칠성검七星劍이 쥐어져 있었다. 계동은 먼저 두 손을 벌리고 다리를 팔자 모양으로 펼쳤다. 이어 두 눈을 부릅뜨고 분노한 눈빛으로 칠성보七星步로 네 문을 밟았다. 그러고는 극도로 오만한 자세로 몸을 흔들면서 위풍당당한 모습으로 새로 조성된 간석지 위로 행진해갔다.

접신을 하느라 일그러져 있던 계동의 얼굴은 이제 다시 숙연한 모습으로 바뀌어 있었고 왕후처럼 고귀하고 권세 있는 자세를 보였다. 게다가 손에 쥔 칠성검을 때로는 한 손으로 합검合劍하기도 하고 때로는 두 손으로 분검分劍하여 이리저리 자유자재로 휘둘렀다. 어둠 속에서 검의 그림자가 어른거렸다. 한순간에 탕산에서 온 대장군들 같은 뛰어난 무사의 위용을 드러내기 시작했다.

주위를 에워싸고 구경하던 사람들은 계동의 몸에 현신한 왕야의 기개에 완전히 압도당해 할 말을 잃었다. 합장을 하고서 조용히 기도를 올리는 사람들도 있었다.

갑자기 계동의 몸을 빌린 왕야가 크게 소리를 지르면서 오른손에 쥔 칠성검을 앞으로 겨누었다. 그러고는 호랑이 걸음으로 쉬지 않고 앞으로 나아갔다. 눈앞에 사람들이 보지 못하는 어떤 사람/사물을 공격하여 새로 생긴 간석지 바깥으로 쫓아내는 듯했다.

계동의 몸을 빌린 왕야는 앞으로 밀고 나아가 마침내 어둠이 내려앉은 임투나무 숲 앞까지 다가가 거친 기세로 소리를 질렀다.

"당장 신령을 받들어 탕산으로 돌아가거라!"

쫓겨간 사람/사물이 명령을 거부했는지, 아니면 잠시 망설이면서 지체했는지 모르나, 왕야가 오른발로 땅을 한번 박차고 양손에 쥔 검을 한꺼번에 앞으로 휘둘러 적막한 허공을 갈랐다.

"이미 양자를 얻었으니 어서 바다를 건너 탕산으로 돌아가라."

이런 상황에서 그 사람/사물이 어떻게 끝까지 버티면서 해안에 남아 있을 수 있겠는가?! 갑자기 군중들이 생각지도 못한 일이 벌어졌다. 계동의 몸을 빌려 호랑이처럼 무서운 위세를 보이던 왕야가 갑자기 거칠고 잔인한 수왕獸王으로 돌변해 허공으로 솟구쳤다가 다시 팽그르르 몸을 말아 떨어지더니 한순간에 임투나무와 억새풀이 무성한 해변 간석지로 달려간 거였다.

사람들은 본능적으로 그 뒤를 따랐다. 임투나무와 억새풀은 겉으로 보이는 것처럼 그렇게 무성하진 않았다. 사실 한 장丈도 채 안 되는 거리에 옅은 여울이 나타났고 그 위에 임투나무가 듬성듬성 자라나 있었다. 거대한 바다는 그 강력한 위력과 소리를 과시하면서 당장 자리를 양보하고 싶지 않다는 듯, 흙과 모래를 상대로 사투를 벌이며 땅을 차지하고 있었다.

왕야의 뒤를 쫓아온 사람들도 덩달아 수역에 발을 들여놓자 거센 물보라가 일면서 철썩 — 철썩 — 거센 소리를 냈다. 조용한 밤중에 뜻밖에도 공격을 강행하는 무서운 기세가 형성되었다. 왕야를 따라온 사람들은 조금씩 포위망을 좁히려는 듯, 또는 함께 힘을 합쳐 그 사람/사물을 제압하여 억지로라도 복종하게 하려는 듯 계속 앞으로 밀고 나아갔다.

계동의 몸을 빌린 왕야는 그리 멀리 떨어지지 않은 곳에서 무릎까지 물에 담그고 있었다.

처음에는 수역 여기저기를 헤집으면서 뭔가를 찾는 것 같더니 이내 몸을 돌려 사방을 둘러보았다. 그러고는 목표를 발견했는지 두 손에 든 쌍검을 물속으로 무섭게 내리꽂았다. 검신이 몸을 받쳐주지 않았더라면 그대로 물속에 고꾸라졌을 것이다.

거칠게 솟구치는 물보라 속에서 커다란 목소리로 신령이 떨어졌다.

"바다를 건너 탕산으로 돌아가라. 복잡하게 얽힌 모든 것을 가지고 탕산으로 돌아가라. 바다를 건너는 순간, 엉켜버린 모든 애증의 실타래는 잘릴 것이다."

그 사람/사물은 신명의 명령에 순종하기라도 하듯 수역을 맴돌며 점점 듬성듬성해지는 임투나무와 억새풀 군락을 지나 바다로 물러갔다.

사람들도 따라서 임투나무와 억새풀 군락이 끝나는 해역을 바라보았다. 언제 떠올랐는지 칠흑 같던 수면 위로 크고 둥근 달이 떠올라 물결을 따라 흔들리면서 끝이 보이지 않는 먼 곳으로 흘러가고 있었다.

훗날 어떤 이는 그 순간 정말 무언가가 물결을 일으켜 깊은 바다로 이동해갔다고 말하기도 했다.

계동의 몸을 빌린 왕야는 여전히 무릎까지 물에 잠긴 채 허공을 향해 수염을 쓰다듬는 동작을 하면서 있지도 않은 수염을 휘날리며 입을 크게 벌리고 호탕하게 웃었다. 그러고는 바로 앞에 있던 조수의 품에 몸을 던졌다.

이때 주위에서 이를 지켜보던 이들 가운데 하나가 참지 못하고 입을 열어 찬탄을 했다. 그러자 다른 사람들도 일제히 합장을 하면서 왕야를 향해 엎드려 절을 올렸다.

그러고는 똑같이 칠흑 같은 바다를 향해서도 —

절을 올렸다.

바다가 사악한 재앙과 액운을 막아준 것에 감사의 뜻을 표하기 위해서였다.

먼 하늘에는 언제 나왔는지 구름 사이로 둥근 달이 나타났다. 별 하나 없는 밤하늘에 검은 안개가 피어올랐다.

4

'일시이명'의 임산부는 정말로 그날 밤 이후로는 다시 나타나 소란을 피우는 일이 없었고, 베이터우 지역도 평안을 되찾았다. 물론 주민들은 '오부삼왕야'의 영혼이 지닌 위력과 지역을 위해 사악한 기운을 없애준 은혜에 크게 경탄하고 감사했다.

사람들은 또다시 '오부삼왕야' 묘당을 찾아가 기도와 함께 절을 올리기 시작했다. 묘전에는 어느 때보다 많은 향불이 한꺼번에 타오르기 시작했다.

루청 사람들은 '청수궁'의 왕이가 혼귀를 다시 몸 안으로 돌려보내긴 했지만 진정으로 천도를 행하고 판결을 내린 것은 역시 '오부삼왕야' 같은 정신들이었다는 말을 퍼뜨렸다.

이 사건이 잦아진 이듬해에 '한약자선'은 정말 아이를 하나 낳았다. 사람들은 '오부삼왕야'를 더욱 신봉하며 왕야들의 신기하고 기묘한 셈법과 천명을 예감하는 지혜를 인정했다. '오부삼왕야' 묘당에 재물, 자식, 혼인, 공명, 평안을 비는 온갖 형태의 제물이 쌓이면서 그곳은 루청 제일의 사묘로 자리하게 되었다.

'한약자선'이 그렇게 낳은 아들을 어떻게 탕산으로 돌려보내 남의 양아들이 되게 했는지, 그리고 어떻게 집안에서 대대로 전해지던 비방을 이용하여 루청에서 가장 유명하고 부유한 의사가 되었는지 자세히 따지려 드는 사람은 없었다.

루청, 특히 베이터우 지역 사람들은 되찾은 안정과 평화에 가슴 깊이 감사할 따름이었다. 또한 해역 건너편의 탕산에서도 모든 일들이 차분히 제자리를 잡아가고 있고, 특히 음명의 불길한 일들도 되돌아볼 필요 없이 잘 풀리고 있음을 알게 되었다. '오부삼왕야'께서 계시하신 것처럼 탕산의 것은 탕산에게 돌려주되, 일단 바다를 건너온 것은 서로 간섭하지 않게 된 셈이었다.

나라의 중심

———

불견천의 귀신

우푸로 상가들의 덮개지붕은 어떻게 철거됐나

그녀는 하늘을 볼 수 없는 귀신이다. 게다가 여자귀신이다. 건륭·가경 연간에 루청의 '불견천不見天'에 남아 고통스런 나날을 보내고 있었다. '불견천'은 속칭 '무천착無天厝'이라 불리기도 했다. 이런 이름을 갖게 된 연유는 단순했다. 원래 하늘이 보여야 되는 큰 거리에 천막과 가리개로 빛을 막다 보니 하늘을 볼 수 없게 되어 '하늘이 없다'는 뜻으로 '무천착'이라 불리게 된 것이다.

섬(타이완)은 아열대 지역이라 일 년 내내 일조시간이 아주 길었고 한해의 대부분이 맹렬한 햇볕이 쏟아지는 맑은 날로 이어졌지만 오후만 되면 항상 큰비가 쏟아지면서 천둥과 번개가 치는 통에 여름에는 무더위와 뇌우의 공격을 받다 가을이 지나면 항상 구강풍이 불어와 날리는 모래와 돌멩이를 피할 수 없었다.

탕산의 푸젠성 남부 건축양식을 그대로 답습한 목조건축은 횡목이 모든 중력을 다 소화하는 터라 처마가 밖으로 길게 뻗어나가 있어도 전혀 힘을 받지 못했다. 식구들이 너무 많으면 수용하는 데 늘 한계가 있었다. 그래서 비와 바람을 막고 더위를 피하기 위해 처마 밖에 천막이나 가리개나 양붕凉棚, 차양 같은 것을 두르곤 했다. 이런 풍경은 섬 어디서나 쉽게 찾아볼 수 있었다.

한때 루청에서 이름을 날렸던 '불견천'은 길이가 몇 리에 달하는 대규모 상가로, 거리 전체의 건물지붕에 가리개를 얹어 하늘을 가리고 있었기 때문에 명실상부한 '무천착'이 되었던 것이다.

1

그때만 해도 그녀에게는 이름이 있었다. 향련香蓮이라 해도 좋고 숙려淑麗라 해도 좋았다. 미귀美貴나 여정麗貞으로 불리기도 했다…….

그녀는 또 월홍月紅 또는 월현月玄이라 불리기도 했다. 나중에는 친족 중에 진사進士에 급제한 노인이 있어 원래 부르던 '현玄'을 '선璇'으로 바꿔 부르게 되었다.

그녀가 귀신이 된 뒤에도 그녀의 규수 시절 이름을 기억하는 사람들은 '현玄'이 더 적절하다고 말하곤 했다. 그래서 그녀는 월홍/월현(선)이 되었다.

월홍/월현(선)은 몹시 더운 여름날 밤에 태어났다. 달은 기이하게도 컸고 핏빛으로 붉고 큰 원을 그리면서 아직 날이 어두워지지 않은 오후에 거기 그렇게 걸려 있었다. 황혼 무렵이 되자 항상 보던 낙조가 더욱 농염한 빛을 띠며 해 주위를 감싸고 있었다.

"아마 달이 두 개라 그럴 거야."

누군가 낮은 목소리로 설명했다.

낙조는 정갈하고 붉은 노을을 만들고 있었다. 간혹 서로 다른 농도의 붉은색이 있긴 했지만 기본적으론 모두 붉은빛이었다. 하지만 그렇게 일찍 떠오르지 말았어야 할 달은 온통 핏빛으로 마치 더러운 피를 잔뜩 들이마시기라도 한 듯했다. 안에는 깊이가 다른 붉은 반점들이 얼룩을 이루고 더러운 물체의 잔해와 근맥이 아직 살아 있어 눈물을 흘리기라도 하는 양 맥박이 선명했다.

붉은 달은 각종 살아 있는 것들의 잡혈을 빨아들이다가 하늘을 사이에 두고 다시 전송하기라도 하듯이 점차 비대해지더니 마침내 하늘가 전체를 향해 그 잡혈을 뿜어대고 있었다.

이처럼 이상한 형상을 본 적이 거의 없었던 사람들은 오히려 목소리를 줄이며 감히 큰소리를 내지 못하고 밤새 지켜보는 수밖에 없었다. 갑자기 달빛이 보이지 않거나 눈곱만큼이라도 형태가 사라지기라도 하면 사람들은 이것을 "하늘개가 달을 먹는다"라고 한다는 것을 잘 알고 있었다. 제법 식견이 있는 노인들은 이를 어떻게 처리해야 하는지도 알고 있었다.

적어도 대응 방법이 있는 한, 마음속에 아무리 두려움이 가득하다 해도 문제가 되지 않았다. 사람들은 한자리에 모여들고 나온 금속제품이나 쉽게 깨지지 않는 세숫대야, 병, 항아리 등 소리가 나는 온갖 물건들을 힘껏 두드리며 고함치며 앞으로 내달렸다. 달을 먹는 하늘 개를 쫓아버리고 둥근 달을 되찾아오기 위해서였다.

정말로 한 입 한 입 개에게 뜯어 먹히기라도 한 것처럼 그림자조차 볼 수 없이 검기만 하던 달이 희끄무레하게 둥근 그림자를 드러냈다. 사람들이 놀라움과 두려움을 금치 못하며 더욱더 요란하게 온갖 소리를 내자 마침내 검은 부분들이 차츰차츰 빛을 회복하기 시작했다. 마침내 달이 제 모습을 되찾은 것이다.

붉은 달이든 검은 달이든 어차피 기이한 재앙현상임에는 틀림이 없었다. 바로 이 시기에 태어난 월홍/월현(선)이 나중에 귀신이 되자 사람들은 이렇게 말했다.

"그 아이는 태어날 때 이미 운명이 정해져 있었어."

죽어서 귀신이 된 월홍/월현(선)은 날 때부터 운명이 정해져 있었고 그것도 당시의 부녀자들이 누리기 어려운 '부귀명富貴命'을 타고났다. 월홍이 당시의 환관세가宦官世家에서 태어날 수 있었던 것은 그 조상들 가운데 진사에 합격한 사람이 있었고 숙부와 백부 세대에는 거인擧人, 명청대 과거시험에서 지방에서 치러지는 향시에 합격한 사람이 적지 않았으며 수재秀才, 지방의 신사 계층는 더 말할 것도 없었기 때문이다.

높은 성적으로 향시에 합격한 조부는 자신이 곧 경사京師에 올라가 과거시험을 봐야 하지만 탕산의 천조 과거에 합격해도 벼슬길에는 거부당할 수도 있고 권력이 따르는 관직을 얻는다는 것은 아예 불가능하다는 사실을 잘 알고 있었다. 섬을 통치하는 문관 관원들은 반드시 탕산에서 파견했고 삼년을 임기로 육 년에 한 번씩 교체했으며 처음 얼마간은 가족을 데리고 부임하는 것도 허락되지 않았기 때문이다.

이 작은 섬에서는 고작해야 신사紳士나 장로莊耆가 될 수 있을 뿐이었다.

내심 불만이 없을 수 없었지만 한편으론 통치자인 중원

中原과 그 문화에 큰 동경과 지향을 가지고 있었던 것도 사실이다. 예교를 엄격히 지키지 않아도 되는 것 말고도 탕산의 황제 천자로부터 수십만 리나 떨어져 있다 보니 뜻밖에도 집안의 딸들이 모두 시문詩文에 능하면서도 법도를 어기고 있다는 느낌에서 자유로울 수 있었을 것이다.

또 어쩌면 월현(선)의 집안에 대대로 높은 성적으로 향시에 붙은 사람이 없었고 선조들이 푸젠에서 어업으로 생계를 유지하고 있었으며, 어쩌다 그 자제들이 루청에 내려와 장사로 큰돈을 벌어 루청 최고의 부자(타이완 최고의 부자)가 된 것일 수도 있었다. 월현(선)의 선조들은 장사에는 능한 반면, 과거시험에는 마음도 능력도 없어 백은白銀 삼만 냥을 들여 경성의 황제 천자께 '공물'을 바침으로써 경사에 올라가 과거시험을 치르지 않아도 되는 가장 보잘것없는 직함인 '공생貢生'의 자격을 따놓았을 뿐이다.

루청에서는 흔히들 "공생은 돈을 쓰다 죽는다"는 말을 하곤 했다. 실제로 어렵게 십년공부를 하는 것이 아니라서 과거시험이 있다고 해도 이를 통해 거인이나 진사가 될 수 없었고, 벼슬을 해서 계속 승관할 수도 없었기 때문이다. 돈을 쓰다 죽는다는 말은, 돈을 써도 모든 것이 그것으로 끝난다는 의미였다.

돈을 쓰다 죽는다는 말이 있다는 것은 루청 사람들이 '공생'이라는 신분과 정말로 과거시험에 붙은 독서세가 사이에 엄연한 구별을 두고 있다는 것을 의미했다. 돈에 대해 얘기할 때 루청 사람들은 흔히 "수재가 되기에도 모자란다"거나 "과거시험에 합격하기에도 부족한 돈이다"라는 표현을 쓰곤 했다.

세간에는 항구가 개통된 뒤로 무역과 상업으로 부를 이룬 루청이 경사의 상인들이 운집하면서 무역이 크게 발달하고 루청으로 이주한 사람들 중 상당수가 장사로 큰돈을 벌게 되었다는 평가가 나돌았다. 다른 지역에서는 주로 농민들이 황무지를 개간하는 데 그친 데 비해, 루청이 이처럼 크게 발전하게 된 것은 주로 이주해온 상인들의 경영을 통해서라고 할 수 있었다. 이것이 이 섬(타이완)의 발전이 갖는 가장 중요한 특징인 것이다.

주민들의 성분도 최고로 훌륭했다. 건륭 50년에서 도광道光 말년에 이르는 육십 년간의 전성기에 루청은 섬 전체에서 가장 부유한 지역이었다. 부유함에는 고귀함이 따르기 마련이라 돈과 재물을 비교하고 따지는 것은 바람직하지 않았다. 이에 루청 사람들은 일찍이 '문풍文風'을 크게 일으켜 고상하고 청려한 기풍을 장려했고 여기에 재물이 더해지니, 스스로 뿌듯함을 가질 만한 여유가 생겨났다.

월현의 부친은 돈을 들여 '공생'이라는 직함을 사들인 뒤

로 모든 일에 있어서 '서향세가書香世家'를 따라했을 뿐이지
만 항운무역으로 돈을 번 가족임에도 불구하고 또다른 기품
이 있음을 스스로 자랑스러워했다. 딸들도 경서經書를 숙독
하여 시문에 능했고 밖에 나가 광대한 세계를 상대로 실력을
겨루기도 했다.

서향세가 출신인 월홍과 섬에서 가장 부유한 상인 집안 출
신인 월현(선)은 어려서부터 최고 수준의 규수 교육을 받았
다. 총명한 월홍/월현(선)은 옛 성현의 글과 『여논어女論語』,
『효경(孝經)』, 『규칙閨則』, 『열녀전烈女傳』 같은 저작을 연구하
고 '삼종사덕三從四德'에 관한 글들을 공부하면서 어느 것 하
나도 소홀히 하지 않았다.

또한 월홍/월현(선)은 당시 상류가정의 여인들과 달리, 통
상 열두세 살까지만 공부를 하고 그 뒤부터는 여자로서 재덕
을 갖추는 데 주력했다.

아! 그것만이 아니었다! 월홍/월현(선)은 어려서부터 시
사詩詞에 뛰어난 재능을 나타냈다. 그 둘 다 루청의 명망 있
는 가문 출신으로 '천조天朝' 탕산의 재녀였던 사도온謝道韞,
위진 시기 진晉나라의 재녀로 진 안서장군安西將軍 사혁謝奕의 딸에 뒤지
지 않았다. 자신들도 '서책을 가까이 하고 전족한 발로 가풍
을 크게 빛내며, 음악과 영탄으로 아름다운 이야기를 남길
수 있기를' 바랐다. 이를 위해 집 안에 스승을 모셔다가 '여

125

숙女塾'을 열고 시문詩文과 사부詞賦를 배우기도 했다.

이러한 월홍/월현(선)은 진정한 '재원'이란 이름으로 세인들의 주목을 받았지만 정작 써낸 것이라곤 "달은 지고 텅빈 다리, 내 고운 꿈도 지네月落空樑綺夢止" "무정한 것으로는 시샘 많은 꽃바람만한 것이 없네無情最是妒花風" 같은 봄을 슬퍼하고 가을을 서러워하는 규방의 감회가 고작이었다.

여자는 무재주가 상팔자라는 중국 전통의 관념과 교훈은 베이징의 황성에서 수천수만 리나 떨어진 이 섬에서는 제대로 봉행되지 않았다. 재능이 있고 시문에 뛰어난 '재원'으로 성장하려면 여자들만 엄격히 지켜야 하는 제한과 가르침이 적지 않았다.

아주 어려서부터 전족을 하여 두 발을 삼촌금련으로 꽁꽁 싸맨 월홍/월현(선)은 대문이나 이문二門을 출입하는 일에도 엄격한 규율을 따라야 했고 '사덕四德'이란 무서운 계율에 따라 십년이 넘도록 '가볍게 웃지도 못하고 말도 함부로 하지 못했다.'

이처럼 말도 없고 웃음도 없는 규수들은 이른바 '대가'라 불리며 성정이 우아하고 지혜롭고 순수하고 조용하며 용모가 단정한 숙덕지녀淑德之女가 될 수 있었다. 그러나 거기에 더하여 '재원'이 되려면 탕산 천조의 문학적 전통을 익히고 학습하여 가장 서글프고 애잔한 시편을 지어낼 수 있어야 했다.

이 훈련과 양성이 다 끝나면 수준에 맞는 혼인 상대를 찾아 부모들의 뜻에 맞는 똑같이 청순하고 고상한 서향세가의 자제에게 시집을 감으로써 양가를 더욱 빛낼 수 있었다.

2

만일 그 사건이 일어나지 않았더라면 월홍/월현(선)도 그러한 길을 걸었을 것이다.

무더운 여름날 오후 낮잠에서 깨어난 월홍은 무덥고 어두운 규방에 틀어박혀 있기가 너무 견디기 힘들어 무작정 밖으로 나와 걸음을 옮겼다. 한참을 거닐던 그녀는 전에는 한번도 가본 적이 없는 길가의 이층 대청에 올라 나무 격자창을 통해 새어드는 바람에 더위를 식히려 했다. 그러다 참을 수 없는 유혹을 느끼며 창가에 기대어 섰다.

나무로 된 격자창의 창엽窗葉, 가리개이 시선을 가려준다곤 하지만 그래도 이처럼 '공공연하게 고개를 내밀고' 거리로 난 창가에 다가설 수는 없는 노릇이었다.

(그 길가로 난 각루閣樓는 원래 바람난 남녀나 음탕한 재자가인才子佳人들의 이야기가 시작되는 것으로 유명한 장소였다.

하지만 사람들이 으레 기억하는 건 요부 반금련潘金蓮이 실수를 가장하여 일부러 창문을 받친 막대기를 떨어뜨려 때마침 그 밑을 지나던 서문경西門慶이 머리를 맞았다는 이야기뿐이었다.

사실 재자가인들의 이야기도 이런 데서 시작되었다. 어느 아리따운 아가씨가 실수로 몸에 차고 다니던 신물信物을 떨어뜨렸을 수도 있을 것이다. 그것이 이름을 수놓은 손수건이었을 수도 있고, 아니면 시구가 적힌 둥글부채나 집안 대대로 내려오는 패옥佩玉이었을 수도 있을 것이다.

어쨌든 멋진 젊은이가 이런 물건을 줍게 되면 주인을 찾아 나서기 시작할 것이다. 물론 중간에 음해를 당할 수도 있고 뜻밖의 어려움을 겪기도 할 것이다. 하지만 마지막에는 행복한 대단원의 막을 내리게 된다.

그러나 사람들이 흥미진진한 표정으로 끊임없이 입에 올리는 물건은 역시 음탕한 반금련이 엉큼하고 사악한 서문경의 머리에 일부러 떨어뜨린 창틀 지지대 막대일 뿐이다. 길가로 난 각루는 그 유명한 요부와 간부奸夫의 이야기가 시작된 곳이다.

허공에서 떨어지는 것을 들자면 배우자를 찾아준다는 오색공도 있다. 높디높은 규방, 여인의 손으로 던져져 떨어지는 공, 그 공을 맞는 사람은 무조건 운명의 상대로 간주된다. 거지든 황제든 상관없다.

수놓은 공으로 배우자를 구할 수 있다고?

이 세상에 어느 누가 규방의 여인이 이처럼 공공연하게 배우자를 찾아나서는 것을 허락하겠는가? 규방 여인들에게 자신의 손으로 직접 미래를 던지라고 한다지만 그렇게 해서 떨어진 것이 정말로 그녀가 바라는 미래라고 할 수 있을까?

그래서 사람들은 끊임없이 이야기를 지어내는 것이다. 정말 재미있는 것은 음탕한 반금련이 실수를 가장하여 일부러 간악한 서문경의 머리에 창틀 지지대를 떨어뜨린 것이다.)

그래서 그 무더운 여름날 오후, 큰길로 난 이층 네모난 목제 창문에 기대어 격자무늬 틈새로 들어오는 시원한 바람을 맞으며, 월홍은 뭔가를 떨어뜨려야겠다고 다짐했다.

하지만 절대로 창틀을 지지하는 막대기일 수는 없었다!

이 섬의 건축물들은 탕산 푸젠 남부의 양식에 따라 지어진 기다란 건물로 목제 창문은 좌우로 여닫게 되어 있었다. 나무막대기로 바깥쪽을 지지하게 하여 위로 열어젖히는 그런 창문이 아니었다.

그래서 떨어뜨릴 만한 것이라곤 비단 손수건 아니면 둥글부채 정도가 고작이었다!

몸에 지니고 다니는 비단 손수건은 이렇게 더운 날에 땀을 닦는 데 쓰이고, 손에 들고 다니는 둥글부채는 바람을 일으켜 더위를 식히는 데 쓰였다. 다른 점이 있다면 시문에 능한 서향세가의 아가씨들은 '재원'인 만큼 비단에 수놓기를 좋아한다는 것이었다.

달은 지고 텅 빈 다리, 내 고운 꿈도 지네.

— 운향각芸香閣 주인 월홍

둥글부채에도 해서楷書로 새로 지은 시 구절이 적혀 있고 맨 끝에는 뚜렷하게 서명이 되어 있었을 것이다.

무정한 것으로는 시샘 많은 꽃바람만한 것이 없네.

— 채미루采薇樓 주인 월선

이렇게 분명한 서명은 정말 '하얀 종이 위에 검은 글씨'로 새겨진 이름과 성, 집안을 그대로 말해주었지만 동시에 남에게 쉽사리 보여선 안 되는 규방 여인들의 비밀이기도 했다. 이러한 비단 손수건과 둥글부채는 나풀나풀 사람들로 북적거리는 루청 최대의 번화가인 '우푸로'에 떨어졌을 수도 있고, 아니면 시내 중심지의 가장 번화한 길거리에 떨어졌을 수도 있다.

3

'우푸로'는 남북으로 길이가 오 리에 달하는 초승달 모양의 거리로 다섯 구간으로 나뉘어 있었다. 북쪽 구간에는 순싱가順興街와 푸싱가福興街가 있고, 중간에는 허싱가和興街가 있으며, 남쪽 구간에는 타이싱가太興街와 창싱가長興街가 있었다. 각 구간마다 취급하는 상품의 종류도 달랐다. 항구에 인접한 북쪽 순싱가에서는 어류를 비롯한 해산물과 남북 화물을 위주로 팔았고, 중심에 가까운 푸싱가와 허싱가는 실과 면직물, 날염, 약재 등의 집하장으로 호화로운 고급 상점들이 잔뜩 몰려 있었다.

월홍/월현(선)의 친가는 그곳에서도 손꼽히는 부자로, 가장 번화한 푸싱가와 허싱가에 실과 면직물을 파는 상점과 약재상, 금은방 등 다양한 점포를 소유하고 있었다.

아무리 무더운 오후라 해도 거리에는 사람들이 넘쳐났고 특히 이곳은 다른 어떤 곳보다 더 붐볐다. 루청이 자랑하는 유명한 '불견천' 덕분이었다.

바다에 인접한 루청은 유난히 해풍이 거셌다. 특히 가을이 끝나고 겨울로 접어들 무렵이면 '구강풍'이라는 엄청난 바람이 불곤 했다. 노점들은 나름대로 이에 대응하는 기술을 갖고 있었다. 가장 큰 상점가인 '우푸로'에는 폭이 두 장丈쯤 되는 덮개로 지붕 위를 덮어놓았다. 오 리나 되는 거리가 모두 '무천착', 즉 '불견천'이 된 것이다.

루청을 떠돌던 죽지사竹枝詞, 고대 민가의 시가 형식의 일종에서는 그 모습을 이렇게 묘사했다.

네모반듯한 벽돌 건물들이 거리를 온통 붉게 물들이고
하늘 덮개가 모든 골목을 뒤덮었네.

'불견천'은 바람과 비를 막아줄 뿐만 아니라 임해지역의
뜨거운 햇볕도 막아주었다. 지붕에는 또 '천창天窗'을 설치하
여 조명에 이용하기도 했다. 여름날 오후 낮잠에서 깨어나
면 밖으로 나가 구경할 것이 많았고, 가게 안에 있어도 이것
저것 신기한 물건들이 많아 한 번씩 감상하면서 평가를 내릴
수 있었다.

'우푸로'에서 가장 번화하고 인파가 많은 구간은 역시 허
싱가 일대로 루청에서 가장 큰 도로가 교차하는 지점이었다.
비단 가게인 '성창행盛昌行'의 웅장한 건물 위에는 각루가 하
나 세워져 있었다. 그 각루 위에서 비단 손수건 한 장이 표표
히 떨어지고 있었다.

바람이 없을 때에도 '불견천'이 점포들의 비스듬한 지붕
을 덮어 불시에 뚫고 들어오는 해풍을 막아주었다. 무덥고
끈적거리는 여름날 오후에는 뜨거운 공기가 위로 올라가 높
은 곳에 몰려 있다가 팽창하여 확장되기 때문에 비단 손수건
이 나풀거리며 내려오기에 가장 좋은 장소였다.

뜨거운 공기는 주위 사물을 돋보이게 하는 효과가 있었다. 그래서인지 비단 손수건은 평평하게 펼쳐진 채로 천천히 떨어졌다. 부드럽고 가벼운 손수건은 이렇게 공중에서 한참을 맴돌다가 한순간에 갑자기 땅바닥으로 떨어졌다.

떨어져내린 손수건은 어떤 사내의 머리 위로 내려앉아 그의 머리와 얼굴을 가렸다. 호흡까지 막아 사내를 몹시 놀라게 했다. 손수건에 눌린 사내는 혼란이 이만저만이 아니었다. 얼른 두 손을 올려 손수건을 걷어내자 간신히 앞을 볼 수 있고 숨도 쉴 수 있었다. 사내는 고개를 들어 손수건이 떨어진 곳이 각루 위인 것을 확인할 수 있었다.

고개를 들어 바라보니 정면으로 돌출된 격자창 안으로 똑같이 놀란 표정을 한 여인의 모습이 눈에 들어왔다.

월현(선)은 깊은 규방 안에서 수양하면서 청순하고 아름답게 성장한 터라 형상이 뚜렷한 그 사내의 모습을 감히 쳐다보지 못했다. 손수건을 주운 것은 검고 마디가 굵은 커다란 손이었다.

옥처럼 청순하고 아름다운 서향세가의 규수는 마음이 어두워지는 것을 금할 수 없었다.

"어머나! 손수건이 더러워졌겠네!"

손수건을 주운 사내는 온몸이 남루한 차림이지만 숨을 쉬면서 떨어지는 물건에서 나는 그윽한 향기를 맡았다. 그러고는 한숨을 내쉬듯 손수건에 가볍게 바람을 불었다.

그것이 월홍이었다면 떨어지는 둥글부채를 따라가다가 그것이 젊은 남자의 머리 위로 떨어지는 것을 보았을 것이다. 사내는 화가 나서 고개를 들었을 것이고 월홍은 그 준수한 얼굴에 비스듬하게 난 봉황눈을 보았을 것이다. 검은 머리칼에서는 빛이 나고, 붉고 얇은 입술은 반쯤 열려 있었고, 그 사이로 가늘고 하얀 치아가 드러났을 것이다.

놀란 표정은 곧 부드러운 미소로 바뀌었을 것이다.

그러면 아무리 호문세가의 규수라 해도 당황한 나머지 가슴이 뛰었을 것이다.

나중에 월홍/월현(선)의 혼귀는 '불견천'을 이리저리 날아다니며 이곳을 떠나려 하지 않았고 또다시 윤회의 단계로 들어서려고도 하지 않았다. 허싱가와 푸싱가 구간에 사는 사람들 가운데는 공중에서 떨어지는 비단 손수건과 둥글부채를 본 적이 있다고 말하는 사람들도 있었다. 그러면서 그 네모난 손수건과 둥글부채를 보는 순간부터 월홍/월현(선)의 죽음이 정해져 있었다고 말했다.

어쩌면 그 비단 손수건을 맞은 사람은 이리저리 떠돌아다니는 부랑아였을지도 모른다. 손수건을 줍는 순간 그는 마침내 기회가 왔다고 생각했을 것이다. 좀 늦긴 했지만 이런 기회가 영원히 오지 않는 것보다는 나았다.

비단 손수건은 배우자를 부르는 채색 공보다 나았다.

왕보천王寶釧*이 수를 놓은 공을 던졌다는 얘기는 귀에 못이 박이도록 들었지만 그것이 설평귀를 만난 것처럼 좋은 인연으로 발전하기 위해서는 부모들이 가난한 것을 싫어하고 부유한 것을 좋아해야 하고, 딸 본인도 "열녀는 두 지아비를 섬기지 않고 좋은 말은 두 개의 안장을 필요로 하지 않는다"는 말처럼 정숙한 여인이어야 했다. 그래야 야반도주를 할 수 있기 때문이다.

다행히 하늘은 좋은 인연을 내려주었다.

이 부랑아는 월홍/월현(선)의 비단 손수건을 손에 집어 들고서 문 앞 대로에 버티고 서서 손수건 주인을 아내로 맞겠다고 호언장담했다.(손수건 위에는 선명하게 성과 이름이 새겨져 글을 아는 사람이면 누구나 알아볼 수 있었다)

어쩌면 그 둥글부채에 머리를 맞은 사람이 그 지역의 유명한 불량배일 수도 있었다. 사실 그랬다. 주색과 돈을 밝히는 그는 풍류밖에 모르는 한량으로 타고나 힘든 일은 해본 적이 없어 가늘고 하얀 피부를 지니고 있었고, 이를 바탕으로 귀공자를 자처하고 있었다.

* 왕보천 : 당 예종 시기의 재상 왕윤王允의 딸로 부모의 만류를 뿌리치고 가난한 설평귀薛平貴에게 시집가서 18년 동안 고생하다가 나중에 설평귀가 조정의 고관이 되어 행복을 누리게 되었다.

이 불량배에 관해 도처에서 입방아를 찧고 있었기 때문에 '불견천'에서 모르는 이가 없었다. 그는 아가씨와 뒤뜰 화원에서 밀회를 가져 아이가 생겼으나 양가 부모의 반대에 부딪쳐 혼인을 맺을 수 없었다. 다급해진 아가씨는 어쩔 수 없이 직접 각루에 올라 여러 사람이 보는 앞에서 둥글부채를 신물로 던져야 했다.

참! 루청의 환관세가에서 태어난 월홍의 가족들은 이민사회인 이 섬에서는 남의 머리를 깎아주거나 악기를 연주하는 것만으로도 큰돈을 벌 수 있고 계급과 가문도 나아질 수 있었다. 하지만 그럴수록 점점 더 무시당하고 있다고 탄식하듯 말하곤 했다. 진사에 급제한 바 있고 가문에 수재들이 가득한 뛰어난 환관세가가 어찌 쇠락한 가문의 영광을 되찾아 루청 사람들에게 호문세가의 가풍이 어떤 것인지 알리고 싶지 않았겠는가!

그래서 어쩌면 월현(선)의 가족이 상업과 무역으로 섬 전체에서 최고 부자가 된 뒤에 은자 삼만 냥을 들여 '공생'의 신분을 사들이고, 이어서 대규모 토목공사를 벌여 루청 교외에 양식과 범위가 작위를 갖고 있는 호문세가에 뒤지지 않는 원림園林을 조성했었던 것인지 모른다. 이는 황실의 사치를 능가하는 것으로서 종법의 예절에도 어긋나는 것이었다. 그런들 어떠랴. 어차피 이곳은 황제가 있는 곳으로부터 아주 멀리 떨어져 있지 않은가.

그리하여 그들 집안에서는 귀족들의 우아함과 화려함, 그리고 모든 격식을 따라하고 예법을 두 배로 더 엄격하게 준수하며 가정교육도 철저히 했을 것이다.

이리하여 무심코 비단 손수건과 둥글부채를 떨어뜨린 월홍/월현(선)의 기운이 그 부랑아/불량배의 몸으로 넘어가게 되었다. 신분이 낮은 남자 쪽에서 대청에 모인 수많은 사람들 앞에서 소란을 피우자 청순하고 순결한 대가의 규수로서는 그런 치욕을 담담하게 받아들이거나 고상한 가문의 풍도와 뛰어난 가풍을 보호하려는 본능적인 욕망을 갖게 됐을 것이다.

남자 쪽에서는 여자를 계속 놓아주지 않으면서 일단 여자를 아내로 맞기만 하면 사람과 재물을 동시에 얻을 수 있을 것이라 생각했다. 이리하여 일은 더 커져가고 여자 쪽에서는 체면을 생각하여 할 수 없이 남자의 요구를 받아들였다.

그러자 갑자기 항간에 온갖 소문이 나돌았다.

그 비단 손수건과 둥글부채에 수놓인 성과 이름은 편지 말미에 서명을 한 것이나 마찬가지였다. 제 것이 아니라고 회피할 방법이 없었다. 게다가 그 위에는 봄을 서글퍼하고 가을을 서러워하는 시구가 쓰여 있었다. "달은 지고 텅 빈 다리, 내 고운 꿈도 지네." "무정한 것으로는 시샘 많은 꽃바람만한 것이 없네." 이 구절들은 깊은 규방의 그윽한 정취를 담고 있지만, 글을 모르는 민초의 입으로 낭송되면 음란하고 염미한 춘정이 담긴 글로 들릴 수 있었다. 아무리 어여쁜 서향세가의 규수라도 사내 품을 그리워하는 건 당연한 이치라는 인상을 주기에 충분했던 것이다.

수치심과 원한을 품은 월홍/월현(선)은 결국 자살을 택하는 수밖에 없었다. 뛰어난 재능과 아름다운 성정을 겸비한 '재원'으로서 그녀들은 자신들의 뛰어난 시문 능력 때문에 죽는 것이나 다름이 없었다. 글을 몰라 이름을 남기지 않았다면 자신들이 떨어뜨린 것이 아니라고 우길 수 있고, 시사에 능하지 않았더라면 염미하고 음란한 시사를 남겼다는 오명을 뒤집어쓰지도 않았으리라.

일이 이렇게 되자 항변할 방법이 없어진 월홍/월현(선)은 죽음을 택함으로써 결백을 증명할 수밖에 없었다. 죽음으로써 뜻을 밝히고 가문의 명예를 지키는 일은 원래 학문과 예교가 뛰어난 명망세가의 규수들이 억울하게 능욕을 당할 때 흔히 택하는 길이었다.

월홍/월현(선)은 단정하게 옷을 차려 입고 나서 우물 속으로 몸을 던졌다.

하늘 높이 희고 둥근 달이 걸려 환한 빛을 비추던 밤이었다.

스스로 목숨을 거두기로 마음먹은 뒤 월홍/월현(선)이 택할 수 있는 길은 많지 않았다. 목을 매거나 우물에 뛰어드는 것이 명가 규수들이 취할 수 있는 가장 편리한 죽음의 방식이었다. 특히 우물에 뛰어드는 행위에는 자신을 '깨끗이 씻어 결백을 밝힌다'는 함의가 담겨 있었기에, 시문에 능한 '재원'들이 자기 집 뒤뜰에 있는 오래된 우물에 뛰어드는 것은 종종 있는 일이었다.

일부 어른들이나 부모들이 이를 예감하기도 했으나, 이상하게도 다음날 아침이 되어서야 물을 뜨러 간 하인과 그 뒤를 쫓아간 가족들이 자진한 뒤 수면에 떠오른 딸의 시신을 발견했다. 여인은 뜻밖에도 얼굴을 하늘로 향하고 잔잔한 우물 안에 조용히 누운 채 떠 있었다. 우물 깊이가 깊었음에도 가족들은 딸의 모습을 뚜렷이 알아볼 수 있었다.

둥근 우물이 물에 불어 떠오른 딸의 시신을 감싸고 있고 몸 전체가 입고 있는 옷으로 빈틈없이 밀봉되어 있어 윗도리의 소매나 아랫도리 바짓단에도 뒤집히거나 접힌 흔적을 찾아볼 수 없었다. 옷이 온몸을 깔끔하게 감싸고 있었다. 물에 빠진 시신에게서 흔히 볼 수 있는 '혼귀가 옷을 벗는' 현상 따위는 보이지 않았다.

사람들은 소리 나지 않게 속으로 비명을 질렀다.

불길한 일이야. ―

아주 오래전부터 물에 몸을 던져 자진한 사람이 양간陽間, 이승의 모든 것을 내려놓고 싶을 때는 음간陰間, 저승에 가서 윤회를 기다린다는 얘기가 전해지고 있었다. 이처럼 기꺼이 이승을 떠나고자 한 사람은 죽어서 시신의 얼굴이 수면을 향하고 몸 전체가 물 위에 뜨게 되면 그렇게 물에 실려 음명으로 간다고 했다.

반면에 죽고 싶지 않아 억울함과 복수하려는 원한을 품고 죽은 시신은 죽어서 물 위에 떠오를 때 얼굴을 하늘로 향하고 심지어 두 눈을 부릅뜨기도 한다고 했다. 자신이 가야 할 길과 방향을 정확히 알아두고 명계冥界에 들어가 '맹파탕 孟婆湯, 다섯 가지 맛이 있어 한번 마시면 이승의 번뇌를 절대 잊지 않게 된다는 탕약'을 먹는 일이 없게 하며 절대로 죽음의 다리를 건너지 않으려는 몸부림이라고 했다.

그래야만 복수를 할 수 있을 것이다.

시신의 얼굴은 하늘을 향해 있었고 거두는 사람이 아무도 없었다. 시신은 매일 밤 해와 달의 정기를 빨아들였다가 토해내길 반복하다가 오랜 시간이 지나면서 변질되어 점차 악독한 여귀로 변하게 되었다. 세간의 일반 법사나 도사들은 이 혼귀를 마음대로 통제할 수 없어 그 피해를 수수방관하고 있었다.

법력이 뛰어난 지관이 어쩌다 우연히 이곳을 지나가다가

간신히 혼귀를 제압할 수 있었다.

물론 월홍/월현(선)의 가족들은 얼굴을 하늘로 향한 채 우물의 수면 위로 떠오른 여자의 시신이 대단히 무서운 존재라는 것을 잘 알고 있었다. 그녀의 부모와 친족들은 보복이 두려웠다. 자신을 위해 직언으로 변호해주지 않아 한을 품고 자진하게 한 것을 원망할까봐 두려웠다. 또 한편으로는 오랜 세월에 걸쳐 애지중지하며 잘 키운 딸이 뜻하지 않게 자신의 결백을 증명하기 위해 자진한 것이 가슴이 아프면서도 순결과 결백을 지키려는 그녀의 지조가 가상하기도 했다. 이에 가족들은 그녀의 장례를 아주 후하게 치러주었다.

딸이 우물에 몸을 던져 결백을 주장해야 했던 월홍/월현(선)의 가족들은 가문의 예교와 문풍을 지킨 셈이었고 가족들 모두 한 시름 놓을 수 있게 되었으며 다시금 가문의 명성을 드높일 수 있게 되었다.

다시금 환관세가들과 섬 전체에서 가장 부유한 집안으로서의 위세를 높이게 된 가족들은 장례를 지낸 며칠 뒤, 월홍/월현(선)이 자진한 뒤로 화가 미칠 것을 두려워하며 한동안 모습을 드러내지 않던 그 지방 불량배가 칼에 난자당한 상태로 죽어 있는 것을 발견하였다. 너무나 처참하게 죽은 시신은 멀리 곡물창고 근처에 버려져 있었다.

이와 거의 동시에 루청에서 수십 리 떨어진 '수이반자오

水返脚'에서도 왕보천의 수놓은 공에 맞아 억지로 아내를 맞아들인 떠돌이 부랑아가 몸에 아무런 이상도 없는데도 기가 끊긴 채 죽어 있는 것이 발견되었다는 소문이 들려왔다. 사람들이 암암리에 전하는 소문에 따르면 먼 바다로 항해하는 선원들이 아주 멀리서 구해오는 신기한 약이 있어야 사람을 그렇게 죽일 수 있다고 했다.

루청 사람들 모두 무슨 일이 일어난 것인지 의심했지만 크게 떠벌이지 않고 남몰래 서로의 생각만 주고받았다. 관부에서도 범인을 찾지 못한 것으로 서둘러 사건을 매듭짓고 당사자가 행실이 바르지 못한 결과라고 치부해버렸다.

환관세가들과 섬 전체에서 가장 부유한 집안은 과연 과거의 위망을 되찾게 되었다. 사람들은 그 고관이자 부호인 가장이 하는 모든 일이 꼭 좋은 결말만 맺는 건 아니라는 사실을 충분히 알고 있었다. 딸 하나를 억울하게 잃었으면 치욕으로 여기는 것이 당연하고 반드시 모종의 행동에 나서야 했다. 게다가 설사 보복을 한다 해도 황제가 있는 곳으로부터 너무나 멀리 떨어져 있는 이 섬 한구석에서 참형을 당하는 일은 있을 리 만무했다. 두려운 것은 가문이 파괴되고 멸족을 당하는 것이 아니었다!

물론 사람들은 더 많은 두려움의 근거를 갖게 되었다.

그 뒤로 우물에 몸을 던져 자신의 명예와 정절을 지키고

더불어 가족 전체의 명망과 위신을 보전할 수 있었던 월홍/
월현(선)은 결국 사람들이 밥을 먹고 차를 마시다가 여담으
로 주고받는 일상적인 이야깃거리가 되었다.

사람들은 대부분 이런 일을 당했다고 남을 원망하지 말고
가족과 친족들을 탓하라고 말했다. 어쨌든 이 일이 명예와
정절에 관련된 일이기 때문이라는 것이다.

물론 월홍/월현(선)이 스스로 목숨을 끊어 자신의 뜻을
밝히고 결백을 지킨 것은 찬양할 만한 일이지만, 애석하게
도 이런 죽음도 결국은 하나의 죽음일 뿐이라고 말했다.

4

우물에 몸을 던져 자진한 월홍/월현(선)은 자신이 죽어서
귀신이 되었다는 사실을 알았다. 하지만 알아두지 않으면 안
되는 또 하나의 사실은 복수하려 한 원수가 이미 목숨을 잃
었다는 것이다.

뭘 어떻게 해야 좋을지 몰랐던 여자귀신은 전혀 경험해보
지 못한 막막함에 빠졌다.

원래 그녀의 일생은 완벽하게 예정되어 있었다. 『열녀전』
을 읽는 것으로부터 시작하여 삼종사덕을 배우고 여자로서

맡아야 할 가사를 익히며 시문에 능한 '재원'이 되어 자신과 같은 호문세가로 시집을 가는 것까지 완벽하게 정해져 있었다. 게다가 우물에 몸을 던져 자진하게 된 것도 상당 부분 사람들의 기대 때문이었다.

그녀의 일생은 줄곧 어떤 목적에 따라 예정되어 있었다.

하지만 귀신이 된 뒤에야, 복수해야 할 사람에게 복수할 수 없게 됐다는 사실을 비로소 깨달았다.

어떤 것이 더 무서운 징벌일까? 여자귀신은 사람이었을 때와 귀신이 된 이후를 통틀어 처음으로 어찌할 바 모르는 상황을 경험하게 되었다.

불편한 것은 이뿐이 아니었다. 귀신이 되어 우물 위로 떠올랐을 때, 여자귀신은 자신이 영원히 온몸이 물에 축축하게 젖어 있고 물이 그림자처럼 따라다니면서 온몸이 젖은 채로 마치 일 분 일 초가 막 물에서 나온 것처럼 지내야 한다는 것을 깨달았다.

물, 영원히 마르지 않을 듯한 물이 축축하게 얼굴을 적셨다. 영원히 눈물을 흘리고 있는 것 같았다. 어쩌면 눈과 입, 코, 귀에서 끊임없이 투명한 피가 솟아 나오는 건지도 몰랐다. 얼마나 많은 억울함과 원한이 이처럼 자진한 몸에서 끊임없이 솟아 나오고 있는 것일까?

온몸에서 물이 뚝뚝 떨어지는 것 때문에 그다지 원한에

사무치지도 않고 특별히 마음이 상하지도 않았던 여자귀신이, 마땅히 갈 곳이 없어 자신이 몸을 던졌던 뒤뜰 화원의 그 작고 오래된 우물 안에 남아 있는 모습은, 다른 귀신들이 생전의 마지막 순간에 있었던 곳을 맴돌고 있는 사정과 다르지 않았다.

그 뒤뜰 화원은 루청의 유명한 '우푸로'의 긴 상가 건물 맨 끝에 있었고, 바로 그곳에 여자귀신이 살아생전에 살던 집이 있었다.

번화한 '우푸로'의 점포들은 면적이 정말 작았으나 점차 한 집당 오 미터 정도로 발전해갔다. 그래봤자 건물 전체의 길이가 오십 미터밖에 되지 않았다. 각 점포들은 벽을 공동으로 쓰고 있어 서로 간에 간격이 전혀 없었다. 창문이나 채광도 불가능했다. 단지 상가 건물 구역의 격식이 들쑥날쑥하게 되어 있고 그 사이에 천정天井*이 조성되어 있어 햇빛을 끌어들여 조명으로 활용할 수 있을 뿐이었다.

점포의 거리에 접한 부분을 '전락前落'이라 했는데, 이를 가게로 사용하면서 불당과 조상들의 신위를 보시는 장소로 활용하기도 했다. 뒤쪽에 있는 당실堂室은 부모와 조부모들

---

* 천정 : 중국 남방 건축 특유의 공간으로 마당과 달리 삼면 또는 사면이 건물로 둘러싸인 좁은 공간으로 가운데 우물이 설치되는 경우가 많다.

이 거처하는 곳이었다. 그 뒤로 이어지는 '중락中落'과 '후진後進'은 각각 천정을 사이에 두고 가족 전체가 거주하는 공간으로 사용되었다.

여자귀신은 천정을 사이에 두고 들쑥날쑥 이어진 상가 건물 전체를 둘러보았다. 지붕으로 덮인 건물 안에는 가족들과 노복들이 가득 살고 있어 안으로 뚫고 들어갈 수 없었고, 오직 달빛을 받아 푸르스름하고 그윽하게 빛나는 천정만이 혼귀가 머물 수 있는 장소였다.

또한 지붕이 빈틈없이 덮고 있는 건물과 하늘을 향해 트여 있는 천정은 음과 양, 허와 실이 조화를 이루며 겹겹이 이어져 있었다. 넘어가든 기어가든 어떻게 해도 쉬운 일이 아니었다.

긴 상가 건물은 또 윤리와 상식에 따라 할아버지와 아버지, 그리고 그 후세대 순으로 노소의 구분에 맞춰 질서 있게 각 방에 나누어 거주했다. 혼귀가 된 후에도 이 서열을 뚫고 들어가려면 적절한 위치를 찾아야 했지만 어떻게 해야 좋을지 알 수 없었다.

뒤뜰의 오래된 우물에서 물에 젖은 눈을 통해 자신이 살던 집을 잠시 바라보았다. 겹겹이 이어진 건물과 천정이 여자귀신에게는 도저히 뚫고 들어갈 수 없는 생사의 장벽처럼 느껴졌다.

온몸에서 물이 뚝뚝 떨어지는 귀신은 잠시 오래된 우물가에 서서 망연자실한 표정을 지었다.

하지만 이 뒤뜰 우물 옆에 머무는 것도 여자귀신으로서는 썩 마음 편한 일이 아니었다. 곧 물을 뜨러 오는 하녀들이 놀라게 될 것이고, 이어서 집 안에 귀신이 있다는 소문이 퍼질 것이 뻔했기 때문이다. 자신이 몸을 던졌던 우물에도 머물 수 없게 되자, 귀신은 하는 수 없이 다른 곳을 찾아야 했다. 한참 곰곰이 생각한 여자귀신은 이 상가 건물을 벗어나 밖으로 나가보고 싶었다. 하지만 '대문 밖에도 나가지 않고 이문 출입도 안하던' 나이 찬 규수가 결국 어떤 광경이 펼쳐질지 모르는 외부 세계로 나간다는 것은 이만저만 두려운 일이 아니었다.

결국 그녀는 생전의 규방으로 돌아가는 수밖에 없었다!

여자귀신은 여전히 머뭇거리고 있었다.

보통 사람들, 특히 남자 가족 성원들에게 쉽게 모습을 내 보이지 않게 하려고 여자귀신이 생전에 쓰던 규방은 상가 건물의 '반루半樓'에, 그것도 겹겹이 둘러싼 '중락' 한가운데 자리하고 있었다.

그 상가 건물은 돌과 벽돌, 나무로 지어져 높이가 대략 오륙 미터나 됐다. 집이 높다 보니 청당廳堂에 천창을 내서 조명을 끌어들임으로써 '청당은 밝고 방은 어두운' 효과를 내면서 더욱 장엄한 분위기를 연출했다. 천창을 따라 사방이 위층 아래층 둘로 나뉘었는데 위층은 비교적 낮기 때문에 '반루'라고 불렀다.

나이가 찬 대갓집 규수는 삼촌금련으로 전족을 하고 있었기에 모든 거동을 하녀들에게 의존해야 했고, 생활과 기거의 절대 부분이 '반루' 안에서 이루어졌다. 게다가 좁은 계단은 항상 두려움의 대상이었다.

그러나 이제 귀신이 됐는데 다시 그 협소한 공간으로 돌아갈 수 있을까? 여자귀신은 머뭇거리지 않을 수 없었다. 하지만 갈 곳이 없는 처지라 우선 그곳으로 가볼 수밖에 없었다.

그녀는 규방 안의 모든 사물과 진설, 필묵과 시문에 생각이 미쳤다. 자신도 모르게 몸과 마음이 그곳으로 달려가 있었다. 너무 익숙한 곳이라 더 마음이 끌렸다. 눈 깜짝할 사이에 여자귀신은 생전에 거처하던 규방에 와 있었다.

모든 것이 예전과 다르지 않았다.

더욱 변함이 없는 것은 세월이었다. 여자귀신은 원래 생전에 하던 대로 수를 놓고 바느질을 하고 싶었지만 문득 온몸에서 물이 뚝뚝 떨어지고 있는 제 모습을 보곤 한숨을 내쉬었다. 누굴 위해 수를 놓으며 어떻게 옷을 꿰맬 수 있단 말인가.

그렇다면 차라리 책을 읽고 시를 짓자!

하지만 손이 닿는 곳마다, 물에 젖은 몸이 닿는 곳마다 책이 젖고 글씨가 번지면서 순식간에 온통 먹물자국만 남고 글씨를 알아볼 수 없게 되었다.

그렇다면 책은 읽지 않고 시만 지으면 될 것 같았다. 어차피 생전에 '재원'으로 이름을 날리지 않았던가!

여자귀신은 말없이 쓴웃음을 지었다. 혹시 '귀원鬼媛'이란 것도 있을까?

이리하여 여자귀신은 우선 집 안 구석구석을 살펴보기 시작했다.

그러다가 문득 자신이 더는 삼촌금련의 제약을 받지 않는다는 것을 깨달았다. 이제는 어디든 편하게 갈 수 있고 내리막길을 걷는 데도 아무런 불편이 없었다. 생전에 무서워하던 좁은 계단도 이제는 기어서 오르내릴 필요가 없었다.

단지 온몸에서 물이 뚝뚝 떨어지고 있어 이리저리 날아다닐 때 몸이 몹시 무거운 것이 흠이었다.

귀신은 신이 나서 규방의 자수방으로 가보았다. 새로 얻은 자유가 마냥 즐겁고 신기하기만 했다.

시간이 지나도 여전히 약간의 두려움이 남아 있긴 했지만 여자귀신은 건물 밑의 건물과 천정 사이를 맘껏 날아다니기 시작했고, 어린 시절에 마음대로 드나들지 못하던 곳까지 찾아다녔다.

여자귀신은 긴 상가 건물을 이리저리 신이 나서 돌아다니다가 어머니의 방에 있는 한 자 반쯤 되는 커다란 옷장 밑에서 어렸을 때 떨어뜨린 장명소長命鎖, 명청 시기에 어린 아이들의 건강과 장수를 기원하는 의미로 걸어주던 장신구를 찾아냈다.

귀신은 아주 오랫동안 느껴보지 못했던 즐거움을 느꼈다.

그녀는 긴 상가 건물 위아래를 마음껏 다 돌아다녔지만 조상들의 위패를 모신 대청에는 감히 들어가지 못했다. 대청의 높다란 벽에는 청조의 관복을 입은 여러 조상님들의 초상이 나란히 걸려 있었고 흑백의 무거운 얼굴들이 부리부리한 눈빛으로 내려다보고 있었기 때문에 어린 시절에도 너무 무서워 함부로 쳐다보지 못했었다. 어쩌다 눈길이 닿으면 그 날카로운 눈빛에 혼이 달아날 것만 같아 얼른 팔로 눈을 가리고 지나쳐버리곤 했다.

이 긴 상가 건물에도 필경 공간의 한계는 있었다. 오래지 않아 여자귀신은 신기한 즐거움을 잃어버렸고, 긴 밤 내내 자수 놓는 방에 앉아 어떻게 시간을 보내야 할지 몰라 자신도 모르게 막막한 한숨만 내쉬었다.

이런 귀신의 한숨은, 그녀를 본 사람들에 의해, 슬픔과 눈물이 곁들여진 긴 탄식을 토해내면서 온몸이 흠뻑 젖은 상태로 위아래 흰 소복을 입고 있어 대단히 불길했고, 사방을 원한과 슬픔으로 물들였으며, 푸른빛이 도는 얼굴에는 하얀 피가 흘러내려, 너무나 무서웠다고 묘사되었다.

생전에는 정숙하고 우아하게 교육을 받았던 여자귀신은 죽어서도 옛날의 성격을 버리지 못했다. 특히 이미 큰 원수를 갚았다고 생각했지만 사실은 특별한 원한 하나 제대로 해소하지 못한 여자귀신은, 자신이 옛날의 규방에 이대로 오래 남아 있는 것이 사람들의 비난거리가 된다는 것이 서글퍼 눈물을 감출 수 없었다.

여자귀신은 떠나야 할 때가 됐다는 것을 깨달았다.

그녀는 자살을 통해 순수한 명예를 지켰고 치욕을 깨끗이 씻었으며 가족들의 명예도 지켰다. 귀신이 된 뒤에도 적시에 현현하여 혼귀로서의 원한을 드러냄으로써 다시 한번 순결을 밝혔다. 이 모든 것들이 가족들로부터 칭찬을 듣기에 충분한 것이었다.

하지만 계속 옛집에 머물다간 진짜 여귀가 되어 엄청난 값어치를 지닌 이 호화주택이 귀신의 집이 되어 세인들의 기피 대상이 되게 할 수도 있었다. 그러다 보면 이 집은 결국 아무도 살지 않는 폐가가 될 것이 분명했다. 또 그렇게 되면 그녀는 명예를 지킨 것에 대해서도 좋은 평가를 받기가 어려워질 수 있었다.

일이 엄청난 재물과 관련되면 절대로 등한시할 수 없었

다. 여자귀신은 생전에 시문을 익히는 데 전념했고 바느질이나 자수 같은 가사를 배우면서 대가족에서 성장하다 보니 기관이나 계산에 대해서는 아는 바가 전혀 없었다.

떠나야 할 때가 된 것이 분명했다!

하지만 또 어디로 간단 말인가? 다시 윤회에 들어가 다른 세상에 태어나고 싶은 마음도 없었다. 이제 막 귀신이 되었으니 차라리 다른 세상이나 실컷 구경하는 편이 나을 것 같았다.

이 건물을 팔아치우면 또다른 천지가 생길 수 있었다. 여자귀신은 생전에 큰길 쪽으로 나 있는 반루에서 '우푸로'를 내려다보던 것이 기억났다. 얼마나 번화하고 활기가 넘쳤던지 아무런 구속도 없이 수많은 사람들이 자유롭게 그 거리를 오가고 있었다.

그렇다면 차라리 밖에 나가 거리를 구경하는 것도 괜찮을 것 같았다.

과거에 스스로 몸을 던졌던 우물가에서 자신의 규방으로 온 것처럼 생각과 뜻을 옮기기만 하면 혼백도 함께 옮길 수 있지 않을까? 하지만 나이가 찬 뒤로는 줄곧 자수방에만 있었기에 집 밖 '우푸로'의 시정 풍경에 대해선 기억나는 바가 별로 없었고 마음을 끌 만큼 익숙한 사물도 전혀 머리에 떠오르지 않았다.

밖으로 나갈 수도 없고 자수방에 계속 남아 있을 수도 없다면 계속 집 안을 이리저리 떠돌다 식구들에게 발각되고 점차 슬픔과 원한이 사무친 여귀가 되어 일생의 명예와 절개를 잃게 될 것이 뻔했다. 그래서 그녀는 결국 당분간 집 안에서 사람들의 발길이 잘 닿지 않는 곳으로 몸을 피하는 수밖에 없었다.

5

서향세가임을 확실히 드러내기 위해서는 많은 장서가 필요했다. 장서가 적어도 만 권은 넘어야 남들에게 자랑스럽게 말할 수 있었다. 여자귀신은 생전에 시를 쓸 때 종종 장서각藏書閣에 들어가 책을 뒤적거리곤 했다. 하지만 그 대부분의 책들이 여자들의 재덕과는 무관한 것들이라 읽기에 적합하지 않았다.

장서각은 드나드는 사람들이 적어 사람들의 눈을 피해야 하는 여자귀신으로선 오랜 시간을 보내기에 안성맞춤인 공간이었다. 그녀는 장서각에 틀어박혀 어떤 구속이나 누구의 지시도 없이 자유롭게 책을 읽기 시작했다.

그랬다! 생전에는 모든 일을 하녀들이 대신해주었으므로

그녀가 할 줄 아는 것이라곤 책을 읽고 시와 사를 짓는 것뿐
이었다. 하지만 읽을 수 있는 책은 극소수로 주로 여성들의
가사와 수양에 관한 것들뿐이었다. 이제 혼귀가 되었으니 바
느질을 하거나 수를 놓을 필요가 없었다. 도무지 무엇을 해
야 좋을지 알 수 없었다.

다행히 방 안 가득 책이 있어 긴긴 밤이 두렵지는 않았다.
여자귀신은 생전에 교육받은 대로 이것저것 읽을 책을 골라
보았다. 우선 성현들의 경서와 역사서, 철학서와 문집들을
빼놓을 수 없었다. 장서각에 들어와서도 여전히 젖은 몸인
여자귀신은 함부로 책장을 만질 수 없어서 입으로 후, 하고
입김을 불어 책장을 넘겨야 했다. 이렇게 입으로 숨을 내쉬
었다가 들이마시는 모습이 마치 책 속의 정화와 기운을 전부
빨아들이고 있는 것처럼 보였다.

특히 여자귀신이 읽는 것은 전부 성현들의 경서와 역사
서, 철학서와 문집들이었고 그 안에 담긴 기운은 전부 호연
지기였다.

세월이 빠르게 흘러 장서각에 은신하면서 밖으로 모습을
드러내지 않자 여자귀신은 사람들의 기억에서도 점차 잊혀
갔다. 사람들은 시문을 알고 예의를 아는 '재원'이었던 그녀
가 마침내 법사들의 법력에 의해 무사히 저승으로 갔기 때문
에 다시는 원한을 품고 자신들 앞에 나타나는 일은 없을 거

라고 생각했다. 이미 윤회에 들어가 다른 세상에 다시 태어 났을 것이라고 믿고 있었다.

여자귀신은 책더미 속에 파묻혀 책을 읽는 과정에서 건 륭·가경 연간, 루청이 가장 번성했던 시기에 취안저우와 장저우에 몇 차례의 계투가 있었다는 사실을 알게 되었다. 당시에는 해적들이 창궐하고 역병이 크게 유행하여 루청 사람 수만 명이 희생되었다. 민간에서 봉기가 일어나 민간과 관부의 병사들이 서로 대치하는 과정에서 하마터면 루청 전체가 불타버릴 뻔한 일도 있었다.

여자귀신이 섭렵한 책 중에는 한가한 책들도 있었다. 세상을 다스리고 나라를 구제하는 의론들이 아니라 각지의 풍토와 인정을 설명하는 내용의 책들이었다. 귀신은 이들 책속에서 명청 시기에 아주 멀리 떨어진 탕산의 광대한 땅에서 호문세가들이 집안 여자들에게 시문을 장려했었다는 기록을 발견했다. 여자들도 글을 통해 가문을 빛낼 수 있었고 결혼한 뒤에도 계속 시문을 지어 남편을 빛나게 했다는 것이었다.

여자귀신은 말없이 웃음을 지었다. 그녀는 줄곧 자신이 특별한 은총을 받아서 글을 아는 여자가 무척 드문 루청에서 시문에 능한 여자로 교육될 수 있었다고 생각해왔기 때문이다. 그래서 비단 손수건과 둥글부채 사건이 발생하자 그 보답으로 가족의 명예를 지키고 결백을 밝히기 위해 자살도 서슴지 않았던 것이다.

그러나 이제 알게 되었다. 알고 보니 가족들이 추종한 것은 '천조'의 유풍에 불과했던 것이다. 자신을 시문에 능하게 했던 것은 부친과 오빠들을 빛나게 하기 위해서였고, 그 후에도 계속 시문을 연마하게 한 것은 남편을 빛나게 하기 위해서였다. 조상들을 빛내지 못하면 스스로 목숨을 끊을지언정 가문을 욕되게 하지 않는 것이 당시의 기풍이었던 것이다.

새로운 사실을 발견할수록 의기소침해진 귀신은 거의 말라가던 자신의 몸이 다시 축축한 상태로 되돌아오고 있는 것을 확연하게 느꼈다.

장서각에 몸을 감춘 뒤로 경서에 몰두하여 자신의 갖가지 문제들을 생각지 않다 보니 몸을 무겁게 내리누르던 습기도 점차 사라졌었다. 그러나 이제 물이 한 겹씩, 한 방울씩 다시 되돌아와 갈수록 축축해졌고, 몸에 걸친 흰옷이 다 젖은 뒤에는 방바닥으로 물이 뚝뚝 떨어졌다.

줄줄 흘러내리는 물이 손에 들고 있던 책장을 적시자 귀퉁이가 접혀 있는 종이가 벌어지면서 그 안에 감춰져 있던 것이 드러났다. 책과 분리되어 있는 별도의 쪽지였다.

이를 펼쳐 읽는 순간, 여자귀신은 부끄러움을 감추지 못하고 얼굴이 빨개졌다. 몸 안에서 어떤 기운이 솟아오르는 것이 느껴졌다. 갑자기 가슴이 두근두근 뛰면서 정신이 나가기 시작했다.

그녀가 읽은 것은 평생 읽어보지 못한 내용이었다. ─

더러운 행동으로 신의 질책을 받다穢行遭神譴

숙부와 형수 두 사람이 방 안에서 서로 뜻을 맞춰 함께 대악岱嶽으로 향을 올리러 가기로 했다. 여러 사람들의 이목이 있어 욕망을 채울 수 없었던 두 사람은 형수의 지모로 몸에 병이 있어 향을 올려야 한다는 핑계로 산에 오르게 된 것이다. 산 중간쯤에 이르렀을 때 형수가 갑자기 배를 움켜쥐고는 복통을 참기 어렵다고 호소하자 모두들 이를 그대로 믿고 숙부에게 그녀를 부축하여 돌아가게 했다. 이리하여 두 사람은 마침내 동굴 깊은 곳에 들어가 실컷 육욕을 채울 수 있었다. 사람들은 되돌아가는 길에도 숙부가 보이지 않자 다시 산 중턱까지 가보았지만 숙부의 흔적을 찾을 수 없었고 그제야 의아한 생각이 들었다. 문득 어디선가 숨소리가 들렸다. 가까이 가보니 두 사람이 몸이 서로 꼬인 채로 누워 있었고, 아무리 힘을 써도 떨어뜨려놓을 수가 없었다. 이에 사람들은 아예 잠자리를 만들어주고 이불을 덮어준 다음 돌아갔다. 연도에 이런 사실을 전해들은 사람들이 앞 다투어 그 광경을 구경하러 달려갔다. 두 사람은 죽고 싶을 정도로 부끄러웠으나 끝내 몸을 옮길 수 없었다. 결국 종실에서 그 행위를 추악하게 여겨 가족들에게 명하여 두 사람을 산 채로 매장하게 했다.

경서 안에 들어 있는 별도의 쪽지는 한결 더 부드러운 모변지毛邊紙로 되어 있고 그 위에 해서체로 아주 정교하게 이런 이야기기 기록되어 있었다. 물론 간략한 문언문이라 문채文彩를 맛볼 수는 없고 그 뜻만 전하고 있었다.

여자귀신은 이 쪽지를 손에 든 채 한동안 넋이 나가 있었다. 가슴속에서 뭔가가 꿈틀거리며 용솟음치는 것이 느껴졌다.

(결백을 지키기 위해 자살도 서슴지 않은 것이 결국 이런 상황을 위한 것이었단 말인가!)

도대체 어떻게 된 일인가? 얼음처럼 맑고 깨끗하여 한 번도 남자에게 예속된 적 없는 미혼의 여자가 손에 들고 읽고 또 읽는 것이, 어떻게 흰 종이에 검은 글씨로 아주 분명하게 묘사된 남녀의 환락일 수 있는 것일까? 도대체 어떻게 이를 미화하여 말할 수 있단 말인가?

여자귀신은 집요하게 이에 대한 해답을 찾았다.

놀랍게도 그 경서 안에는 별도의 쪽지가 이것 하나뿐이 아니었다. 여자귀신은 자세히 찾아본 결과 과연 또 한쪽을 발견했다. 거기에 기록된 것 역시 각양각색의 남녀가 나누는 환락에 관한 이야기였다.

그녀는 여인과 개 사이의 수간獸姦에 관해서도 읽을 수 있었다. 여인의 하체에서 개털이 발견되었고 옥을 깎은 듯 매끈한 다리에는 개에게 물린 자국이 있다고 분명히 기록되어 있었다. 여자귀신은 또한 접보법接補法, 음기로 양기를 보충하는 양생술을 연마한 남자들은 양구의 기운으로 촛불을 불어서 끌 수 있고 두 되가 넘는 소주를 빨아들여 사지를 가득 채울 수 있다고 했다. 그러면 몸이 피처럼 붉어지고 소주가 다시 양구를 통해 분사된다는 것이었다.

그녀는 또 해구신 같은 다양한 강장제에 관해서도 읽을 수 있었다. 해구신은 가짜가 많아 암캐 한 마리를 바람에 말린 해구의 양구 위에 엎드리게 하여 진위를 구분한다고 했다. 해구의 양구가 딱딱하게 발기하면 진품이고 그렇지 못하면 가짜라는 거였다. 이 강장제는 주로 산둥山東 덩저우登州에 서식하는 물개에서 채취한다고 했다.

그녀는 또 순결한 여자아이童女의 월경으로 만든 '홍연환紅鉛丸'과 남자아이童男의 소변을 달여 만든 '추석산秋石散'도 강장제로 사용된다는 이야기와 함께 '면령緬鈴'이나 '양안권羊眼圈' 같은 흥분을 도와주는 음란한 기구淫器들에 관해서도 읽었다. 이밖에 비구니와 중들 사이의 난교에 관한 기록과 성현들의 경서를 가르치는 사숙의 선생이 서당 안에서 마음 껏 음욕을 즐기는 이야기들도 있었다.

여자귀신은 놀라움을 금치 못하며 황급히 책장을 덮었다. 자신이 어떻게 이런 이야기들에 흥미를 갖고 감동을 하게 된 건지 정말 알 수 없는 일이었다. 경서 안에서 발견한 별도의 쪽지에는 언니가 죽은 뒤에 형부가 장인에게 처제를 후실로 맞게 해달라고 요구했다는 이야기도 기록되어 있었다. 처제 가 죽어도 그렇게 못하겠다고 버틴 이유는 규방 안이 천하에 서 가장 수치심을 잘 느끼게 하는 공간이라는 것이었다. 자 신이 언니와 한 남자에게 시집을 가게 되면 언니의 모든 부 끄러운 비밀을 다 알게 되어 언니의 수치심을 가중시키게 된 다는 것이었다. 이는 세상에서 최고의 수치심을 가져다주는 일이었다⋯⋯.

여자귀신은 갑자기 폭소를 터뜨렸다. 자신의 행실을 바르 게 하기 위해 생각할 수 있는 예가 뜻밖에도 이런 음란한 책 에서 나왔다는 것이 너무도 우스웠기 때문이다.

여자귀신은 폭소를 연발하며 몸을 돌려 위쪽으로 날아올 라 장서각의 좁은 공간을 가로질렀다. 서가들 틈새에서 이리 저리 움직이면서 괴상한 웃음소리를 내다가, 자신이 귀신이 되기 전과 후를 통틀어 가장 큰소리를 냈다.

결국 우당탕 퉁탕 한바탕 어지러운 소리가 나더니 안쪽에 있는 서가 하나가 휘청했다. 그러고는 잠시 흔들리다가 요란한 소리를 내면서 넘어지면서 그 밑에 있던 한 무더기의 장서들이 사방으로 흩어졌다.

여자귀신은 재빨리 다가가 손 가는 대로 한 권을 집어 들었다.『동현자洞玄子』라는 책이었다. 이어서 집은 책은『소녀경素女經』이었다. 바닥에 흩어진 책에는『옥방지요玉房指要』와『섭생총요攝生總要』같은 양생술 책도 있고,『금병매金甁梅』와『육포단肉蒲團』같은 소설도 있었다.

귀신은 편하게 마음을 놓았다. 그러고는 책을 한 권 들고 방석에 자리를 잡고 앉아 자세히 읽어 내려갔다.

이어서 귀신이 장서각의 은밀한 구석을 전부 뒤지기 시작했다. 그러자 글에 그림이 곁들여진 다양한 음서들이 쏟아져 나왔다. 어떤 책에는 서른두 가지 체위가 그려져 있고 그 곁에 '번공접飜空蝶, 허공에서 나비를 뒤집다'이니 '마요제馬搖蹄, 말이 발굽을 흔들다'니 '현선부玄蟬附, 매미가 달라붙다'니 하는 명칭이 적혀 있었다.

여자귀신은 갑자기 흥분을 참지 못하고 그림에 나오는 자세를 그대로 따라해 보았다. 귀신은 몸을 자유자재로 뒤집거나 꺾을 수 있었다. 머리가 아래로 가고 발이 위로 오게 하는 자세도 손바닥 뒤집듯이 쉬웠다. 한번은 여자의 자세를 따라해 보고 한번은 남자의 자세를 따라해 보니 여간 즐겁고 재미있는 게 아니었다.

이처럼 앞뒤로 흔들고 위아래로 튕겨야 하는 성애 자세를 연습하며 여자귀신은 남자의 동작을 취하든 여자의 동작을 취하든 적지 않게 기력을 쏟아야 했다. 어려서부터 규수로 자라면서 힘든 일은 전혀 해보지 않았고 몸을 크게 움직이는 것조차 피해야 했다. 그러다 보니 생전에는 운동신경이 젬병이었다.

이런 성애 동작을 통해 여자귀신은 자기 몸을 크게 움직이는 요령을 터득하게 되었다. 더 분명하게 알게 된 것은 몸을 흔들어 옷을 적시고 있는 물을 털어낼 수 있다는 것이었다. 물방울은 처음에는 작게 천천히 떨어지다가 점차 크게 빨리 떨어지기 시작했다. 옷에서 튕겨나간 물방울들은 주변에 잠시 수막을 형성했다가 작은 폭포수처럼 바닥으로 흘러내렸다.

여자귀신은 이런 연습을 계속했다. 뜻밖에도 책에 나오는 성애 동작들이 갈수록 자연스럽고 부드러워졌다. 그리고 영원히 물에 젖어 있을 것만 같았던 몸에서 희미하게 엷은 수증기가 증발하고 이어서 피부에 땀 같은 작은 물방울이 송골송골 맺히더니 몸에서 떨어져 나갔다.

오래 느끼지 못했던 뽀송뽀송하고 상쾌한 기분이 다시 몸으로 돌아왔다.

여자귀신은 자신의 몸에서 빠져나간 수분이 형성한 엷은 물안개를 통해 사물을 꿰뚫어볼 수 있었고, 장서각 안에 있는 각양각색의 소장품들을 선명하게 볼 수 있었다. 은밀하고 사적인 물건들이 그토록 많은 것으로 보아 여러 세대를 거쳐 여러 사람에 의해 소장된 것 같았다.

(이처럼 '음란한 장서'를 소장했던 조상들이 훌륭한 명예를 쌓고 가문의 규례를 정했단 말인가?)

갑자기 마음이 다급해진 여자귀신은 입을 쫙 벌려 다량의 음기를 쏟아내면서 장서각 안을 날아다녔다. 낄낄거리는 귀신 웃음소리가 뜻밖에도 마치 울음소리처럼 들렸다.

그러면서도 귀신은 뭔가에 이끌린 듯, 이처럼 은밀한 장서들과 각양각색의 음양 보조술, 도가의 방중술 등을 더 많이 읽게 되었고, 그럴수록 마음이 더 편치 않았다.

이 모든 것들이 정말 남녀의 사랑과 즐거움을 위한 것이고 가리거나 부끄러워할 것 없이 세상을 이루는 일종의 생기에 불과한 것인가? 정말 이 모든 것들이 수련이자 기술이라면 자신은 어째서 이것 때문에 스스로 죽음을 택했으며, 왜 죽기 전까지 처녀의 몸을 유지했단 말인가?

몸으로 뭔가를 시험할 때가 온 것 같았다.

판단이 서지 않아 모호한 가운데 갑자기 섬광처럼 언젠가 책에서 읽었던 이야기가 생각났다.

효렴孝廉, 품행이 효성스럽고 청렴하여 주군州郡에서 관리선발 응시자로 추천한 사람이 붓으로 서생을 꾸짖었다는 이야기였다.

아주 경박하고 성품이 형편없는 서생이 하나 있었다. 그의 처제 문군文君은 시집을 가자마자 과부가 됐지만 여전히 아름답고 매력적이었다. 서생은 처제에게 구애했다가 거절당하자 속으로 큰 원한을 품었다. 하루는 서생이 우연히 처제의 하녀를 만나 일부러 나무로 된 양구를 그녀의 보따리 안에 집어넣었다. 하녀가 돌아오자 보따리를 푼 처제는 민망한 물건을 보고서 서생의 소행임을 알아차리고 몹시 화가 나 울고 말았다. 하지만 꾹 참고 이를 발설하지는 않았다.

얼마 후 서생의 부친이 세상을 떠나자 처제도 장례를 돕기 위해 찾아가 언니를 대신해 잔일을 했다. 출상의 대오가 출발하기 전에 가족들은 효렴을 모셔다가 신주의 위패에 제자題字를 부탁했다.

신주의 위패는 상자에 담겨져 검은 천에 잘 싸여 있었다. 효렴이 자리에 앉자 집 안에서는 향을 피우고 명지를 태우며 슬픈 음악을 연주했다. 서생이 위패가 든 상자를 받쳐 들고 앞으로 나아가 효렴에게 신주의 위패에 제자를 써달라고 청했다. 효렴이 붓을 들고 생각을 모으고 있던 차에 검은 상자를 열자 그 안에 들어 있는 것은 뜻밖에도 위패가 아니라 나무로 만든 남근이었다.

가족들은 처음에는 울음을 멈추고 웃음을 터뜨렸지만 이내 화를 내며 서생을 질책하기 시작했다. 결국 날짜를 다시 잡아 출상하기로 했다. 나중에 서생 아내의 낡은 바지 속에서 사라진 신주의 위패가 나왔다.

귀신에게 순간적으로 영감이 떠올랐다!

여자귀신은 갑자기 몸을 날려 장서각 안 서가들을 빠르게 가로질러 수년 동안 나서지 않았던 장서각의 문 앞으로 갔다. 그러고는 주저하지 않고 어디론가 날아갔다.

여자귀신은 번개처럼 빠른 속도로 상가 건물 앞 조상들의 위패를 모신 대청으로 날아갔다. 깊은 밤의 정막 속에서 신주들의 위패 앞에는 희미한 장명등長明燈이 꺼질락 말락 가는 불빛을 내뿜고 있었다.

호문세가라서 그런지 조상들의 위패는 높이가 다섯 자나 됐고 양옆은 화려한 조각으로 장식되어 대단한 기세를 드러냈다. 일반 평민들의 영위와 비교도 할 수 없었다. 위패 양쪽의 높은 담장에는 청대의 관복을 입은 선조들의 초상화가 가득 걸려 있었다. 흑백의 초상화는 너무 오래되어 망자들의 얼굴이 하나같이 잿빛이었다. 단지 죽어서 시름을 모르는 가는 눈만 초롱초롱 빛날 뿐이었다.

여자귀신은 이들 조상들의 눈길을 피했다. 왠지 모르게 어려서부터 가지고 있던 버릇이었다. 고인들의 눈빛이 전광석화처럼 그녀를 태워 죽일 것만 같았다.

여자귀신이 조상들의 그 날카로운 눈빛을 피하고 있는 그 때, 마음속에서 한 가지 이야기가 떠올랐다. 서생이 처제를 골려주려고 가짜 양구를 보내자 처제가 이를 몰래 서생 부친의 신주 위패 상자 안에 넣었다는 이야기였다.

가짜 양구가 바로 신주의 위패였다. 가짜 양구가 바로 신주의 위패였다. 가짜 양구가 바로 신주의 위패……

여자귀신은 가짜 양구가 신주의 위패였다는 말을 계속 되뇌며 몸을 날려 자신이 줄곧 두려워하던 조상들의 위패를 모신 대청을 벗어났다. 자신을 굽어보는 많은 선조들의 눈길이 무겁게 가라앉는 듯했다. 심지어 귓가에 그 신음과 탄식이 들리는 듯했다.

아무 말도 없이 빙긋이 미소를 지으며 대청까지 날아온 귀신은 조용히 멈춰 섰다. 문득 한 가지 의문이 떠올랐다.

"보통 가정의 한 자 남짓 되는 신주의 위패 상자라면 가짜 양구를 담기에 딱 좋은 크기가 아니던가?!"

여자귀신은 극도의 자제력을 발휘하여 이 생각을 억눌렀다. 대청으로 가서 높이가 다섯 자나 되는 조상들의 거대한 위패 안에도 가짜 양구가 감춰져 있는지 살피진 않았다.

어쨌든 그렇게 큰 위패라면 수많은 가짜 양구를 담을 수 있을 것이었다!

여자귀신은 이런 추측을 하면서 혼자 낄낄거렸다. 그러고는 상가 건물의 대문 밖으로 나가 '우푸로', 한복판에 섰다.

6

몸이 드넓은 공간에 있다는 것이 확연하게 느껴졌다. 기억 속에서 잠시 머물렀던 작은 밀실과 스스로 몸을 던졌던 뒤뜰의 오래된 우물, 떠나지 않으면 안 됐던 생전의 규방, 그리고 온갖 서책들이 가득 쌓여 있던 장서각 등 눈길이 닿는 모든 공간들을 일목요연하게 알 수 있을 것 같았다. 적어도 그 대략적인 범주와 크기는 충분히 알 듯했다.

뜻밖에도 '우푸로'는 무척 넓어져 있었다. 눈길이 거리 건너편으로 향했다. 대충 훑어보니 이미 눈에 익은 모습이었다. 너비가 두 장쯤 되는 거리에는 이리저리 흔들리는 그림자들이 가득했다.

시가행진을 하는 혼령들이었다.

남녀노소를 구분할 수 없는 그림자일 뿐이었다. 행진하는 혼령들이 거리를 가득 메우기는 했지만 거리 건너편 담장은 너무도 멀었다. 이렇게 밀집한 혼령들을 일일이 타넘는다 해도 거리 건너편에는 이를 수 없을 것 같았다.

'우푸로'는 대단히 넓었다. 여자귀신이 앞을 보려 했지만 보이는 것이라곤 양쪽에 늘어선 점포의 간판들과 다가오는 혼령들뿐이었다. 헤아릴 수 없이 많은 혼령들이 거리의 어두운 구석에서 쏟아져 나왔다. 심연처럼 깊은 어디에서 마구 솟아나는 것 같았다.

여자귀신은 몸을 말아 아주 넓지만 이미 꽉 차 붐비는 공간에 비집고 섰다. 자신이 너무 많은 공간을 차지하고 있는 것 같기도 했다.

거리를 행진하는 혼귀들 가운데 어느 누구도 그녀에게 관심을 보이지 않았다. 혼귀들은 거리 공간을 가득 메운 채 둥둥 떠 행진해 갔다. 어디로 가는지는 알 수 없었다.

혼귀들은 제각기 얼굴을 갖고 있었고 표정이 있었다. 대부분 원한과 복수, 폭력과 근심의 표정이었지만 즐거움과 만족함의 표정도 있었다. 하지만 여자귀신은 이들 얼굴을 자세히 보고 이 목석같은 무수한 얼굴들엔 하나같이 눈, 코, 입 등 일곱 구멍이 보이지 않는다는 걸 깨달았다. 그저 하얗고 밋밋한 얼굴들이었다. ―

무 같은 얼굴들이었다.

얼굴 없는 혼령들은 소리 없이 거리를 가득 메운 채 앞을 향해 걸어갔다. 맨 앞에 가는 혼귀들은 저 멀리로 사라지면 맨 뒤에 따르는 혼귀들이 끊임없이 이어지고 있었다.

이와 같은 엄청난 혼귀(사람)들의 흐름에 놀라 여자귀신은 도망쳐야겠다고 마음을 먹었다. 하지만 거리를 가득 메운 이 혼귀들의 흐름을 따라가는 수밖에 없었다. 그렇지 않고는 발을 디딜 곳도 없고 몸을 숨길 곳도 없었기 때문이다.

(혼귀들은 대체 어디로 가고 있는 것일까?)

높은 곳으로나 가야 안전하게 몸을 숨길 데를 찾을 수 있으련만. 여자귀신은 다시 몸을 날려 자기 집 가게의 '성창행盛昌行'이란 간판 위에 올라설 생각이었다. 그러나 곧 가슴을 전율케 하는 기억이 떠오르기라도 한 양, 치를 떨며 높은 곳에서 아래로 내려왔다.

그렇다! 바로 이곳에서 그 비단 손수건과 둥글부채가 아래로 떨어졌었다. 여인의 청순하고 여린 생명도 떨어졌었다. 손수건의 붉은 매화 자수는 점점이 퇴색해가는 혈흔이 되었고 부채에 그려졌던 높은 풍경은 깊이를 가늠할 수 없는 심연이 되었다.

그리고 수놓인 글씨가 있었다. 이는 필연적으로 이름일 수밖에 없었다. 친숙하게 불리는 이름이었다.

아! 그 소리들이 목숨을 재촉했다. 소리들이 혼을 끊어놓았다!

과거에 가졌던 이름이 요원한 기억이 되어버렸다. 여자귀신은 자신의 몸을 떨어져 내리는 비단 손수건으로 말았다. 그러고는 가늘고 부드러운 비단을 타고 사뿐사뿐 허공을 날았다. 끝이 보이지 않는 아래로 떨어지고 또 떨어져 내리려는 듯 비단 손수건은 허공을 날았다.

펼쳐졌다.

펼쳐진 손수건은 허공을 날아다니다가 시공이 정지되면서 영원의 자태로 응결돼버린 듯했다.

이제 떨어져 내리는 것이 죽음과 무관하다면 귀신은 이미 떨어져 죽음에 이르는 저주에서 벗어난 셈이었다. 그렇다면 굳이 뒤뜰의 오래된 우물로 가서 또다시 몸을 던질 필요가 없었다. 둥근 우물은 바닥이 보이지 않았고 긴 밤의 악몽처럼 깊기만 했다. 끝이 없는 전생과 금생이 그 사이의 통로에서 요란한 바람소리와 함께 떨어지고 떨어지고 또 떨어져 내렸다……

(그 끝은 대체 어디일까?)

소문으로 듣던 지옥의 불꽃이 아니라 축축한 물기였다. 우물물이 고인 걸까 아니면 눈물일까? 마르지 않는 눈물이리라! 평생 누적된 것이라곤 척척한 물기와 축축하고 더러운 피밖에 없었다.

그리고 정말로 물이 깊은 곳이 불처럼 뜨거웠다.

습기, 물, 우물의 물, 영원한 눈물을 만지고 싶었다. 모호한 상태에서 또다시 습기가 몸을 덮쳤다. 한순간에 우물 위로 떠올랐을 때처럼 온몸이 축축했다. 습기가 중량을 더해 여자귀신을 잡아당겼다. 그 중력에 가속도가 붙으면서 빠른 속도로 떨어져 내렸다.

손수건만 남아 허공에 펼쳐져 나풀나풀 떨어졌다.

밑을 내려다보니 혼귀의 행렬이 보였다. 여자귀신은 거리를 가득 메운 채 앞을 향해 걸어가는 혼귀의 긴 행렬을 바라보았다. 여전히 망연자실한 표정이었다. 달걀 같은 얼굴엔 원한도 분노도 없어 보였다. 곧이어 빠른 속도로 혼귀 행렬의 한복판으로 곤두박질쳤다.

다시 깨어난 여자귀신은 길게 휘파람을 불고는 장서각에 있을 때 자주 썼던 절묘한 기술을 발휘했다. 성애 자세를 훈련하는 것이었다. 남녀 동작을 동시에 연기하여 69체위를 취하려면 순간적으로 머리와 발의 위치를 바꿔야 했다. 남자가 위로 가고 여자가 아래로 가게 하여 남녀가 거꾸로 마주보아야 했다.

그런 다음에는 재빨리 몸을 뒤집어야 했다. 여자귀신은 거의 혼귀들 속으로 떨어질 뻔했다가 적시에 이러한 몸 뒤집기 기술을 이용하여 머리를 위로 하고 발을 아래로 하는 데 성공하면서 추락에서 벗어날 수 있었다.

다시 날아오른 여자귀신은 이번에는 지붕으로 올라갔다. 그 유명한 불견천으로 올라간 것이다.

고개를 숙여 아래를 굽어보니 거리에 가득했던 그 혼귀들이 흔적도 없이 어디론가 사라지고 없었다.

이어서 귀신은 안정된 자세로 앉아 있는 이 불견천이 바로 그 유명한 '사점금주四點金柱' 가운데 한 기둥의 옆이라는 사실을 깨달았다. 속칭 '사점금주'는 불견천의 주체가 되는 구조를 의미했다. '우푸로' 상가는 근해의 구강풍과 햇볕, 비를 막기 위해 자기 집 주창橺窗 밖에 정자와 울타리를 설치하되 네 방향의 담장 앞에 각각 하나씩 기둥을 세워 지지대로 삼았는데, 이를 '사점금주'라 불렀다. '사점금주' 위에는 평평한 지붕과 비스듬한 지붕을 얹었다. 서로 연결된 수많은 '사점금주'들이 지붕을 지탱해주면서 긴 거리의 '불견천'이 되는 것이었다.

'불견천' 지붕은 먼저 대들보를 올리고 거기에 상판을 얹고 그 위에 마나 댓잎을 깔고 다시 그에 두세 촌┼ 되는 두께로 흙을 덮었다. 그런 뒤 마지막에 기와를 얹었다. 조명을 위해 구멍을 남겨두기도 했는데 이를 천창天窗이라 하여 채광에 사용했다.

'사점금주'가 지탱해주는 지붕은 평면인 것도 있고 비스듬한 것도 있었기 때문에 '불견천' 전체를 위에서 내려다보면 들쭉날쭉한 모습이었다. 이렇게 지붕을 덮었다는 것은 '우푸로' 전체가 밀봉되어 안전에 있어서는 거의 완벽한 상태라는 것을 의미했다.

불견천 말고도 '우푸로'에는 진일보한 방어장치가 또 있었다. 우선 길이가 오 리에 달하는 초승달 모양의 거리가 북단의 순싱가와 푸싱가, 중앙의 화싱가, 남단의 타이싱가와 창싱가 등 다섯 개의 구간으로 나뉘어 있었다. 바다에 가까운 북단 순싱가에선 주로 해산물과 어포를 취급하고, 비교적 중앙에 위치한 푸싱가와 화싱가에는 비단 상점과 면포점, 염업, 약재상 등이 집중되었다.

이 다섯 구간 사이에 두꺼운 목재로 아주 길고 높은 문이 세워져 있어 '애문臨門'이라 불렸다. 대낮에는 이 문을 열어두어 교통에 편리하게 했다가 밤이 되면 굳게 닫았다. '우푸로'의 각 구간이 완전히 단절되는 셈이었다.

위로는 불견천 지붕이 하늘을 가리고 있고 거리에는 '애문'이 가로막고 있기 때문에 밤이 되면 '우푸로'는 물샐 틈 없이 견고한 보루가 되었다.

생전에 여자귀신은 '우푸로'의 불견천과 애문에 관해 익히 들은 바 있었고, 어린 시절에는 뻔질나게 드나들기도 했으며, 불견천의 형성에 관해서도 잘 알고 있었다. 하지만 지금 자신이 앉아 있는 '불견천' 지붕의 '사점금주' 기둥 옆, 바로 부친이 경영하던 비단 가게인 '성창행' 건물 지붕 위가 가장 마음에 들었다.

이때부터 여자귀신은 '불견천' 위에 머물게 되었다.

7

수많은 날들이 지나고 무수히 많은 일들이 일어났건만 여자귀신은 여전히 생각에 빠져 있었다. 밤에는 장서각에서 몸을 돌려 나오다가 길거리에 떠도는 귀신을 보고는 마음속으로 꽤나 놀랐었다. 도대체 저들은 어디서 온 걸까?

쫓아가서 알아보려 했지만 그럴 수도 없었다. 여자귀신은 장서각 안에 있는 만 권이 넘는 책을 이미 모두 읽어서 경서와 역사서, 철학서와 문집에 두루 능통했고, 게다가 그 사이에 끼어 있던 '음란 서적'들까지 모두 독파한 터였다. 하지만 '불견천' 위에 있는 그녀에게는 이런 것들이 전혀 도움이 되지 못했다.

그랬다! 기본적으로 옛날 책에는 '타이완'이란 이름이 언급되지 않았고 청대에 이르러서야 타이완이 청 제국 영토에 포함되었다.

여자귀신은 지난 일들을 회상했다. 생전에 '재원'으로 교육받으며 시문을 짓고 있을 때 이미 탕산에서 파견된 지방관이 명을 받들어 부지府志, 현지縣志, 청지廳志 같은 것들을 기록했다는 말을 들은 바 있었다. 하지만 이런 서책들이 장서각 안에 있을 리가 없었다. 그렇다면 어떻게 섬에 관한 사건을 기록하여 거리를 떠도는 혼백들의 문제를 해결할 수 있을 것인가?

어렸을 때 들었던 '압모왕鴨母王 주일귀朱—貴' 사건이었던가? 오리를 키우던 그 가난한 농촌의 농민은, 어머니가 시집오면서 데리고 온 시녀의 말에 따르면, 엄마 오리가 길러준 버림받은 고아였다고 한다.

어머니의 시녀가 전해준 이야기는 이랬다. 엄마 오리는 부리로 곡식과 지렁이, 꿈틀거리는 벌레를 쪼아다가 어린아이가 힘이 없어 씹지 못할까봐 직접 쪼고 씹어 거의 젖에 가까운 상태로 만든 뒤, 이를 다시 기다란 부리로 아이의 입에 넣어 먹여주었다. 아이는 이렇게 양육되었으므로 '압모왕'이라고 불리게 되었다.

어머니의 시녀는 또 압모왕은 당연히 자신을 길러준 오리를 먹지 않았고, 자신과 함께 반란을 일으킨 부하들이 잡아먹는 것도 허락하지 않았으며, 또한 오리를 위해 위패를 세우고 극진히 봉양했다고 덧붙였다.

또 몰래 아버지와 할아버지가 주고받는 얘기를 엿들은 바에 따르면, 강희 59년(1720년)에 타이완 남부에서 한 차례 큰 지진이 발생하여 사상자가 수만 명에 달했고, 이어서 대규모 역병과 기근이 발생했다고 했다. 그런데도 청 정부는 세금을 감면하지 않은 것은 물론이요, 굶어 죽어가는 사람들에게까지 과중한 세금을 물렸다. '반란'을 일으키다 죽으나 굶어서 죽으나 마찬가지였다. 주일귀는 많은 사람들을 향해 이렇게 호소했다……

여자귀신은 '불견천'의 '사점금주' 옆에 머물렀다. 조상들이 운영하던 가게 '성창행盛昌行'의 편액 바로 위쪽이었다. 기분이 날아갈 것처럼 좋았다.

어린아이들에게만 허락되던 '압모왕 주일귀의 반란' 이야기는 이미 백여 년 전에 일어난 사건이었다. 오랜 세월이 흘렀고 주요 전쟁터가 중부지역에 있지 않았던 만큼 지금 이렇게 많은 떠돌이 혼령들이 몰려올 이유가 없었다.

거리에 나가 사방의 이웃들이 하는 얘기를 들어보는 게 좋을 듯했다. 어쩌면 다른 소식을 들을 수 있을지 모르는 일이었다. 여자귀신은 '불견천'에 거하면서 '우푸로' 위를 물결처럼 끊임없이 오가는 사람들이 전하는 갖가지 뜬소문에 귀를 기울였다. 예전에 '장서각'에 몸을 숨긴 채 정신을 집중하여 책읽기에 몰입했을 때처럼 사람들이 하는 얘기를 자세히 경청했다.

시간은 쏜살같이 흘러갔다.

진상을 캐는 일에 심취한 여자귀신은 자신이 항상 여러 가지 제약을 받는다는 사실을 깨달았다. 정신을 가장 산란하게 하는 것은, 밤이 되어 귀신들이 떠돌아다닐 시각이 되면 '우푸로' 상가 건물 안의 거의 모든 집에서 침대가 부딪치고 덜컹거리는 소리가 들려온다는 거였다. 그 온갖 소리는 여자귀신 귓가에 한데 모이는 것 같았다.

그야말로 하늘을 홀리는 소리였다.

'장서각'에 있던 '음란 서적'들을 두루 읽긴 했지만 지금처럼 실제 상황을 볼 기회가 생기자 여자귀신은 감정이 격앙되기 시작했다. 그녀는 즉시 오랫동안 머물던 '불견천'에서 몸을 날려 가장 가까운 어느 인가를 찾아 들어갔다. 끙끙거리는 신음소리를 찾던 그녀는 마침내 어느 집 침대 앞에 이르렀다.

한 쌍의 남녀가 서로 뒤엉켜 있긴 했지만 '도괘금구倒掛金鉤, 거꾸로 걸린 갈고리'나 '노한추거老漢推車, 수레를 미는 노인' 같은 자세는 볼 수 없었다. 심지어 여자의 둥글고 부드러운 두 다리가 필사적으로 남자의 허리를 감싸고 있지도 않았고 삼촌금련을 높이 치켜들지도 않았다.

아, 책과는 달랐다! 남자의 둔한 육체가 두 다리를 쭉 뻗고 밑에 반듯하게 누운 여자를 누르고 있을 뿐이었다. 게다가 여자귀신이 전광석화 같은 속도로 서둘러 도착하긴 했지만 남자의 살찐 엉덩이가 다시 두세 번 위아래로 움직이다가 이내 여자의 몸 위로 쓰러지는 모습을 보았을 뿐이다.

어떻게 이런 일이 있을 수 있는 것일까?

몹시 놀라 얼굴이 하얗게 질린 여자귀신은 재빨리 몸을 돌려 훌쩍 날아올랐다. 이어서 다른 곳으로 달려가고 싶은 생각이 드는 순간, 어느새 그녀는 다른 집에 와 있었다. 그곳에서는 또다른 양태의 춘사春事가 치러지고 있었다.

이렇게 여자귀신은 '우푸로' 허싱가에 있는 여러 규방을 두루 찾아다녔다.

허싱가는 루청의 황금지역이라고 불리는 곳으로 주로 실과 면포, 약재, 금은보석 등 값비싼 물품을 취급했다. 루청에서 가장 부유한 지역이면 타이완 전체에서도 가장 번화하고 부유한 지역인 셈이었다. 성현들이 남긴 책에 배부르고 등 따뜻하면 음탕한 욕정이 생각나는 법이라 했으니, 이곳 허싱가야말로 각양각색의 음식과 여자, 그리고 놀이를 즐기기에 안성맞춤이었다.

하지만 가루歌樓와 기원妓院이 있긴 하지만 '장서각'에 있는 책에 묘사된 이상하고 음란한 각종 체위와 기교와 큰 거리가 있었고, 서른두 가지 체위를 자유자재로 구사하는 사람은 찾아볼 수조차 없었다. 더욱이 책에서 언급하는 윈난雲南

의 '면령編鈴' 같은 것은 눈 씻고도 볼 수 없었다. '면령'은 남자의 귀두에 끼우는 성애 도구로 크기가 용안 열매만하며 일단 여성의 음도에 들어가면 저절로 쉬지 않고 돌면서 열을 낸다고 했다.

물론 마른 물개의 생식기가 암캐의 음부를 보면 다시 딱딱하게 발기한다는 '해구신'이나 '춘술교春衂膠' 같은 물건도 구경할 수 없었다.

여자귀신은 탕산 천조의 황제가 '오구통상五口通商'에 서명한 뒤로 탕산의 문호가 크게 개방된 것을 직접 보고 싶었다. 원래 성욕을 도와주는 춘약春藥으로 쓰이던 아편이, 마지막엔 손바닥만한 이 섬에 거주하는 중산층에게도 대거 보급되어 아편을 피울 때 쓰는 연탑烟榻이 침대마다 설치되었고, 사람들마다 손에는 어창菸槍, 아편용 긴 담뱃대이 하나씩 들려 있었다.

그렇다면 이제 또 무엇을 할 수 있을 것인가?!

과연 외로운 바다에 홀로 떨어져 있는 섬은 천조의 중원 문화와 수천 리나 되는 거리가 있어, 문화적 혜택을 별로 받지 못한 낙후된 지역이었다. 섬 전체에서 가장 부유한 사람들조차 인간의 본성인 식욕과 색욕을 만족시키기 위해 가무와 여색을 마음껏 즐기지 못하는데 하물며 예서 어떻게 색정을 논하겠는가?

게다가 그 책에서 언급하고 있는 것들은 아주 별난 사람과 이상한 사건에 관한 이야기들로 중원에서도 쉬이 볼 수 있는 것이 아니었다.

여자귀신은 '불견천'을 차지하고 앉아 계속 머리를 흔들며 소리 내어 탄식했다. 어둡고 사악한 기운이 구불구불 돌고 돌아 '불견천' 허싱가 구간의 두 애문 사이를 배회하며 한참을 머물렀다.

루청에서 가장 번화하고 사람이 많은 거리이자 당시 타이완에서 가장 번화한 곳이던 '우푸로'에는 밤만 되면 깊은 원망과 탄식이 가득했다. 들리는 소문에는 '만춘루' 기원의 오입쟁이들은 여자의 신음소리를 들어도 물건이 서지 않았고 마누라에게 이상한 것까지 요구하는 남편들이라 전혀 흥치가 없었다고 했다.

아! 그 귀신의 탄식이 이끌어간 것은 결국 이루지 못한 공적이었다. 화려한 것은 쉽게 사라지고 좋은 시절은 흘러가기 마련이고, 저녁이 되면 황혼이 찾아오는 법이다. 만사가 이렇듯 짧고 수시로 변하는 것인가? 차라리 귀신이 원래 변화한 것들은 때가 되면 사라진다는 것을 환기시켰다고 하는 것이 옳을 것이다.

하지만 즐겁고 유쾌한 게 잠시라면 뭐가 어떻단 말인가?!

여자귀신은 자신이 머물고 있는 번화하고 부유한 도시와

점차 약해지고 사라져가는 정사情事의 미묘한 관계에 대해서는 별로 신경을 쓰지 않았다. 또한 이런 것들이 자신과 어떤 관계가 있을 것이라고도 생각지 않았다.

귀신은 마음속으로 주판알을 굴리고 있었다. 재물과 명성이 한데 모이는 허싱가 지역에서 색정에 얽힌 재미난 일들을 찾아볼 수 없다면 차라리 '예禮를 잃어 본능적이고 야성적인 것들을 추구하는' 것도 무방할 듯했다. 아니면 다른 노획품이 있을 수도 있었다.

여자귀신은 몸을 날려 긴 상가 건물 안에 있는 노비들의 거처와 애문 밖의 평범한 집, 좁고 오래된 골목의 창녀들을 찾아갔다. 이들은 아편을 피우지 않았다. 여자들은 전족을 하지 않았기 때문에 발이 크고 새까맸고 남자들은 말투가 거칠고 행동이 저속했지만 오히려 야릇한 성적 매력을 갖고 있었다.

누구든 여자의 몸을 위에서 누르고 있는 남자를 본다면 지렁이가 꿈틀거리는 것 같다고 생각할 것이다. 반들반들한 엉덩이가 한 곳으로 몰려 뚫고 들어가려고 몸부림치고 등허리 부위에선 파도가 일었다. 지렁이가 흙을 뚫고 들어가는 양 특별히 정해진 절차는 없지만 뚫으면 뚫을수록 더 깊이 들어갔다.

게다가 때로는 한 번 움직였다 하면 몇 시간씩 계속되기도 했다.

　어쩌면 이렇다 할 체위가 없는 것인지도 모른다. 두 사람의 팔과 다리가 서로 뒤엉킨 채 어두운 밤 들판에서 수확한 벼를 베고 누워 있었다. 이렇게 아무데서나 나뒹구는 것이 마치 두 마리 미꾸라지 같았다. 또는 골목길이나 건물 안 으슥한 곳에서 옷을 입은 채로 바짓가랑이만 끌어내리고 서로 은밀한 것을 더듬기도 했고 서거나 앉은 채로 한 번 일을 치르기도 했다.

　여자들은 대부분 전족을 하지 않은 천족이었다. 가슴을 꼭 동여매야 하는 제약을 받은 적 없는 여자들의 커다란 젖가슴은 그 위에 올라타 누르는 남자의 몸에 뭉개지면서 두 살덩어리가 흔들흔들 요동쳤다. 입에선 신음소리가 터져나오려 했지만 끝내 나오지 않더니 마지막에 아예 몸을 일으켜 남자를 밀어 넘어뜨리곤 살찐 엉덩이를 꼿꼿하게 세워진 양물 위에 대고 주저앉았다. 꽃가지가 제멋대로 떨리며 맹렬하게 흔들렸다. 정말로 썩은 풀이나 나무를 뽑고 꺾는 것처럼 쉬운 일이었다.

　대단히 운치 있고 흥미로운 일이었다.

　'번공접'이니 '마요제'니 '현선부' 같은 절묘한 이름이 붙여지지도 않았고 남녀간 체위의 변화라고 할 것도 없었다. 어떤 동작은 그저 절굿공이로 약을 찧는 듯했고 놀란 쥐가 구멍 속으로 달아나는 것 같기도 했다. 신의 밭을 갈아엎는 듯한 동작도 있었고 곧장 깊은 계곡으로 빠져드는 듯한 움직임도 있었다.

옆에서 구경하던 여자귀신은 자신도 모르게 정신이 빠져나가 오랫동안 몸을 움직이지 못했다.

귀신의 일반적 특성으로 보면 여자귀신은 공력을 발휘해 얼마든 눈앞에 가로누운 여인의 육체에 들어가 곧바로 남자가 물건을 삽입하여 드나드는 여체가 될 수 있었다. 여자의 몸과 마음을 장악할 수만 한다면, 그녀는 하체의 음문陰門이 크게 열리면서 최고의 경지에 이르는 신묘한 쾌감을 느낄 수 있을 것이다.

또 어쩌면 여자귀신이 깊이를 조절하면서 찌르고 뺐다가 다시 힘 있게 찔러대는 남자의 양봉陽鋒에 호응해 공력을 발휘함으로써 지렁이가 꿈틀거리는 것처럼 요동치는 남자의 몸으로 들어가 그 정신까지 장악할 수만 있다면 양구의 놀라운 공격에 성이 무너지고 적이 쓰러지는 것 같은 환락을 누릴 수도 있을 것이다.

귀신은 원래 남자도 여자도 아니니 이런 성애를 즐길 수 없었다. 하지만 공력만 있으면 얼마든 남녀의 환란을 누릴 수 있었다.

하지만 여자귀신은 지금 당장 쉽게 얻을 수 있는 향락을 원치 않았다. 그녀는 서로 뒤엉킨 남녀 육체의 숲을 뚫고 지나가면서 끝없는 변화를 계속해갔다.

그랬다! 여자귀신은 한 차례 비린내 나는 뜨거운 바람일 수 있었다. 그 억만 개의 정자가 분출되려는 순간 재빨리 귀두 끝에 와 가장 먼저 세례를 받는 꽃의 중심이 될 수도 있었다.

그녀는 또 목구멍을 맴도는 신음소리일 수도 있었다. 폭발하는 쾌감을 따라 밀려서 솟구쳐 나오는 소리일 수도 있었다.

또한 그녀는 손가락 끝의 가벼운 감촉일 수도 있었다. 몸 구석구석 은밀한 곳에 먼저 공기가 가져다주는 미세한 파동에 의지하여 감정의 유희를 다할 수 있었다.

가볍게 내뱉는 콧바람일 수도 있었다. 입을 크게 벌려 내민 혀 끝의 허락일 수도 있었다. 모든 움직임에 춘정을 품고 있었다.

아! 그녀 또한 탄식에 불과할까? 가을 등불 아래 밤비가 내리니 끝없는 근심이 똑같이 적막한 사람을 향해 날아갔다. 서로 얽매어 벗어나지 못하는 것이 어찌 따뜻한 촉감과 뒤엉킨 몸뚱이뿐이겠는가? 탄식 소리에 불과한 것은 더더욱 아닐 것이다!

......

여자귀신은 무성한 육체의 숲에서 변화를 계속했다.

변했다.

또 변했다.

그렇게 시간은 쏜살같이 흘러갔다.

(가벼운 연기처럼 고운 빛깔로 흩어졌다가 있는 듯 없는 듯 청백靑白의 혼체魂體에 다시 모습을 드러냈다.)

8

여자귀신은 이 육신의 숲을 가로질러 신나게 즐기면서 변해갔다. 들판의 정사를 경험하고 나자 저절로 활기가 넘치고 야생의 아름다움을 갖게 되었다. 지구력과 인내심도 넘쳤다. 떨쳐버리지 못하고 마음에 켕기는 것 하나는 바로 그날 밤 '장서각'에서 몸을 날려 나오다가 맨 처음 도착한 '우푸로' 의 '불견천'에서 보았던 혼귀들, 거리를 가득 메운 떠돌이 혼귀들이었다.

그들은 지금 어디로 가고 있는지 알 수가 없었다.

여자귀신은 또 자신의 영혼과 몸에 신기한 변화가 생긴 것을 깨닫고 놀라움을 금치 못했다. 오랫동안 지나다니던 좁 고 오래된 골목에 사는 창녀와 하인들과 평범한 이들의 정사는 어째서 다 똑같은 것인가. 왜 다들 똑같이 고함치고 갈구하며 호응하는 그런 것인지 의아했다.

어쨌든 지금 그 거리에는 앞을 보면서 떠돌아다니는 혼귀들은 없었다.

전란이 일어나야만 이처럼 규모가 큰 떠돌이 혼귀의 대오가 형성될 수 있었다. 여자귀신은 자신의 영혼과 몸이 추구해온 감응과 '우푸로'에서 들었던 다양한 소문에 근거하여 한 가지 추론을 도출해냈다.

어쩌면 혼귀의 대오를 만들어낸 것이 건륭 51년(1786년)에 발생한 '임상문林爽文의 기의'인지도 몰랐다.

신비한 지하조직인 '천지회天地會'에 속한 임상문은 원래 장화현 사람으로 일찍이 현보縣捕에 임명된 바 있었다. 청 정부가 '천지회'의 맹우들을 전부 체포하라는 명령을 내리자 임상문은 사람들을 모아 반란을 일으켰고 이틀 뒤에 곧장 장화현 현성을 공격하여 점령한 다음 지부知府를 살해했다.

임상문이 반란을 일으킨 근거지는 타이완 중부에 속했고 지정학적으로 루청과 매우 밀접한 관계에 있었다. 피살된 장화현 지부의 관아도 루청에서 겨우 십여 리 떨어진 곳에 있었다.

여자귀신은 청 정부가 무엇 때문에 건륭·가경 연간 타이완에서 가장 부유한 지역이던 루청에 관아를 설치하지 않고 장화현에 설치했는지 이해가 되지 않았다. 즉 번화한 것으로 따지자면 루청에 한참 떨어지는 내륙의 작은 도시인 장화에 행정 중심과 현부를 설치했다는 것이 시종 이해가 되지 않았다.

장화가 내륙지방이라 섬 전체의 척추라고 할 수 있는 해발 삼천 미터의 중앙산맥과 겹겹이 험한 숲과 골짜기로만 이루어져 교화가 쉽지 않은 산간지역을 관리하고 통제할 수 있어서였을까?

하지만 이런 이유 때문에 루청은 이번에 '남북으로 천여 리나 뻗어 있고 극악무도한 자들과 그 위협에 눌려 복종한 자들이 거의 백만 명에 달하는' 대규모 동란의 와중에도 운 좋게 재난을 면할 수 있었던 것인지 모른다.

만일 루청이 현부의 소재지였다면 주일귀나 임상문의 반란처럼 타이완 전체에 그 효력이 미치는 대규모 동란은 말할 것도 없고, 관부의 통치와 가혹한 세금에 반발해 섬 주민들이 일으키는 '삼 년에 한 번 일어나는 작은 반란, 오 년에 한 번 일어나는 큰 반란'만으로도 루청을 혼란에 빠뜨리기에 충분했을 것이다.

현성을 점령하며 지부를 살해하는 것은 줄곧 섬 주민이 반란을 일으킬 때마다 성패를 결정하는 주요 지표가 됐다.

루청이 행정의 요지로 자리매김하지 못했던 것이 오히려

'불견천'과 네 곳에 설치된 '애문'보다 더 효과적인 루청의 방어기제였는지도 모른다.

여자귀신은 이렇게 유추하여 결론을 내리고 얼굴에 득의 양양한 표정을 지었다. 이리하여 그녀가 머물고 있는 '불견천'의 높은 곳에서는 이따금 휘파람 소리가 울려 퍼졌다. 얼핏 듣기에는 여전히 처량하고 이상한 휘파람 소리, 그 소리가 '우푸로'의 허싱가 양쪽 애문 사이에 울려 퍼지면서 오래 사라지지 않았다.

귀신은 '우푸로'에서 들려오는 온갖 소식을 종합한 결과 타이완 전역을 피비린내 나는 싸움으로 내몬 '임상문의 기의' 사건이 루청까지 영향을 주지는 않았다는 사실을 알게 되었다. 임상문은 장저우 사람들과 루청에 사는 취안저우 사람들을 거느렸지만 취안저우와 장저우 두 지역은 원래 서로 화합하기 어려운 지역이라 루청 사람들이 기의에 적극 호응해 가담하지 않았던 것이다.

기의에 적극 참여하지 않은 덕에 루청은 훗날 탕산에서 내려온 군사들이 여러 도시 주민들을 몰살할 때 피해를 면하긴 했지만, 민절閩浙, 푸젠과 저장 두 성을 합친 지역 총독이 이천 명의 병력을 파견했을 때는 군대 주둔지가 되어야 했다. 건륭 52년, 임상문이 기의한 지 거의 일 년이 되었을 무렵 오랫동안 전투를 치르고도 아무 전공을 세우지 못한 청 정부의 관병들은 탕산에서 복강안福康安 대장군이 구천 명의 대군을 이끌고 도착함에 따라 지원 병력을 크게 강화할 수 있었다.

쌍방은 장화현성 외곽의 빠과산八卦山에서 일전을 치렀다. 탕산에서 온 관병은 우수한 무기를 갖추고 있었기에, 임상문 휘하의 민병대는 그 적수가 되지 못했다.

복강안이 병사 구천을 이끌고 수백 척의 전함에 나눠 타고 상륙한 곳이 바로 루청이었다.

여자귀신은 '불견천' 위에 머물면서 깊은 밤 적막하고 인적이 없는 '우푸로'를 내려다보곤 했다. 그럴 때마다 마음속에 잔잔한 슬픔이 일었다.

복강안의 구천 대군을 맞이한 사람들은 분명 자기 종족 사람들이었을 것이다. '성창행'은 수백 년간 우뚝 솟아 요지부동으로 서 있었고 경영에 뛰어났을 뿐 아니라 관리나 병사들과도 좋은 관계를 유지했었다.

여자귀신은 생전에 부친이 시문을 배우라고 하면서 새로 부임한 장화 지부에게 선물로 보낼 것이라고 했던 말을 기억했다. 당시 그녀는 지부 대인에게 보내져 타이완에 있는 시첩侍妾 노릇을 하며 본토의 가족을 대신하게 되리라 생각했었다.

어쩌다가 몸을 날려 우물에 뛰어들지 않았다면 지금쯤 탕산 어디에서 객사했을지도 모를 일이었다.

마찬가지로 객사한 사람들 중에는 체포되어 감옥에 갇혔다가 탕산으로 압송된 주일귀와 임상문 그리고 그들의 동지가 있었다. 물론 천조의 탕산은 이 손바닥만한 섬의 반란자들을 풀어주려 하지 않았다. 바다를 사이에 두고 수천 리나 멀리 떨어져 있다고 해도 반란군을 탕산의 경성으로 압송하여 처단하는 것은 천조 황제의 위엄을 보일 수 있는 좋은 방법이었다.

주일귀와 임상문 그리고 그들의 동지들은 천자의 발밑에 있는 경성의 형장에서 가장 잔혹한 책형磔刑, 사지를 찢어서 죽이는 고대 중국의 형벌을 구형받고 능지처참에 처해졌다.

귀신들조차도 그 실체가 뭔지 잘 모르는 이 극형에 대해 여자귀신은 '장서각'의 서적에 기록된 것을 본 적이 있었다. 그녀는 문득 백이십 개의 칼로 살을 갈기갈기 발라내 죽인다는 이 능지의 형을 시험해보고 싶었다.

—능지의 형을 당해 근육과 힘줄이 다 없어져도 숨은 아직 끊어지지 않았다. 간과 심장이 서로 연결되어 있었고 보고 듣는 것도 여전히 가능했다.

주일귀, 임상문 등은 흉악한 도적으로 불렸으나, 육체와 영혼이 모두 강건하여 백이십 개의 칼을 맞는 것도 별 문제가 되지 않았다. 하지만 타이완에서 바다를 건너 천리나 떨어진 경성으로 가려면 오랜 시간 배를 탄 뒤 수레로 갈아타야 했으므로 여간 힘든 일이 아니었다. 그렇게 지치고 탈진된 몸으로 과연 몇 개의 칼날을 받아낼 수 있었겠는가?

(오히려 일찍 혼절하여 많은 고생을 면하지 않았을까?)

아마도 그들에게 숨 쉴 시간을 조금이라도 더 남겨주기 위해 회자수는 심혈관에서 가장 멀리 있는 다리를 자르고 등의 근육을 한 가닥 한 가닥 천천히 베어냈으리라. 또한 근육을 완전히 절단하지 않고 수천수백 가닥의 살점을 남겨놓아 마치 너덜너덜 남루해진 사람가죽 옷을 입은 양, 안에 뼈가 다 보였으리라!

하지만 설사 죽었다고 해도 한 칼 한 칼 착형을 마저 시행해야 했다. 백이십 개의 칼로 살을 베는 일이 끝나자 온몸의 살점은 다 떨어져 나갔다. 가슴을 절개하여 심장을 파내고 허파를 꺼내놓자 다 흘러나가지 못하고 남아 있던 피가 솟구쳤다. 그런 다음 마지막으로 죽은 자의 머리를 베어 높은 데 내다걸었다.

이 손바닥만한 섬의 반도叛徒들을 처형한다 해도 천조 베이징 사람들이 신경이나 쓸까? 주일귀와 임상문 그리고 그 무리들의 머리가 성문 앞 저잣거리에 높이 걸리면 황성 사람들은 탕산의 탐관오리나 도적의 우두머리를 처형할 때처럼 우르르 떼를 지어 구경하러 모여 들었을까? 발라진 살점들을 한 가닥 한 가닥 주워 부스럼에 잘 듣는 고약을 만들려고 했을까?

섬은 여전히 천리 밖 바다 멀리 떨어져 있어 기본적으로 아는 사람이 없었을 것이다. 그저 몇몇 사람들만 와서 형 집행을 구경했으리라. 처형당한 이들이 주일귀와 임상문이라 해도 탕산 사람들은 자기네 풍속에 따라 아마 이렇게 크게 외쳤을 것이다.

"이십 년 만에 또다시 호한들이 나타났군!"

혹은 이렇게 외쳤을 것이다.

"타이완 인민 만세! 개 같은 청조 관리들 같으니⋯⋯."

그들에게 관심을 갖는 사람은 전혀 없었을지도 모른다. 그들이 사용하는 타이완 언어를 알아듣는 사람이 없었을 것이므로.

어쨌든 주일귀와 임상문 등은 죽은 뒤에 필연적으로 타향에 떠도는 원혼이 되었을 것이다. 혼백들이 가장 두려워하는 것이 바로 타향에서 객사하는 것이었다.

여자귀신은 생각했다. 만일 그때 자신이 탕산으로 시집을 갔더라면 죽어서도 시신을 보존할 방법이 없었을 것이고, 천리 먼 길이라 고향으로 옮기기도 힘들어 결국 타향에 묻혔을 거라고. 제사를 지내주는 사람 하나 없는 데다 친척이나 연고도 없이 홀로된 혼백들 가운데 특히 여자귀신은 그 지역 귀신 무리로부터 업신여김을 당하게 되고 그 지역의 주인 귀신의 몸종으로 전락하거나 종종 꾐에 빠져서 영원히 저승으로 가지 못했을 것이라고.

주일귀와 임상문은 '도적의 수괴'로 용감하게 싸우다 타향으로 끌려가는 신세가 되었다. 타향을 떠돌던 그들은 온몸의 살이 다 발라지고 찢겨졌으며 심장과 간이 파헤쳐진 뒤 머리가 잘렸다. 이런 혼귀들은 필연적으로 그 지역 혼백들로부터 업신여김을 당할 수밖에 없다. 하지만 말이 통하지 않아 하소연할 방법도 없다.

더욱이 혼백들을 가장 두렵게 했던 것은 영원히 몸에서 빠져나올 수 없다는 것이었다.

겹겹이 이어진 산과 매서운 바다를 사이에 두고 집으로 돌아가는 길도 아득하기만 했다! 게다가 자신들을 기억해주는 고향 사람들도 많지 않은 터라 애당초 의지할 곳도 없는 처지였다.

마찬가지로 집이 있지만 돌아갈 수 없는 사람들과 그들을 따라 반란에 참여했던 민초들은 타이완 각지에서 계속 전투를 치르다가 대부분 타향에서 객사했다. 전사하지 않은 사람들은 탕산에서 파견된 대규모 정예부대에 진압되어 피살되었을 뿐만 아니라 가족과 친척들까지 예외 없이 처형당했다. 때로는 말 그대로 구족九族까지 화가 미치기도 했다.

그래서 그렇게 수많은 혼백들이 떼를 지어 행진을 하고

있었던 것이다!

어쩌면 연루될 것이 두려워 아무도 얼굴을 내밀고 시신을 확인하지 못한 것인지도 몰랐다. 또는 가족이 전부 죽임을 당해 제사를 지내줄 사람이 없는 것인지도 몰랐다. 그래서 억울한 원혼이 되어 저승으로 가지 못하고 윤회를 통해 환생할 방법도 없어, 할 수 없이 끝없이 허공을 배회하는 것인지도 몰랐다.

영원히 평안을 구할 수 없는 혼귀들이었다.

여자귀신은 '불견천' 위에 머물면서 오랫동안 갖가지 소문을 수렴하여 이를 종합하고 정리함으로써 다양하고 진귀한 자료들을 확보했다.

루청은 섬 최대의 항구로, 상인들의 왕래가 탕산 연해의 항구들에 그친 것이 아니라 멀리 남양南洋 동영東瀛, 일본의 옛 이름까지 확대되어 그곳에서도 사람들이 찾아왔다. 털이 하얀 오랑캐들, 파란 눈이 수정처럼 맑은 외국인, 머리카락이 금사 원숭이처럼 빛나는 외국인 등 다양한 인종들이 가장 번화한 상가 '우푸로'에 모습을 드러냈다.

여자귀신은 또다른 뛰어난 재능이 있었다. 혼백의 몸이라 사방팔방 모든 것을 보고 들을 수 있었다. 어떤 비밀이나 밀담도 그녀의 눈과 귀를 벗어날 수 없었다.

이처럼 다양한 유형의 사람들과 각 방에서 들리는 소식을 종합하여 여자귀신은 섬에서 발생한 온갖 크고 작은 사건들에 관한 수많은 자료를 모았고, 이를 글로 써서 보존해야겠다고 마음먹었다.

생전에 '재원'으로 시문에 능했으니 글을 쓰는 것이 조금도 어려운 일이 아니었다. 그녀는 보고 들은 것들을 마음속에 기록했다. 보통 사람들의 손이 미칠 수 없는 향지鄉志나 현지縣志의 기록은 물론이고 청증소廳證所에 등록할 수 없는 중대 사건들까지 전부 담고 싶었다.

귀신은 글을 쓰면서 실제로 종이와 붓이 필요치 않았다. 여자귀신은 원래 자신이 붓이 되어 밤하늘을 종이 삼고 하늘과 땅을 장막 삼아 이곳에서 글을 쓸 생각이었다. 하지만 이미 써놓은 글을 정말로 사람들이 알아보지 못했기 때문에 결국 마음놓고 '불견천'을 덮고 있는 마죽과 가는 월도月桃 가지를 가져다가 붓으로 삼아야겠다고 마음먹었다.

글을 쓴 곳은 바로 '불견천' 지붕의 나무판자였다. 대들보 기둥을 피하기만 한다면 글을 쓸 수 있는 공간은 실제로 적지 않았다.

시간은 쏜살같이 흘러갔다.

여자귀신이 '불견천'에 머물기 시작한 뒤로 백 년 남짓 되는 시간이 눈 깜짝할 사이에 흘러갔다.

귀신은 '우푸로'에서 들은 온갖 소식들을 종합하고 정리하여 청조 강희 22년(1683년)의 일부터 써내려가기 시작했다. 이 해에 청 제국은 장군 시랑에게 군대를 이끌고 타이완으로 가서 정성공의 손자를 제압하라는 명령을 내렸다. 탕산의 통치세력이 타이완에 내려온 뒤로 212년이란 세월이 흐르는 동안 '대규모 반란'이라 불릴 만한, 청 조정에 대한 타이완 사람들의 항쟁은 무려 열여덟 차례나 있었다.

9

끝이 없어 보이는 시간 속에서 여자귀신은 가장 아름다운 시간의 마디를 얻게 되었다. 그녀가 루청 '불견천'의 지붕을 덮고 있는 나무판자에 마죽과 월도 가지를 붓 삼아 글을 쓰기 시작한 것은 탕산의 청 정부가 타이완을 통치한 그 이백여 년 중 초기와 중기에 해당하는 시기였다.

주일귀와 임상문이 일으킨 중대한 사건이 있고 그리 오래지 않아 사람들 기억 속에서 이미 그 일은 서서히 잊혀 갔다. 특히 청대 초기에 타이완 전역에 큰 영향을 미쳤던 이 두 '기의 사건'에 관해 대부분의 사람들은 감히 확실하게 지지의 뜻을 표명하진 못하고 넌지시 귓속말로 다음과 같은 견해를 주고받으며 그들을 동정했다. 즉 통치계층이 전부 탕산에서 파견되어 내려오고, 군대에선 절대로 타이완 출신 병사를 쓰지 않으며, 무거운 세금을 부과하고 강압적으로 주민들을 괴롭히니, 저항이 생겨나는 것이라고.

그랬다! 여자귀신은 이렇게 남몰래 소곤거리는 추억의 이야기들을 글로 써내고 싶었다. 이는 향지나 현지, 청지에 나오는 비밀 이야기와 또다른 성격을 지니는 것이었다.

청 정부의 타이완 통치가 중기에서 후기에 이를 때까지 여자귀신의 혼백은 여전히 '불견천'에 머물고 있었다. 덕분에 그녀는 자신이 직접 눈으로 봤거나 사람들이 노골적으로 털어놓는 수많은 이야기들 속에서 어렵지 않게 글의 재료들을 찾을 수 있었다.

여자귀신은 밤새 글을 썼다.

붓을 대신하는 마죽과 가는 월도 가지는 처음에는 사용하기가 결코 만만치 않았다. 여자귀신은 어려서 글을 배울 때 주로 털로 된 붓을 사용했고 '영자팔법永字八法'에 따라 점, 갈고리, 삐침, 파임을 익혔었다. 원래 붓을 종이에 대고 움직이고 꺾는 데는 나름의 규칙이 있었다. 하지만 지금은 마죽과 가는 월도 가지로 지붕의 나무판자 위에 글씨를 쓰다 보니 기운氣韻이 전혀 없어 필치가 서툴고 잘 맞지도 않았다.

귀신은 금세 예전에 사용하던 털붓의 필법을 포기하고 엄지손가락과 집게손가락으로 가는 가지를 꽉 잡고서 나머지

세 손가락을 뒤에 기대는 방법으로 글씨를 썼다. 그렇게 하자 붓의 움직임이 훨씬 부드러워지고 붓을 대는 속도가 매우 빠르고 정확해졌으며, 글씨도 비스듬하게 이어지면서 순조롭게 씌어졌다.

게다가 글 쓰는 속도도 훨씬 빨라졌다.

똑같은 지붕과 천장을 가진 '불견천'의 나무판에 글씨를 써야 하고 그것도 이층 높이의 건물이라 해도 여자귀신에겐 조금도 어려울 게 없었다. 영신靈身은 원래 가볍기에 공중에 매달려 있어도 형체가 없는 것이나 다름없었다. 그래서 귀신이 고개를 들고 손을 올리기만 하면 마죽이나 가는 월도 가지로 된 붓끝이 자연스럽게 '불견천'에 닿아 힘 들이지 않고 글씨를 쓸 수 있었다.

여자귀신은 반듯한 해서체를 버리고 단번에 용이 날고 봉황이 춤을 추는 초서체를 사용해, 탕산 청조가 타이완을 통치하던 시기에 일어났던 열여덟 차례의 동란을 기록했고, 섬에서 '삼 년에 한 번씩 일어난 작은 반란과 오 년에 한 번씩 일어난 큰 반란'을 인증했다. 사건의 경위를 밝히기 위해 귀신은 동란의 전말을 기록했다. 맨 처음 반란이 시작됐을 때는 각지에서 이를 지지했고 성을 공격하여 그 땅을 빼앗자 타이완에 주둔하던 청조 관병들이 쉽게 저항하지 못했다는 사실도 상세히 기록했다. 하지만 전란이 지속되면서 탕산에서 기율이 엄격하고 잘 훈련된 정예부대가 정확한 배치로 단숨에 해로를 거쳐 타이완에 상륙했고 그들이 가는 족족 타이완 반란자들이 쓰러졌던 사실도 기록했다.

귀신은 대규모 전투와 대량 학살, 피살된 인원수, 훼손된 정원, 약탈된 물자의 내역도 기록했다. 이 모든 것들이 거리에서 들리는 이야기나 민간에 전해지는 소문을 기초로 수집한 것이었다.

오랜 세월 여자귀신은 머리를 쳐들고 손을 들어 '불견천'에 글을 썼다. 처음부터 붓과 먹물을 쓰지 않고 마죽이나 복숭아나무 가지를 지붕 나무판에 휘두르면 그대로 흔적이 남았다. 그러나 이내 지붕 나무판에 남길 수 있는 것은 결국 '필치가 호방한' 필적뿐이라는 걸 깨달았다. 가는 월도의 뾰족한 끝을 쳐다보다 보면 마치 그것이 크고 작은 전투에서 피살된 사람들이 흘린 선혈 같았다.

그 필적은 영원한 선혈처럼 붉었고 매일 새롭게 느껴졌다. 끊임없이 신선한 피가 솟아나는 듯했다.

여자귀신은 원래 개의치 않고 마음을 다해 붓과 먹(피)을 휘둘러 대량 학살에 관한 갖가지 잔혹한 사적들을 들춰내 글로 쓰면서 피눈물로 피의 증거를 남기고자 했다.

시간은 흘러가면서, 여자귀신은 밤새 고개를 쳐들고 글을 쓰는 시간이 길어질수록 치켜든 얼굴이 결국 눈으로 볼 수 없을 정도로 많은 선혈을 받아들이게 되고, 그 피가 아래로 쏟아져 눈 주위와 콧구멍, 가슴에 선혈이 넘쳐나게 된다는 것을 깨달았다. 얼굴 전체가 피로 얼룩지고 몸 안 모든 구멍들이 꽉 막혀 피가 몸 전체로 통하지 않자 숨을 마시거나 내쉴 때도 몹시 힘겨운 느낌이 들었다. 또한 혼신魂身이 피에 흠뻑 젖어 혈흔이 지저분하게 엉겨 붙었다.

걸쭉한 피가 확실히 혼신의 무게를 가중시켰지만 여자귀신은 전혀 개의치 않고 머리를 치켜든 채 손을 들어 계속해서 '불견천'에 글을 써나갔다. 매번 숨을 들이쉴 때마다 더러운 피비린내가 났고 마죽과 월도 가지 끝을 따라 끌어들이는 것도 기둥처럼 흐르는 피였다. 그 피의 무게에 혼신이 아래로 추락하고 말았다.

이때 여자귀신은 다시 생각하지 않을 수 없었다. 혼신의 몸 안에 원래 피를 좋아하는 욕구가 잠재되어 있어 이렇게 피가 강물을 이루는 대학살의 기억을 들춰내 기록해야만 하는 것인가 하는 의구심을 떨칠 수 없었다. 게다가 이런 피눈물이 뒤섞이는 살육의 비정함은 천지간에 흐르는 피를 전부 한곳으로 모아들여, 건드리기만 해도 범람하여 피의 재앙을 이루게 했다.

그리고 자신은 일종의 인도자 역할에 불과한 것이다!

귀신이 발견한 더욱 놀라운 사실은 억제하기 힘들고 그만

두기도 어려운 글쓰기가 계속해서 피를 솟구치게 하여 온몸을 흠뻑 적시고 영원히 마르지 않게 한다는 것이었다. 또한 남아 있던 피가 점차 혼신에 스며들어 입고 있던 흰옷뿐 아니라 피부 표면까지 물들이고 있다는 것이었다.

줄곧 자신이 공허한 영혼에 얼굴이 하얗고 푸른빛이 도는 혼신이었으나 스며든 다량의 붉은 피 때문에 점차 붉은빛으로 변하고 이상한 모습으로 부풀어 오르는 것을 바라보면서 여자귀신은 자신에게 더이상 혼백으로서의 느낌이 없다는 사실을 깨닫게 되었다.

……결국은 이렇게 심각하게 억울함과 아쉬움을 느끼게 되었다. 어느 정도의 원한과 불평, 상심과 원망, 이루지 못한 일에 대한 실의, 정처 없는 방랑과 좌절이 느껴졌다.

얼마나 크고 오래된 상처여야 이렇게 많은 선혈을 모을 수 있는 것일까? 어떠한 상처이기에 결국 보여도 보지 못하고 끝내 볼 수 없는 피가 되어 여전히 이렇게 다량으로 쉬지 않고 솟아나오는 것일까?

그렁그렁하던 눈물(눈물의 기억)이 한 방울 한 방울 여자귀신의 눈가에서 흘러내렸다.

결국 마지막 눈물 한 방울이, 귀신의 몸이 받아들일 수 있는 마지막 무게를 더하면서 여자귀신은 '불견천' 지붕의 나무판자에서 곧장 밑으로 떨어졌다.

여자귀신 말고도 사뿐히 날아 떨어진 것으로 예전의 그 비단 손수건과 둥글부채가 있었다. 추락하는 것은 어느 정도 전생과 금생이 연관된 것으로 끝없는 죄악과 그에 대한 징벌로 변하여 깊이를 알 수 없는 심연 속으로 떨어졌다.

어째서 영원은 이처럼 끝없이 추락하고 이미 귀신이 되었는데도 여전히 이런 구속을 받아야 하는 것일까?

여자귀신은 이번에는 자신이 추락하는 대로 몸을 내버려두었다. '번공접' 같은 온갖 체위를 취하지도 않았는데 머리와 다리가 쉽게 위치를 바꿔 백팔십도 몸을 돌려 위로 날아갈 수 있었다.

여자귀신은 혼체가 아래로 추락하는 소리를 듣고도 후회하지 않았고 전혀 저지하지도 않았다.

그리고 아래쪽 '우푸로'에서 나타난 것은 놀랍게도 또, 거리를 가득 메운 혼귀들의 대오였다.

생각할 겨를도, 대응할 틈도 없이 빠른 속도로 떨어진 여자귀신은 거리를 가득 메우며 떠도는 혼백들 사이로 들어가버렸다. 충돌의 여파로 저항할 힘이 전혀 없었다. 뜻밖에도 영혼이 없는 곳에 들어온 듯했다.

여기저기 나타나 거리를 가득 메운 혼백들은 습관처럼 앞을 향해 나아가면서 무리지어 행진했고, 여자귀신의 몸을 뚫고 지나고도 아무런 느낌이 없는지 계속해서 끊임없이 앞으로 나아가기만 했다.

거침없이 앞을 향해 나아가는 혼백들의 대오 한복판에 떨어진 여자귀신은 영혼의 무리에도 남녀노소가 있다는 것을 분명히 확인할 수 있었다. 온전한 몸체를 갖고 있는 혼백이 하나도 없었다. 그(그녀)들은 요참腰斬, 허리를 자르는 형벌을 당했는지 상반신과 하반신이 따로 돌아다녔다. 또한 어떤 혼백들은 온몸의 피와 살이 완전하지 않았고, 두 눈이 찔리거나 혀가 뽑혀 있었으며, 배가 터져 위와 창자가 땅으로 흘러내려 질질 끌려 다녔다. 심장과 허파가 도륙되어 앞가슴에 구멍이 하나 남아 있는 혼백도 있고, 불에 타거나 칼에 베여 온몸이 성한 데가 하나도 없는 혼백도 있었다.

이렇게 거리를 가득 메운 혼백들은 하나같이 나이든 모습에 먼지투성이였고 그림자들처럼 희미하기만 했다. 지난번에 높은 곳에서 내려다보았을 때도 혼백들은 너무 희미하여 얼굴이 없는 것처럼 보였었다.

이제 몸이 혼백들의 무리 속에 있다 보니 여자귀신은 놀랍게도 수많은 혼백들이 얼굴은 뚜렷하지 않지만 하나하나 모두 분간할 수 있다는 것을 깨달았다. 모든 혼백들이 생전에 입은 상처 부위가 선명했다. 마치 방금 상처가 생겼거나 새로운 상처가 계속 만들어지고 있는 듯했다.

한 구 한 구가 잿빛으로 희미한 그림자같이 보이는 혼신들은 상처를 입은 심장과 간, 복부, 목덜미, 머리, 몸통, 사지에 새빨간 핏빛이 선명하게 보였다. 영원토록 지워지지 않을 것만 같은 이들의 상흔은 수백 년 동안 고통과 상처의 자리로서 존재해왔고, 오랜 세월이 흘러갔음에도 불구하고 더욱 뚜렷하게 남아 있었다.

잿빛으로 희미한 혼신들은 훼손된 부위의 상처와 커다란 핏자국을 마주하고는 그 모습에 더욱 놀랐다. 각 분야의 괴상한 이야기들을 두루 섭렵한 여자귀신이었지만 자신도 모르게 냉기를 한 모금 들이마시고 말았다.

수많은 혼백의 무리가 지나갔고, 여자귀신은 혼백의 무리가 한 덩어리 어두운 회반죽으로 뭉쳐지는 것을 보았다. 그러나 얼굴들은 전부 흐릿한 배경처럼 분명하지 않았다. 단지 수많은 혼백들의 몸에 난 각각의 상처가 무척 사실적으로 눈부시게 새빨간 핏빛으로 드러날 뿐이었다. 뽑힌 혓바닥과 도려낸 눈알, 둥그렇게 구멍이 파인 목덜미, 도려낸 심장, 잘라낸 위장과 창자, 찢겨나간 사지, 몸 구석구석에 나타난 핏빛 구멍들이었다……. 원래는 이 모든 것들이 마땅히 갖춰져 있어야 할 신체 부위들이었다.

모든 것이 텅 비어 있었다.

이 텅 비어 있는 각 부위의 상처가 너무 크고 많다 보니 마치 몸 전체가 상한 장기요 기관 같았다. 끝없이 이어진 하늘과 땅 사이에 공허하게 걸려 있는 것이 온통 새빨간 심장과 엷은 잿빛의 뇌수, 밖으로 쏟아져 나온 엄청난 분량의 창자, 튀어나온 안구, 절단된 허리, 찢겨진 사지였다…….

여자귀신은 갑자기 날카로운 비명을 질렀다.

하지만 그녀의 날카로운 비명도 끊임없이 나타나는 혼백의 무리를 막지 못했다. 이들을 정면으로 마주하자 헤아릴 수 없이 많은 온갖 상처와 못 쓰게 된 신체 기관들이 그녀의 몸을 뚫고 지나갔다. 혼백들과 키가 엇비슷한 여자귀신의 온몸이 끝없이 상처를 입어 망가진 뇌와 심장, 간, 폐, 절단된 사지, 못 쓰게 된 팔뚝으로 대체되었다. 이렇게 혼백들은 그녀의 몸을 뚫고 지나갔다.

아무런 고통도 없었고 심지어 서로 부딪치거나 관통하는 느낌조차 없었지만 이렇게 연신 튀어나와 그녀의 몸을 관통한 상처들은 그녀의 영혼과 몸뚱이에 고스란히 남겨졌다. 마치 어떤 기록을 새겨 넣으려는 듯이, 모든 것을 영원 속에 아로새기려는 듯이 말이다.

영원히 지워지지 않을 기록이었다.

여자귀신은 더이상 소리를 내거나 발버둥을 치지 않았다. 이 거대한 혼귀의 대오가 각자의 상처와 고통을 안고 자신의 몸을 가뿐히 통과해가도록 가만히 내버려두었다.

10

앞뒤로 백여 년에 달하는 세월 동안 여자귀신은 '불견천'에 글을 써서 기록을 남겼다. 그녀는 사건의 당사자와 동지, 그에 호응했던 인민들을 대신하여 전기를 썼고, 반란 사건의 전개과정에서 일어났던 갖가지 사적들을 상세히 기술했다.

여자귀신은 '우푸로'의 허싱가 구간에서 글을 쓰기 시작하여 청 정부가 만주인의 신분으로 탕산의 중원에 들어와 통치세력이 되었던 타이완 초기에 몇 차례 섬 전체에 영향을 미친 대ᄎ동란이 발생했다는 대목까지 기록했다. 여기까지 마쳤을 때 그녀는 허싱가 구간의 '불견천' 지붕 나무판자가 이미 자신의 글로 가득 찼다는 것을 깨닫게 되었다.

'불견천'의 북단이나 남단으로 가서 계속 글을 써나가야겠다고 생각한 여자귀신은 곧 북단의 순싱가와 푸싱가 구간으로 가기로 마음먹었다. 이곳은 루칭 항구의 발원지로 섬의 초중기 사적을 기록하려면 당연히 이곳에 써야 했다.

계속 사적을 기록하는 과정에서 여자귀신은 강희·건륭 연간에 주일귀와 임상문이 두 차례 반란을 일으켜 타이완 전역에 두루 영향을 미친 이래로 숱한 백성들이 학살되거나 구금되었고 반란세력들도 치명적인 타격을 입었으나, 그 이후 가경·도광 연간에는 반란이 국지적 규모에 그치고 말았다는 사실을 깨닫게 되었다.

도광 연간에는 이태 간격으로 잇따라 반란이 일어나 순싱가와 푸싱가 구간의 '불견천' 지붕을 마지막 글쓰기 공간으로 점령해버렸다. 탕산 본토에서 '태평천국太平天國' 사건이 발생함에 따라 서양은 견고한 군함과 대포로 청나라 정부를 공격하여 쇄국정책을 포기하게 했고, 쇠약해진 제국 본토와 낙후된 섬의 백성들까지 기회 있을 때마다 수차례 반란을 일으켜 항거했다.

여자귀신은 '우푸로' 남단 타이싱가와 창싱가 구간의 '불견천'으로 거처를 다시 옮기고서야 지붕에 글을 계속 써나갈 수 있었다.

글을 쓰면서 여자귀신은 또 자신이 여자의 몸인 만큼 반란에 참여한 여자를 애써 찾았고, 청 정부와 민간에서 동시에 '비적'으로 불리던 이들을 다루는 특별 항목을 설정했다.

여자귀신은, 저항하는 섬의 백성들 중 남자들은 청 정부에선 '매국노'니 '도적'이니 '부랑아'라 했지만 민간에선 그들을 존중해 '의인義人'이나 '선열'로 불렀다는 사실을 어떻게 받아들여야 할지 몰랐다. 여성들의 사적은 이들 사이에서 빠져 있었고, 관방과 민간 모두 폄하의 의미로 '적파賊婆'라고만 하고 있었기 때문이다.

여자귀신은 '적파'들의 사적을 글로 쓰기 시작했다. 그녀는 '적파'를 대신할 공식 명칭을 원하지 않았고, 관방과 민간 모두 사용했던 기존의 명칭을 써서 그 차이를 밝히고 싶었다. 여성들은 우두머리의 영도에 따라 반란을 일으킨 것은 아니지만 신념만은 대단히 확고했고 막후에서 충분히 민심을 달래고 어루만질 수 있었다. 여인들 중에도 전투에 능한 이들은 전쟁 막바지까지 최후의 병사 하나도 절대로 굴복하지 않았다. 전투에 패한 뒤에도 자식들을 거느리고 강개한 모습을 보였고 물에 뛰어들거나 목을 매어 죽을지언정 적에게 능욕당하는 것을 허락하지 않았다.

그녀들은 당시에 요구되던 가녀리고 가정적인 여성상에 부합하지 않게 움직였을 따름이다. 이를 두고 어떤 이들은 남몰래 엄지손가락을 치켜세우며 초창기에 타이완으로 와 황무지를 개간해 농사를 짓던 옛 여성들보다, 이들의 용맹하고 날렵하며 담력과 식견을 두루 갖춘 모습이 훨씬 낫다고 칭송하기도 했다.

칭송을 받기에 마땅한 여인들이었다!

그러나 사람들은 이들을 공개적으로 칭송하지 않고, 평범한 여자와 다른 종자로 보고 '적파'라고만 불렀다. 왜냐하면 어린 계집아이들이 이들의 크고 작은 잘못을 따라할까 두려웠기 때문이다.

그래서 여자귀신은 반란에 참여했던 여자들의 사적을 글

로 쓰면서 특히 찬양과 칭송을 아끼지 않았다. 글을 쓰면서 나중엔 그녀 자신도 확실하게 알기 어려운 부분이 적지 않았다. 그녀들의 사적 이야기는 전부 '우푸로'에 떠도는 소문을 그러모은 것이었기 때문이다. 게다가 어느 정도는 그 적파들에게 직접 은혜를 입은 사람들이 감사하는 마음에 상상력을 가미하며 지어낸 이야기들이었다.

여자귀신은 이것저것 자세히 생각할 겨를이 없었다.

그날 밤 '우푸로'를 물결처럼 흘러가던 혼귀들 행렬 속에 떨어졌다가 '불견천'으로 되돌아와 고개를 쳐들고 손을 들어 글을 이어가면서, 여자귀신은 놀랍게도 예전에 붓을 들 때마다 마죽과 가는 월도 가지 끝에서 기둥처럼 다량으로 솟구쳐 흐르던 선혈이 이젠 싹 가셔 보이지 않는다는 사실을 발견하게 되었다.

그 피와 선혈이 감추고 있던 모든 것이 몸 안으로 들어와 혈맥에 깊이 새겨지고 영원히 아로새겨졌다. 여자귀신은 붓을 들기만 하면 됐다. 구상을 하거나 격식을 갖출 필요도 없었다. 마죽과 가는 월도 가지 뾰족한 끝에서 자연스레 핏빛 필적이 움직이면서 문장이 이루어지고, 이것이 다시 연결되면서 글이 되었다.

여자귀신은 이러한 상황을 의아해 하면서도 기꺼이 받아들였다.

'적파'들의 사적을 기록할 때처럼 어떤 특정한 시간만 되면 보이지 않던 선혈이 다시 다량으로 솟구쳐 올라왔다. 여자귀신은 고개를 쳐들고 얼굴에 뿌려지는 피를 순순히 받아들였다. 피가 눈에 닿을 때는 순간적으로 눈이 떠지지 않았다. 입으로 걸쭉하고 비린내 나는 피를 삼켜야 했다.

어쩌면 이는 익숙한 두려움이었는지 모른다. 여자귀신은 선 채로 조용히 고개를 들고 보이지 않는 피가 쏟아지는 대로 내버려두었다. 혼체 안에서 원래 텅 비어 있던 혈맥이 끊임없이 흐르는 피를 받아들이는 듯했다. 혈맥 안에서 세차게 흐르는 피의 도약이 시작되고, 그 피는 소리를 내며 질주하기 시작했다.

이제 다른 장章을 써야 할 차례가 되었다.

여자귀신은 묵묵히 하던 일을 계속했다. 그리고 시간은 또 그렇게 흘러갔다.

'불견천'에 글을 쓰면서 사실 여자귀신은 갖가지 어려움에 맞닥뜨려야 했다. 가장 흔히 겪는 일은 바다와 섬에 매년 불어 닥치는 태풍의 습격과 수시로 발생하는 크고 작은 지진이 있을 때마다 '불견천'이 피해를 입어 수리를 해야 했다는 것이다. 그럴 때마다 여자귀신은 '불견천'에 기록된 '사적'들이 외부로 드러나지 않을까 걱정을 했다.

다행히 높은 곳에 올라 지붕을 고치는 인부들은 하나같이 글을 몰랐다. 아무도 지붕 나무판자에 쓰인 '기호'들을 의심하지 않았다. 일반적으로 작업반장들은 어느 정도 글을 알았지만 장부를 기록하거나 치수를 재는 정도에 그쳤다. 우연히 '불견천' 지붕의 글씨들을 얼핏 보기는 했어도 절대로 입 밖으로 발설하지는 않았다.

루청에는 예로부터 널리 퍼져 있는 소문이 있었다. 탕산에서 바다를 건너온 유명한 지관이 있는데, 땅의 풍수를 따지거나 기혈奇穴을 찾는 데 뛰어날 뿐 아니라 남을 도와 가문을 번성시키기도 하고 망하게도 한다는 것이었다.

토목을 잘 아는 지관들은 노반魯班, 춘추시대 노나라의 유명한 목공 장인으로 목수들의 선조로 추앙됨 조사祖師의 신묘한 치수와 기호에 따라 지붕의 높은 곳이나 대들보에 주문을 걸어 그 집의 흥망성쇠를 조종하고 통제할 수 있었다.

사람들에게 가장 잘 알려진 지관이 어느 집 지붕 높은 곳에 올라가 "큰 배는 재물을 싣고 들어오고, 작은 배가 재물을 싣고 나간다"라는 글과 그림을 붙여놓자, 이때부터 엄청난 재물이 몰리기 시작하여 하루아침에 큰 부자가 되고 루청에서 손꼽히는 부호가 됐다는 이야기가 있었다.

하지만 몇 년이 지나지 않아 그 집은 완전히 망하고 말았다. 루청 사람들이 전하는 얘기에 따르면 그 집안사람들이 지관에게 잘못을 저지르자 지관은 지붕 대들보에 올라가

"큰 배는 재물을 싣고 나가고, 작은 배가 재물을 싣고 들어온다"라고 말을 바꾸어 거꾸로 주문을 걸었고, 이때부터 그 집은 차츰 지출은 많아지고 수입은 적어져 결국 망할 수밖에 없게 되었다는 것이다.

그 뒤로는 줄곧, 높은 곳에 있는 기호, 그림, 문자 같은 것은 토목기술자가 함부로 건드려선 안 되는 금기의 대상이었다. 맘대로 훼손하거나 고칠 수 없는 것은 물론이고, 아예 쳐다보지도 않는 것이 가장 좋다고들 했다. 이렇듯 기호나 글자들을 아주 은밀하게 감추는 이유는 지관이 주문을 걸어 행운이 악운으로 바뀌어 개인과 가정에 재앙이 닥치는 것을 피하기 위해서였다.

재앙이 가벼울 때는 몸을 상하는 데 그치지만 무거울 때는 집안이 완전히 망할 수도 있었다.

'불견천'의 지붕을 수리하던 작업반장은 우연히 지붕의 나무판자 위에 쓰여 있는 글자를 몇 번 보긴 했지만 그때마다 보고도 못 본 척했고 누구에게도 말하지 않았다.

이렇게 '불견천'은 사람들이 들어와 소란을 피우는 일 없이 무사히 보존될 수 있었다.

하지만 전란이 일어나거나 하다못해 지방에서 계투라도 벌어지는 날엔 '불견천' 역시 안전을 보장할 수 없었다.

여자귀신은 앞뒤로 백여 년에 달하는 세월 동안 '불견천'

의 지붕에 남은 기록을 통해, 전란 중 뿔뿔이 흩어진 병사들이 루청으로 흘러 들어온 일, 장저우와 취안저우에서 벌어진 계투, 지역 우두머리들 간의 투쟁과 살상 등 다양한 사건을 알아냈다. 하지만 '우푸로'에는 '불견천'이 있어 모든 것을 숨기기에 유리했기 때문에 위에서 공격해 들어오는 것은 쉽지 않은 일이었다. '불견천'이 일종의 보호장치 효과를 발휘했던 것이다.

게다가 '우푸로'의 각 구간 사이에는 애문이 설치되어 있어 이를 닫기만 하면 뿔뿔이 흩어진 병사들이 다시 들어오기 어려웠다. 일설에 의하면 취안저우와 장저우의 인사들이 계투를 벌이게 되면 먼저 약정을 하여 싸움을 애문이 개방되는 시간으로 제한했다고 한다. 아침 일찍 애문이 열리면 싸움을 시작했다가 밤이 되어 애문이 닫히면 취안저우 사람들이나 장저우 사람들이나 전부 자기 관할 구역으로 돌아가 이튿날까지는 싸우지 않았다는 것이다.

이러한 계투 방식 덕분에 루청은 전성시대의 번화함을 잘 보존할 수 있었고 지역 내부의 고약한 싸움으로 인한 소모와 침식을 막을 수 있었다고 한다.

여자귀신의 기억 속에는 해적 채견蔡牽이 무리를 이끌고 '우푸로'의 순싱가를 빼앗으려 한 적이 있었고 광서 말년에는 장화현에서 반란을 일으킨 시구단施九緞이 루청을 점령하

213

려고 공격하는 과정에서 '불견천'이 상당한 피해를 입은 적이 있었다.

해적 채견은 대륙과 타이완 양안兩岸을 떠돌아다니다가 부유한 루청을 차지하여 부족한 것들을 채우기로 마음먹었다. 루청 항구에 상륙한 그는 원래 '불견천' 맨 북단 해안에 위치한 순싱가를 공격하려 했으나 다행히 애문이 가로막고 있었다. 해적의 무리들이 바다에서는 정크선의 돛대까지 기어오르는 능력을 갖고 있었는지 모르지만 '불견천'에는 절대로 올라올 수 없었다.

결국 그들은 서쪽 지역만 약탈한 뒤 바닷가 쪽에 위치한 '베이터우'로 침략해 들어갔다.

'베이터우'는 바다에 접해 있어 가을과 겨울에 '구강풍'이 휘몰아쳐 불어오면 가만히 서 있기조차 힘들었다. 이런 바람을 피하기 위해 루청 사람들은 구불구불한 '구곡항九曲巷, 아홉 번 꺾인 골목'을 조성하여 이 골목 안에 집을 짓고 살면서 강풍을 견뎠다.

'구곡항'은 너무 구불구불하고 복잡해서 현지 주민들도 길을 잃기 십상이었다. 일설에 의하면 '베이터우'의 가옥들은 원래 정성공의 군대가 주둔하던 곳으로 민간 가옥을 건乾, 곤坤, 리離, 감坎, 간艮, 손巽, 태兌, 진震 등 팔괘의 형상에 근거해 건축했다고 한다. 해적들은 이 팔괘진 지형 탓에 일단 들어온 뒤에는 출구를 찾을 수 없어, 사방으로 흩어졌다가 각개 격파되어 일부만 간신히 살아 돌아갔다고 한다.

이때부터 해적들은 두 번 다시 루청을 넘보지 못했다.

11

인근 지역에서 발생하여 루청에도 큰 영향을 미친 시구단 사건은 여자귀신도 직접 겪은 일이라 더 강렬한 인상을 갖고 있었다.

그러나 여자귀신은 광서 40년(1888년)이 되던 해에 탕산의 청 정부가 아편전쟁, 중불전쟁 등 여러 전쟁에서 이권을 빼앗기고 나서 결국 타이완의 지정학적 위치가 '일곱 성省의 울타리' 또는 '남양南洋의 문호'에 해당한다는 중요성을 인식했다는 점을 이해하지 못했다. 그 뒤로 청 정부는 외세로부터 더이상 치욕을 당하지 않기 위해서라도 방비를 강화해야겠다는 생각에 유명전劉銘傳을 타이완에 파견하여 통치하게 했다.

개혁정치를 단행하기로 마음먹은 유명전은 토지측량을 추진했다. 건륭 53년에 처음 토지를 측량하고 나서 언젠가 다시 정확한 측량을 할 수 있길 기대했다. 그러나 뜻밖에도 부패한 관리들이 온갖 교묘한 방법을 동원해 권력으로 토지를 빼앗거나 중간에서 가로채고 착취하여 제 주머니를 채웠다. 장화 지현이던 이가당李嘉棠은 토지측량을 핑계로 가혹한 세금을 징수하고 백성들을 억압해 불합리하게 재물을 갈취하려 했다. 이어 백성들은 끝내 시구단을 추대하고 수천 명이 무리지어 성을 포위하기에 이른다. 그들은 토지문서를 태우고 땅을 백성들에게 돌려주어 생존을 보장하라고 요구하고, 청 정부군과 일전도 불사하겠다고 맞섰다.

시구단이 기의하여 싸움이 벌어지자, 관군과 반군이 공방을 벌이는 과정에서 '불견천'으로 올라온 이들 탓에 적잖은 기와가 밟혀 깨졌다. 외지와 가장 가까운 창싱가에선 지붕에 커다란 구멍이 나 기와가 바닥으로 쏟아지면서 그 안을 채우고 있던 마죽잎과 가는 월도잎도 함께 쏟아졌고 가장 밑에 있던 지붕의 나무판까지도 여러 개 커다란 구멍이 나면서 무너져 내리고 말았다.

여자귀신은 속으로 불길한 징조라고 외쳤다.

태풍, 지진, 전란 같은 온갖 천재와 인재로 '불견천'도 수차례 파괴되어 이제는 재건이 필요했다. 지붕의 기와를 한 장 걷어내기만 해도 한낮의 땡볕이 내리쪼이면 지붕 나무판자에 써놓은 글이 순식간에 완전히 사라져 아무런 흔적도 남지 않았다.

사실 여자귀신이 일상적으로 지붕 위 나무판자에 써 넣었던 기록은 태풍이 처마에 닥치거나 지진이 지붕을 무너뜨리거나, 지붕을 뚫고 햇빛이 비쳐들거나 하면 훼손되어 지워졌다. 햇빛은 음침하고 으슥한 내부로 비쳐들어 핏빛 필적을 퇴색시켰다.

여자귀신은 바쁘게 여기저기 몇 군데 보수하긴 했지만 대부분 크게 신경 쓰지 않았고 힘을 들이지도 않았다. '불견천' 위 나무판자에 글을 쓰는 일이 여자귀신에게는 한 자 한 절에 온힘을 쏟아 자구字句를 마음에 새기는 작업이었다. 귀신은 글을 위아래로 한 번 훑어보기만 해도 곧 빠진 부분을 채워 넣을 수 있었고 한 글자도 빠뜨리지 않고 고스란히 복원할 수 있었다.

시구단의 민병과 청 관군이 루청을 놓고 힘든 싸움을 벌이는 과정에서, 청 관군은 정복하기 힘든 '불견천'과 여러 곳에 설치된 애문에 화공火攻을 펼치기로 했다.

불을 붙인 화살이 '불견천' 지붕을 향해 발사되었고, 바짝 마른 마죽과 월도의 잎에 불이 붙었으며, 또한 지붕의 나무판자에도 불이 옮겨 붙고, 다시 '사점금주'가 지탱하고 있는 기둥에도 불길이 번졌다. 이처럼 거센 불길이 한 번 지나가자 '불견천'은 송두리째 무너져내리고 말았다.

화재로 인해 여러 곳에 세워진 애문은 전부 불에 타 사라졌다. 크고 높은 애문의 두껍고 묵직한 문짝에 불을 붙이기가 쉽지는 않았음에도 불구하고 기름을 붓고 불을 붙이자 곧바로 하늘을 찌를 듯 불기둥이 솟았다. 여러 곳의 애문이 '불견천'을 에워싸면서 그 모습이 마치 여러 곳에서 동시에 불이 난 것 같았다. 그러니 '불견천'이 어떻게 불바다가 되지 않을 수 있겠는가?!

여자귀신은 말할 수 없는 놀라움과 당혹감에 빠졌다.

자신의 몸이 '불견천'에 머물던 백여 년 동안, 지난 이백 년간 섬에서 일어난 갖가지 반란과 투쟁을 전부 기록했지만 어떤 전투에서도 '불견천'이 소실되었다는 얘기는 들어보지 못했었다. 그 이유는 간단했다. 일단 '불견천'에 불이 나면 불길이 양쪽에 있는 '우푸로'의 긴 상가 건물로 번지게 되어 있었다. 이곳은 일찍이 섬에서 가장 부유하고 번화한 상가였기에 한번 불에 타버리면 지역경제가 명맥을 유지할 수 없었다. 따라서 전화戰火로 인한 재산의 손실은 쌍방 모두에게 치명적인 손실이 아닐 수 없었다.

탕산의 청 정부는 예전부터 이곳에 할거하던 서구 열강들에 대처하느라 지친 상태였다. 그러다 중국 내부의 분쟁과 갖가지 개혁 조치가 힘없이 잦아들고 나서야 이 손바닥만한 섬에 강경책을 쓰기 시작했다. 섬을 초토화시키는 것도 불사할 태세였다!

요컨대 소리를 빨아들이는 '불견천'의 중앙 통로에서 여자귀신이 들었던 각 지역의 다양한 소식들이 전부 화공에 관한 이야기였다.

너비가 두 장밖에 안 되는 '우푸로' 양쪽 건물들을 뒤덮은 '불견천' 지붕은 한쪽 통로를 완전히 봉쇄하면 특수한 효과를 지닌 확성기가 되었다. 게다가 여자귀신은 일찍이 실바람 소리로도 음을 분별해내는 능력을 연마해둔 터라 사방 수십 리에서 어떤 바람이 불어와도 거기에 담긴 풀잎 소리며 목소리를 전부 알아들었다.

'불견천'의 기다란 중앙 통로는 소리를 전달하고 불꽃이 그 속을 요란한 소리를 내며 통과하기에도 유리했다. 바람을 흡수하는 중앙 통로의 효과가 '불견천'의 천창까지 미치면서 신선한 공기가 유입될 수 있었고 이는 화력을 크게 키우는 역할을 했다.

일단 '불견천'이 불타오르자 '우푸로' 전체가 잿더미로 변한 것은 물론이고 그곳의 주민들도 요행을 바라기 어려운 상황이 되었다.

조용히 생각에 잠긴 귀신은 마음을 다잡고 이를 해결할 방법을 모색했다.

시간의 구애를 받지 않는 귀신의 기억은 백여 년 전에 '장서각' 안에 숨어 있으면서 경서와 역사서, 철학서와 문집들

외에, 우연히 발견한 기이하고 음란한 책들도 읽었던 것을 떠올렸다. 그 책에는 화신火神은 수치스러움을 가장 두려워한다고 되어 있었다. 그래서 화신에 대응하려면 옷을 벗어 여자의 알몸을 드러내기만 하면 된다고 되어 있었다. 실오라기 하나도 걸치지 않고 특히 여자의 은밀한 곳을 드러내 화신이 감히 쳐다보지도 못하게 만들면, 즉 웃음거리가 되지나 않을까 두려워하게 만들면, 그러면 화신은 곧장 몸을 피해 더이상 덤비지 못하고 멀리 달아난다는 거였다.

여자귀신은 이를 시험해보기로 마음먹었다.

이내 그녀는 길이가 오 리에 달하는 '불견천'이 키 다섯 자도 안 되는 여리고 작은 귀신 몸과 애당초 비율이 맞지 않는다는 걸 깨달았다. 치솟는 불꽃이 어느 한 곳도 삼키지 못하게 긴 상가 거리를 지켜낼 수 있을지, 확실히 장담하기 어려운 과제였다.

다행히 그해에 '장서각' 안에서 이른바 '음서'라 불리는 책들을 따라 습득했던 갖가지 성애 자세는 오랫동안 사용하지 않았는데도 여전히 뚜렷이 기억에 남아 있었다.

'번공접'처럼 성애 자세를 바꿀 수 있는 자세만 기억해도 69 자세를 취하면서 재빨리 성애 동작들을 변환할 수 있고 혼자서 남/여, 여/남, 상/하, 하/상으로 자세를 끊임없이 바꿈으로써 혼신의 예민함과 지금 갖추고 있는 속도로 단 몇 번만 몸을 뒤척이면 불화살이 발사되어 날아가는 위치까지 갈 수 있었다. 그렇게만 된다면 사전에 화신을 막아내는 것도 결코 어려운 일이 아니었다.

몹시 힘들고 입 밖에 내기 어려운 것은 ―

어떻게 알몸을 드러내 화신을 놀라게 하는가였다.

여자귀신은 고개를 숙였다. 얼굴에 홍조가 퍼지는 것이 확실하게 느껴졌다.

(귀신도 얼굴이 붉어진다면 그랬을 것이다.)

더욱 절박한 문제는 외부에서 발사되어 '불견천'에 떨어지는 불화살이나 불대포가 화신을 놀라게 할 경우에 '불견천' 위에 있는 벌거벗은 몸이 과연 효과를 발휘할 수 있느냐 하는 것이었다. 게다가 그녀는 '불견천'에 백 년 넘게 머물렀지만 여태껏 '불견천' 지붕에 올라가 본 적이 없었다.

글을 써서 기록한 것들이 '불견천'에 있다는 것은 그것이 천장의 나무판자에 있다는 것과 마찬가지였다. 마냥 시간을 허비하면서 궁리만 하면 지붕 위에 올라갈 적절한 시기를 놓치고 말 것이다. 이런 불안감도 떨칠 수 없었다. 대체 무엇이 그렇게 두려운 것일까?

여자귀신은 이것저것 따지면서 들 겨를이 없었다. 소리를 전달하는 '불견천'의 중앙 통로에서 정확한 공격시간을 알리는 소리가 들리지도 않았는데 기름에 적신 불화살 하나가 이미 '불견천' 허싱가 구간의 지붕으로 날아왔던 것이다.

귀신은 놀라움을 금할 수 없었다.

전광석화 같은 짧은 순간에 여자귀신은 '불견천' 지붕과 '우푸로' 상가 건물의 들쭉날쭉한 지붕에서 몸을 돌려 날아올랐다. 끝없이 광활한 밤하늘은 캄캄하기만 했고 별도 달도 떠 있지 않았다. 이따금씩 거센 바닷바람만 모질게 불어오고 있었다.

바람의 기세를 따라 불화살은 거센 열기와 강력한 빛을 뿜어내며 활활 타올랐고 질주하듯이 날아와 곧장 '불견천' 지붕에 닿았다.

여자귀신은 몸을 날려 불화살을 맞았고 오로지 달리는 데만 생각을 집중했다. 정말로 손을 움직일 필요도 없이 비스듬한 옷깃에 긴 소매가 달린 옷이 빠르게 몸에서 빠져나왔다. 바닷바람이 불어오면서 칠흑 같은 밤하늘로 날아갔지만 나부끼는 흰옷을 볼 수 있었다. 한 줄기 아름다운 영혼처럼 끝없이 펄럭였다.

옷이 벗겨지고 여자귀신의 몸이 완전히 드러나자 막힐 것이 없다는 듯 거친 기세로 날아오던 불화살이 갑자기 비스듬하게 궤도를 바꾸더니 한쪽으로 방향을 꺾어 땅으로 추락하고 말았다. 물론 불도 꺼져버렸다.

그러나 그 순간 더 많은 불화살이 쏟아져 날아왔다. 화살마다 맹렬한 불꽃이 타오르면서 일제히 '불견천' 지붕을 향해 날아들었다.

백 개가 좀 안 되는 불덩어리들이 세찬 기세로 정면으로 날아왔다. 여자귀신은 너무 놀라 한동안 강한 불빛 아래 얼굴을 가린 채 엎드려 있었다. 이렇게 불화살들은 아무 두려움도 없는 듯이 적막한 밤하늘을 가르며 슝슝—하는 소리를 내며 날아왔다. 그 가운데 한두 개는 이미 '불견천' 지붕 위로 떨어졌다.

급박한 순간에 여자귀신은 오히려 지붕에서 불타는 불화살 쪽으로 몸을 기울였다. 불화살 몇 개가 갑자기 불어 닥친 강한 바람의 습격으로 꺼지는 것이 보였다. 지붕 위에 거꾸로 누워 있던 여자귀신은 다리가 옆으로 벌어지면서 자신의 알몸 아래쪽 은밀한 곳이 활짝 열리는 것을 느꼈다.

강하게 불어대던 바람이 뜨거운 열기를 따라 두 다리 사이 활짝 벌어진 은밀한 곳을 습격했다. 강력한 기운이 한데 모이더니 곧장 은밀한 곳, 옥문玉門을 향해 돌진해서는 요란한 소리를 내며 들어오려고 발버둥을 쳤다.

한바탕 몸이 찢어지는 듯한 통증이 혼신의 하체에 느껴졌다. 여자귀신의 몸 안쪽이 떨리더니 직관적으로 허리와 엉덩이가 반응했다. 몸 바깥 허리와 엉덩이도 음부의 옥문 쪽으로 높이 들려 자발적으로 바람을 받아들이는 듯 자세를 바꾸며 문을 크게 열었다.

한 차례 찌르는 듯한 통증이 지나간 뒤 여자귀신은 또 몹시 뜨겁고 강력한 열기가 몸 안으로 뚫고 들어오는 것을 느꼈다.

그녀의 가슴속에서 탄식이 터져 나왔다.

이어서 그녀는 자신이 사람이었을 때부터 귀신이 된 지금까지 몇 백 년간 보지 못했던 기이한 광경을 보게 되었다.

들쑥날쑥한 '불견천' 지붕으로 발사된 무서운 열기의 불화살이 눈으로 식별하기 힘들 정도로 앞뒤 순서 없이 하나씩 차례로 그녀의 은밀한 곳으로 날아와서는 곧장 그녀의 혼체 안으로 들어오는 것이었다. 그런 다음에는 불기둥이 사라진 것은 말할 것도 없고 화살 자체도 어디로 갔는지 보이지 않았다.

여자귀신은 비스듬히 누워, 마치 자신에게 흡입장치가 있기라도 한 양 불기둥이 몸 안으로 빨려 들어가는 것을 지켜보았다. 날아온 화살들은 하나로 합쳐지고 다시 날아오는 불덩어리와 합쳐져 극도로 강한 빛을 이루었다.

뜨거운 열기와 강한 빛이 쉬지 않고 그녀의 옥문으로 밀려 들어와서는 강하게 흔들리고 부딪쳤다.

여자귀신은 몸을 기대고 뒤로 편안하게 드러누운 채 탄성을 내뱉었다.

"아, 드디어 알아냈어."

불화살은 계속 무리지어 날아왔다.

(푸른빛의 창백한 혼체에게도 이따금 얼굴이 붉어지면서 가슴이 두근거리는 현상이 나타날 수 있는 걸까?)

이 화공이 효과를 거두지 못하자 장화 현성에 주둔하던 군대를 출동시키는 것에 대해 온갖 말들이 쏟아졌다.

군대 지휘관은 현부에 원래 바람이 불어오는 방향과 세기가 괜찮은 듯해서 불화살을 쏘았으나 예상치 못하게 갑자기 바람의 방향이 갑자기 바뀌어 불화살들이 '불견천' 지붕에 오르지 못하고 일제히 바닥에 떨어져 별 효과를 거두지 못했던 거라고 해명했다.

하늘의 뜻은 거역할 수 없다는 것이었다.

하지만 불화살을 발사했던 병사들은 컴컴한 밤하늘에 갑자기 흰옷을 입은 어떤 여인이 나타나 온몸에서 두루 퍼지는 광채로 밤을 대낮처럼 밝게 비추는 광경을 보았다고 수군댔다. 병사들은 여인의 작은 입술이 살짝 벌어졌지만, 그 안에 혀는 보이지 않았다고 했다. 그러고는 곧장 불화살들을 입으로 빨아들였고 다시 뱉어냈을 때는 화살만 있고 불덩어리는 이미 없었노라고 말을 이었다.

'불견천'을 눈꼽만큼도 건드리지 못했던 것이다.

루청 사람들은 불화살을 막고 '불견천'이 심각한 피해를 입지 않도록 보호하기 위해서는 꼭 필요한 존재가 있다고 입을 모았다.

마조媽祖가 현신해야 한다는 것이었다.

연해지역에서 성인으로 신봉하는, 바다의 여신 마조가 아니라면 또 누가 흰옷을 입고 대낮처럼 환한 빛을 두루 비추어 인간 세상에 나타나 사람들을 고난에서 구제해줄 수 있단 말인가?!

분명히 마조였을 것이다!

12

'불견천' 지붕 밖으로 날아오른 여자귀신은 밤에는 거리낌 없이 옷을 벗어 적들을 몰아냈다. 그리고 나서 대부분의 시간은 이제 지붕 위에 머물면서 밝은 달과 시원한 바람 속을 자유롭게 거닐었다.

사실상 '시구단 반란 사건'이 아주 일찍 관병에 진압되었고, 몇 년이 흐르는 동안 루청은 아무런 사건 없이 평온하기만 했다. 뿔뿔이 흩어진 병사들이 소동을 일으키지도 않았고, 불을 질러 '불견천' 같은 성을 공격하는 대형 사건은 더더욱 일어나지 않았다.

여자귀신은 '불견천' 지붕 나무판자에 자신도 직접 참여한 바 있는 '시구단 반란 사건'을 상세히 쓴 뒤, 혼신이 해야 할 일을 다 마쳤다는 듯 힘을 다 쏟고 탈진한 모습이었다. 마침내 '우푸로'에 있는 상가 건물 다섯 구간의 '불견천'에서 청 왕조의 통치하에 타이완 백성들이 일으켰던 반란이 다 기록될 수 있었다.

어쨌든 그녀의 혼신은 명계에서도 스스로 준비한 터라 이처럼 예견과 지각을 가질 수 있었다. 과연 '시구단 반란 사건'이 있고 나서 칠 년 뒤, 탕산의 청 왕조는 '갑오년 중일전쟁'에서 패배하여 타이완을 일본에 할양했다.

'시구단 반란 사건'은 바로 타이완 백성들이 규모를 갖춰 학정에 대항한 반청反淸 시기의 마지막 사건이었다.

광서 21년인 1895년, 일본은 타이완에 병력을 파견해 섬 북쪽의 아오디澳底에 상륙시켰고, 일본 군함이 지룽基隆 외항에서 폭격을 받자 서둘러 지룽항을 점령했다.

이때 진흙과 모래가 항구를 막아버린 데다 타이완 경제의 중심이 북쪽 멍자艋舺로 이동하면서, 루청은 더이상 타이완 제일의 항구라고 할 수 없게 되었다. 배와 수레가 몰려들고 온갖 물자가 넘쳐나던 모습은 찾아볼 수 없었다. 루청은 금세 쇠락하여 바닷가 작은 항구로 변했고 소형 선박만 출입이 가능하게 되었다.

이제는 사람들의 목소리가 시끌벅적하게 들려오지도 않고, 타이완 전역에서 사람들(외국인을 포함하여)이 모여들지도 않게 된 '우푸로'와 '불견천'은 여전히 존재했지만 중대한 사건은 이미 여자귀신에게 전달되지 않았다. 루청을 왕래하던 상인이나 여행객도 줄어들고, 타이완 성에 진입하는 길에서 어디서나 볼 수 있던 일본군 병사들조차 마침내 신주新竹로 떠나버렸다. 그들은 신주지역의 항일 민병과 싸우다가 저지당했다. 여자귀신은 이처럼 큰 사건들을 전부 전쟁이 끝난 뒤에야 자세히 들을 수 있었다.

더구나 다섯 구간의 상가를 덮고 있던 '불견천' 지붕 나무 판자는 이미 온갖 기록으로 가득 차서 더이상 항일의 영웅과 의용군의 사적을 써 넣을 곳이 없었기 때문에 여자귀신은 글쓰기를 포기해야 했다. 모든 침략자들이 기본적으로 다 똑같다는 생각에 장탄식이 터져 나왔다. 이름, 지명, 발생 시간만 바꾸면, 타이완 백성들이 피투성이가 되도록 청 왕조에 맞서 싸웠던 것이 다른 이민족이나 일본의 침략에 대항했던 것과 크게 다르지 않았다.

똑같이 끝없는 살육이자 고압적인 능멸이요 학대였다.

여자귀신은 마치 세상만사를 다 간파한 것처럼 인간의 시시비비에 더는 관여하지 않은 채 밤마다 '불견천' 지붕에 앉아 조용히 명상에 잠겼다. 똑같은 달빛이 이제는 그다지 화려하지도 않고 더이상 시끄럽지도 않은 루청을 조용히 비추고 있었다. 광풍을 동반한 밤비가 해가 갈수록 많아지는 집들을 모조리 쓸어버릴 듯한 기세로 기와를 깨고 지붕을 파손시키고 있었다.

여자귀신은 '불견천' 지붕 위에서 그 옛날 번화했던 타이완 제일의 무역항이 하천에서 밀려와 쌓인 모래, 자갈, 진흙에 차츰 파묻히는 광경을 직접 지켜보았다. 거리낌 없이 시공을 넘나들던 여자귀신은 한동안 하류로 밀려온 모래, 자갈, 진흙이 수백 년 된 도시 루청을 완전히 파묻어 바닷가의 황무지로 만들 거라고 생각했다.

모든 것이 날리는 연기와 재를 따라 사라질 것이었다.

(루청에서 가장 높은 '불견천' 지붕만 남거나 여전히 쓸모없는 기와와 망가진 기둥들이 진흙 위로 발버둥 치며 그 모습을 드러낼지도 모를 일이었다. 그래도 여자귀신은 여전히 '불견천' 위에 머물러 있을까?)

과연 푸르던 바다는 뽕나무밭이 될 수 있고, 뽕나무밭은 또 푸른 바다가 될 수 있었다!

다행히 많은 양의 진흙과 모래를 몰고 왔던 하천은 똑같이 모래와 자갈을 더 깊은 바닷속으로 몰아갔다. 루청은 아주 조금씩 진흙과 모래가 가라앉아 쌓이면서 그 모습을 유지했다. 모래흙은 여전히 루청을 대신하여 바닷가에 드넓은 하이푸海埔 신생지역을 조성했고 루청의 토지 면적을 넓은 바다까지 확장시켜주었다.

루청이 쇠락하여 더이상 번성하지 못하자 원래 금값이었던 땅에는 임투나무와 억새풀들만 무성하게 자라나 인가가 사라지고 사람들의 발길이 뜸해졌다.

'불견천'에 머물던 여자귀신은 밤마다 정크선을 쫓아 루청과 탕산을 오가는 월항/월아의 혼백을 볼 수 있었다. 월항/월아는 이 황무지 길을 재촉해 더 깊은 해역으로 갔고 다행히 정박해 있던 정크선에 타 양안을 오갔다.

여자귀신은 움직이려 하지도 않았고 다른 곳으로 옮겨갈 생각도 하지 않았다. 조용히 '불견천'에 머물면서 시원한 바람과 밝은 달이 눈앞에서 흘러가는 대로 바라볼 뿐이었다.

그 사건이 일어나지만 않았다면 계속 그랬을 것이다.

새로 온 일본 통치자들은 섬이 낙후되어 더럽고 불결한 것을 보고는 철저한 위생관리를 실시하기로 했다. 낡아서 다 허물어져가는 '불견천'이 거리를 덮고 있어 햇빛이 들어오지 못하고 더러운 오물이 두텁게 쌓이고 있어 철거하지 않으면 안 된다는 것이 그들의 생각이었다.

게다가 폭이 겨우 두 장밖에 되지 않는 '우푸로'는 시대의 흐름에 맞지 않는다고 판단되었다. 일본 통치자들은 '도시구역개발' 계획안을 내놓았다. 이에 따라 '우푸로'를 정비하여

'이차선 도로'로 확장하면 너비가 오 미터로 늘어나 원래의 두 배가 될 것이었다.

도로를 확장하려면 '우푸로' 양옆 상가 건물의 도로 쪽 점포 일부를 철거해 점포 면적을 절반 이상 줄여야 했다.

한동안 상인들이 동요하면서 무척 시끄러웠다.

루청이 다른 나라에 넘어갔다고 해도 이곳에 '기반'을 둔 루청 사람들은 여전히 '우푸로' 앞에 있는 가게를 기초로 생계를 꾸려가고 있었다. 점포의 절반 이상을 철거한다면 아무리 상품을 진열하고 판매를 한다고 해도 판매구역이 충분히 확보될 수 없었다. 게다가 손실된 토지나 가옥은 어디 가서 보상을 받는단 말인가?

어떤 사람은 관棺을 지고 가서 죽기를 각오하고 철거에 반대했다. 다행히 일본 통치자들은 멍쟈 같은 대도시를 건설하기에 바빠서인지, 작은 지방 소도시의 개발은 조금 늦추려고 했다.

많은 사람들이 한숨을 돌렸다. 루청의 일부 신사紳士들은 '도시구역개발' 계획이 실현되지 않자 이를 비난하면서 타이완은 이미 일본의 통치에서 벗어나 다시 아버지와 할아버지의 고국인 탕산의 품으로 귀속되었다고 주장했다.

여자귀신의 생각은 그렇지 않았다.

'불견천' 위에서 이백여 년을 보낸 여자귀신은 이미 전쟁에서 이긴 자는 왕이 되고 패한 자는 도적이 되는 역사와 흥망성쇠의 이치를 몸으로 겪어 알고 있었다. 여자귀신은 '불견천'의 중앙 통로에서 어쩌다 들리는 일본어를 알아들을 순 없었지만 수많은 징조와 현상들을 관찰하고 연구한 결과, 일본 통치자들이 한 번 내뱉은 말은 반드시 실행에 옮긴다는 사실을 알게 되었다. 그리하여 더욱더 가혹한 억압의 시기가 찾아왔다.

귀신은 한순간도 '불견천'을 떠나지 않았다. 그녀의 감각 속에서 시간은 더욱 빠르게 흘러갔다.

달 밝은 밤에 여자귀신은 하늘로 날아올라 높은 곳에서 '불견천'을 굽어보았다. 오 리에 달하는 길이로 들쑥날쑥하게 생선비늘처럼 이어진 지붕들은 몹시 복잡해 보였지만 그런 대로 운치가 있었다. 달빛을 받은 살짝 구부러진 초승달 모양의 '우푸로'는 거대한 용 한 마리가 누운 것 같은 모습이었다. 살아서 맥박이 뛰고 숨을 쉬는 모습으로, 흘러가는 달과 구름을 따라 엎드려 있었다.

여자귀신은 높은 하늘에서 이런 모습을 굽어보면서 이 모든 것이 너무 소중하고 아쉬워 도저히 떠날 수 없을 것 같은 기분이 들었다.

고도를 조금 낮추자 초승달 모양의 '불견천'을 전부 눈에 담을 수 없었다. 물론 귀신들 특유의 넓은 시각을 갖긴 했지만 그것으로도 역부족이라 일부밖에 볼 수 없었다.

여자귀신은 허공에 떠서 '불견천'의 푸싱가와 허싱가 구간을 내려다보는 것을 가장 좋아했다. 이 구간이 바로 살아 생전에 살던 집과 인접한 곳이고 사후에 항상 머물던 곳이기 때문이었다. 또한 이 구간이야말로 '우푸로' 상가의 심장으로 양쪽의 가옥이나 누방樓房들도 특별히 화려하고 높았고 거의 모든 집이 이층이나 반루를 갖추고 있어 '불견천' 전체의 지붕보다 높았다.

귀신은 어린 시절을 회상했다. 아직 '대문을 나서지 않고 이문 출입을 하지 않던' 시기에 이층이나 반루에서 문을 열면 곧바로 '불견천' 지붕이었다. 이웃에 사는 몇몇 아이들은 이 지붕을 통해 항상 건물 아래층에 머물며 가게를 지키거나 장부를 관리하는 부모님과 식구들을 속이고 몰래 친구 집으로 가서 즐거운 시간을 보내다 오기도 했다.

또 이 '불견천' 지붕에는 길이가 오 리에 달하는 무지개다리가 허공에 매달려 있어 가장 빠른 왕래를 보장해주었다. 어렸을 때는 줄곧 하늘에 떠 있는 무지개를 통로로 사용하려면 하늘로 날아올라야 한다고 생각했었다.

어린 시절 아무 근심 없던 나날의 기억에 이끌린 것인지, 아니면 끝없는 시간 속에서 살아 있을 때 봤던 생생한 광경들 때문인지, 여자귀신은 아래에 있는 '불견천'을 향해 날아 떨어지면서 몸을 차분히 가라앉히고 엄숙하고 경건한 자세를 취했다. 치맛자락조차 휘날리지 않게 비스듬한 지붕마루로 곧장 내려앉았다. 그녀의 눈길이 미치는 곳은 점점 더 커지는 기왓장들뿐이었다.

하강하는 가속도에 의해 두 다리가 벌어지면서 그녀는 정확히 지붕마루에 내려앉았다. 옷이 몸에 착 달라붙어 빈틈이 없었고 (주머니와 치맛자락조차 뒤집히지 않은) 옷이 사이에 끼어 있긴 했지만 사타구니 밑에 있는 지붕마루가 굵고 단단하다는 것을 분명하게 느낄 수 있었다.

두 다리를 모으는 것조차 여의치 않았다.

기다란 물체가 하반신 은밀한 곳에 닿았다. 지붕마루의 단단한 석회, 모래, 자갈은 거칠고 차갑기만 했다. 너비가 족히 예닐곱 촌은 되는 것 같았고 높이는 한 자 정도 되는 것 같았다. 이렇게 거대하고 긴 물체가 딱딱하게 아랫도리를 압박했다.

아랫도리가 얼마나 커야 하는 걸까…….

두 다리를 벌린 채 지붕마루에 앉아 있던 혼신은 맑은 바람을 부리면서 케이블카나 단선궤도열차를 타듯 앞을 향해 부드럽게 활주했다. 푸싱가와 허싱가 양쪽으로 건물들이 우뚝 솟아 있어 '불견천'도 덩달아 높아졌다가, 순싱가와 푸싱가가 만나는 구간에 이르면 허싱가에 앞서 건설되어서 그런지 '불견천'이 비교적 낮아졌다. 여자귀신은 조금 높은 곳에서 아래쪽으로 질주하듯이 날아갔다.

어떻게 뚫고 지나갔을까! 거대한 지붕마루가 사타구니 아래로 질주하듯 스쳐 지나가면서 양쪽으로 보이는 '불견천'은 뒤로 멀어져갔다. 두 다리 사이에 굵고 커다란 지붕마루가 마찰되는 것이 분명하게 느껴졌다. 여자귀신은 가끔씩 자신은 움직이지 않는데 길이가 오 리나 되는 지붕마루가 움직이면서 용이 천리 길을 가듯이 끊임없이 사타구니 밑을 비비적거리고 있다는 생각이 들기도 했다.

여자귀신은 이렇게 밤새 '불견천' 지붕마루를 활주했다.

늦게 잠이 들거나 밤중에 깨어 있는 사람들은, 밤만 되면 '불견천' 지붕 위에 강력한 빛이 지붕마루를 가로질러 지나간다며, 확신에 찬 표정으로 말하곤 했다. 이미 수백 년이 된 이 '불견천'은 이미 영성靈聖의 소재지가 되었기 때문에 강한 금빛을 내뿜는 금신으로 현현하여 이 땅을 집어삼키려고 하는 일본놈들에게 경고의 계시를 줄 수 있다고 말하는 사람들도 있었다.

반드시 인과응보가 있으리라는 것이었다.

또 어떤 사람은 한 술 더 떠서 그 빛이 근본적으로 '불견천' 지붕마루에서 나오는 것이라고 하면서, 지붕마루는 사람의 척추나 용골龍骨과 같기 때문에 '불견천'이 이미 신성한

235

능력을 갖추고 있어 용골이 빛을 발할 수 있는 거라고 말했다. 대부분의 사람들이 이 빛을 보기만 하면 저도 모르게 깊이 조아려 절을 올렸다. 세 가지 짐승과 네 가지 과일을 차려놓고 소원을 비는 사람도 있었다.

여자귀신은 이런 것들을 돌아볼 겨를이 없었다. '불견천'이 철거되어 이전되는 시기가 몇 차례 연기되었던 만큼 시간이 많이 남아 있지 않다는 사실을 알고 있는 여자귀신은 너무 아깝고 애석한 마음에 질주하듯이 지붕마루에 달려가 보았다. 그녀의 눈앞에서 기왓장들이 사라져갔다. 그리고 기왓장 밑의 나무판자마다 피와 눈물로 짜놓은 이 섬에 관한 사적이 남아 있었다. 여자귀신은 삼백여 년이라는 긴 세월을 동시에 오가고 있었다. 아! 끝없는 지난 일들이 가슴속을 가득 메우고 있었다.

여자귀신은 또 자신이 입던 흰옷 한 벌을 발견하고 지붕마루를 따라 미끄러져 내려갔다. 기왓장 밑 나무판자 위에 써놓은 글씨들이 주마등처럼 빠르게 한 줄 한 줄, 입고 있는 기다랗고 하얀 옷 위에 뚜렷하게 나타났다. 냇물처럼 끊임없이 흐르는 글씨는 빠르게 흘러가는 급류처럼 지붕의 나무판자 위에 다시 쓰였다.

여자귀신은 전광석화처럼 빠른 귀신 특유의 속도로 자신의 기록(용처럼 날고 봉황처럼 춤추는 초서체로 쓴 기록)을 읽어보고는 마침내 큰 소리로 탄식했다.

"아, 이건……."

여자귀신은 밤새 '불견천' 각 구간의 지붕마루를 차례로 활주했다. 어떤 구간에서는 아주 오래 머물렀고 또 어떤 구간에서는 재빨리 지나쳐버렸다. 한 단락 한 단락 이어진 글이 때로는 빠르게, 때로는 천천히 혼신을 훑어보았다.

마침내 마지막 밤이 되었다.

때는 바야흐로 1934년, 일본이 타이완을 점령한 지 사십 년이 되던 해였다. '불견천'의 철거작업은 모든 준비가 다 끝났다. 하늘이 희미하게 어두워지자 여자귀신은 벌써 '불견천' 지붕에 나타났다.

다시 몇 시간이 지나면 하늘이 환해지면서 철거작업이 시작될 터였다. 이제 기왓장이 떨어지고 그 밑에 깔려 있던 월도와 마죽의 잎, 진흙 등이 제거되면 햇빛이 비쳐들게 되리라. 햇빛을 막아주던 지붕 나무판자는 더이상 볼 수 없게 되리라. 그렇게 이백여 년에 걸쳐 완성된 문자기록들, 제아무리 피눈물이 얼룩진 것이라 해도 순식간에 글자 하나하나가 재로 변해버리고 말리라.

사라져 볼 수 없게 될 것이 또 있었다. 바로 자기 자신의 몸이었다. 또다시 숨을 곳을 찾지 않으면 이른 아침의 첫 햇살에 '불견천'의 지붕과 가림막이 사라지면 그곳에 남아 있던 혼신도 재와 연기처럼 사라지고 말 것이었다.

여자귀신이 공력을 이용하여 다른 곳으로 옮겨가서 계속 귀신으로 사는 것은 결코 어려운 일이 아니었다. 루청처럼 이렇게 오래된 도시는 사방 도처에 이미 귀신들의 근거지가 산재해 있었고 거리의 모든 모퉁이와 오래된 우물, 심지어 낡은 집들마다 혼령들이 점거하고 있었다. 여자귀신이 보낸 이백여 년의 시간을 혼백의 공력으로 삼는다면 어느 골목에 들어가 머문다 해도 결코 어려운 일이 아니었다.

이미 점거되어 혼귀들이 우글대는 곳으로 가고 싶지 않다 면 하천에 토사가 쌓여 형성된 하이푸海埔의 신생지로 갈 수 도 있었다. 새롭게 조성된 땅에는 해변으로 흘러든 시신들과 얼마 전에 이곳에서 목숨을 끊은 귀신들이 자리를 차지하고 있긴 하지만, 이 신생지의 까끄라기 숲과 임투나무 숲은 떠 돌아다니는 수많은 귀신들에게 얼마든지 좋은 거처를 제공 할 수 있었다.

여자귀신만 아무런 사전준비도 갖추지 못하고 있었다.

희미하던 초저녁이 빠르게 어두컴컴한 깊은 밤으로 변해 갔다. 별도 달도 뜨지 않은 깊은 어둠 속으로 해풍의 소리만 요란하게 들려왔다.

주위에 빛이 사라지자 여자귀신은 다시 용기가 솟았다. 모든 것이 계획되고 있었다. '불견천' 허싱가 구간의 지붕 위에 다리를 꼬고 앉아 있던 여자귀신은 흰옷에 달린 단추를 하나하나 풀었다.

비스듬한 옷깃에 단단하게 달린 단추는 채 열 개가 되지 않았다. 그녀는 이백여 년 만에 처음으로 단추를 풀기 시작했다. 헝겊단추는 옷감과 함께 바느질이 되어 있어 한참 애를 써도 잘 풀리지 않아 이로 물어뜯어 풀어야 했다.

천천히 모든 헝겊단추를 다 풀고 나서 마침내 여자귀신은 자리에서 일어나 두 손으로 흰색의 긴 옷을 벗었다.

알몸으로 밤바람을 맞으며 서 있던 귀신이 추위를 느꼈던 것일까? 잔잔한 물결 같은 진동이 전해지면서 이따금 혼신에 소름이 돋았다. 여자귀신은 두 손으로 자신의 앞가슴을 감쌌다. 부끄러워서 가리는 것인지, 추위를 막으려 했던 것인지 알 수 없었다.

그런 다음 귀신은 한없이 부드럽게 몸을 눕혔다. 작고 여린 혼체가 그다지 넓지 않은 '불견천'의 지붕마루를 덮었다. 두 개의 젖가슴이 지붕마루의 거친 회색 돌바닥에 밀착됐다. 한숨처럼 외마디 탄성이 가슴속에서 터져나왔다.

이어서 벌어진 두 다리로 음부의 은밀한 부위에 맞춰 충분히 거칠고 굵은 지붕마루 위에 올라타 앉았다. 그러고는 두 다리를 지붕마루 양쪽에 꽉 밀착시켜 앞뒤로 이동하면서 혼신을 흔들어대기 시작했다.

음부의 은밀한 곳에 무언가 꽉 끼어 있는 것 같았다. 그리고 이를 고정점으로 해야 앞뒤로 그처럼 빠르게 몸을 흔들어도 중심 위치가 이동하지 않는 것 같았다.

눈에 보이는 것 가운데 움직이는 것이라곤 여자귀신의 벌거벗은 알몸뿐이었다. 한 번은 앞으로, 한 번은 뒤로 끌어당기는 힘과 잡아당기는 힘의 균형에 따라 작은 점에서 조금씩 확대되고 커지는 것 같았다. 원래는 다섯 자밖에 되지 않았던 작고 귀여운 몸이 두 다리를 벌리고 지붕마루에 걸터앉아 있기엔 무척 힘겨워 보였다. 그러나 이내 곧게 뻗은 두 다리를 편안히 양쪽에 내려놓을 수 있었고 살찐 엉덩이도 안정되게 지붕마루에 얹을 수 있었다.

귀신은 더욱 힘을 내어 앞뒤로 몸을 흔들었다.

길이가 오 리에 달하는 거대한 지붕마루는 일정한 비례로 조금씩 작아졌고 몸집이 커진 혼신은 이미 다리와 엉덩이를 구부리고도 지붕마루 위에 앉아 있을 수 없게 되었다. 여자귀신은 두 다리를 뒤로 쭉 펴서 몸 전체가 '불견천' 지붕 위에 엎드린 자세를 취했다. 그리고 몸 가운데 부분을 지붕마루 위에 뉘었다.

혼신의 몸체는 계속 커졌다. 여자귀신은 몸을 너무 격렬하고 빠르게 흔들 수 없었다. 이제 그녀의 몸은 허싱가 구간의 '불견천'을 전부 차지했고 양쪽에 있는 푸싱가와 타이싱

가까지 몸을 뻗었다. 혼체가 아무리 가볍다 해도 흔들리면서 발생한 가속도가 양쪽으로 바람을 일으키는 바람에 수백 년 된 '불견천'의 목재구조 전체가 하늘을 울릴 정도로 삐거덕거렸다.

귀신은 가벼운 충돌과 자극으로도 계속 벌거벗은 몸체를 조금씩 확대해갔다.

동작을 늦추자 자신의 벌거벗은 몸 아래서 기왓장이 소동을 일으키고 있는 것이 뚜렷이 느껴졌다. 한 장 한 장 정해진 길이와 넓이가 있는 기왓장들은 몹시 크고 거칠었다. 무수히 많은 손가락이 한꺼번에 두드려대는 듯했다. 몸을 앞뒤로 흔들어대는 움직임에 따라 위에서 아래로 서로 맞물리며 배열된 기왓장들은 마치 하나의 음표처럼 높은 음에서 낮은 음으로 조화롭게 일련의 음률을 이루어 몸 위아래로 골고루 자극을 주었다.

요란하게 그곳을 자극했다!

여자귀신의 몸의 가장 은밀한 음부를 크게 자극한 것이 또 어찌 지붕 전체에 맞물린 기왓장들뿐이었겠는가! 원래 그 길고 거대한 지붕마루를 지탱해주면서 '불견천' 위로 우뚝 솟아 있던 원기둥 모양의 돌출된 물체는 이제 여자귀신의 두 유방 사이 앙가슴에 맞춰져 유방을 각각 한쪽씩 차지하고 있었다.

(아! 이 두 개의 봉우리가 마치 산과 구릉처럼 엎드려 있는데 어찌 그 움직임 사이에 파도가 솟구치지 않을 수 있겠는가!)

몸 하단 두 다리 사이 은밀한 곳이 닿은 곳은 원래 한 자쯤 되는 두께의 지붕마루로 두껍고 거대한 기둥이 있었다. 그러나 지금은 크기가 딱 알맞게 되어 은밀한 비밀의 화원 입구를 지탱해주기에 안성맞춤이었다.

(아! 서로 마찰되던 맨 끝부분은 꽃망울 중심으로 이미 남몰래 봄날의 조수가 용솟음치고 있었다. 일찍이 무수한 불화살을 토해냈던 작은 구멍이 빨아들였던 것이 어찌 빛과 열뿐이겠는가? 아직 더 빨아들여야 하는 것들이 남아 있었다.)

여자귀신의 입에서 탄식 소리가 새어나왔다. 알뜰하게 내뱉은 소리는 신음 소리에 가까웠다. 신음을 토해내며 여자귀신은 계속 천천히 몸을 움직였다. 모든 동작과 접촉점이 '불견천'을 덮고 있는 기왓장에 떨어지든 기다란 지붕마루에 떨어지든 마지막 극치의 접촉이 되었다. 이런 접촉은 처음이자 유일했고 마지막이었다.

누르고, 마찰하고, 가볍게 비비고, 살짝 어루만지고, 조심스럽게 손을 댔다.

끝없는 편안함에 여자귀신은 몸을 쪽 폈다. '불견천'에 엎드린 가볍고 민첩한 혼체의 푸른빛 창백함 속에서 얼핏 붉은

빛이 보였다. 꽃망울이 터지고 꽃잎이 펴지는 것처럼 그렇게 천천히, 그리고 조용하고 편안하게 몸이 펼쳐졌다.

마침내 길게 뻗은 손이 허싱가의 애문을 끌어당기자 바다에 가까운 '베이터우'에 다다르게 되었다. '우푸로'의 종점이었다. 뒤로 쭉 뻗은 발끝의 가느다란 발가락이 허싱가 애문에 걸려 있었다. '불견천'은 이곳에서 오 리 정도의 거리에 지나지 않았다.

두 손으로 깍지를 끼기만 하면 여자귀신은 '불견천' 전체를 품에 안을 수 있었다.

모든 것이 이 순간을 위해 존재했다. 이백여 년 동안 이곳에 머물며 '불견천'을 지킨 것도 바로 이 순간을 위해서였다.

뜨거운 눈물이 흘러내렸다. 눈가에 눈물이 그렁그렁 고이더니 이내 흘러넘쳤다. 뚝뚝 떨어지는 눈물방울을 선명하게 느낄 수 있었다.

저 멀리 컴컴한 밤하늘이 희미해지고 검은빛 바탕의 고운 땅이 천천히 옅어지면서 투명해졌다.

여자귀신은 조심스럽게 자신의 외관을 매만지고 사지를 조심스럽게 다루면서 실오라기 하나 걸치지 않은 혼체가 '불견천' 전체를 완전히 막아줄 수 있길 기대했다. 꽃잎이 말려 올라가듯이 창백하며 가벼운 혼체가 쭉 펴지더니 불견천을 살포시 감쌌다.

이렇게 철저하게 감싸는 것이 여자귀신에겐 자신을 내려놓는 것이나 다름없었다. 혼체 전체를 '불견천'에 기탁하는.

그렇게 그녀는 자신을 내려놓았다.

(자신과 '불견천'이 같은 크기가 되고서야 비로소 그녀는 자신을 내려놓을 수 있었다.)

너무나 홀가분하고 상쾌했다. 모든 것이 원래 이러했어야 한다는 듯이 원만하고 편안하고 자유롭게 혼연일체가 되었다. 여자귀신의 창백하지만 꽃다운 얼굴에 가벼운 미소가 번지면서 흘러내리던 눈물도 멈췄다. 아주 깊은 꿈을 꾼 것처럼 혼체가 자신을 '불견천'에게 넘겨주었던 것이다.

편안하게 내려놓았다.

먼 하늘에 달그림자가 옆으로 기울고 있었다. 천천히 움직이던 달이 차츰 희미해지더니 환상의 텅 빈 그림자를 드리웠다. 곧 이른 아침의 첫 햇살이 비쳐왔다.

나라의 남쪽

———

임투 숲의 귀신

임투나무 숲은 어떻게 타이완 해안을 점령했나

임투나무 숲에 출몰하는 귀신도 여자귀신임에 틀림없었다. 그래서인지 줄곧 그녀는 '임투 언니林投姊'로 불렸다.

(그럼 어째서 '임투 동생林投妹'이 아닌 것일까?)

나이로 보면 그녀들은 손위 언니 같아 보이지 않았다. 하지만 '자姊'라는 글자에는 일종의 존칭의 의미가 들어 있었고, 억울하게 죽어 임투나무 숲을 맴돌고 있으니, 이 여자귀신은 '언니'라고 불리기에 충분했다.

(물론 이런 존칭이 있게 된 뒤로 사람들은 그녀가 나타나 소란을 피우는 일이 없기를 바랐다.)

'임투 언니'는 줄곧 억울하게 죽은 모든 사람들을 흔히 일러 부르는 이름이었다.

부호의 학대로 죽은 하녀, 시어머니에게 독살당한 며느리, 음탕한 남정네들에게 피해를 입은 젊은 아가씨, 명예와 절개를 짓밟힌 명문가의 규수, 강제로 시집가야 했던 새색시, 강간당한 평민 집안의 귀한 딸, 남편에게 악의적으로 버림받은 아내 등 사연도 제각각이었다.

그녀들은 이처럼 다양한 박해와 폭행을 당했고 재물과 아름다움을 편취당했으며 몸을 잃고 자식도 잃었다. 명예와 정조도 잃어 가족사회에 받아들여질 수 없었다. 그녀들은 온갖 치욕과 오해, 심신의 고통을 당하고도 달리 선택의 여지가 없어 죽음으로 자신의 뜻을 밝힌 것이었다.

(이런 고통을 받은 사람들은 대부분 젊은 아가씨나 중년의 부인들이었다. 나이든 여인은 없었다. 그래서 '임투 언니'만 있고 '임투 아줌마'는 없는 것이다.)

한마디로 말해서 그녀들이 이 편벽한 곳, 임투나무 숲으로 들어온 것은 하나같이 임투나무의 줄기와 가지에 목을 매어 자진했기 때문이었다.

그 임투나무 숲은 루청 남방의 해변에 끝이 보이지 않을 정도로 드넓게 펼쳐져 있었다. 섬 중부에 있는 가장 큰 하천인 줘수이계 지류의 지류인 푸루계福鹿溪가 이곳을 통과해 바다로 빠져나갔다.

줘수이계가 홍수의 범람에도 그 큰 지류가 루청 해구로

247

유실되지 않았던 것처럼 이곳을 통해 바다로 빠져나가는 푸루계도 상류에 충적되어 있던 토사를 실어다가 너비가 몇 장밖에 되지 않는 작은 물줄기를 막아버리곤 했다.

그리하여 임투가 생장할 수 있는 최적의 지반이 형성되었던 것이다.

이 임투나무 숲은 원래 키가 작고 잎이 두터운 관목들이 사방으로 흩어져 있는 형상이었다. 잎사귀는 망초 잎보다 크고 잎을 달고 있는 줄기에는 망초보다 더 길고 거친 가시가 돋아나 톱니바퀴 모양으로 빽빽이 자라나 있었다.

또한 수많은 식물들이 두려워하는 모래 토양과 일반적 해수보다 높은 소금기高鹽도, 바람이 많은 지형이 오히려 임투나무에게는 큰 자양으로 작용했다. 임투나무의 잎은 갈수록 더 크고 길고 두껍게 자랐고 가시도 갈수록 더 길고 거대해졌다. 줄기는 바깥쪽으로 곧게 뻗어나가 큰 힘으로 밀어도 꺾이지 않았다.

원래 키 작은 관목들도 위로 길게 자랄 수 있었다. 이 임투나무 숲은 처음에는 가지가 잎을 개척하는 형세였으나 점차 큰 줄기가 팔뚝만한 굵기로 자라자 가지를 뻗어 가시가 달린 커다란 잎으로 자라기 시작했다. 그러다 보니 임투나무 숲 안은 사방이 온통 가시였다.

관목들은 바다와 강이 합쳐지는 수역 연안을 가득 메우며 짜고 축축한 것에도 아랑곳하지 않고 마구 뒤엉켜 생장하고 있었다. 초록빛 긴 잎사귀는 아주 거칠고 비릿하면서도 농염한 색깔을 자랑했고 식물 특유의 비린내가 진동했다.

물론 그 임투나무 숲도 일년 내내 푸르기만 한 것은 아니었다. 낙엽이 지지 않는 임투나무는 잎사귀가 누런색으로 변하지 않고 곧장 고사해버렸다. 일반적으로 임투나무의 변색은 해풍이 해변의 건조한 모래층을 휘감아 올려 임투나무 숲쪽으로 밀어낼 때 이루어졌다. 이럴 때면 긴 잎사귀들이 일시에 잿빛 먼지를 뒤집어쓰곤 했다.

임투나무 숲이 강제로 옮겨가야 하는 때도 있었다.

강물이 상류에 충적된 토사를 몰아다가 망망대해로 쏟아내자 모래의 퇴적이 끊이지 않았고 끝이 없는 바다도 이를 막아낼 수 없었다. 해류를 따라 흙과 모래가 광활한 수역 안에서 모였다 흩어지길 반복하면서 루청 항구에, 어떤 때에는 항구의 문이 넓어지고 수심이 깊어졌다가 어떤 때에는 배의 정박이 불가능할 정도로 항구 입구가 막히는 현상이 나타나게 되었다.

그에 따라 물길 역시 시시때때로 넓어졌다가 좁아지기를 반복했다. 한번은 해적들이 모래 쌓인 하구河口가 새로 씻겨나가 깊은 해구를 이루었다는 사실을 알고는 밀물 때를 틈타 배를 몰고 쳐들어와 곧장 도시를 공격한 적이 있었다. 무방비 상태에 있던 루청은 큰 피해를 감수해야 했다.

조류가 모래를 옮겨오면서 강과 바다가 만나는 지점에는 임투나무가 모래뻘을 기반으로 뿌리를 내렸지만 오랜 세월 비와 바닷물의 침식을 겪으면서 조금씩 무너져 내리거나 두 개의 모래밭 사이에 틈이 벌어져 작은 물줄기가 나기도 했다. 그럴 때면 무성하게 우거져 자라던 임투나무가 중간부터 갈라지면서 한순간에 절단된 뿌리와 줄기가 드러났고 말라 죽은 잎은 하얗게 물줄기 위를 덮었다.

루청 사람들은 갈라진 모래밭 사이 작은 물줄기에서 갓난 영아의 유골을 발견했다. 작고 완정한 유해는 잘라진 임투나무 뿌리쯤에 묻혀 있다가 밖으로 삐져나왔다.

임투나무 숲은 빽빽한 데다 가시가 많고 또 사방에 망초가 자라나 있어 인적이 매우 드물었다. 또한 여러 해 전부터 줄곧 평포족들의 성지聖地였기에 감히 이곳에 와서 영아의 사체를 유기한다는 것은 상상도 할 수 없는 일이었다. 간통으로 임신했다가 하는 수 없이 영아를 살해했다 하더라도 이런 곳에 사체를 매장할 수는 없는 것이었다.

루청 사람들은 남몰래 귓속말로 유일한 가능성은 '임투 언니들'과 관련된 것일 거라고 수군거렸다.

강간당해 아이를 가진 여자는 출산일이 다가오자 겨울철 아주 두꺼운 옷을 입어도 불러오는 배를 가릴 수 없었다. 사람들이 임신 사실을 알게 되었고, 그녀는 하는 수 없이 임투나무 숲으로 찾아와 목을 맨 것이다.

목을 밧줄 또는 길게 만 천에 걸었을 때 목구멍을 압박하는 거대한 힘에 의해 하체에서는 대변을 비롯하여 온갖 분비물이 쏟아져 내렸다. 물론 산도가 크게 열리면서 응에ㅡ 하는 울음소리와 함께 땅바닥에 떨어진 것은…….

물론 임투나무 숲 안에서 목을 매어 죽은 '임투 언니'는 죽은 뒤에 여귀가 되어 임투나무 숲에 기거하면서 복수를 위해 인근 지역에 자주 출몰했다.

당연히 그녀의 복수는 성공적이었다.

어떤 방법으로 복수에 성공했는지는 모르지만 '임투 언니'에 관해서는 줄곧 이런 소문이 떠돌았다.

아주 추운 밤, 달이 모습을 감추고 별도 희소한 한밤중에 고기 쫑즈粽子, 찹쌀에 다양한 소를 넣어 찐 다음 연잎으로 싸두었다가 먹는 음식으로 주로 단오절에 많이 먹음를 파는 늙은 영감 하나가 뜨거운 고기 쫑즈를 담은 통을 어깨에 매고 시내에 가서 팔려고 임투나무 숲을 지나게 되었다. 몹시 어두컴컴하고 음산한 곳이었지만 그래도 시내로 통하는 지름길이었다.

갑자기 웬 여인의 목소리가 그를 불러 세웠다.

고기 쫑즈 좀 파세요.

늙은 영감은 이것저것 생각할 겨를 없이 얼른 걸음을 멈추고 어깨에 맨 통을 내려놓았다. 임투나무 숲속에서 온통 하얀 소복차림의 여인이 하나 걸어나왔다. 밤바람을 타고 여인의 흰 옷자락이 펄럭였다. 얼굴을 한쪽으로 돌리고 있어 (혹은 머리를 숙이고 있었는지도 모른다) 모습을 선명하게 볼 수는 없었지만 얼핏 보기에 얼굴이 푸른 기운이 감도는 듯했다.

늙은 영감은 쫑즈를 넘겨주고 여인의 손에서 돈을 건네받았다. 그러고는 너무 무서워 재빨리 통을 집어 들고 쏜살같이 걸음을 옮겼다.

밝은 곳에서 손을 펴보니 손에 쥔 것은 지전 몇 장이었다. 죽은 사람을 떠나보낼 때 태우는 금지金紙였던 것이다.

(그 '임투 언니'는 쫑즈를 사다가 어떻게 했던 것일까?)

루청의 강과 바다가 만나는 지역을 기반으로 임투나무 숲은 계속 자생해나가 갈라진 두 모래섬沙洲 사이 얕은 물이 흐르는 곳을 집요하게 공격해 들어갔다. 두 모래섬이 서로 땅따먹기라도 하듯 빠른 속도로 가지와 줄기를 뻗어 수로를 막았다. 해풍을 따라 더위가 물을 증발시켜 수증기를 만들었다. 이리하여 얕아진 물줄기는 이내 사라지고 갈라졌던 임투나무 숲이 다시 합쳐졌다. 밖에서 보면 두 모래섬 사이의 미세한 간극을 찾을 수 없게 되었다.

임투나무 숲은 갈라졌다가 다시 합쳐진 모래섬을 통해 면적을 점차 넓히더니 순식간에 강과 바다가 만나는 지역 전체를 비린내 나는 초록빛 임투나무 숲으로 만들어버렸다.

그 뒤로 이곳에는 줄곧 '임투 언니들'이 출몰하곤 했다. 건륭·가경 연간에 루청 항구는 수심이 깊어지고 넓어져 먼 바다로 나갈 수 있는 부두가 설치되었다. 덕분에 루청은 타이완 전체에서 가장 부유한 도시가 되었다. 그러다가 청조 말년에 이르러 항구가 점차 막히면서 예전의 번화했던 모습을 찾아볼 수 없게 되었고, 일제 강점기 말기에는 항구 전체가 아예 모래에 파묻히고 말았다…….

그 뒤로 아주 오랜 세월이 흘렀다.

'임투 언니들'은 줄곧 그곳에 출몰하고 있었다.

나라의 서쪽

———

여행하는 귀신

검정 우산 속에서 나와 어디로 갈까

1부

그녀는 여행하는 귀신이었다. 게다가 루청 서쪽 외곽의 해안지대에 수백 년 동안 머물러 산 여자귀신이었다.

그녀가 문을 나서 루청을 떠난 것이 바로 첫번째 먼 여행이었다. 건륭·가경 연간에 여자 혼자서 외출을 한다는 것은 결코 단순한 '여행'일 수 없었다. 필시 뭔가 다른 목적이 있는 것이 분명했다.

그녀의 여행은 복수를 위한 것이었다.

그리고 그녀는 그때 이미 귀신의 몸이었다.

1

그 당시 그녀에게 붙여진 이름 가운데 망시罔市, 미귀美貴, 초제招弟, 상련香蓮, 숙려淑麗 등이 그런대로 괜찮았다.

하지만 그녀는 간혹 월항月嫦이라 불리기도 했고 때로는 월아月娥라 불리기도 했다.

물론 그녀가 전설의 항아嫦娥처럼 아름다운 용모를 갖고 있어서 월항이나 월아로 불린 것은 아니었다. 그저 그녀의 부모님(혹은 부모를 대신해서 이름을 지어준 사람)이 여자 아이를 부르던 호칭이었을 뿐이다.

월항/월아는 용모가 그다지 뛰어나진 않았다.

(어떤 식으로 표현하든 간에 그녀가 여러 미녀들 가운데 으뜸이라거나 다른 사람들을 능가할 만큼의 아름다움을 가졌다고는 말할 수 없었다.)

하지만 그녀에게는 약간의 재산이 있었다.

월항은 루청의 부유한 상점 출신이었다. 그녀의 부친이 야오린가瑤林街 뒷골목에 남방과 북방의 상품들을 두루 갖춘 상점을 하나 소유하고 있었던 덕에 그녀가 출가할 때는 혼수가 적지 않았다.

월항의 부친은 당시 루청의 풍속에 비추어 비교적 많은 혼수를 딸에게 챙겨주었다. 딸아이의 혼기를 놓칠지도 모른다는 불안감이 작용한 탓이었다. 야무진 살림꾼이었던 월항은 집에서 남북 잡화점을 운영하는데 적지 않은 힘이 되었다.

나이가 적지 않은 데다 뛰어나게 예쁘지도 않은 월항은 이제 막 탕산에서 온 사내와 혼례를 치르게 되었다.

가성家誠/가충家忠이라고 하는 이 사내는 상선을 따라 타이완으로 왔다. 그는 빈털터리에 외지 출신이긴 했지만 인물은 제법 출중한 편이었다. 사람들 모두 그의 품성과 용모가 범상치 않고 함부로 속된 말을 하지 않으며 수완도 뛰어나다고 평가했다. 혈혈단신 타향에 나온 처지라 친척이나 친구가 없다는 점만 빼면 전도가 매우 유망한 사람이라고 모두들 입을 모아 칭찬했다.

월항은 이런 가성과의 혼사에 아무런 불만이 없었다. 오히려 그렇게 허우대 좋은 남편을 만나게 된 것을 속으로 무척 좋아했다. 혼례를 치르고 나서 그녀는 부친이 떼어준 혼수를 밑천으로 삼아 작은 점포를 시작했고 몇 년 뒤에는 따로 소규모 남북 잡화점을 경영할 수 있게 되었다.

물론 이것은 월아의 일일 수도 있었다…….

삼월 이십삼일에 월아가 마조媽祖의 탄생을 기념하기 위한 영신새회迎神賽會, 신상을 높이 쳐들고 가두행진을 함으로써 신이 화를 멸하고 복을 내려줄 것을 기대하는 행사에서 가충을 만났더라면 그녀는 약간의 재산을 가진 과부로서 슬하에 자녀도 없기 때문에 충분히 경제권을 장악할 수 있었을 것이다.

월항의 과부 신분을 보완하기 위해 사람들은 온갖 이야기를 지어내 그녀의 외모가 출중했다고 말하기도 하고 제법 자색을 갖춘 여인이었다고 말하기도 했다. 심지어 사람들을 미혹시키기에 충분한 용모라고 하기도 했다.

두 사람은 루청 북쪽 끝자락 바닷가의 '천후궁天后宮'에서 만났다. 속칭 마조묘媽祖廟라 불리는 곳이었다. 음력 삼월 이십삼일, 날이 따스하고 꽃이 만발하던 봄날, 북쪽 끝자락 바닷가에는 천지를 뒤집을 듯이 몰아치던 해풍인 '구강풍'도 잠시 쉬면서 숨을 고르고 있었다.

기온이 올라 날이 따뜻해진 터라 사람들은 두껍고 무거운 겨울옷을 벗어던지고 얇은 옷으로 갈아입었다. 봄이 되어 날이 따스해진 것은 사실이지만 그렇다고 모든 꽃이 다 만개한 것은 아니었다. 복사꽃은 이미 활짝 폈지만 멀구슬나무나 자귀나무 꽃이 피기에는 아직 좀 이른 시기였다. 한여름에나 피는 봉황나무는 더 말할 것도 없었다.

물론 월아가 흐드러지게 핀 꽃나무 아래서 우연히 가충을 만난다는 것은 불가능한 일이었다. 여인의 부드러운 마음이 다시 깨어나는 것이 단지 꽃나무 아래서의 단 한 번의 만남을 위한 것이 되려면 오백 년 동안 갈고 닦은 수행과 연분이 있어야 하고, 오백 년 동안 몇 번의 세겁世劫을 거쳐야 하기 때문이다. 이것이 바로 꽃나무 아래서 아주 짧은 단 한 번의 만남을 위한 조건이었다.

아무리 속세의 인연이라 해도 서로 만난다는 것은 이토록 어려운 것이었다.

그러나 잠깐, 월아는 만개하여 비 오듯이 흩날리는 꽃잎 아래서 갑자기 고개를 돌렸고, 수많은 사람들을 사이에 두고 문득 홀로 조용히 서 있는 가충의 모습을 보게 되었다. 지척 간이었지만 하늘과 땅 사이처럼 멀게 느껴졌다.

두 사람은 거세게 피어오르는 향불 연기를 사이에 두고 찬란하게 쏟아져 내리는 꽃비 속에 서 있었다. '향불 연기가 평안이라는 글자를 만들고, 불꽃이 부귀의 꽃을 이루는香煙篆就平安字, 火燄開成富貴花' 이른바 '보전전연寶殿篆煙, 보전에서 전서체 글자 모양으로 꼬불꼬불 피어오르는 향불 연기'의 장엄한 광경 속에서 과연 한 사내가 고개를 드는 순간, 촛불이 활활 타오르고 하늘에서 별비가 쏟아지는 가운데 두 개의 눈동자가 전광석화 속에서 그의 눈길과 부딪쳤다.

순간 시간이 멈춰버렸다.

고요하고 그윽한 묘전廟殿 안에서 활활 타오르던 수많은 거대한 촛불들이 불꽃을 뿌리면서 화려한 옷과 장식으로 요염하게 차려 입고 붉게 분을 바른 월아를 환하게 비춰주었다. 재물을 잔뜩 쌓아놓은 것처럼 화려하고 사치스런 모습이었다. 그녀는 손목에 벽옥을 통째로 깎아 만든 팔찌를 차고 있었고 황금을 주조하여 만든 머리장식과 목걸이로 치장하고 있었다.

단오절만 되면 월향과 집안의 여러 자매들은 짝을 지어 밖으로 놀러 나가곤 했다. 자매들은 이제껏 해오던 습관대로 양산을 휴대했고 때로는 이를 지팡이처럼 접어 길을 걸을 때 중심을 잡는 도구로 삼기도 했다. 그때만 해도 자매들은 일반적으로 하나같이 전족을 하고 있었다.

물론 양산은 쫙 펴서 햇빛을 가리는 데 쓸 수도 있었다. 바다가 가까운 곳이라 짠물을 머금은 바람을 동반한 햇볕이 아주 매서웠기 때문에 모두들 기름오동나무로 만든 양산을 펴 들고 있었다. 양산 위에는 만개한 꽃들이 화려하게 아로새겨져 있었다. 하늘을 가리는 매화나무 그림자 아래로 아름답고 생기가 넘치는 여인이 하나 나타났다. 그녀는 정숙한 모습을 쉽사리 사람들에게 보여줄 수 없어 양산을 비스듬하게 들어 얼굴을 가리고 있었다.

바람이 불어와 기름오동나무로 만든 양산이 잠시 한쪽으로 흔들리는 순간, 그녀의 초롱초롱한 눈동자는 인파 사이로 키가 조금 큰 사내 하나를 발견하게 되었다. 비록 남루한 차림이긴 했지만 정말로 옥을 깎아 만든 나무가 바람을 맞으며 서 있는 것처럼 보였다.

순간 그녀는 놀라움에 마음이 흔들렸다.

정말로 새끼 사슴이 마구 뛰어다니는 것처럼 가슴이 이렇게 빨리 뛸 수 있단 말인가? 루청이 항구로 개방되어 이렇게 번화해지기 전만 해도 이곳은 원래 무수한 야생 사슴들이 서식하던 곳이었다. 사슴들은 자유롭게 숲과 들판을 뛰어다녔었다. 그런데 사람의 마음도 이렇게 요란한 소리를 내며 미친 듯이 뛰어다닐 수 있단 말인가?

마음이 심하게 요동치면서 좀처럼 멈출 줄을 모르자 그녀는 양산을 약간 옮겨 다시 한번 그의 모습을 몰래 엿보려 했다. (어차피 양산이 가려주고 있지 않는가!) 월항은 이렇게 자신에게 양산 아래서 혼인의 연을 허락했다.

2

사내들이 도대체 어떨 때 조강지처를 죽이고 싶다고 생각하는 것인지 아는 사람은 아무도 없다. 굳이 이유를 찾는다면 일반적으로 재산 문제 때문이라고 믿는 것 같았다.

결혼한 후 가성은 아내가 가져온 혼수를 밑천으로 옷차림과 용모를 단정하게 하고 소상인의 신분에 걸맞은 행동거지를 보이기 시작했다. 월항은 경영과 이재에 더욱 뛰어난 능력을 발휘했지만 아무래도 사람들 앞에 얼굴을 드러내는 일은 여전히 불편하기만 했다. 그러다 보니 밖에 나가 수금을 하거나 손님들과 직접 얼굴을 마주하고 가격을 흥정하는 일은 전부 가성의 몫이 되었다.

이리하여 집안의 경제권은 점차 가성의 손에 떨어지게 되었다.

결혼한 후 가충은 아내가 가져온 혼수를 밑천으로 옷차림과 용모를 단정하게 하고 소상인의 신분에 걸맞은 행동거지를 보이기 시작했다. 월아는 원래부터 경영과 이재에 뛰어났다. 당시에는 여염집 여자가 밖에 얼굴을 내미는 것이 여전히 불편한 일이긴 했지만, 월아는 이미 얼굴을 익혀둔 상인들과 왕래하면서 여전히 큰돈이 들고 나는 것을 직접 관장하여 다른 사람이 일체 개입하지 못하게 했다. 심지어 남편도 예외가 아니었다.

이에 가충은 밖으로 나돌면서 사람들을 접대하고 관계를 유지한다는 구실로 하루 종일 빈둥거리며 번화한 유흥가를 헤매고 다니기 일쑤였다.

아내를 살해하고 나서 사내는 어디로 갔는지 행방을 알수 없었다. 하지만 오래 사귀던 '허우처로後車路'의 예기藝妓 명화名花를 데리고 가지 않은 것만은 분명했다. 따라서 치정 때문에 아내를 죽였다는 것은 적절한 이유가 되지 못했다. 뒷일을 처리하는 과정에서 사람들은 사내가 일찌감치 남들 모르게 점포와 물건을 전부 타인에게 양도하고 만기가 된 물건대금까지 몽땅 가져가 버렸다는 사실을 알게 되었다. 그뿐만 아니라 집안에 있는 현금과 금은보화, 그리고 아내의 명의로 빌린 돈까지 전부 가져가 버렸다.

치밀하게 계획되고 준비된 사건임에 틀림이 없었다. 오래 전부터 아내를 살해하려 계획한 사건이었다.

월항/월아는 살해되고 한참이 지나서야 사람들에게 발견되었다. 아주 처참한 모습이었다.

뒷머리를 몽둥이로 세게 가격당해 뇌수가 쏟아져 나온 탓에 회색 벽이 온통 희고 붉은 뇌수와 피가 묻어 있었다.

게다가 도끼로 얼굴을 내리 찍었는지 도끼자루와 반으로 갈라진 얼굴만 보였다. 마치 얼굴을 열어 내부 구조를 살펴보기라도 한 것 같았다. 아주 깊이 내리 찍어야만 볼 수 있는 목구멍과 눈, 귀 그리고 코가 아주 가는 관을 통해 서로 이어져 있는지 알아보려 한 것 같았다.

몸에는 수십, 수백 개의 칼자국이 나 있었다. 길고 예리한 칼은 자그마한 체구에 매우 촘촘한 자상을 남겼다. 죽은 몸 전체가 너덜너덜해졌고 피와 살이 마구 뒤섞여 형체를 알아볼 수 없을 정도로 짓이겨져 있었다. 자세히 살펴보지 않으면 어디가 가슴이고 어디가 손발인지 구분하기 어려웠다.

내장이 열리고 배가 갈라져 하얀 창자가 땅바닥으로 흘러내렸다. 심지어 위와 심장까지도 모두 몸 밖으로 삐져나와 있었다.

단도 하나가 정확하게 심장을 헤집고 들어간 덕분에 피는 많이 흐르지 않았다. 정확하게 단 한 번의 칼질로 목숨을 빼앗은 것일까?

그렇지 않았다. 여인은 교살된 것이었다. 사내는 혐의를 받게 될 것을 무릅쓰고 자기 바지의 허리띠를 풀어 손이 가는대로 쉽게 힘을 써서 목을 조른 것이다. 일을 끝낸 뒤에는 다시 허리띠를 회수하지도 않았다. 죽은 사람이 다시 숨을 쉴 것을 두려워할 필요가 없었던 것일까? 시신의 얼굴은 퉁퉁 부어올라 진한 홍갈색으로 변해 있었다. 자홍빛으로 변한 목덜미에 그대로 매어져 있는 허리띠는 원래 환락을 즐길 때만 푸는 것이었다.

예리한 칼날에 베였는지 머리와 몸통이 각기 다른 곳에 뒹굴고 있었다. 머리는 멀찌감치 떨어져 나갔고 머리가 없는 몸은 벽과 침대 사이에 비스듬히 기대어져 있었다. 몸이 멀리 떨어져 있는 머리를 부르고 있는 것 같았다.

……

살해 방법을 문제 삼지 않더라도 죽은 자의 눈이 완전히 도려내졌고 혀는 잘려져 나갔거나 구강에서 나란히 끌어당겨진 채 잘려 있었다는 것이 죽인 자의 잔인함을 여실히 증명해주었다.

죽은 자가 악귀가 되어 복수하러 오는 것을 자연스럽게 피하기 위한 방법이었다. 두 눈을 파내면 앞을 볼 수 없으니 찾을 곳이 없게 되고 혀를 잘라내면 말을 할 수 없게 되어 염라대왕 앞에서조차 자신의 억울함을 호소할 방법이 없는 것이다.

그 당시 줄곧 유행했던 복수를 피하는 비교적 간단한 방법은 사람을 살해한 다음에 혼귀의 입을 단단히 막아서 목숨을 요구하러 찾아오지 못하게 하는 것이었다.

죽은 자의 속바지를 벗겨 머리에 씌우고 눈, 코, 귀, 입의 일곱 개 구멍을 완전히 감싸 막기만 하면 혼귀는 사물을 보지 못할 뿐만 아니라 입으로 말을 하지도 못하고 귀로 듣지도 못하니 염라대왕 앞에 나아가 고자질할 도리가 없게 되는 것이다.

이미 월항/월아를 잔혹하게 살해하고 나서 시신조차 온전하게 보존하지 않고 이렇게 훼손시켰다는 소문을 들은 모든 사람들은 가성/가충의 지독한 잔인함에 치를 떨었다.

정말 흉악하고 잔인한 마음을 가진 자였다.

월항/월아는 그에게 아무런 억울함이나 원한을 품지 않

앗을 뿐만 아니라 오히려 감사한 마음을 가졌다. 가성/가충이 곤궁했을 때 도움을 주었음에도 불구하고 오히려 이런 대접을 받게 되자 집안사람들은 모두 여자 측을 위해 억울함을 호소할 가치조차 느끼지 못했다.

남편이 아내를 죽인 사건으로 인해 루칭은 여러 해 동안 시끄러웠고 그 여파가 오래도록 가시지 않았다. 그 뒤로 현지 여성이 저 멀리 탕산에서 혈혈단신으로 건너온 남성에게 시집을 간다고 하면 사람들은 절대로 안 된다고 하면서 극구 말렸다. 혈혈단신이라 어디에서 왔는지 알아볼 길이 없고 사고가 발생한 뒤에는 추궁할 곳조차 없는 탕산 남자는 흉악한 범죄자의 대명사가 되었다.

가성/가충은 용의자로 지목되어 확인을 거친 뒤 결국 푸젠 취안저우에서 왔다가 다시 돌아가는 배를 타고 탕산으로 돌아가서는 그 뒤로 어떻게 되었는지 행방을 알 수 없었다.

시간에 근거해 추산해 보면 그는 아내를 살해한 다음날, 다시 말해 가성/가충은 주도면밀하게 상선의 입출항 날짜를 계산한 뒤 아내를 살해하고 아내의 시신과 같은 곳에서 하룻밤을 보낸 것이 된다. 그러고는 다음날 이웃들에게 아내가 친척 집에 갔기 때문에 잠시 집에 없다고 설명했다.

이웃들이 이상한 낌새를 차리고는 문을 부수고 집 안으로 들어가자 월항/월아의 시신은 이미 부풀어 변색이 시작되고 있었다. 심하게 훼손된 신체 부위는 더 쉽게 부패가 진행되어 이미 구더기가 잔뜩 끼어 꿈틀거리고 있었다.

3

잔인하게 살해되고 죽어서도 눈과 혀가 뽑힌 채 시신이 완전히 부패되어서야 염을 하게 된 여인은 결국 여귀가 되었다.

친척들은 마땅히 치러야 하는 매장풍습에 따라 그녀에게 초도超渡의식을 치러준 다음 일곱 벌의 수의를 입혔다. (그녀처럼 이렇게 자녀가 없이 참혹하게 죽임을 당한 부녀자들은 아홉 벌의 수의를 입을 수 없을 뿐만 아니라 사람들은 일곱 벌도 너무 많다고 싫어했다.)

하지만 원혼은 그곳에 머무른 채 떠나지 못했고 법사가 읽는 경문과 염불에 따라 극락왕생하기를 원치 않았다.

그녀는 원한을 품은 귀신이 되었고 이승을 배회하며 떠나가지 못했다. 그녀는 모든 악한 기운을 응집하여 내하교奈河橋, 저승으로 가는 다리로 나아가 맹파탕孟婆湯을 마시기를 거부했고 금생의 모든 만남을 잊지 않겠다고 버텼다. 전세의 인과因果에 따른 윤회의 결과, 이런 운명을 타고났으니 계속 윤

268

회의 흐름을 타고 환생해야 한다는 권고를 거부했다.

원혼은 마음속에 복수의 의지를 갖고 있었다.

그녀는 전세의 인과에 따른 윤회를 원치 않았다. 다음 생, 또는 요원한 미래를 기다리다 자신을 살해한 남자가 먼저 응분의 보복을 당할지도 모르기 때문이었다. 그녀는 저만의 방법으로 자신을 살해한 남자에게 복수하고 싶었다.

살아 있을 때 줄곧 집안살림을 잘 꾸려갔던 여인은 죽어서는 억울한 여귀가 되고 말았다. 그녀는 자신이 통제할 수 있고 눈으로 볼 수 있는 방법으로 가장 중요한 이 임무를 완수하고 싶었다.

그녀는 복수 계획을 세우기 시작했다.

복수 계획을 시작하자마자 팔자가 비교적 가벼워 그녀의 혼귀를 본 사람들은 혼귀의 눈가와 콧구멍, 입가에 약간의 혈흔이 묻어 있고 긴 머리카락은 산발이 되어 흘러내렸으며, 희고 긴 소복 위로 얼룩덜룩한 핏자국이 묻어 있었다고 말했다. 그러면서 그녀가 남북 잡화점의 기다란 계산대 앞에 단정한 자세로 앉아 한 알 한 알 천천히 손에 들고 있던 커다란 나무 주판을 튕기고 있었다고 했다.

귀신이 되어서도 생계를 꾸리기에 급급했던 것인가? 그녀가 복수하려 한다는 이야기가 루청에 전해진 뒤로 그녀를 보았다는 사람들은 그녀가 가게의 긴 계산대 앞에 앉아 있는 것이 실제로 어떻게 복수할 것인지 구체적으로 계획을 세우고 있는 것이라고 말했다.

복수 계획도 주판알을 튕겨야 했던 것일까?

그걸 따져 묻는 사람은 없었다.

단지 모든 루청 사람들이 이런 복수 계획을 말하는 것이 그리 쉬운 일이 아니라는 것을 잘 알고 있었다. 건륭·가경 연간만 해도 루청은 천혜의 장점을 지닌 지역으로 물이 깊고 항구가 무척 넓었다. 게다가 탕산과 아주 가까워 일찍부터 무역항으로 개발되어 번영을 구가했다. 건륭 사십구 년 청 조정은 '푸젠 취안저우 진강현晉江縣 소속 한강구蚶江口'와 '타이완부 장화현彰化縣 루즈항鹿仔港'을 정식 항구로 개항할 것을 허락했다. 루청항에는 거대한 함선이 정박할 수 있었고 항구 안에 일이백 척의 배를 수용할 수 있었다. 대형 선박에는 만여 석石의 화물을 실을 수 있었고 작은 배도 천여 석 정도의 화물은 거뜬히 실을 수 있었다.

타이완과 탕산 사이를 가장 빨리 오가는 길이 바로 루청에서 배를 타는 것이었다. 바람이 남북으로 불거나 계절이 봄, 겨울이어도 상관이 없었다. 돛을 날리며 서쪽으로 항해하여 열여섯 시간이면 취안저우의 타쿠獺窟에 이를 수 있었고 열아홉 시간이면 한강에, 스물두 시간이면 샤먼廈門까지 갈 수 있었다.

깊은 바다를 가로질러 피안에 이르려면 아무리 빨라도 팔 경이라는 시간이 소요되었다. 당시 사람들에게는 그 정도면 신기할 정도로 빠른 시간이었지만 혼귀에게는 견디기 힘들 만큼 지루하고 긴 시간이었다. 배가 저녁에 출발하도록 시간 이 정해져 있을 경우 조금도 지체하지 않고 날이 어두워지자 마자 즉시 출항한다고 해도 날이 밝기 전에 가장 가까운 취 안저우에 도착한다는 것은 불가능한 일이었다. 설령 혼귀인 그녀가 배 안 어딘가에 몸을 숨길 수 있다고 해도 어떻게 열 여섯 시간을 참고 견딜 수 있겠는가? 그리고 어떻게 대낮의 항해를 피할 수 있겠는가?

게다가 태풍을 만날 수도 있었다. 바다에서는 태풍이 출 몰하는 시기가 대부분 정해져 있었고 그것도 여름철에 집중 되어 있어서 사전에 이를 피하는 것이 결코 힘든 일은 아니었 다. 하지만 범선에게는 시도 때도 없이 갑자기 불어 닥치는 태풍이 가장 극복하기 어려운 상대였고, 이를 막아내는 건 쉽지 않았다. 또한 이름만 들어도 간담이 서늘해지는 '흑수구' 라는 심해의 암류는 더 말할 필요도 없었다.

그녀는 일찍이 남북 잡화점을 경영하고 있을 때 탕산에서 물건을 가득 싣고 오던 상선이 바다에서 사고를 당해 사람과 물건 모두 엄청난 피해를 입는 바람에 가산을 탕진하고 가운 이 기우는 경우를 자주 보았다.

그녀는 여자귀신이라 배가 사고를 당해 침몰한다 해도 보통 사람들처럼 '빠져 죽지는' 않을 것이다. 하지만 배가 깊이 가라앉아 피할 곳이 없게 되면 해가 떠오르기만을 기다려야 한다. 망망대해에선 피할 곳도 없고 숨을 곳도 없으니 햇빛이 비치면 혼비백산하여 영원히 이승과 저승을 넘나들지 못하게 될 텐데 무슨 복수를 거론한단 말인가!

원한을 품은 귀신은 주판이 놓인 가게의 나무 계산대 앞에 앉아 한참을 심사숙고해 봤지만 여전히 그다음 방법을 찾지 못했다.

시간은 흘러갔고 원한과 악한 기운에 의지하여 가까스로 버티고 있던 혼귀는 더이상 지탱할 수 없게 되었다. 이때 팔자가 비교적 가벼운 사람이 우연히 그녀와 마주쳐서는 그녀가 얼룩덜룩한 핏자국은 그대로 남아 있지만 예전처럼 길고 흰 두루마기를 입지 않은 듯하다는 것을 발견하게 되었다. 혼귀가 혼란에 빠져 쇠약해진 것이 분명했다. 그녀의 눈가와 콧구멍, 입가에서는 더이상 피가 흘러내리지 않았다. 도려내어져 두 줄기 피만 뚝뚝 떨어지던 눈구멍에는 흘러내린 핏자국이 선명했고 입 밖으로 길게 늘어져 절반이 잘린 채 남아 있던 혀뿌리는 흉한 모습 그대로였다⋯⋯.

얼마 후에는 더 많은 사람들이 더이상 몸을 숨기지 않는 여귀를 쉽게 볼 수 있었다.

머리는 깨지고 갈라져 여전히 뇌수와 피가 뿜어져 나왔고 흘러내린 피와 뇌수가 더럽고 붉은 덩어리를 이루었다.

얼굴을 쪼갠 도끼는 여전히 머리에 박혀 있었고 얼굴은 정확하게 두 부분으로 갈라져 있었다.

남자의 허리띠는 그녀의 검붉은 목에 단단히 매어져 있었고 얼굴은 부풀어 올라 진한 홍갈색이 되어 있었다. 원래부터 길게 늘어져 있던 혀는 잘린 모습 그대로였다.

그녀는 여전히 주판이 놓인 기다란 계산대 앞에 꼿꼿하게 앉아 있었다.

잔인하게 살해된 뒤에도 그녀가 끊임없이 모습을 드러낸 것을 목격한 이웃들이 있었기 때문에 생전에 그녀의 가게이자 집이었던 이곳은 아무도 살려고 하지 않아 빈 채로 방치되었고, 결국 루청에서 가장 유명한 '귀신의 집'이 되었다. 그녀는 이곳을 근거지로 삼아 여기저기를 배회하며 떠나려 하지 않았다.

세월이 흘러감에 따라 복수하는 것도 희망이 없어 보이자 그녀는 더이상 사람들에게 해를 입히지 않는 원귀로 남을 수 없었다. 그녀의 온몸은 갈수록 더 망가져갔다. 몇 번이나 잘리는 모습이 보였던 머리는 다시 돌아와 몸에 붙었지만 귀신의 힘만으로는 한계가 있었는지 방향이 잘못되어 기다란 계산대 앞에 앉은 몸은 가슴이 등이 되어 버렸고 도려내어진 두 눈과 잘린 혀는 얼굴 정면에 붙여졌다. 때로는 머리가 사십오 도 내지 삼십 도 정도 옆으로 비뚤어져 몸통에 연결되기도 했다.

그녀가 마구 휘두른 칼에 난도질당해 죽었다면 긴 계산대 주판 앞에 쓰러진 것은 허벅지가 가슴에 잘못 붙어 있고 목이 겨드랑이 밑에 숨어 있는 엉망진창이 된 시신이었을 것이다. 또한 변함없이 눈이 없고 혀가 잘린 머리를 받치고 있는 것은 아마도 잘려진 다리였을 것이다.

......

그 모습을 본 사람들은 하나같이 놀라 까무러쳤다.

이즈음 원래 작은 상가였던 루청 근해의 상가 '야오린가'의 뒷골목은 밤만 되면 인적이 뚝 끊겼다. 행인들은 차라리 먼 길을 돌아갈지언정 이 길을 가로지르려 하지 않았다. 어떤 사람들은 대낮에도 마지못해 이 길을 지나가면서 두려움에 치를 떨었다.

몇몇 상점들은 장사가 엉망이 되었다. 원래 인정이 많던 이웃들도 지금은 어린아이가 밤에 울거나 가축이 병이 나기만 해도 그녀를 탓했다. 결국 이웃들은 서둘러 법사를 불러 요괴를 몰아내자고 뜻을 모으게 되었다.

법사는 제단을 차려놓고 삼경이 되자 칠성보七星步를 걸으면서 손으로는 복숭아나무 검을 휘둘렀다. 동시에 입으로는 연신 귀신을 쫓아내는 주문을 외웠다.

그러나 이 여귀는 정말로 전생의 원한과 죄가 너무 무거워 쫓아낼 방법이 없다는 의견이 분분해지자 사람들은 더 뛰어난 법력의 주인공을 찾아 나서게 되었다.

결국 '베이터우' 지역을 관할하는 왕야王爺인 '소부삼왕야蘇府三王爺'의 힘을 빌릴 수밖에 없었다.

원래는 왕야에게 금신金身의 모습으로 약간의 귀신 장병들을 거느리고 한밤중에 출동하여 여귀를 상업지역에서 몰아내 루청 북쪽 끝 해안지역에 솔새풀과 임투나무가 수풀을 이루고 있는 곳으로 보내달라고 할 작정이었다. 이곳에는 장려瘴癘, 기후가 습하고 더운 지역에서 생기는 유행성 열병이나 학질가 만연하여 사람들이 살지 않았기 때문에 어떤 귀신이든 이곳에 오면 이리저리 떠돌다가 붙어 있을 곳이 없게 되고 마침내 혼백이 흩어져버려 다시는 현신하여 사람들을 해칠 수 없게 되는 것이었다.

하지만 왕야의 '야간 방문'이 있던 그날 묘공廟公은 아무리 애를 써도 정교正筊, 지방 수호신인 왕야들이 쓰는 일종의 성배를 구할 수 없었고 계동도 접신을 이용한 점을 치지 못했다. 왕야는 접신을 통해 현신하지 않았을 뿐만 아니라, 끝에 가서야 계동을 통해 공양 탁자 위에 일필휘지로 부적을 남겼다. 원혼의 원한이 정말로 깊으니 명계로 완전히 들어온 다음에 상황을 봐서 어떻게 할지 결정하겠다는 내용의 지령이 담긴 부적이었다.

아울러 왕야는 원혼이 원한을 구실 삼아 무고한 사람들을 해쳐선 안 되며, 그런 일이 있을 경우에는 엄하게 처리할 것이라고 밝혔다.

'야간 방문'이 기대했던 효과를 거두진 못했지만 이후로는 여자귀신을 보았다는 사람이 크게 줄어들었다.

4

여러 해가 지났다.

어느 날 갑자기 남편이 아내를 잔인하게 살해했던 과거의 사건이 또다시 세상을 뒤숭숭하게 만들었다. 루청의 상인 하나가 최근에 탕산 취안저우에서 물품을 구매하여 돌아와서는 취안저우 상인들과 술을 마시러 그 지역에서 가장 이름난 유흥가에 갔다가 우연찮게 외모가 가성/가충과 꼭 닮은 사람을 만났다고 공개적으로 떠들어댄 것이다.

그 사람은 이미 엄연한 대상인이었고 용모나 태도도 당당했으며 씀씀이도 헤퍼서 돈을 물 쓰듯이 한다고 전했다. 하지만 장사를 위해 탕산을 왕래하던 루청 상인들은 그 사람이 틀림없는 가성/가충이라고 확실하게 말했다. 그가 실언을 하여 타이완에 와 본 적도 없고 루청에는 더더욱 와 본 적이 없으며 자신들을 절대 모른다고 하긴 했지만 가성/가충이 분명하다는 것이었다.

그날 밤 루청 시내에서 가장 번화한 '우푸로'에 자리잡고 있는 홍등이 걸린 객잔 상방上房에 삼경을 전후하여 여자귀신 하나가 슬그머니 날아들었다.

여자귀신의 얼굴은 월항/월아의 모습으로 돌아와 있었다. 그 모습을 유지하려고 무척 애를 썼지만 마음대로 잘 되지 않았는지 몹시 곤혹스러운 표정이었다. 그녀를 처음 보았을 때 잘려나가 없어졌던 머리의 일부는 또다시 보이지 않았다. 그 자리에는 날카로운 도끼가 꽂혀 있었고 사정없이 휘두른 칼에 난자당한 몸은 아래로 축 늘어져 있었다. 떠다니느라 허공에 찍혀 있는 발자국들은 무척이나 낮았다…….

그녀는 오기로 간신히 버티는 것이 분명했다.

음산한 바람을 불어대거나 바람으로 촛불을 끄는 등 귀신들이 습관적으로 사용하는 장난을 칠 필요도 없이 객잔 상방에 있던 손님은 이미 그녀가 온 것을 알아채고는 긴 한숨을 내쉬며 안쪽으로 몸을 돌렸다.

귀신은 침대 앞에 몸을 꼿꼿이 세운 채 무릎을 꿇고서 기다리며 한 마디 말도 하지 않았다. 그러다가 희미하게 여명이 밝아오자 비로소 홀연히 그곳을 떠났다.

이렇게 이레 밤낮을 보냈다.

이레째 되던 날 밤, 등을 보이고 있던 사람이 마침내 천천히 몸을 돌렸다. 수척한 얼굴의 중년 남자였다. 그는 유명한 지관으로서 이번에 루청의 유명한 선두행船頭行, 선박 회사인 '승무행昇茂行'의 요청으로 곧 착공될 오락五落의 대저택을 위해 풍수를 보러 온 것이었다.

지관이 눈을 들지 않은 채 낮은 목소리로 말했다.

"소용없는 일이니 그만 돌아가게!"

바닥에 꿇어앉은 여자귀신이 몸을 낮춰 절을 올렸다.

"제가 복수를 할 수 있게 도와주세요. 그렇게만 해주시면 평생 종이 되어 지관님을 모시겠습니다."

지관이 고개를 가로저었다.

"이건 자네의 정해진 운명일세. 어서 저승으로 가도록 하게. 어쩌면 내 미력한 힘이나마 보탤 수 있을지 모르겠네."

귀신이 다시 한번 간곡하게 말했다.

"그저 원수만 갚을 수 있게 해주세요. 윤회에 들어가는 것 따위는 바라지도 않습니다."

지관은 길게 신음을 내뱉고는 다시 말을 이었다.

"내가 자네를 도울 수 있는 길은 윤회에 들어가는 것뿐일세. 저승으로 가지 않고 영원히 이곳에 남는 것은 있을 수 없는 일이야."

"어떤 벌이라도 달게 받겠으니 제발 원수만 갚을 수 있도록 도와주세요."

여자귀신은 땅바닥에 무릎을 꿇고 두 팔도 땅에 댄 채 머리를 땅에 닿도록 숙여 큰 절을 올리며 계속 애원했다.

지관이 긴 한숨을 내쉬며 말을 받았다.

"난 내일 루청을 떠날 생각이네. 자네는 날 따라오지 못할 게야. 따라온다 해도 아무 소용없는 짓이지. 내게는 자네를 도울 만한 힘이 없다네."

여자귀신은 여전히 무릎을 꿇은 채 자리에서 일어날 줄 몰랐다.

요구를 거절당하긴 했지만 귀신은 자신의 몸에 힘이 모이는 것을 느낄 수 있었다. 그녀는 확실하게 월항/월아의 모습으로 돌아와 있었다. 흰 옷은 피로 물들어 있고 검은 머리칼은 산발이 되긴 했지만 머리 뒤로 가지런하게 늘어져 있었다. 단지 푸른빛이 섞인 하얀 얼굴에 여전히 뜨겁고 시커먼 피가 눈가와 콧구멍 그리고 입가를 적시고 있었……

과연 이튿날 지관은 루청을 떠나고 없었다. 홀연히 왔다가 홀연히 떠나다 보니 어디로 갔는지 알 수도 없었다. 들리는 소문에 따르면 지관은 '승무행'을 위해 풍수를 봐주는 작업을 다 마치고 나서 '승무행'의 자가용 배를 타고 탕산으로 되돌아갔다고 했다.

(어쩌면 그날 밤 여자귀신이 날아들어간 곳은 '우푸로'에 위치한 호화로운 객잔이 아니라 '베이터우'의 작은 골목에 있는 막노동꾼이나 나그네들을 위한 아주 작은 여관이었는지도 모른다.

유일한 일인실에는 이미 득도하여 도술이 입신의 경지에 이른 지관이 묵고 있었을 것이다.

법력이 높은 지관은 깊은 곳에 숨어 모습을 감춘 채 일반 여행객으로 가장하고 다녔을 것이다. 특별히 부자들을 위해 용혈龍穴, 풍수설에서 산의 기맥이 이어지는 곳으로 묘지에 적합한 곳을 봐주는 일 따위는 하지 않고, 그저 기운에 따라 풍수를 살피고 인연에 따라 사람들의 운명을 읽어주면서 이미 인연이 정해져 있는 사람을 찾고 있었을 것이다.

그가 다른 지관들과 마찬가지로 귀신의 요구를 거절했던 것은 인연이 윤회로 전환되는 것이라 관여해서는 안 되는 일이었기 때문일 것이다.)

더 많은 시간과 날짜가 흘러갔다.

우연한 기회에 지관은 다시 루청을 찾게 되었다. 그날 밤 또 월항/월아의 혼귀는 허공을 이리저리 떠다니다가 재빨리 객잔으로 들어왔다.

지관은 눈을 들어 한번 쳐다보고는 단번에 그녀임을 알아차렸다. 이곳에서 오랫동안 허송세월을 했다고 생각한 탓인지 귀신은 모습을 바꿔 팔다리를 찢었기 때문에 한눈에 생김새를 구별하기가 쉽지 않았다. 하지만 뜻밖에도 귀신은 사악한 기운에 의지하여 자신을 단단히 감싸고 있었다. 혼백이 흩어지지도 않았고 그 모습이 점점 더 뚜렷하고 선명하게 완성되어갔던 것이다.

그녀의 길고 흰 두루마기는 낡고 남루하게 변해 있었고 더 많은 핏자국으로 물들어 있었다. 몹시 초췌해진 것으로 보아 아주 오랫동안 방황하면서 온갖 고통을 다 당했음을 알 수 있었다. 하지만 가지런히 빗은 머리칼은 여전히 길게 늘어뜨리고 표정도 더없이 의연하기만 했다.

그러나 눈가와 콧구멍, 입가에서는 검붉은 피가 멈추지 않고 흘러내렸다.

귀신은 윗몸을 꼿꼿이 세운 채 무릎을 꿇고서 단 한마디 말도 하지 않았다.

지관은 몸을 돌려 귀신을 등졌다.

귀신은 매일 밤 지관을 찾아왔다.

어느 날 밤 결국 지관은 더 참지 못하고 귀신에게 물었다.

"자넨 어째서 이토록 집요하게 전생의 원수에게 복수를 하겠다고 덤비는 것인가?"

여자귀신은 말 한마디 한마디에 또박또박, 힘을 주면서

분명하게 대답했다.

"저는 이대로는 마음이 편치 않습니다. 죽어서 귀신이 된 것도 한없이 괴로울 따름입니다."

지관은 손가락을 구부려가며 대충 계산을 해보더니 한참 후에야 입을 열었다.

"알았네. 보아 하니 전생에서나 금생에서나 타고난 운명이 있는 것 같군. 사흘 후에 다시 오면 자네가 바다를 건너는 것을 도울 수 있을지도 모르겠네."

여자귀신은 오체투지한 채로 다시 한번 큰 절을 올리고는 이마를 땅에 조아렸다.

사흘 후 혼귀는 약속대로 그를 찾아왔지만 지관은 여전히 머뭇거리면서 결정을 내리지 못했다. 혼귀는 자신의 단호한 의지를 보이기 위해 날이 밝아올 때까지 몸을 꼿꼿이 세운 채 무릎을 꿇었다. 한 줄기 새벽햇살이 창을 통해 방 안으로 비쳐드는 순간, 혼귀는 잠시 혼백이 흩어지는 듯했지만, 그래도 끝까지 자리를 뜨려 하지 않았다.

지관이 마침내 이를 악물었다.

"좋다! 하늘의 꾸지람을 듣는 한이 있어도 자네를 돕도록 하겠네. 하지만 복수가 성공할지 실패할지는 인연에 맡기는 수밖에 없네."

혼귀는 햇빛이 비쳐들려는 마지막 순간에 몸을 숨기더니

곧장 어둠으로 빨려 들어갔다. 그 순간 눈가와 콧구멍, 입가, 귀에서 시커먼 피가 용솟음치면서 그녀의 머리와 얼굴, 긴 두루마기를 흠뻑 적셨다.

온몸에 피를 잔뜩 뒤집어쓰다 보니 그녀의 동작은 무척 굼떴고, 가볍게 떠다니던 귀신 걸음은 세 척 이상을 떼지 못했다. 머리와 몸이 완전히 잘못 접합된 것 같았다. 가슴 한가운데와 심장에 난 날카로운 칼자국이 희미하게 드러났고 파열된 복부의 가장자리로 창자와 위장, 간, 비장 등이 밖으로 흘러나올 것만 같았다.

시커먼 피가 솟아나던 얼굴에는 이제껏 없었던 청신함이 뚜렷하게 드러났고 웃을 때 생기는 주름살이 입가에 퍼지면서 웃음기가 넘치더니 음산하게 마지막 남은 희미한 어스름 속으로 사라져갔다. 그 음산한 웃음이 입가와 눈가로 번지는 사이 쉬지 않고 솟아나오던 시커먼 피가 온 하늘에 흩뿌려져 천천히 엷어지는 듯했다.

5

며칠이 지난 깊은 밤 지관은 월항/월아가 살해됐던 옛집을 찾아갔다.

여러 해 동안 아무도 살지 않은 집의 지붕 부위는 푹 꺼져 있고 마당에는 잡초가 무성하게 자라 황량하고 쇠락한 기분을 더해주었다. 음기마저 무겁게 엄습해왔다.

수행한 조수는 짧은 다리의 긴 탁자를 붙잡아 세운 뒤 탁자 위에 종이를 붙여 만든 월항/월아의 위패와 종이를 묶어 만든 여인의 형상을 세워놓았다. 그러고는 종이 뒤에 월항/월아의 이름과 출생 연월일, 태어난 시간을 적었다.

탁자 위에는 또 향을 피우고 맑고 깨끗한 물 한 그릇을 떠다 놓았다. 쌀도 한 그릇 준비했다. 또한 지관에게 필요한 용각龍角, 제종帝鐘, 봉지奉旨, 오라烏鑼, 목어木魚 등의 기구들을 갖춰놓았다.

기다리던 시간이 되자 모든 준비를 끝낸 지관은 조수를 보내 문 밖에서 망을 보게 했다. 이 일과 아무런 관련도 없는 사람이나 가축을 포함하여 어느 누구도 절대로 가까이 오지 못하게 했다.

소문으로만 떠도는 이 지고한 비밀 법술을 지관이 어떻게 진행하는지, 아는 사람은 아무도 없었다. 지관은 원시천존元始天尊, 도교에서 숭상하는 최고의 신과 통천교주通天教主, 태상노군太上老君, 옥황상제玉皇上帝, 그리고 자미대제紫微大帝의 두루마리 화상을 걸어놓아 도술을 부리는 현장을 지키게 하지도 않았고, 또한 왕야단王爺壇과 인혼단引魂壇, 해운단解運壇 등을 설치하지도 않았다. 의약의 신 화타華陀와 오뢰호령五雷號令의 귀신 또는 다른 존신들을 세워놓고 희생의 제물을 바치거나 제단을 세워 법술을 부리지도 않았다.

용각이 연주되기 시작하자 제종이 울렸다. 지관이 목어를 두드리면서 주문을 외우자 잠시 동안 먹구름이 달을 뒤덮고 사방에서 스산한 바람이 몰려오더니 주위에 음산한 기운이 느껴지기 시작했다. 이어서 거대한 자력이 사방으로 퍼지더니 혼귀들을 끌어당기는 것 같았다.

사전에 도술의 실행을 예고한 사람은 아무도 없었다. 며칠 전 지관은 조수를 시켜 인근 지역에 부적을 나눠주면서 많은 사람들에게 창문에 그것을 붙이고 밤이 되면 문을 꼭 닫고 가급적 일찍 잠자리에 들라고 했다. 밖으로 돌아다니다가 갑자기 피하는 일이 없도록 하기 위해서였다.

루청 근해 북쪽 끝에는 진노랑 바탕에 붉은색으로 그린 글씨와 그림이 들어 있는 부적이 많이 나타났다. 밤이 되자 지역 전체가 무척 한적해 보였다.

아직 초저녁이라 그리 멀지 않은 바다 수면 위로 막 석양이 내리면서 하늘이 조금 어두워졌을 뿐인데도 '야오린가' 뒷골목에 있는 월항/월아의 옛집 근처 수많은 집들이 저마다 일찌감치 문을 꼭꼭 닫아걸었다. 거리에는 인적을 찾아볼 수 없었다. 가끔씩 들개들만 한가롭게 쏘다녔다. 검은빛의 짧은 털을 가진 사나운 수캐였다. 희미하게 반짝이는 눈이 불같이 이글거리며 한 곳만 뚫어지게 쳐다보고 있었다. 뭔가를 집요하게 주시하는 것 같던 개는 이리저리 배회하며 시도 때도 없이 거리를 지나다녔다.

고양이는 귀신의 그림자처럼 몰래 지붕이나 창문턱을 넘어다녔다. 초저녁이었지만 이미 길가에는 축사로 돌아가지 않은 가축이나 닭, 오리, 거위 같은 가금을 찾아 볼 수 없었고, 바로 젖을 짤 수 있는 양 한두 마리도 일찌감치 우리에 들어가 있었다. 짐승들은 항상 유약해서 사악한 기운에 가장 먼저 영향을 받았고 가장 먼저 재앙을 입었다.

모든 거리가 한적하기 그지없었고 골목마다 을씨년스러워 전혀 생기를 찾아볼 수 없었다. 황량해진 것은 갑자기 넓어진 공간만이 아니었다. 이상하게도 아주 드넓은 공간까지 팽창되어 텅 빈 거리와 골목이 수시로 커지고 확장되었으며 변형되거나 굴절되고 구부러져 보였다.

텅 비어 시간마저 쉽게 흘러가지 않는 이 거리에는 뭔가 싹 쓸어버리려는 듯한 일종의 압박감이 느껴졌다. 젊은 나이에 가는 것은 현시의 인생만이 아니었다. 이승의 모든 생명의 존재가 허무하게만 느껴졌다. 정말로 땅도 늙고 하늘도 말라버린 듯한 황폐함이었다.

천지가 온통 한적하기만 했다.

이렇게 이승의 정체와 한적함을 통해 비로소 귀신들이 출몰할 수 있는 공간이 확보되었다. 이렇게 땅이 늙고 하늘이 황폐해지는 가운데, 몸집이 커지면서 여전히 변형되고 있는 혼귀들은 정체와 한적, 황폐와 황량의 틈새에서 현신의 기회를 찾는 것이다.

혼귀들은 낮에서 밤으로의 시간만을 뚫고 지나는 것이 아니라 인생의 황무함과 이승의 한적함을 뚫고 지나갔다. 혼귀들은 굴절된 공간의 틈새에—

출몰했다.

루청 북쪽 끝에 그 진노랑 종이에 주사硃砂로 글씨와 그림을 그린 부적이 나타나자마자 귀신은 굴절된 공간의 틈을 찾아 현신하기 시작했다.

이리하여 밤이 점점 깊어졌다.

굳게 잠긴 창문에서 손가락으로 종이를 누르는 소리가 들렸다. 아주 드물게 몰래 엿보는 눈동자들이 보였다. 가끔씩 반짝반짝 빛나는 눈동자가 나무판자로 된 창문 틈새에 가까이 다가서다 금세 모습을 감췄다. 흔히 사람들은 부주의해서 못 볼 것을 보게 되면 심한 경우 원혼을 불러들여 악한 혼이 몸에 붙을 수도 있고, 가볍게는 큰 병이나 악운이 닥치게 된다고 믿고 있었다.

오래지 않아 집안의 기름 등불이 전부 다 꺼졌다. 생기라곤 조금도 찾아볼 수 없는 한적한 거리와 골목에 등불이 꺼진 것을 신호로, 깊은 어둠이 이어졌다. 정말 너무나 드넓어 끝이 없는 어둠이었다.

가장 깊은 어둠과 가장 깊이 잠든 나락 속에서 갑자기 용각이 소리를 높여 처량하게 울부짖기 시작했다. 이어서 제종이 묵직하게 부딪치는 소리를 냈고, 목어 두드리는 소리가 울려 퍼졌다. 이처럼 숨 막히는 분위기 속에 영불을 외는 소리도 있어야 했다. 지관의 입가에서 주문이 나오는 것 같더니, 그 주문 소리가 이내 사방의 무형 속에 삼켜져 잦아드는 소리의 여운만 남아 허공을 맴돌고 있었다.

인근 이웃 가운데 어떤 사람, 그리고 적지 않은 사람들이 놀라서 깼지만, 자리에서 일어난 사람은 아무도 없었다. 사람들은 계속 자리에 그대로 누워 있었고 대부분 감히 눈을 뜨지도 못하고 여전히 자는 척했다.

이어서 숙연한 가운데 갑자기 모든 소리가 다시 시작되는 듯하더니 일순 뚝 멈춰버렸다.

방 안에 있던 수많은 사람들은 조용히 숨을 죽이고 있었다. 주문을 외는 소리만 느껴졌다. 주문은 소리의 파장에 의지해 전달되는 듯했다. 하지만 공간을 가득 메우고 있는 것은 사람들의 머릿속을 뚫고 들어와 떠나지 않고 남아 있는 마음魔音이었다.

도대체 무슨 일이 일어났는지 보았거나 알고 있는 사람은 아무도 없었다.

어느 정도 시일이 지나고 나서 월항/월아가 원수를 갚았다는 이야기가 루청에 전해진 뒤로 어떤 사람이 나타나, 자신이 그날 밤에 직접 본 광경을 털어놓았다. 그는 그리 멀지 않은 곳에 있는 높은 건물에 사는 사내로, 잠을 자다 한밤중에 일어나 보니 갑자기 용각과 제종이 하늘을 진동할 듯이 요란하게 울렸다고 했다. 본능적으로 밖으로 나가 월항/월아가 머물렀던 정원의 천정을 언뜻 보게 되었다고 했다. 그러면서 어른 키 하나는 족히 될 듯한 시뻘건 혈장血纖 하나가 빠른 속도로 날아 회전하기 시작하더니 정원 전체를 피바다로 만드는 것 같았다고 했다.

그 혈장의 형상은 밀교密教의 '경륜經輪, 경전을 담은 원통으로, 이것을 돌리면 경을 읽은 것으로 봄'과 흡사했고 풀칠종이로 만든 것에 지나지 않았지만, 둥근 원형으로 성형되어 있고 가운데 빈 공간에는 자루가 달려 있어 얼마든지 방향을 바꿔 움직일 수 있었다. 혈장은 전체가 붉은색 종이로 되어 있고 그 위에는 어떤 종류의 문자인지 모를 주문 같은 경문이 쓰여 있었다. 일반적으로 법력이 뛰어난 주단도장主壇道長, 제단을 관장하는 우두머리 도사이 여섯 명의 도사들을 거느리고 '무상발도수장과의無上拔度水轍車科儀'를 외우면서 혼귀를 혈장 다리 아래로 불러들였다. 이어서 가족과 친척들을 불러 모아 손으로 시계 반대 방향으로 혈장을 돌렸다. 이것이 바로 이른바 '견장牽轍'이었다.

'견장'은 혼귀를 혈지血池, 피가 괴어 있다고 전해지는 지옥의 연못 위로 떠오르게 하여 끊임없이 몸을 돌리게 함으로써 혈지에서 빠져나오게 하기 위한 조치였다. 혈장의 회전 법력을 빌리지 않고서는 어떤 형태의 초도도 어렵기 때문에, 영원히 초도가 불가능한 혈지에 깊이 가라앉아 있는 혼백을 끌어낼 수가 없는 것이다.

'견장'을 실행하는 사람이 손으로 혈장을 움직이기 시작하면 종이로 만든 가벼운 영혼의 혈장 몸체가 아주 간단하게 왔다 갔다 할 수 있지만 정말로 혼백이 와서 들러붙게 되면 점차 무거운 느낌을 받게 된다. 혈지에서 천천히 떠오르면서 압력이 클수록 몸체가 점점 무거워지면서 혈장은 더욱 회전이 힘들어지고 마는 것이다.

때로는 혈지에서 너무 많은 원혼과 악귀들이 혼백을 잡아당겨 못 움직이게 하여, 결국 혼백은 혈장에 달라붙지 못해 밤새 빈 혈장만 헛돌고 말아 견장은 헛수고로 끝나버리기도 한다. '견장'을 실행하는 도사의 법력이 충분하지 못하거나 혼백의 죄업이 너무 무거울 경우, 혈장이 그 힘을 이기지 못해 지탱해주던 축이 순식간에 부러져 혈장이 훼손되면, 오히려 혈지에 더 무겁게 가라앉게 된다.

그날 밤 월항/월아는 자신이 살던 옛집의 안채와 사랑채 사이에 있는 마당에 몸을 숨기고 있었다. 도대체 지관이 어떻게 혼자 힘으로 혈장의 몸체를 돌려 땅에 꽂아 넣고 이를 끌어낼 수 있었는지는 아무도 알지 못했다.

밤중에 소변을 보러 일어났던 그 이웃이 목격한 바에 따르면, 혈장이 끌어당겨질 때 먼저 길이가 꽤 길고 거대한 핏빛 혈장이 날아 들어와서는 그 자리에서 빠르게 회전하자 혈장이 정원을 온통 피로 물들일 듯이 붉은 그림자가 움직였다고 한다. 아울러 갑자기 용각이 처량하기 그지없는 소리를 내고 제종이 깜짝 놀랄 정도로 크게 울리면서 새빨갛게 끓어오르던 붉은 혈장이 아주 빠른 속도로 맴돌다가 순식간에 멀찌감치 날아가 버렸다는 것이었다.

갑자기 빠른 속도로 맴돌던 혈장은 붉은 구름 조각처럼 허공을 떠다니다가 그중 한 덩어리가 엄청난 양의 피 얼룩을 이루며 하늘을 맴도는데도 떨어지지 않았다.

하늘 높이 솟은 혈장이 이후 어떻게 됐는지 아무도 모른다. 밤에 소변을 보러 나왔던 이웃은 담력과 식견이 제법 대단한 사내였지만 감히 다시 살필 엄두를 내지 못하고 서둘러 몸을 숨겨 방으로 들어가고 말았다.

결국 지관이 어떻게 혈장에 의지하여 월항/월아의 혼백을 혈지에서 끌어올려 그 원혼을 다시 검은 우산 속에 넣어 감춰버렸는지 아는 사람은 아무도 없었다. 더욱이 이런 광경을 보았다는 사람은 전혀 찾아볼 수 없었다.

언제부터인지는 알 수 없지만 아주 오래전부터 원혼을 검은 우산 속에 감추어두면 음양의 경계가 무너지는 순간에 이 원혼을 다른 세계로 데리고 갈 수 있다는 이야기가 암암리에 전해지고 있었다.

월항/월아의 원혼이 복수에 성공했다는 소식이 루청 전역에 전해진 뒤부터 더 많은 소문이 떠돌기 시작했다. 그날 밤 우연히 지관을 보았던 사람의 말에 따르면, 지관은 손에 검은 우산을 들고 있었고 혼귀는 '베이터우'를 가로질러 작은 골목의 모퉁이를 빠져나갔다고 한다. 그 혼귀는 대로를 통해 가지 않고, 일부러 사람이 없는 으슥하고 외진 골목을 골라 떠나갔다.

도대체 어떤 사람이 이런 광경을 목격한 것인지, 그리고 어떤 사람들의 입을 통해 이런 사실이 전해진 것인지도 시종일관 밝혀지지 않았다.

소문은 지관이 등에 간편한 괴나리 봇짐을 메고 있었는데, 그 봇짐 안에 어떤 물건이 들어있는지는 알 수 없지만 손에는 겉으로 보기에 흔한 기름오동나무 천 재질로 보이는 검은 우산을 들고 있었다고 분명하게 증언하고 있었다. 지관은 먼 길을 떠나는 여느 여행객의 모습과 다르지 않았지만 길을 걸으면서 끊임없이 검은 우산을 향해 낮은 목소리로 이렇게 소리쳤다는 것이다.

"이제 출발하네. 월항/월아의 혼백은 나를 따라오게."

그의 목소리는 음조를 길게 뽑으면서 노래를 읊조리는 것 같았고, 사람들끼리 서로 이야기를 주고받는 것과는 달리 사뭇 이상한 느낌이었다고 했다.

지관은 끊임없이 주문을 외우고 경문을 읽고 염불을 외웠던 것이다. 그리고 그 소리의 파장이 멀리 전달되면서 주변 전체가 파동에 휩싸이게 되었던 것이다. 지관이 지나가던 동네에 사는 이웃들은 새벽이 밝아오기 전 가장 깊은 밤, 가장 달콤한 잠에 빠져 있어야 할 시간인데도 편안하게 계속 잠을 잘 수가 없었다. 그들은 귓가는 물론, 뇌리까지 끊임없이 전해져 오는 알 수 없는 소리에 집단적인 고통을 당해야 했다. 기복을 이루며 들려오는 소리는 뇌리에 들어와 사람들을 가위 눌리게 하는 기이한 현상으로 이어졌고 소리의 진동과 공명은 또 쉬지 않고 사람들의 몸을 휘감았다. 원한과 억울함이 가득 맺힌 소리였다.

끄집어낸 것이 어찌 전생과 금생의 원한뿐이겠는가? 아마 전생과 금생, 그 이후의 생에도 억울함과 원한은 있으리라!

부름받은 것이 어찌 혼귀들뿐이고 자신은 아니랄 수 있겠는가? 가위 눌려 있던 꿈속 깊은 곳에서 누군가 자신을 불러주길 갈망했던 것인지도 몰랐다.

잠들어 굳게 감긴 눈가에서 주르륵 눈물이 흘렀다…….

경을 읽고 주문을 외우면서 지관은 혼귀를 대신하여 길을 잡아주었고, 모퉁이를 돌아서는 곳에 이르자 우산에 대고 외쳤다. 목소리의 음조는 담담하면서도 여전히 음산한 기운을 떨치지 못했다.

"앞에서 모퉁이를 돌아야 하니, 월항/월아의 혼백은 내 뒤에 바짝 붙어 왼쪽 모퉁이를 따라서 돌게나."

"앞에서 모퉁이를 돌아야 하니, 월항/월아의 혼백은 내 뒤를 바짝 붙어 오른쪽 모퉁이를 따라 돌게."

지관은 한 걸음 한 걸음 순조롭게 앞으로 나아갔다. 서두르지 않는 느린 걸음이었지만 그렇다고 일부러 지체하지도 않았다. 잠시 멈추는 일도 없이, 혼귀가 아무 걱정 없이 따라올 수 있도록 편하게 걸음을 옮겼다.

이렇게 '야오린가' 뒷골목 월항/월아가 살던 곳을 따라 지관은 바닷가 선착장에 도착했다. 여느 땐 걸어서 이십여 분이 걸리지 않던 곳이지만 깊은 밤 사방에 아무도 없는 길을 지관은 무척 느린 걸음으로 걸었고, 일부러 으슥하고 외진 골목만 찾다 보니 걸어서 꼬박 사십 분이나 걸렸다.

선착장이 가까워지자 물기가 많아 곳곳이 축축했고, 몇 걸음 걷다 보니 작은 도랑과 하천이 나왔다. 물에는 나무 토막과 대나무 가지를 엮어 만든 다리가 있어 걸을 때마다 삐걱삐걱 소리가 났다. 높은 곳에 위치한 제법 큰 다리라서 흔들거리기까지 했다. 지관은 한 발 한 발 침착하게 걸음을 내디디면서 끊임없이 검은 우산에 대고 외쳤다.

"앞에 다리가 하나가 있으니 월항/월아는 나를 따라 다리에 올라 편안하게 건너도록 하게."

"앞에 있던 다리를 이미 건넜으니 월항/월아는 나를 따라 다리에서 내려와 편안하게 길을 걷게."

물길이 인도를 가로막고 있는 지점이 혼백이 가장 통과하기 힘든 곳이었다. 조심하지 않으면 혼백이 따라갈 수 없게 되고 다리가 끊어져 물위로 떨어지는 날에는 다시 건너기 어렵게 되기 때문이다. 그러면 여기까지 힘들게 와서 아득한 피안을 찾지 못하게 되고 마는 것이다.

이렇게 자세히 길을 안내하면서 길을 걸어 지관은 마침내 손에 검은 우산을 들고서 무사히 선착장에 도착했다. 가을이 끝나고 겨울이 시작되는 무렵이었지만 오래 걷다 보니 지관은 머리부터 발끝까지 온몸이 땀에 흠뻑 젖고 말았다.

선착장 어두운 곳에는 미리 기다리고 있던 사람 하나가 초조한 표정으로 어디인지 모를 어두컴컴한 곳에서 나타나더니, 몸을 모로 세우고서 지관을 작은 돛단배들이 한 줄로 나란히 정박해 있는 부둣가로 이끌었다.

"서두를 것 없소. 아직 시간이 되지 않았소."

지관은 차분한 소리로 이렇게 말하고 나서 어둠 속으로 몸을 숨겼다.

6

구름이 두둥실 떠가고 달도 유유히 흘러갔다. 잔뜩 찌푸려 시커멓던 하늘이 차츰 빛을 잃어가더니 먼 하늘이 희미하게 어두워지기 시작했다. 그다지 밝지 않던 초승달은 점차 줄어들어 아주 얇은 모습을 보이더니 때마침 흘러온 구름 한 조각이 무수한 별을 가리자 깊은 밤, 별과 달이 사라져버린 바닷가에는 순식간에 어둠이 내려앉았다.

바로 그 짧은 순간에 아직 시간이 되지 않은 것이 분명한데도 지관은 극도로 신중하게 손에 들고 있던 대나무 살에 기름오동나무 천을 입힌 검은 우산을 꼭 움켜쥐었다. 누군가 와서 빼앗아 가거나 실수해서 떨어뜨릴까 봐 두려워하는 것 같았다. 우선 몸을 숨겼던 어두운 곳에서 빠져나온 그는 바다에 정박하고 있는 상선을 향해 잰걸음으로 다가갔다.

당시 루청은 타이완 서안에서 가장 훌륭한 천연 심해항이라 수심이 깊고 고요했으며 무척 넓으면서도 그윽했다. 푸루계와 쥐수이계 같은 하천들도 다량의 진흙과 모래를 날라다 쌓아놓는 일은 없었다. 이처럼 환경이 좋다 보니 원양 항해를 하는 대형 정크선들도 직접 항구에 들어와 선착장에 접안할 수 있었고 다시 작은 배를 이용하여 뭍으로 화물을 운반할 수도 있었다. 푸루계를 통해 물을 거슬러 올라가 직접 시가지로 들어올 수도 있었다.

부유한 상인들은 푸루계 근처에 넓은 땅을 소유하고 있었고 그 위에 집을 짓거나 개인 선착장을 설치했다. 작은 배와 뗏목으로 선착장에 다가가 사람과 화물을 뭍으로 실어 나를 수 있었으니 선착장에 들어서면 개인 창고에 들어선 것이나 다름없었다.

길이가 오십 내지 백 미터에 달하는 긴 상가는 푸루계 선착장과 이어져 있어 창고 역할을 했다. 겹겹이 둘러싸인 천정과 작은 정원을 지나면 나타나는 단층 또는 이삼층 높이의 집들이 바로 하인에서부터 주인에 이르기까지 가솔 전체가 거주하는 주택이었다. 그리고 그 앞이 바로 점포의 영업 공간으로서 한동안 가장 번화했던 상점가인 '우푸로'로 이어져 있었다.

푸루계에 인접해 있는 이 상가 건물은 주로 물건을 전시하여 판매하는 곳으로서 모든 것이 길이 오십 내지 백 미터의 긴 건물 안에서 이루어졌다. '우푸로'는 대부분 남북의 물건들을 전부 취급하는 잡화점으로 "대문을 나서지 않고 이 문을 내딛지 않는다"라는 말처럼 천정과 마당, 누방과 규방 안에서도 자급자족이 가능하기 때문에 평생 외부의 도움을 구하지 않아도 됐다.

그렇다면 어떻게 삶을 보장하고 죽음을 보장한단 말인가!

그날 밤 지관은 푸루계 근처 선착장에 도착해서는 아직 시간이 되지 않았다며 몸을 피해 해변가 뒤쪽 창고에 인접한 대규모 '선두행'의 상가로 피해 들어갔다. 얼마 후 시간이 돼서 창고에서 나온 지관은 몹시 놀라며 본능적으로 한 걸음 뒤로 물러서더니 다시 창고 쪽으로 걸음을 옮겼다.

법력이 높고 강하며 차분히 침착하게 다스릴 줄 아는 지관이 아니라, 그날 밤 선착장 근처를 오가는 평범한 사람이라 해도 팔자가 비교적 가볍거나 쉽게 감응하는 경향이 있었다면, 그날 밤 그 자리에 음산한 기운이 가득하고 요상하고 더러운 혼귀가 사람들을 압박하고 있다는 것을 쉽게 감지할 수 있었을 것이다.

지관은 창고에서 나오자마자 루청 해변의 모든 선착장마다 혼백이 가득 차 있는 것을 목도하게 되었다. 헤아리기 어려울 만큼 많은 혼귀들이었다.

혼귀들의 형상은 대부분 팔다리가 찢어지고 손으로 머리를 받쳐 들고 있으며 잘려서 밖으로 드러난 목은 가장자리가 평평하고 반듯하게 드러나 있는 것이 예리한 칼로 단번에 잘려진 것 같았다. 어떤 혼귀는 손이 잘리고 다리가 부러져 있는가 하면, 또 어떤 혼귀는 온몸이 마구 휘두른 칼에 난자되어 피와 살점이 마구 뒤섞인 채로 몸에 간신히 붙어 달랑거리고 있었다. 온몸의 근육이 조각조각 떨어져 나간 혼귀도 있었다…….

혼귀들은 또 하나같이 낡고 오래된 옷을 입고 있었다. 남루하다 못해 갈기갈기 찢어진 천이나 다름없는 옷이었다. 상처에서는 시커먼 피가 흐르고 썩은 살덩어리가 뚝뚝 떨어져 나왔다. 적지 않은 혼귀들의 몸에 뾰족한 화살이 꽂혀 있었고, 어떤 혼귀들은 정신없이 날아든 화살이 전부 몸을 관통했는지 마치 과녁을 보고 있는 것 같아 사람의 모습이라고는 말하기 어려웠다. 어떤 혼귀는 화포를 맞았는지 손과 발이 잘려 나갔고 복부가 터져 간장이 흘러내렸다. 심지어 폭발로 인해 몸이 갈기갈기 찢어진 혼귀들은 조각난 몸이 원래 부위대로 배열되어 하늘에서 조합되기도 했다…….

손에 들고 있던 머리나 공중에 떠다니던 머리뿐만 아니라 어느 정도 알아볼 수 있는 얼굴들은 하나같이 무뚝뚝하고 음산한 표정이었고, 한결같이 깊은 원한과 불만 그리고 분노를 표출하고 있었다. 목숨을 요구하기 위해 찾아온 흉악한 혼귀들임에 틀림이 없었다.

이들은 루청 푸루계 근처의 선착장을 가득 메우고 있었고 그 숫자는 수천수백에 이르렀다.

지관은 이들을 대출 훑어보고 나서는 손가락으로 꼽아가며 자세히 헤아릴 필요도 없이 이처럼 방대한 수량의 혼귀들은 수백 년 동안 몇 대에 걸쳐 모인 전쟁의 혼귀들이라는 것을 알아냈다. 옷차림만 보고도 쉽게 알아볼 수 있는 이들 혼귀들은 명대 말기에 중국에서 퇴각하여 타이완을 지키면서 '반청복명反淸復明'을 주장했던 정성공의 장사병들임에 틀림없다. 반대로 청조의 정국이 안정된 후에 타이완을 공격하기 위해 내려왔던 군대도 있었다.

승자가 어느 쪽이었든 쌍방 모두 심각한 사상자를 냈고, 이곳에 원혼이 되어 떠돌고 있었던 것이다.

섬 전체가 명청대를 거쳐 현대에 이르기까지 여러 조대를 겪는 동안 네덜란드, 스페인, 영국, 프랑스 등 여러 나라의 서양인들이 침범해 들어온 적도 있었다. 섬 서안에서 치러진 해전과 육상에서 벌어진 온갖 전투에서 사망한 이들 외국인 전사들도 돌아갈 곳이 없게 되자, 원혼이 되어 전부 이곳에 남아 긴 세월 쉬지 못하고 떠돌고 있었던 것이다.

영원히 옮겨갈 수 없는 유감이었다! 하늘과 땅마저도 제

자리로 돌아간 적이 없었다.

지관은 이런 상황에 대해 일찌감치 예견한 바 있긴 했지만 혼백의 수가 이렇게 많으리라고는 미처 예상하지 못했다. 한순간 멍하니 넋이 나가 있던 그는 이내 다시 정신을 차렸다. 하지만 밤 공기 속에는 전사들의 강렬한 살기와 원한 외에 안타까움과 슬픔도 함께 녹아 있었다. 이런 안타까움과 슬픔은 잠시 머물렀다 떠나는 게 아니라 깊고 아득하게 오래도록 지속되었다.

지관은 이미 훈련된 음양의 눈으로 다시 한번 자세히 살펴보았다. 앞줄에 있는 전사들의 뒤쪽에 늘어선 혼귀들은 입고 있는 옷차림으로 보아 보통 상인들과 노동자 유민, 일반 백성들이었다는 것을 알 수 있었다. 간혹 드물게 과부도 눈에 띄었다. 그녀들은 피를 뚝뚝 흘리면서 여전히 탯줄도 자르지 못한 시퍼런 영아의 시신을 손에 받쳐 들고 있거나 목에 허리띠가 묶인 채 혀를 가슴까지 길게 늘어뜨려 일곱 개의 구멍에서 피를 토하고 있었다. 이들이 죽게 된 원인은 한두 가지가 아니었다…….

이렇게 많은 보통 사람들 가운데 몸이 퉁퉁 부어 죽은 사람들도 적지 않았다. 바닷물에 빠져 오랫동안 잠겨 있던 시신들이었다. 오관五官이 물고기에게 먹혀 버려 그저 구멍만 남은 얼굴이라 앞뒤를 분간할 수 없는 사람도 있었다. 또 어떤 사람의 몸은 물고기에게 갉아 먹혀 수만 개의 구멍이 나 있었고, 그 사이로 깊고 그윽한 달빛이 통과하여 그물을 만들기도 했다.

혼백들은 특별한 공간에 거처하도록 조정되어 있었기 때문에 이들이 뒤쪽에 한데 모여 있긴 했지만 멀리 떨어져 있다고 해서 시야에서도 멀어져 작게 변하거나 희미하게 보이는 것은 아니었다. 모든 얼굴들이 여전히 눈앞에서 보는 그림처럼 뚜렷하기만 했다. 하지만 표정들은 하나같이 무뚝뚝하며 음산했고 깊은 원한과 증오를 품은 채 처량하게 하소연하고 있었다.

지관은 손가락을 꼽아 헤아려 보고는 마음속으로 분명하게 알게 되었다.

섬이 중국에 의해 발견되긴 했지만 탕산에서 온 대륙 사람들은 쉽사리 '흑수구'라 불리는 거친 물살을 통과하지 못했고 범선이 전복되는 바람에 바다를 떠도는 원혼이 되고 말았다. 이들은 '수류시水流屍'라고 불렀다. 또한 서쪽 해안에 발을 내딛긴 했지만 죽은 뒤에 대를 이을 자식이 없거나 제사를 지내줄 만한 사람이 없고, 그렇다고 탕산으로 다시 돌아갈 길이 없는 대륙 사람들도 있었다. 이들은 수백 년 동안 오로지 이곳을 지키면서 여전히 뭔가를 찾아 헤맬 뿐 돌아갈 곳이 없었다.

영원히 옮겨갈 수 없는 유감이었다! 하늘과 땅마저도 제자리로 돌아간 적이 없었다.

지관의 표정은 엄숙했고 말투도 착 가라앉아 있었다. 대나무로 살을 댄 기름오동나무 천 검정 우산을 양쪽 팔로 가슴에 꼭 부여안고 양쪽 손가락과 손바닥을 붙여 대수인大手印, 내공의 힘으로 손을 크게 부풀게 만들어 강력한 파괴력을 내는 장법의 일종을 하고 있었다. 눈을 들어 하늘을 쳐다보고서 시간이 되었음을 알아차린 그는 칠성보를 걸으며 느린 몸짓으로 천천히 앞으로 나아갔다.

갑자기 수많은 혼백들이 양쪽으로 나뉘면서 순식간에 길을 열어주었다. 혼백들 사이에서는 서로 밀치거나 양보하지 않으려고 발버둥치는 자들이 보이지 않았다. 그들은 이렇게 지관이 나아갈 수 있는 공간을 터주었다. 모든 혼백들의 얼굴이 바로 코앞에 있는 것처럼 뚜렷하게 보였다. 단지 너무나 애처롭고 처량하여 마음이 가득 저려오는 바람에 뭔가 말을 하려다가 그만둘 뿐이었다.

지관은 눈을 내리깔고 좌선하면서 한순간도 한눈을 팔지 않았다. 입으로는 계속 경을 읊고 주문을 외웠으며 손은 끝까지 대수인을 하고 있었다. 양 옆에 있던 조수들이 다량의 지전을 태우기 시작했다. 순식간에 붉은 불꽃이 타오르면서 번쩍거리며 흔들거리는 금홍색 불씨가 한 무더기, 또 한 무더기 명계로 보내는 '고은庫銀, 중국 청나라 때 통용된 은화로 고평庫平이라는 저울로 무게를 달았기 때문에 이런 이름을 갖게 되었음'을 사방으로 밀어 올렸다.

한 혼백이 지전을 갖고 조용히 물러나자 공중의 틈이 즉시 메워졌다. 한 혼백은 손에 넣은 '고은'을 가슴에 끌어안고 그 자리에 남아 떠나지 않으려 했다.

지관은 혼백들이 열어준 길을 따라 앞으로 걸어나갔다. 칠성보로 걷는 지관의 온몸이 바람에 휘날리는 버드나무처럼, 물속의 부초처럼 흔들렸다. 칠성이 자리를 옮김에 따라 전진과 후퇴를 반복하고 좌우로 왔다 갔다 하는 모습이 마치 무슨 의식을 거행하는 듯했다. 칠흑같이 어둡고 끈적거리던 하늘이 한순간 희미해지는 것을 분명하게 감지할 수 있었다. 머지않아 빛이 쏟아질 징조였다.

여명의 맑고 밝은 기운이 은연중에 살아 숨쉬고 있었다.

혼백들 사이에서 약간 술렁이는 낌새가 보이긴 했지만 압력 같은 것은 보이지 않았고 어떠한 움직임도 일어나지 않았다. 단지 일종의 진동의 압축이 있어 원래 지관이 걸어갈 수 있도록 비워두었던 통로가 다소 좁아진 것을 느낄 수 있었다. 지관이 신중하게 몇 걸음만 더 걸으면 선착장이 끝나고 배와 배 사이를 연결해주는 기다란 나무판자가 있는 곳까지 도달할 수 있었다.

지관의 이마에 가느다란 땀방울이 맺혔다.

갑자기, 전광석화처럼 헤아릴 수 없이 많은 손들이 앞뒤, 사방팔방에서 지관을 향해 뻗어왔다. 그가 품에 안고 있는 검정 우산을 가로채려는 게 틀림없었다.

이미 좁아진 통로의 빈틈으로 길게 뻗어 나온 손들이 순식간에 앞을 막아서자 지관은 앞뒤로 피할 길이 없다는 것을 깨달았다. 우산을 버리거나 온몸으로 뿌리치는 수밖에 달리 방도가 없었다.

지관은 외마디 외침과 함께 원래 대수인을 하고 있던 한 손을 다른 손으로 바꿔 또다시 대수인을 했다. 수인이 나가자마자 길게 뻗어 지관을 잡으려 했던 손들이 곧 물러났다. 지관은 이 틈을 놓치지 않고 몇 걸음 더 앞으로 나아가 선착장과 배들 사이의 나무판자 위로 올라섰다.

육지와 배를 이어주는 나무판자 밑으로 흐르는 푸루계 물줄기는 너무나 조용하고 어두워 그 깊이를 헤아릴 수 없었다. 연못처럼 깊은 이 공간에서 불쑥 몇 겹으로 뭉친 무수한 손들이 솟아올랐다. 의심의 여지없는 '수류시'들의 손이다. 이 근처 해수면이 바로 그들의 활동공간이었다. 뜻밖에도 밑에서 솟아오른 손들은 그 모양이 기괴하기 이를 데 없었다. 마치 지옥의 심연에서 뻗어 나온 것만 같았다.

이때 앞뒤, 사방팔방에서 적을 맞이한 지관은 발 밑 역시 안전하지 못하다는 것을 깨달았다. 수많은 손들이 자신을 움켜잡으려 하고 있었던 것이다. 지관은 훌쩍 몸을 날려 뛰어오른 뒤 다시 몸을 뒤집어 가볍게 뱃머리에 올라섰다. 손에 꽉 쥐고 있던 검정 우산에는 별 탈이 없었고 등 뒤에 맨 봇짐 또한 무사했다.

상황이 이렇게 되자 지관은 봇짐 한쪽을 풀러 안을 들여다보았다. 봇짐 안에는 풀칠종이로 만들어진 월항/월아의 신주 위패가 들어 있었다.

지관은 눈을 들어 하늘을 바라보았다. 그의 눈에 처음으로 초조함과 기대감이 동시에 얼비쳤다.

바로 그 순간 먼 하늘과 바다 수면에 맨 처음 한 줄기 서광이 비쳤다.

7

원혼을 안에 가둘 수 있는 검정 우산은 천고 이래로 줄곧 풀리지 않는 수수께끼이자 의문이었다.

유골함에서 파생된 항아리, 옹기, 단지 등에도 혼백이 몸을 숨길 수 있다는 것은 결코 이해하기 어려운 것이 아니었다. 정처 없이 떠돌던 혼백들은 정착할 곳이 필요했고 적어도 몸을 편안하게 쉴 곳이 있어야 했다. 하지만 항아리나 옹기, 단지 등은 모두 휴대하기가 불편했고 또한 쉽게 깨진다는 단점이 있었다.

항아리나 옹기, 단지가 깨져버리면 혼백은 흩어져버리거나 적어도 몸을 쉴 곳을 잃게 된다. 우산, 특히 검은 우산만이 펴고 접는 그 사이의 시공에 무궁무진한 비밀을 간직할 수 있었다. 우산을 크게 펼칠 때면 혼백들이 쉽게 몸을 뒤집어 날아갈 수 있기 때문에 운신에 큰 구속을 받지 않았다. 또한 우산을 접으면 순식간에 혼백이 한데 모일 수 있고 몸을 덮어 보호하고 감출 수 있었다. 그래서 줄곧 혼백이 몸을 숨기기에 가장 좋은 공간이 되었던 것이다. 더구나 우산은 휴대하기가 간편하고 쉽게 망가지지도 않았다.

그리하여 여행객들이 겨드랑이에 끼고 다니는 모든 검정 우산, 여행객들이 신중하게 품안에 안고 다니는 모든 검정 우산, 심지어 뾰족한 꼭대기에 보따리를 맬 수 있는 검정 우산이 접기만 하면 그 안에 혼귀를 안을 수 있었다. 그뿐만 아니라 혼귀를 숨기거나 휴대할 수도 있었다.

그런 혼귀들 가운데 가서 복수하고 싶은 원혼이 있었다.

루청 사람들 사이에 월항/월아가 깊은 바다 건너 탕산으로 복수하러 갔다는 이야기가 입에서 입으로 전해지고 있는데, 아마 그때도 이런 검정 우산이 필요했을 것이다. 지관도 우산을 휴대하는 것이 편했을 것이고, 여행객이라면 누구나 행랑을 들고 다녔던 터라 지관이 월항/월아의 위패와 유골함을 받쳐 들고 있었다 하더라도 불필요하게 다른 사람들의 배척과 두려움을 유발하지는 않았을 것이다.

그 덕분에 영원히 닫혀 있어야 했을 지관의 그 검정 우산에 관한 전설이 전해지게 된 것이다.

상선이 운행할 수 있는 계절이라 해도 깊은 바다에는 흑수구나 홍수구처럼 반드시 통과해야 하는 거대한 해류가 있었다. 바다의 모습은 종종 이처럼 험악했다. 바다에서 미친 듯이 몰아치는 파도가 높아졌다 낮아지기를 반복하며 희롱하듯이 선체를 들었다 놓았다 했다. 한바탕 전쟁을 치르느라 몸이 극도로 지친 지관은 선실에서 그만 잠이 들고 말았다. 반드시 어두운 곳에 두어야 하는 검정 우산은 선실 맨 아래층의 화물칸에 실려 있었고, 이를 지관의 조수가 지키고 있었다. 그러나 구토가 나고 폐를 후벼 팔 정도의 뱃멀미에 혼쭐이 난 조수는 머리가 너무 어지러워 선실 한쪽에 널브러진 채 꼼짝도 하지 못했다.

이때 장난치기 좋아하는 아이들 몇몇이 다가와서는 그렇게 줄곧 삼엄하게 지키고 있는 그 검정 우산에 대해 호기심을 느끼고는 호시탐탐 우산을 펼쳐볼 기회를 노리고 있었을지도 모른다.

배 위에는 또 (여행객이 데리고 온) 검둥개 한 마리가 있었다. 이 개는 음양안陰陽眼, 이 세상과 저 세상을 동시에 볼 수 있는 눈을 갖고 있어 밤이 되면 본능적으로 '기이한 물체'를 볼 수 있었다. 검둥개는 본능적으로 피 냄새를 맡고서 그 더러운 물체를 찾아내서는 거대한 아가리를 쩍 벌린 채 가늘고 기다랗게 툭 튀어나온 이빨을 드러내며 가까이 다가와 검정 우산을 물어뜯고 깨물다가 우산이 다 해져서 너덜너덜해진 뒤에야 비로소 물어뜯기를 멈췄을지도 모른다.

아니면 지관의 숙적이 더 위험했을지도 모른다. 단지 같은 일을 하는 사람들 사이의 질투심 때문에 서로를 공격하다가 일을 그르쳤을지도 모른다. 이는 지관이 과거에 다른 동료가 용혈을 찾고 영맥靈脈을 절단하는 것을 방해했기 때문일 것이다. 그게 아니라면 동료가 사람을 해치는 비법을 퍼뜨리는 것을 저지했을 것이다…….

이 지관의 숙적이 배에 숨어 있다가 지관을 궁지에 몰아넣기 위해 검정 우산을 펼쳤다면 지관은 일을 그르칠 뿐 아니라 원기를 크게 다치고 법력을 상실했을 것이며, 심지어 복福이 끊어져 목숨을 잃었을지도 모른다.

물론 아무 상관도 없는 여행객과 뱃사람들만이 비를 피하기 위해서 선실로 내려왔다가 이 검정 우산을 발견하고는 잠시 빌린다는 생각에 마음대로 가져다가 우산을 펼쳤을 수도 있었다.

또 어쩌면 도둑이 조심스럽고 삼엄하게 지키고 있는 봇짐과 검정 우산 안에 금은보화가 가득 숨겨져 있고, 특히 검정 우산이 귀중한 물건을 숨기기에 가장 좋은 장소라고 생각하여 우산을 펼쳤을지도 모른다.

......

이 모든 것이 월항/월아의 겁난劫難에 귀속될 것이고 복수를 하기 위해 찾아온 원혼은 전세와 금생을 거쳐 극도의 고통을 당했을 것이다.

모든 것이 원귀가 만들어낸 일인 것 같았다.

필연적으로 월항이 있었을 수도 있다. 가장 긴급한 순간에 눈을 감고 쉬고 있던 지관은 갑자기 마음이 동해 손가락을 꼽아 셈을 하기 시작했다. 그러더니 나직한 목소리로 불길하다고 중얼거렸다. 그러고는 황급히 배 밑바닥 어두운 선실에 쓰러져 있는 조수에게로 달려갔다.

하지만 모든 것이 이미 끝난 뒤였다.

어린아이들이 그랬건 숙적이 그랬건, 아니면 여행객이나 뱃사람 또는 도둑이 그랬건, 그것도 아니면 검둥개의 긴 이빨이 그랬건 간에, 검정 우산은 펼쳐졌다. 지관은 늦게나마 달려와 혼백이 흩어지면서 처참한 목소리로 울부짖는 모습을 보게 되었다. 온몸이 함께 사방으로 끌어당겨져 찢어지는 것 같았다. 원한이 극에 달했는지 혼귀의 눈에서 갑자기 시커먼 피가 뿜어져 나왔다.

비밀 법술에 정통한 지관도 이런 형세를 되돌릴 방법이 없어, 그저 깊은 슬픔에 잠긴 채 연신 고개만 흔들어대면서 길게 탄식할 뿐이었다.

"하늘의 뜻이야! 하늘의 뜻! 그건 거스를 수가 없지."

필연적으로 월아도 있었을 것이다. 가장 긴급한 순간에 눈을 감고 쉬고 있던 지관은 갑자기 마음이 동해 손가락을 꼽아 셈을 하기 시작했다. 그러더니 나직한 목소리로 불길하다고 중얼거렸다. 그러고는 황급히 배 밑바닥 어두운 선실에 쓰러져 있는 조수에게로 달려갔다.

지관은 때맞춰 신나게 놀던 아이들의 호기심 어린 손길을 저지했다. 검둥개가 거세게 달려드는 것도 애써 막아냈고 적수의 진로를 차단했으며 여행객이나 뱃사람에게는 비를 막아주는 보통 우산을 건넸다. 도둑은 놀라서 달아났다.

비밀 법술에 정통한 지관도 놀라서 온몸에 식은땀을 흘렸다. 그러고는 다행이라는 듯이 웃으면서 안도의 한숨을 내쉬었다.

"하늘의 뜻이야! 하늘의 뜻! 이것이 진정 하늘의 뜻이지!"

이렇게 원혼은 겁난을 피해 복수를 하러 갈 수 있었을지도 모른다.

검정 우산은 여전히 존재했다. 검정 우산은 모든 이야기가 집중되는 소재였다. 물론 깊은 물길의 해류인 검은 흑수구 해역도 여전히 존재했고 월항은 정크선에게 가장 흔히 발생하는 해상재난에서 검정 우산과 함께 유실되어 바닥이 보이지 않는 깊은 바닷물 속으로 가라앉았을지도 모른다. 그래서 검정 우산 속에 영원히 갇혀 있거나 우산이 찢어지면서 혼백이 마구 흩어져 저승으로 갔을지도 모른다.

당연히 월아도 파도에 몸이 휩쓸렸지만 무사히 피안에 도달했을지도 모른다.

그랬다면 그녀의 능력을 제대로 볼 수 있었을 것이다.

하지만 변하지 않는 것은 그 검정 우산뿐이었다. 천고 이래로 줄곧 풀기 힘든 수수께끼이자 의문이 아닐 수 없었다. 루청 사람들은 원래 갖가지 의식에서 끊임없이 검정 우산을 경험해왔다. 죽은 지 한참 지난 '유골'이 어쩌다 고향인 피안의 탕산으로 돌아오게 되면 유골은 발꿈치 뼈부터 머리끝까지 순서대로 쌓인 다음 차례로 배열되어 높이 두 척 정도 되는 유골함에 담긴 채 다시 흙속에 매장되곤 했다. 이때도 사람들은 검정 우산으로 유골함을 가렸다…….

또한 혼례에서도 준비를 다 마친 새색시가 자기 집 대문을 나설 때 검정 우산을 펴서 하늘을 가리곤 했다.

과연 검정 우산은 빠지는 곳이 없었다.

8

루청의 전설과 관련된 여자귀신의 원혼은 도행道行이 높고 깊은 지관의 도움으로 검정 우산에 몸을 숨긴 채 바다 건너 피안인 탕산으로 가서 변심한 남자를 찾아내 복수에 성공했다. 하지만 그 수많은 이야기들 가운데 원혼이 탕산에 가서 어떻게 복수를 했는지, 그 대체적인 방법과 윤곽이 어떠했는지는 지금까지 전해지는 바가 거의 없다.

여자귀신이 무사히 피안인 중국 탕산에 갔었다면 당연히 원수를 갚았을 것이다.

대부분의 루청 사람들에게 생소하기만 한 피안 중국의 탕산이 원혼을 괴롭히거나 방해하지는 않았을 것이다. 타이완 루청에서 혈혈단신으로 바다를 건너 탕산에 간 여자귀신은 별다른 어려움 없이 변심한 남자의 생명을 빼앗고 잔혹하게 살해됐던 자신을 위해 복수에 성공한 것으로 루청 사람들의 입에 오르내리고 있다.

루청 사람들은 지금까지 원혼을 위해 어떤 구상을 가져보지 않았던 것 같다. 사실 여자귀신은 자신(그들에게도 마찬가지다)이 전혀 알지 못하는 곳으로 온 것이었다.

상선은 항상 취안저우 선착장에 정박했다. 배가 밤에 도착했다면 지관은 보통 여행객들과 마찬가지로 등에 봇짐을 짊어진 채 검정 우산을 손에 들고 배에서 내렸을 것이다. 그에게서 어떤 심적 동요나 불안감이 보이지 않았을 것이다.

뭍에 있던 여자귀신이 우산 속에 숨어 건너온 외지의 신참 혼백을 몰래 정탐하고 있었다 하더라도 그곳에서 귀찮은 일만 만들지 않는다면 원래 사방에 떠돌아다니는 혼령들이 많은 터라, 여자귀신 하나가 더 생겨났다고 해서 굳이 신경쓸 필요는 없었을 것이다.

배가 도착하는 시간이 대낮이었다면 지관과 조수는 더 신경을 많이 써야 했을 것이다. 어쩌면 그들은 검정 우산을 들고 잠시 배 밑바닥에 몸을 숨겼을지도 모른다. 화물을 내리려면 시간이 필요했고 날이 어두워진 뒤에 다시 우산을 들고 배에서 내려야 사람들 이목을 끌지 않기 때문이었다.

하지만 검정 우산의 비호에서 벗어난 원혼은 앞으로 어떻게 될 것인가?

지관은 천지의 법리에 기초하여 절대로 원혼이 직접 복수에 나서는 것을 도와줄 수 없었다. 그녀가 깊고 험한 바다를 건널 수 있도록 도와준 것 자체가 이미 천조의 인연을 범하고 간섭하는 셈이었다. 검정 우산에서 나온 원혼은 땅바닥에 무릎을 꿇고 세 번 절하고 아홉 번 머리를 조아리는 삼궤구고의 예를 올림으로써 지관의 은혜에 대한 감사의 뜻을 표했다. 그러고는 더이상 큰 은혜를 베푼 사람을 난처하게 하려

하지 않았다.

앞길이 막막하기만 한 여자귀신은 취안저우에 와 있었다. 그곳은 그녀의 아버지와 할아버지의 고향이자 자신을 살해한 남편의 고향이기도 했다.

십이 세기 이래로 수백 년 동안 취안저우는 중국 탕산 최대의 대외 무역항으로 해외 수백 개 국가나 지역과 통상관계를 유지해왔다. 한때는 입항하는 대형 원양무역 상선의 수가 삼백여 척에 달하기도 했고, 일찍이 알렉산드리아와 함께 세계 최대의 상업무역 항구로 꼽히기도 했다.

명대까지만 해도 멀리 북방 경성京城에 있는 천자는 취안저우를 통해 남방 각 항구에 출입하는 모든 것들을 통제했다. '삼보태감三保太監' 정화鄭和가 서양으로 진출하면서 취안저우에 시박사市舶司, 중국 당나라 때부터 관세 징수 등 외국무역에 관한 모든 업무를 담당하던 관청를 설치한 것도 조정에서 지정한 사절들이 항구를 출입할 수 있도록 하기 위한 조치였다. 정화도 반드시 취안저우를 거쳐야만 시암Siam, 태국의 옛 이름이나 자바Java, 말라카 등지로 항해해 갈 수 있었다.

그러나 얼마 후부터 중국 연해지역의 통상항구는 점차 북쪽으로 이동하는 추세를 보이기 시작했고 이에 따라 취안저우는 잠시 번성했을 때의 명성과 영광을 되찾지 못했다. 명말청초에 이르러 안사제顔思齊나 정지용鄭芝龍 같은 인물이 이끄는 무장 집단이 조정의 중앙 정권이 교체되는 틈을 이용하여 타이완으로 내려와 기반을 잡게 되었다. 특히 정성공은 루얼문鹿耳門에 상륙하여 타이완을 동도東都로 삼아 '반청복명反淸復明'의 근거지로 활용했다. 하지만 이로 인해 청 조정이 해협 양안의 관방 및 민간의 왕래를 전면적으로 제한하는 결과를 초래하기도 했다.

1683년 청 강희康熙 연간에는 한인 시랑施琅이 또 만주인의 청 중앙 정권을 대신하여 타이완을 탈환했다. 이에 따라 정치세력이 남부로 확장되고 두 차례에 걸친 해금海禁이 해제되면서 취안저우는 이민 열풍과 밀수무역의 중심지가 되었다. 이리하여 취안저우에 본적을 둔 타이완 주민이 타이완 전체 인구의 절반을 차지하게 되었다.

결국 월항/월아가 살았던 건륭·가경 연간이 취안저우와 루청이 상업과 무역이 가장 번창하고 인구의 왕래도 가장 많았던 시기로 기록되게 되었다.

멀리 바다를 건너간 원혼은 자신의 아버지와 할아버지, 그리고 자신을 살해한 남편의 고향인 취안저우 선착장에 도착했다. 그곳에서 그녀는 무엇보다 먼저 귀에 익숙한 언어를 듣게 되었다. 사람들이 사용하는 하락화河洛話를 그녀는 전부 알아들을 수 있었다. 단지 음조가 약간 문제였다.

과거에 그녀의 남편이었던 가성/가충은 말을 할 때 소리

끝이 위로 말려 올라가는 억양을 조심스럽게 감추면서, 루청 사람들처럼 말을 잘했기 때문에 탕산에서 온 지 얼마 되지 않았다는 것을 감쪽같이 숨길 수 있었다.

그 당시 그녀는 자신의 남편이 타향인 루청에 살면서 분명히 어떤 차이점 때문에 불편해할 것이라는 사실을 전혀 생각하지 못했고, 그저 그가 술을 몇 잔 마셨다 하면 내뱉는 '고향 사투리'에 항상 웃음을 보이곤 했다. 그가 남을 욕할 때마다 내뱉는 "네 늙은 에미랑 씹해라" "네 할머니나 따먹어라" 같은 욕설에는 '독특한 억양'이 담겨 있었다. 약간 가벼우면서도 부드러운 어조와 뒤를 말아 올리는 미성尾聲은 루청 사람들 말처럼 무겁게 들리지 않았기 때문에 그다지 상스럽게 느껴지지도 않았다.

그는 자신이 취안저우에서 왔으므로 남을 욕하는 말도 비교적 교양이 있어 그렇게 거칠지 않다고 말했다.

'독특한 억양'의 어투는 일찍이 많은 규방에서 흥밋거리가 되기도 했다. 잠자리에서 서로 즐거움을 찾기 위해 그녀는 그의 말투를 따라했고 베갯머리 송사도 그의 말투를 사용했다. 그는 일관되게 자신의 '독특한 억양'으로 화답했고 격정에 이른 순간에는 더욱더 질펀하게 자신의 억양으로 거친 말을 쏟아냈다.

"네년을 오늘 죽여주고 말거야."

"널 내 이 총으로 쏴 죽일 거야, 쏴 죽일 거야."

"네년을 평평하게 깔아뭉개줄 거야."

당시 그런 말 한마디가 예언이 되기에 충분했던 것일까?

이제 여자귀신의 귓가에는 미성을 말아 올린 귀에 익은 어투가 간헐적으로 들리는 것이 아니라 여기저기서 마구 들려왔다. 여자귀신은 잠시 그 소리에 마음이 기울어지는 것을 느꼈다. 오장육부가 끓어오르고 휘감기면서 입을 열어 뭔가 말하고 싶었지만 정작 입에서 터져나온 것은 슬픈 울음소리 뿐이었다. 처량하고 괴상한 울음소리. 처연하고 처절한 귀신의 울음소리는 큰소리로 부르짖는 듯했다.

귀신은 한동안 자신이 말할 수 있는 취안저우 방언의 억양을 사용해도 되는지 알 수 없었다. 그곳에 왔으면 그곳의 습속을 따라야 하는 건지, 아니면 원래부터 가지고 있는 루청의 억양을 구사해야 하는지 알 수 없었다.

여자귀신은 자신이 이미 언어를 잃었다는 것을 깨달았다.

귀신은 또 자신이 지역을 구분할 수 있는 능력도 잃었다는 것을 알아야 했다.

몸이 취안저우 선착장에 있고 한강, 진강晉江을 경유하고 있다는 것과 달리, 그녀는 루청 선착장에서 시가지로 들어가는 곳과 유사한 장소를 보고 있었다. 월항/월아는 익숙하게 시냇물을 따라 위쪽으로 올라갔다.

월항이 진강을 따라 돌았다면, 진강을 가로지르고 있는 전장이 백오십 장에 달하고 너비가 한 장 반이나 되는 '순제順濟' 석교의 유적을 보았을 것이다. 그리고 연해의 항구들과 마찬가지로 반드시 마조묘媽祖廟가 하나(심지어 여러 개) 있었을 것이다. 이 마조묘는 북송 때 '순제궁順濟宮'으로 봉해진 묘당으로서 규모가 매우 커서 대단한 장관을 이루었다. 그리고 기본적으로 루청의 '천후궁'과 똑같이 산문山門과 천후전天后殿, 침전寢殿 등이 갖춰져 있었다.

월아가 타쿠와 한강을 따라서 갔다면, 물가에 있는 주민들의 집을 보았을 것이다. 똑같이 붉은 기와가 비스듬하게 덮인 지붕에, 똑같이 나무로 된 대문, 그리고 똑같은 담장 구조를 하고 있었다…….

어쩌면 이렇게 비슷하고 익숙한 것일까!

귀신은 루청에서 했던 비슷한 경험에 근거하여, 큰 어려움 없이 선착장 지역을 벗어났다.

여자귀신은 한때 전성기를 구가했던 취언저우 수로 교통의 요충지인 남문을 훑어보겠다는 마음은 애당초 없었다. 그곳은 더이상 '만국의 상선들과 모든 화물이 통과하는' 입성의 관문이 아니었다. 또한 성 안에 여전히 이슬람교나 조로아스터교, 경교 등이 남겨놓은 다른 혼백들이 있다는 데 신경 쓸 필요도 없었다. 더욱이 일찍부터 만인이 참배하는 '취안저우의 여신'인 마조의 흠차대신이, 취안저우에서 태어나 뿌리를 내린 아랍인으로서 이슬람교를 신봉했었다는 사실도 염두에 둘 필요가 없었다.

귀신은 이런 사실들을 확인할 방법도 없었고 그럴 시간도 없었다.

그녀가 원하는 것은 어쩐지 안면이 있는 듯한 이 도시에서 길을 잃어버리지 않는 것이었다. 특히 자신이 번화가에 도착했을 때 그곳이 틀림없이 취안저우라는 도시라는 것을 알게 되면 그만이었다.

아! 그녀가 평생(혹은 귀신이 된 이후에) 처음으로 도착한 낯선 곳은 루청(그녀가 유일하게 낯이 익은 곳)과 너무 비슷했다. 똑같은 긴 가옥들과 똑같이 벽돌과 목재로 된 건축구조, 똑같은 가게 앞의 기루騎樓. 건물의 일층을 안쪽으로 파내 도로로 사용한 것으로 타이완 특유의 도시건축 양식는 기후마저 비슷하여 매일 오후 한 차례씩 내리는 소낙비에 대비하기 위한 것 같았다. 기루는 비를 피하기에 안성맞춤이었다.

간판도 모두 비슷했다. 똑같이 '합리행合利行' '회춘약국回春藥局' '동인당同仁堂' '원창상행元昌商行'이었다······.

여자귀신은 자신이 루청보다 거대한, 더욱 번화하고 한없이 넓은 곳에 와 있다는 것을 깨달았다. 루청에서 온 귀신은 바다를 건너자마자 곧장 해구를 떠나왔고 평생 동안 간직하고 있던 루청에 관한 기억에만 의지하여, 익숙해 보이긴 하지만 완전히 낯선 이 도시를 루청과 비교하고 평가하고 있었다. 루청이 고향을 떠난 취안저우 이민들이 피안에 짓고 살았던 고향의 모습을 본뜬 것이었다는 사실에 구애될 필요 없이, 두 지역이 서로 잘 소통되기 때문에 익숙한 느낌을 받게되는 것이라는 점만 잘 이용한다면, 그녀는 반드시 자신을 저버렸던 남자를 쉬이 찾아낼 수 있을 것이었다.

방금 도착한 여자귀신은 여전히 루청을 모든 비교와 평가의 중심으로 삼았다. 사실 이는 그녀가 의지할 수 있는 유일한 근거이기도 했다.

그러나 시간이 흘러가면서, 귀신은 취안저우 시내를 가로질러 가면서 자신이 사뿐사뿐 날아다니는 귀신 걸음이긴 하지만 끝없이 펼쳐진 도시의 수많은 거리 사이에서 길을 잃고 말았음을 깨달았다. 그녀가 애초에 의지하고 기준으로 삼았던 익숙함이 이제는 오히려 그녀를 견제하면서 갈피를 잡지못하게 했다.

그랬다! 생전에 장부를 기억하면서 글을 익혔던 원혼은 취안저우와 루청에 서로 똑같거나 비슷한 거리 이름과 지명이 있어 무척 즐거워했고 시내의 어느 표지판이든 거침없이 낭랑하게 읽어 내려갔다. 하지만 그녀는 '미스가米市街'에 이르러서는 그곳이 루청의 '미스가'처럼 시장과 연결되어 있지

321

않다는 사실을 발견했다. '진성항金盛巷'이 닿는 길도 루청의 구곡항九曲巷과는 거리가 멀었다.

더구나 루청의 '야오린가'가 취안저우에도 있었지만 취안저우의 '야오린'은 거리명이 아니라 어느 지역명이었다. 루청의 '취안저우가'가 그저 거리 이름에 불과한 것은 물론이고 직접 취안저우에 와보니 커다란 지역 전체를 '취안저우'라 부른다는 것도 분명히 알 수 있었다.

물론 서로 비슷한 지역과 거리 이름도 있었다. 하지만 지금 그녀가 있는 취안저우 '허우처로後車路'는 그냥 일반 시내의 거리로서 온갖 상점들이 들어서 있는 곳일 뿐이었다. 루청의 '허우처로'처럼 음식점이나 주점, 기생집을 차려 돈을 벌 수 있는 곳은 아니었다.

여자귀신은 루청과 취안저우 두 지역이 서로 같아서 비슷한 거리 이름과 지명을 사용하긴 하지만 방향과 역할은 서로 사뭇 다르다는 것을 깨달았다. 그녀는 익숙한 기억을 따라 그곳을 두루 돌아다니긴 했지만 길을 돌아 더 멀리 갈수록 더욱더 갈피를 잡을 수 없었다.

모든 거리들이 잘 아는 것처럼 보였지만 실제로는 모습이 바뀌고 명칭도 낯설어 확실히 길을 찾는데 방해가 되었다. 몸이 그곳에 있으면서도 스스로 길을 알아낼 수 없단 말인가? 취안저우 시가지는 과연 전생의 루청의 재현이었고 끝없는 고통의 바다였다. 대체 어디서 고개를 돌려 배를 대야 하는 것인가?

빨리 복수해야 한다는 마음밖에 없었던 귀신은 더이상 심사숙고하고 싶지 않았다. 시간이 지나면서 잠시 판단이 흐려졌던 원혼은 혹시 땅에서 벗어나 하늘 높은 곳으로 올라가 밑을 내려다보면 시가지의 전체적인 구조와 배치를 더 잘 알 수 있지 않을까 하는 생각을 하게 되었다. 그녀는 그 사이에 길을 잃지 않기 위해 시내의 지명이 이끄는 대로 몇 번이고 그곳을 빙빙 맴돌았다.

그러고 나서야 그녀는 뭔가를 깨달았는지, 재빨리 하늘 위로 날아가 자신의 고향과 똑같은 수염이 난 보리수 위로 올라갔다.

화초와 나무마저도 모두 똑같았다.

이번에 죽은 사람들의 넋을 부르고 지키다가, 두 곳이 서로 똑같다는 사실 때문에 발생한 혼잡하고 어수선한 마음을 수습한 귀신은, 이곳에 오기 전에 취안저우를 다녀와서는 붉은등과 초록등이 가득한 술집 골목에서 매정하게 자신을 버린 그 남자를 보았다고 말했던 한 상인을 찾는 일에 온 힘을 집중하기로 했다.

거리명이 '허우처로'인지는 굳이 따질 필요가 없었다. 번화한 도시 한구석에는 꼭 이런 장소가 있기 마련이었다. 붉은등을 켜지 않았다 해도 이런 곳에서는 하늘을 찌를 듯한 악취가 풍겼고 하늘거리는 청춘의 욕정이 이글거렸으며 등불과 소란스런 사람들의 말소리가 하늘가를 수놓았다.

월항이 이런 곳에 갈 수만 있다면 가성이 이곳에 현신하지 않을까 두려워할 필요는 없었다.

혹시 월아였다면 각골명심하고 절대 잊을 수 없었을 것이다. 잠자리에서 수없이 얘기를 주고받는 가운데 가충이 시골 취안저우에서 왔고 어려서 일찍 양친 부모를 여의었으며 가뭄과 장마가 계속되어 아주 힘겹게 목숨을 부지해왔다고 말했던 것을 마음 깊이 새기고 있었기 때문이다. 어쨌든 그는 사나운 바다를 건너 타이완으로 왔고 루청까지 흘러 들어와 목숨을 부지하게 되었다.

언젠가 반드시 고향으로 돌아가 큰 기와집을 짓고 밭을 사들여 소작료를 받고 사는 꿈을 이룬다면 당시에 그를 얕보고 무시했던 사람들이 얼마나 부러워하겠는가.

월아는 기억을 더듬고 여러 번 들어 외우고 있는 몇몇 지명을 쫓아 가충의 커다란 기와집에 도착했다.

월항/월아와 멀리 떨어져 있다고 하지만 기껏해야 깊고 험한 바다를 하나 건너온 것에 불과했다. 바다를 건너 탕산으로 오기만 하면 어차피 그곳에는 가성/가충이 떠나왔던 곳이 있기 마련이었다. 그곳이 갑자기 사라질 것을 두려워할

까닭도 없었다.

떠나온 곳이 있으면 반드시 돌아갈 곳도 있기 마련이었다.

월항/월아가 복수에 성공했다는 소식이 타이완에 전해지자, 루청 사람들이 내린 결론은 호화로운 기방(삼층 기와집)에서 가성/가충이 급사했다는 것이었다.

여자귀신이 어떻게 복수에 성공하여 포악한 사내를 사지로 몰아넣었는지에 대해서는 각양각색의 표현이 가미되어 다양한 이야기로 전해졌다.

귀신은 수많은 사람들 속에서 그를 찾다가 마침내 등불이 그윽하게 밝혀져 있는 곳에서 오랫동안 헤어졌던 남편을 발견했다. 그는 그야말로 돈 많은 장사꾼의 행색이었다. 귀신은 잠시나마 마음속으로 지난날의 기억과 감정이 파고들면서 잊기 어려웠던 사랑과 존경의 감정이 되살아났다. 이리하여 그녀는 얼굴의 일곱 개 구멍에서 뿜어져 나오던 시커먼 피를 멈추게 하고 사방으로 흩날리던 긴 머리카락을 가지런히 빗어 넘긴(또다른 설에 따르면 몸을 한 번 흔들자 원래의 사람 모습을 회복하여 과거보다 더 아름답고 요염한 자태를 보였다고 한다) 단아한 모습으로 남편 앞에 현신했다.

어쨌든 여자귀신은 이렇게 인연이 바뀌고 감정이 전이하는 기이한 인연 속에서, 지난날 남편이 잠시 흥분하여 그렇게 악랄한 수단을 쓴(순간적인 생각의 실수로 예상 밖에 엄청 난 잘못을 저지른) 것일 뿐, 결코 자신을 사지로 몰아 목숨을 잃게 하려 했던 것은 아니었을지도 모른다는 가정을 시험해 볼 필요가 있었다.

밤이 더욱 깊어지고 인적이 뜸해지면서 옛 아내를 다시 보게 된 사내는, 심성이 아무리 잔인하고 하는 짓이 악랄하 다 해도 놀라지 않을 수 없었다. 너무 놀란 나머지, 그는 자 신도 모르게 소리를 질렀다.

"귀, 귀, 귀신이야……."

"귀신이 나타났다!"

하지만 정신을 차리고 다시 바라보니 아내는 평상시와 다 름없는 사람의 모습이었다. (오히려 더 아름다웠다.) 아내를 저버렸던 사내는 원래 지모가 뛰어났지만 그 순간에는 수도 없이 생각이 바뀌었다. 결국 그는 당시에 자신이 정말로 아 내를 죽인 것이 아니라, 아내의 혼이 재빨리 다시 돌아와 뛰 어난 의원의 의술로 죽기 직전에 다시 살아난 것일지도 모른 다는 생각을 하게 되었다.

필경 일을 저지르고 서둘러 루청을 떠났고, 깊은 바다가 두 곳을 멀리 떨어뜨려주었다. 여자가 참혹하게 살해됐다는 소문이 취안저우까지 들려오긴 했지만 그 여인이 바로 월 항/월아라는 증거는 어디에도 없었다.

간신히 놀란 가슴을 가라앉힌 사내는 잠시 아내에 대한 지난날의 사랑과 은혜를 기억해냈다. 그러고는 착한 마음으로 온 가족이 단란하고 행복하게 지내던 날들을 상상하고 있는 자신을 발견했다. 그는 하늘이 아내를 찾을 수 있는 좋은 기회를 내려주셨고 자신의 잘못을 다소나마 만회할 수 있게 되었다는 사실에 감사했다.

여자귀신은 사내가 이미 잘못을 후회하고 있다는 것을 알아채고는 잠시 전생에 있었던 모든 일들을 떠올려보았다. 지난날을 생각해보면, 사내가 그녀에게 진심으로 구애를 했었는지의 여부를 떠나 어차피 두 사람 사이에는 어느 정도 애정의 감정이 있었고 두 사람 모두 서로에게 넋이 나가 있었다. 아름다운 한때가 없었던 것이 아니었다.

여자귀신은 문득 마음이 약해지면서 그를 용서하고 살려서 보내줘야겠다는 생각을 하게 되었다.

그녀는 원래 그냥 떠날 생각이었으나 결국 마지막으로 다시 한번 보기로 마음먹었다. 그리고 이때부터는 정말로 음양의 두 길이 더이상 서로 상관하지 않게 되었다.

생활이 풍족해진 덕분인지, 몇 년 사이에 남자는 별로 늙지도 않았고 평상시와 달리 아주 준수한 모습이었다. 사업에 성공한 뒤로 외모도 바뀌고 성품과 용모가 출중해졌다. 그야말로 재산과 뛰어난 외모를 겸비한 최고의 미혼남이 되어 있었다.

그 순간 바로 그곳에서 다시 한번 정을 통하고 인연을 맺었다면 또다른 시공에서 다시 세상의 인연을 만들었을 것이고, 이미 재산과 권력을 갖춘 남자는 굳이 악랄한 수단을 쓸 필요도, 다시 실수를 범하는 일도 없었을 것이다.

여자귀신은 한참이나 마음이 흔들리다가 결국 그렇게 하기로 마음먹었다! 마지막으로 한 번만 더 사랑을 속삭이고 나서 함께 술잔을 들면 되는 일이었다. 옛정을 생각하면서 서로를 품에 끌어안으면 되는 일이었다.

(남자는 음풍이 밀려오는 시원하고 짜릿한 기분을 몸으로 느꼈을 것이다.)

어쨌든 잠시나마 황홀했다. 마치 자신의 몸이 전생의 루청에 갔다가 다시 금생의 취안저우로 와, 다시 남자와 탕산에 있게 된 것 같았다.

그랬다! 지금은 취안저우에 있지만 오는 길 내내 곳곳이 루청과 똑같은 모습들이었다. 전생과 금생에서 완전히 소진되지 않은 기억들이 금생의 이날 눈앞에 나타난 듯했다. 자신이 루청에서 이곳으로 찾아오며 건넌 깊고 험한 바다가 정말로 끝없는 고통의 바다인지, 자신이 도달한 곳이 정말로 금생의 피안인지 알 수 없었다.

어쩌면 이것은 내세에도 계속될 인연인지 몰랐다.

남자는 너무도 친숙하면서도 낯설었다. 체격과 용모는 비슷했지만 그릇이 달랐고 가문과 지위도 생판 달라져 있었다. 단지 미세하고 잘 드러나지 않는 부분들만 경탄을 자아낼 정도로 익숙했다.

전생과 금생으로 끊어낼 수 없는 기억이었다.

그렇지 않다면 이런 재회를 어떻게 설명하겠는가?!

마구 엉클어진 머리와 일곱 개의 구멍에서 흘러내리는 피를 감추고서 몸을 한 번 흔들어 비교적 아름다운 모습으로 변신한 여자귀신은, 남자의 품에 안겨 끝없는 생각과 사념에 빠져들었다. 비슷한 피부의 감촉과 코에 익은 체취가 느껴졌다. 귓불의 애무와 거친 콧김도 똑같았다……. 동일한 사람임이 분명했지만 확실히 낯설었다. 순간적으로 무언가 바뀐 것 같기도 하고, 확실히 기억을 휘감고 있는 것 같기도 한 익숙함이었다.

힘든 여정을 달려왔고 애써 뒤를 쫓아왔는데 또다시 안타까운 시험에 빠지고 만 것이었다. 아! 그녀가 원했던 것은 원만한 내세의 만남이 아니었다. 남자의 품에 안겨 느끼는 따뜻함과 작은 소리로 소곤소곤 속삭이는 청춘의 욕정이라면 이미 충분했다.

모든 것이 서로 비슷했다. 루청과 취안저우, 취안저우와 루청. 타이완과 탕산, 탕산과 타이완, 가성과 가충, 가충과 가성……. 모든 것이 비슷했다.

어떤 것이 전생이고 언제가 금생인지 알 수 없었다.

중요한 것은 바로 지금 이 순간이었다. (끝없는 고통의 바다를 건너온 것일까? 금생의 피안에 도착한 것일까?)

경전經典에 나오는 바로 그 장면일지 모른다. 더이상 산발한 머리나 일곱 개의 구멍에서 흘러나오는 피가 아니라 예전 모습으로의 회복일지 모른다. 심지어 아름다운 모습을 갖게된 여자귀신은 거울을 보았다. 하지만 보통 사람들의 눈에는 그녀의 모습이 보이지 않았다. 그저 남자가 허공을 끌어안고 있는 괴이한 모습이 보일 뿐이었다. 여자귀신은 여전히 들뜬 마음을 주체할 수 없었다.

마음속으로 후회하기 시작한 남자는 바로 다음 순간에 음기가 가득 엄습해오는 여인의 몸을 품에 안고서, 자신이 백수건달로 루청 시내를 떠돌다가 데릴사위로 팔려갔다가 취안저우로 돌아와 제법 그럴듯하게 성공을 거두었다는 그 사실에 생각이 미쳤다. 또다시 이 여자가 자신의 명성과 반평생의 영광을 망치게 할 수 없었다.

일순간에 살기가 솟구쳤다.

(천당으로 가는 길을 굳이 마다한다면 지옥의 문은 항상 열려 있었다.)

어쩌면 남자는 옥처럼 차가운 여인의 몸을 품에 안고 있

330

다가, 머리가 혼미하고 생각이 혼란스러운 터에 갑자기 눈을 들어 거실 안에 높이 달린 거울을 보았을지도 모른다. 품에 안고 있는 것은 여인의 몸이 분명한데 거울 속에는 아무것도 없었다. 잠시 온몸의 솜털이 쭈뼛 서고 순간적으로 음란한 생각이 사라지면서 마음속으로 악귀가 와서 자신의 목숨을 요구하려는 것이란 사실을 깨달았다.

(귀신 따위가 와서 날 괴롭히게 할 수는 없지. 날 잔인하고 무정하다고 탓하지 마오.)

여자가 품에 안겨 다시금 서로 위로하고 몸과 마음을 가까이 해야겠다고 생각하고 있을 때, 남자는 호신용으로 곁에 두던 칼과 검으로, 또는 손에 잡히는 대로 도끼나 낫, 호미로 다시 한번 아내를 죽이기로 마음먹었다.

그러나 여자귀신은 이미 옛날의 연약한 여인이 아니었다. 이미 남자의 살기를 꿰뚫고 있었고 바로 이때 경전의 장면이 나타났다. 모든 것이 경전에 기술되어 있었다.

여인이 갑자기 고개를 돌리더니 순식간에 획, 방향을 바꿔 다시 나타내 보인 것은 처량하고 한 맺힌 얼굴의 귀신이었다. 얼굴은 푸르스름하고 창백했고 일곱 개의 구멍에서는 피를 흘리고 있었으며 긴 머리칼은 마구 엉킨 산발이 되어 있었다. 입가에는 검은 머리칼 한 줌이 흘러내리고 있었다. 너무나 서글프고 처량한 모습이었다.

교살당한 여인은 긴 혀를 가슴까지 늘어뜨리고, 눈동자는 돌출되어 눈언저리에 매달려 있었을 것이다.

이마에는 여전히 예리한 도끼가 꽂혀 있고 피처럼 붉고 풀처럼 흰 뇌수가 얼굴 가득 흘러내리고 있었을 것이다.

잘려진 머리는 몸에서 떨어져나가 허공에 뜬 채로 여전히 차가운 웃음을 짓고 있었을 것이다.

……

변심한 남자는 제발이 저린 듯 다시 한번 크게 놀라더니, 단숨에 숨이 끊어지고 말았다. 온몸을 곧게 세운 채 뒤로 머리를 쳐들더니 비명을 지르며 두 눈을 부릅뜨고서 입술은 크게 벌린 채 놀라서 죽었다.

아내를 살해했던 흉악한 남자는 원래의 독한 마음과 악랄한 수법을 다시 발휘하여 일단 시작한 일은 철저히 하기로 마음먹고는 서둘러 칼과 검, 도끼와 낫을 들어 여자귀신을 난도질할 작정이었을 것이다.

하지만 여자귀신이 귀신 걸음으로 날아다니는데 배신한 남자가 어떻게 가까이 다가갈 수 있었겠는가. 앞에 서 있던 여자귀신은 어느새 남자의 뒤에 가 있었다. 날카로운 무기는 전혀 필요치 않았다. 배신한 남자는 너무 놀라 스스로 미쳐버렸고 한바탕 닥치는 대로 칼을 휘두르다가 오히려 자신에게 상처를 입히고는 땅에 쓰러지고 말았다. 그렇게 죽어서도 눈을 감지 못했다.

남자의 기이한 죽음은 떠들썩하게 한바탕 사람들의 억측을 불러왔다. 온갖 소문이 횡행하며, 여러 곳을 거쳐 루청에 전해졌고, 루청 사람들은 여인의 원혼이 기어코 원수를 갚았다는 사실을 믿게 되었다.

아침에 출발하여 저녁에 도착하는 루청과 취안저우 사이의 정기 상선은 쌍방 현지의 중대한 소식을 전해주었다. 매번 배가 출항하고 입항할 때마다 두 지역의 새로운 소식들이 해협 건너편에 전해졌던 것이다.

한 타이완 여인이 탕산에서 온 첫 남편에게 살해되어 원혼이 되었고, 그녀의 원혼은 단호한 결심으로 법력이 높고 깊은 지관의 도움으로 검정 우산에 몸을 숨긴 채 멀리 바다 건너 탕산으로 건너가서 복수에 성공했다는 이야기가 두 지역에 오래 떠돌았다.

2부

그녀는 여행하는 귀신이었다. 게다가 루청 서쪽 외곽의 해안지대에 수백 년 동안 머물러 산 여자귀신이었다.

그녀가 문을 나서 루청을 떠난 것이 바로 첫번째 먼 여행이었다. 건륭·가경 연간에 여자 혼자서 외출을 한다는 것은 결코 단순한 '여행'일 수 없었다. 필시 뭔가 다른 목적이 있는 것이 분명했다.

그녀의 여행은 복수를 위한 것이었다.

그리고 그녀는 그때 이미 귀신의 몸이었다.

복수에 성공한 원귀는 사뿐히 날아서 당당한 모습으로 다시 루청으로 돌아왔다.

1

루청에 탕산에서 복수에 성공한 여자귀신에 관한 소문이
자자하게 퍼져 있었을 때, 앞으로 타이완 여자가 홀로 탕산
에서 온 남자에게 시집을 갈 적에는 이 일을 교훈으로 삼아
야 한다는 이야기들이 많았다. 그렇게 되지 않으려면 두 배
로 조심해야 한다는 것이었다.

대부분의 소문은 귀신이 지관의 도움을 받아 검정 우산에
몸을 숨겨, 깊고 험한 바다를 건너 복수를 하기 위해 피안에
도착했다는 것으로 그쳤다. 멋진 복수극을 펼친 귀신이 그
이후로 대체 어디로 갔는지, 그녀의 행방에 관한 이야기는
거의 들리지 않았다.

월항은 다시 법력이 높은 지관의 도움을 받아 또다시 검
정 우산에 몸을 숨겨 타이완으로 돌아왔을까? 크게 상심한
월아는 아무런 미련 없이 혼백이 흩어져 그 이후로 영영 종
적을 감추고 말았을까?

월항/월아가 복수에 성공하긴 했지만 저승으로 가지는 못
하고 탕산을 떠돌아다니는 떠돌이 귀신이 되었다는 소문은
아직 없었다.

지관이 철저하게 음계를 지킨 것은 분명했다. 그는 해협
양쪽을 오가며 모든 지시를 내리면서도 단 한 번도 사사로운

335

정에 얽매이지 않았다.

원수를 갚는데 성공한 귀신은 루청으로 돌아와 검정 우산에서 나와 모습을 드러내고는 세 번 엎드려 아홉 번 머리를 조아리는 삼궤구고례로 은인에게 거듭 감사를 표했다.

"그날의 약속을 반드시 지켜 평생 시종으로 곁을 따르면서 혼백이 모두 흩어지는 한이 있어도 결코 지관 어른을 저버리지 않겠습니다."

귀신은 무릎을 꿇은 채 한참동안 몸을 일으키지 않았다.

지관이 고개를 가로저으며 크게 탄식했다.

"잠시 서로의 인연이 닿았던 것뿐이네. 어리석은 혼백은 그만 가 보게."

지관은 더는 말을 하지 않고 넓은 소매를 한 번 휘두르더니 표연히 그곳을 떠났다.

약속을 충실히 지키고자 했던 귀신은 지관이 걸으면 자기도 걷고 지관이 뛰면 자기도 뛰면서 뒤를 바짝 쫓았다. 항상 그의 곁을 지키려는 것이었다.

이때만 해도 '양귀養鬼, 귀신을 곁에 두고 부림'의 비법이 민간에 전해지고 있었다. 심지어 지관처럼 높은 공력을 지니지 못한 강호의 보통 술사들도 이런 비결을 알아내어, 갈 곳 없는 귀신들에게 공양을 하기도 하고 어려움에 처한 귀신을 돕거나 해서, 귀신에게 은혜를 베풀기만 하면 얼마든지 귀신들을 곁에 두고 부릴 수 있었다.

비교적 무해한 '양귀'는 관상을 보는 술사들에게서도 흔히 볼 수 있었다. 오랫동안 귀신을 공양하면 사람들에게 점을 쳐줄 때 운명을 꿰뚫어볼 줄 아는 귀신이 귓가에 대고 점보러 온 사람의 조상 팔대와 현재의 상황을 일일이 알려주면서 놀라울 정도로 정확하게 맞추었기 때문에 사람들은 탄복하지 않을 수가 없었다.

좀더 악질적인 경우는 귀신을 시켜 사람들에게 해를 입히게 한 뒤 나서서 액운을 해결해주고 큰돈을 챙기거나, 귀신을 이용해 아내의 판단력을 흐리게 하여 음란함에 빠지게 하는 것으로, 이 모든 것들이 악법으로 여겨져 정도正道를 걷는 술사들은 절대 행하지 않았다.

지관은 청렴결백한 사람이라 못된 무리들과 어울리지 않았고, 월항/월아를 거둬들여 곁에 머물게 했다. 또한 루청으로 돌아온 뒤에는 크고 작은 상인들을 설득하여 전에 없던 대규모 초도 법회를 열기도 했다.

한 달에 걸쳐 거행된 이 수륙水陸 법회에서는 전 왕조(명)에 타이완으로 건너온 유민, 해적, 전사한 병사들부터 청조에 정성공이나 시랑의 수하 군대에 예속됐다가 타향에서 객사한 병사들에 이르기까지 그야말로 해상과 육상의 모든 귀신들을 위한 초도 행사였다. 물론 여러 조대에 걸쳐 타이완에 미처 도착하지 못하고 배가 난파되어 흑수구와 홍수구에 빠져 죽은 이민자들, 홀로 타이완에 건너와 자손도 없이 죽은 귀신, 분만이나 투신으로 죽은 귀신, 스스로 목을 매 피의 연못에 잠긴 귀신들도 모두 포함됐다.

대부분의 사람들은 타이완의 다른 항구들과 달리 루청에 역병, 해일, 홍수 등 큰 재난이 일어나지 않는 것은, 모두 지관이 주도한 대규모 법회 덕분이라 믿었다. 이 법회에서 여러 조대에 걸쳐 발생한 각양각색의 재난으로 원혼이 된 귀신들이 진정으로 구제를 받아 더는 해를 끼치지 않기에 루청이 큰 재난을 면할 수 있었다는 것이다.

그와 더불어 은밀한 소문도 잇따랐다. 지관이 나서서 상인들에게 유세를 펼치고 법회를 연 것은, 재물을 탐해서가 아니라 탕산으로 복수하러 가는 월향/월아를 검정 우산에 숨겨 호송할 때, 검정 우산에 숨어 탕산으로 돌아가려는 귀신들이 너무 많은 것을 직접 목도하고는 더이상 법회를 미뤄서는 안 된다는 사실을 깨달았기 때문이라는 것이었다. 수많은 원혼들이 모여들어 마땅히 갈 곳이 없어진다면 크나큰 재앙을 불러올 수도 있었다.

참혹하게 살해됐다가 온갖 어려움 끝에 복수에 성공한 여자귀신은 항간에 떠도는 이야기의 주인공이 됐을 뿐만 아니라, 당시 마을을 수호하는 일에도 당당하게 참여하여 재난을 물리치고 액운을 제거하는 힘의 원천이 되었다.

더 나아가 복수에 성공한 귀신은 제때에 모습을 드러내는 형식으로 마을 사람들에 의해 몇몇 영험한 사적들에 억지로 동원되기도 했다. 예컨대 어떤 사람이 꿈에서 월항/월아의 계시를 받아 잃어버린 물건을 찾았다거나, 혹은 밤에 사람의 모습을 한 여자귀신과 부딪친 이후로 아픈 몸이 싹 나았다는 등의 이야기를 들을 수 있었다. 틀림없이 누군가 그녀가 참혹하게 살해되고 묻힌 곳을 찾아가 제사를 지냈고, 또 한참 뒤에 누군가 '유응공有應公'의 소규모 묘당을 본떠 묘당을 짓고 제사를 지냈을 것이다.

어쨌든 월항/월아의 복수 이야기는 이처럼 신기한 이야기로 자리잡게 되었다.

그러나 월항/월아는 이러한 것들에 전혀 개의치 않았다. 법회가 열린 한 달 동안, 월항/월아는 줄곧 지관의 곁에 머물렀지만 아주 가까이 다가가지는 못했다. 특히 지관이 법회를 집전할 때는 참회의 경문을 외는 소리에 따라 성스러운 빛이 비추어 위엄과 자비가 드러나지 않는 곳이 없게 되면 귀신들은 바닥에 엎드려 초도의 은덕을 받아들일 뿐 가까이 다가가 보는 것은 허락되지 않았다.

여자귀신은 가능한 범위 내에서 지관의 곁을 바짝 따랐다. 초도를 받아 다시 윤회를 시작함으로써 더이상 떠도는 귀신이 되지 않으려 해서가 아니었다. 영원히 초도를 받지 못하더라도 복수할 수 있게만 해주면 평생 시종이 되어 지관을 돕겠다고 한 그 약속을 실현하려는 것이었다.

월항/월아는 제 능력이 부족하다는 것도 잘 알고 있었다. 그녀는 지관을 도와 혼란한 음계의 일들을 처리할 수도 없었고 복잡한 인간사들은 더더욱 간섭할 수 없었다.

하지만 만일의 상황에 대비하여 월항/월아는 모든 법회마다 지관의 곁을 지켰고 참회의 경문을 듣고서 인간을 도와 공덕을 쌓은 일도 적지 않았다.

그런 다음부터 그녀는 변화를 느끼기 시작했다.

그녀는 우선 자신의 몸이 점점 가벼워지는 것을 감지했다. 원래 몸을 가로막거나 잡아끄는 듯했던 무언가가 법회가 계속되면서 점차 사라졌다. 몸도 갈수록 가벼워져 더이상 온몸에 검은 피를 뒤집어 쓴 것처럼 아래로 무겁게 쳐지거나 가라앉는 듯한 느낌이 없었다.

그녀는 또 자신이 월항/월아의 원래의 모습을 유지하는 것이 갈수록 쉬워지고 있다는 것도 깨달았다. 일곱 개의 구멍에서 끊임없이 검은 피가 새어나오던 것도 멈췄을 뿐만 아니라, 머리에 도끼가 꽂힌 모습도 재현되지 않았다. 긴 혀가 가슴까지 늘어지지도 않았고 참혹하게 잘려나간 머리가 몸에서 떨어져 허공을 떠다니지도 않았으며 온몸에 난도질당

340

한 처참한 모습도 보이지 않았다.

귀신은 귀 뒤로 긴 머리를 틀고 하얀 소복을 입은 채 곁으로 바짝 다가가 무릎을 꿇고 앉아서는 지관이 참회의 경문을 외는 소리에 귀를 기울였다.

장장 한 달에 걸쳐 거행된 법회에는 불교, 도교, 밀교의 모든 법술이 망라되었다. 승려들은 불교의식으로 참회의 경문을 외워 혼귀들의 초도를 도왔다. 경전을 외는 소리를 들으면서 제 허물을 참회한 귀신들은 묘도妙道를 얻어 해탈할 수 있었다. 도사들은 주보단主普壇과 대사야단大士爺壇을 위주로, 제사와 '공적 쌓기' 의식을 거행했다. 이를 통해 '구현칠조九玄七祖'와 '음계의 강에서 떠오른 자들'뿐만 아니라 갓난아기의 혼령, 낙태를 포함하여 온갖 사인으로 죽은 귀신들이 모두 초도를 받을 수 있었다.

월항/월아의 혼귀는 법회에서 초도를 받아 빨리 환생하려하지도 않았고 경문을 통해 '죄는 그 자체의 성질도 없고, 실상도 없으며, 인연에 따라 뒤바뀔 뿐'이라는 깨달음을 얻고자 고심하지도 않았다. 단지 '인연에 따라 이 세상에 왔으니 인연에 따라 사라질 뿐이었다.'

물론 귀신은 '이세異世의 허물을 면제'하거나 '일승一乘의 묘도를 넓혀 모든 허물을 참회하게' 해달라고 억지로 요구하지 않았다. 사실 월항/월아의 혼귀는 복수를 끝낸 뒤에도 여전히 자세한 깨달음을 얻지 못했다. 그때 가성/가충과 서로 철천지 원수의 악연을 맺은 것이 정말로 삼대의 인연과 허물의 업보였는지도 알지 못했다.

아! 최근에 복수에 성공한 귀신이 마음속에 품고 있는 가장 큰 소망은, 은인인 지관에게 보답하는 것이었다. '평생 시종으로 곁에 남겠다'고 약속한 것은 귀신이 자신의 미래를 모두 지관의 손에 맡긴 것이나 다름없었다. 어떤 것을 버리고 어떤 것을 따를 것인지는 상상할 필요도 상상할 수도 없는 일이라고 굳게 믿고 있었다.

마침내 마지막 순간이 다가왔다.

지관은 법회를 모두 마치고 탕산으로 돌아가기 전날 밤, 월항/월아의 혼귀를 곁으로 가까이 불렀다.

혼귀는 한쪽에 무릎을 꿇고 앉았다.

"어리석은 혼귀야, 자네와 나의 인연은 여기까질세. 자네가 다른 혼귀들을 따라 환생하지 않으려는 이유가 무엇인가? 달리 생각이 있는 것이 아니라면, 자네도 이제 초도를 받아들이도록 하게나."

지관이 차분한 어투로 따졌다.

귀신은 오체투지하여 절을 올릴 뿐이었다.

"복수에 성공하였으니 원하는 바를 모두 이루었습니다. 그렇지만 바라건대 평생 지관 어르신의 시종이 되어 큰 은덕에 보답하고자 합니다."

지관이 빙긋이 미소를 지었다.

"어리석은 혼령아, 내가 이번에 돌아가는 곳은 세상과 단절된 깊은 바닷속인데 어떻게 날 따르겠단 말인가?"

더이상 일곱 개의 구멍에서 피가 흐르지 않는 귀신의 얼굴은 더없이 의연했다.

"높은 산 험한 바다 어디든 지관 어르신 곁을 따르겠습니다. 혼백이 전부 흩어져 사라진다 해도 아까워하지 않고 분골쇄신하여 지관 어르신 심부름을 하겠습니다."

지관은 말을 잇지 못했다. 그러고는 잠시 생각에 잠겼다가 다시 입을 열었다.

"자네가 내 곁에 머문다 해도 내겐 아무런 도움도 되지 않을 뿐만 아니라, 곁에 머물게 할 수도 없네. 자네는 정녕 나를 난처하게 만들 생각인가?"

귀신이 오체투지한 채 연신 절을 올렸다.

"제가 어찌 감히 그런 생각을 하겠습니까. 결코 그런 뜻이 아닙니다."

말을 마친 귀신은 다시 바닥에 무릎을 꿇고 앉았다.

물론 지관은 귀신의 마음을 꿰뚫고 있었다. 적절히 대응하지 않으면 그녀는 정말로 뜨거운 해가 떠오를 때까지 무릎을 꿇고 앉아 끝을 보려고 할 것이 분명했다.

"정말이지 보기 드물게 열성적인 여자로구나."

지관은 고개를 가로저으며 한숨을 내쉬었다. 그러고는 손가락을 꼽아가며 한참을 헤아려 보고 나서 머뭇거리면서 마지막으로 한마디를 던졌다.

"자네에게 심술心術의 법문法門을 전수해 다시 몸을 숨길 수 있도록 해주겠네. 심법이 움직이기만 하면 전처럼 우산 속에 몸을 숨겨 비호를 받을 수도 있을 걸세……."

귀신이 몹시 놀라며 고개를 들었다.

"그건 계율을 어기는 것이 아닙니까?"

"계율을 안다니 다행이구먼. 나도 자네가 나를 악용하지는 않으리라고 믿고 있네."

말을 마친 그 몸을 일으키며 위엄이 가득한 얼굴에 장엄한 목소리로 고함치듯 말했다.

"귀신은 명을 따르라……."

귀신은 지관의 위엄에 몸을 떨며 고개를 숙이고 감히 아무 말도 하지 못했다. 귓가에 지관의 얘기가 계속 들려왔다.

"모든 의심과 망상이 인연으로 인해 일어나고 인연으로 사라지느니라. 어리석은 혼령아, 이제 그만 가거라!"

지관은 소매를 한 번 휘두르고 나서 월항/월아의 혼이 돌아오기를 기다렸다. 앞서 몸을 기탁해 바다를 건넜던 검정 우산 속에 들어와 있는 월항/월아의 귓가에 지관이 심법을 전수하는 최상의 법문이 들려왔다.

　귀신은 마음을 가라앉히고 영혼을 모아 지관의 법문을 따라 암송했다.

　　　　　　　　　　　2

　이때까지 루청 해변에 머물러 있던 월항/월아의 혼귀는 필연적으로 다양한 시련을 경험하게 되었다.

　물론 그녀는 법회가 끝난 뒤 지관의 곁을 떠나기로 했다. 모든 것이 빠르게 변화하고 있었지만 그녀는 정말이지 기댈 곳 하나 없이 적막하고 쓸쓸했다. 복수를 결심하고 여러 해 동안 온갖 궁리 끝에 마침내 바라던 복수에 성공한 뒤 찾아온 공허함과 무력감 그리고 상실감도 적지 않았다.

　심지어 한동안은 다시 윤회에 들어가 사람으로 환생할까 하는 생각까지 했었다. 이번에는 자신이 가성/가충을 죽여 다시 그들의 복수를 유발해야 가능한 일이었다. 원한은 원한 으로 갚게 마련이니, 적어도 몇 가지 일들이 일어나는 것을 피할 수는 없었다.

　하지만 귀신이 어떤 느낌을 갖고 있고 어떤 구상을 하든 간에, 그녀에게는 시간이 충분했다. 건륭·가경 연간 이래로 백 년이 넘는 시간을 그녀는 상실감과 공허함, 외로움, 고뇌, 원망, 후회, 분노 속에서 살아왔다. 물론 때로는 평온함을 느끼기도 했지만 말이다.

그리고 이 기나긴 시간 동안 귀신은 루청의 점진적이지만 거대한 변화를 경험했다. 한번 시작된 변화의 흐름은 다시 되돌릴 수 없었다.

루청은 원래 하항河港이었다. 원래 모래뻘의 이동이 불안정한 데다 일찍이 준설작업을 한 적도 없었기 때문에 하천에서 유실된 모래의 영향을 특히 많이 받았다. 월항/월아가 생전에 살았던 옹정雍正 연간에는 큰 배가 루청 안에 들어올 수는 있어도 입항할 수는 없었다. 그러나 건륭·가경 연간에는 물길이 다시 바뀌어 루청 항구의 관문이 넓고 커진 데다 수심이 깊고 넓어져 천연의 좋은 항구가 되었다.

그제야 탕산 건너편 취안저우와의 무역왕래가 활발하게 시작되었다. 월항/월아가 탕산으로 복수하러 간 뒤로는 대형 정크선들이 두 지역 사이를 거침없이 통행했다.

복수에 성공하고 순조롭게 타이완으로 돌아온 여자귀신은 지관의 도움을 받아 검정 우산에 몸을 숨긴 채 루청 연안에 머물면서, 크고 좋은 항구였던 그곳이 어떤 이유에서인지 도서 서쪽에서 바다로 흘러 들어가는 하천이 점차 막히는 것을 직접 목격하게 되었다.

하지만 귀신에게 시간이 얼마든지 있었다. 루청의 흥망성쇠부터 수대에 걸친 사람과 사건들까지, 그녀는 모두 겪었다. 귀신은 '수많은 배의 돛이 한꺼번에 휘날리고 온갖 깃발이 눈앞에 펄럭이던' 전성기부터 '배들은 손님이 없어 빈 채로 정박해 있고 남은 것이라곤 갈매기 떼가 졸고 있는 빈 제방뿐'인 지금까지, 루청을 배회하면서 영원하고 전설적인 자신의 모습을 수차례 사람들에게 드러냈다.

여자귀신은 하얀 소복 차림에 가지런히 빗은 긴 머리를 허리까지 늘어뜨린 채 기름오동나무 종이에 대나무로 살을 댄 검정 우산을 들고 해안가나 저잣거리의 외진 모퉁이에 출몰하기도 했고 홀로 한적한 길을 걷기도 했다.

검정 우산에 가려진 여자의 얼굴을 분명히 본 사람은 적었다. 하지만 사람들은 가까이 다가가기만 하면 그녀의 낮고 완곡한 원망소리를 들을 수 있었다고 말했다.

온갖 고생 끝에 간신히 복수에 성공한 의연한 여자귀신이라 할지라도 당시 사람들에게는 여전히 거부감의 대상일 수밖에 없었다. 그래서 그녀는 떠도는 귀신이 되어 탄식만 연발할 수밖에 없었다.

아! 설사 월항이 복수에 성공한 뒤에 공허함과 상실감에 빠졌던 것이 사실이라 해도, 월아가 초도를 받아 환생하지 않겠다는 선택을 하고서 얼마 지나지 않아 마음놓고 자유롭게 검정 우산에 몸을 기탁한 채 담벼락을 따라 한가로이 사방을 누빌 수 있지는 않았을까?

그랬다면 밤이 점차 황량해지는 해변에는 더이상 배가 드나들지 않고 사람들의 왕래도 끊겼을 것이다. 적막한 해가 서쪽으로 기우는 황혼에 이어 처량한 보슬비가 내리는 추운 밤, 외로운 등불에 비가 흩뿌리고 휘이휘이 — 가을 바람이 불 때, 서글픈 것은 사람의 마음뿐이었을 것이다. 방치되고 황량한 이 공간, 눈 깜짝할 사이에 바뀐 두 세계 사이의 틈새에서 표연히 지나가는 여자귀신의 그림자만이 목격되곤 했을 것이다. 기울어진 우산은 슬픈 얼굴과 무거운 탄식을 가리기 위한 것이 아니라, 마주쳐서는 안 될 것을 피하고 음과 양을 단절시키기 위해서일 뿐이었다.

어쨌든 사람과 귀신은 다른 세계에 있었다.

그러나 여러 차례 사람들의 눈에 띈 여자귀신은 항구 주변에서 벽을 따라 배회하는 것 외에 정박해 있는 대형 정크 상선과도 관련이 있었다.

바다를 건널 수 있는 '횡양선横洋船'은 양두樑頭, 선체의 폭가 한 장 하고도 일고여덟 척에 달했고 배의 길이가 스물일곱 척, 적재 무게가 천 석에 달했다. 이런 대형 정크선은 대부분 돛대가 세 개였다. 중앙의 가장 큰 돛대는 거의 배의 길이에 맞먹었다. 직경이 대략 이 미터 정도 되는 돛대가 용골에서부터 위를 향해 뻗어 있었다. 가장 긴 것은 길이가 이십칠 미터에 달했다.

깊은 밤, 특히 구름이 달을 가려 몹시 어둡고 안개 때문에 별빛도 희미한 어두운 밤에 배를 지키던 배 위의 선원들은, 간혹 돛대 상단에 앉은 듯 선 듯 흐릿하게 어른대는 그림자를 볼 수 있었다. 먹구름이 조금 물러나 달빛이 잠깐 드러날 때면, 희고 긴 옷을 펄럭이고 길고 검은 머리칼을 바람에 흩날리며 극도로 연약해 보이는 바람의 여자가, 자유롭게 바람을 따라 이동하면서도 줄곧 돛대 곁을 벗어나지 않는 모습을 볼 수도 있었다.

해변에 정박한 범선의 돛은 크기만 무척 큰 데다 긴 삼나무(또는 소나무) 거목으로 만들어 접합 부위도 없고 곁가지도 없었기 때문에, 제아무리 건장한 선원이라 해도 오르기가 쉽지 않았다. 따라서 돛대 위의 여자는 보통 여자가 아님이 분명했다. 이런 모습을 본 선원들이 깜짝 놀라 눈을 비비고 다시 보면, 돛대 꼭대기에는 그 배가 속한 주현州縣의 깃발만 밤바람에 펄럭이고 있을 뿐이었다.

가장 먼저 귀신을 본 사람은 자신의 눈이 침침해서 잘못 본 것이 틀림없다고 여겼을 것이다. 그러나 갈수록 더 많은 선원들이 의문의 여자를 목격하고 그 이야기가 귓속말로 전해지다 보니 푸젠의 '녹두선綠頭船'이나 타이완의 '백저선

白底船'을 탔던 선원들만 이 흰옷에 산발한 여자를 목격할 수 있었다는 사실이 드러났다.

식별과 관리의 편리를 위해 정크선은 뱃머리에 주현의 번호를 새기고 돛에는 주현과 선주의 이름을 적거나 고유의 색을 칠했다. 광둥廣東의 배는 붉은색이었고 푸젠의 배들은 녹색을 칠했다. 닝보寧波의 배는 검은색을 칠해서 '오조선烏艚船'이라 불렸다.

여자귀신은 일부러 푸젠과 타이완을 왕래하는 '녹두선'과 '백저선'에서만 모습을 드러냈다. 그리고 더 많은 세월이 흐르면서 흰옷을 입고 산발한 여자가 정크선 위에서 언뜻 목격되는 일이 적지 않았다. 그 여자는 특히 잘 보이지 않는 으슥한 곳에서 주로 나타났다.

귀신은 의지할 곳이 필요했다. 사실 귀신은 거의 모든 사물에 의지하고 있었다.

세상의 방치와 황폐함, 끝없는 인정의 황량함 속에 출몰했다. 보슬비 내리는 황혼녘, 깊고 어두운 밤, 귀신은 현실과 단절된 공간에서 인간 세상으로 왔다. 생전에 익숙했던(또는 적어도 그 존재를 알았던) 풍경들은 그대로였지만 귀신은 그것들을 점유하고 사용할 수 없었다. 현실에 사는 사람들에게 우선권을 양보해야 했던 것이다.

아! 한순간의 부주의로 미처 피하지 못해 사람들에게 발견된 귀신은 가장 깊은 밤에도 여전히 그들이 기대고 있는 벽을 살펴보아야 했다. 담장 모퉁이의 쪽문 뒤에 출몰했던 '귀신'은 은밀하게 잠행하면서 감히 무계無界의 공간에 홀로 나타나지는 못했다.

귀신은 으슥하고 외진 모퉁이를 사용할 수 있을 뿐이었다. 생전에 살았던 세상이 어둠에 뒤덮이고 나서 귀신은 물건에 몸을 숨겨야만 활동할 수 있었다.

그 정크선은 사방이 선체라, 귀신은 언제든지 의지할 곳을 찾을 수 있었고 배의 중심에는 통행할 수 있는 공간이 있어 가장 안심하고 몸을 맡길 수 있었다.

맨 처음 여자귀신은 갑판 밑에서만 현현했다. 특히 비상용 물을 저장하는 '수정水井'이 설치된 곳이 그녀가 가장 좋아하는 장소였다. 여자귀신은 가지런히 빗은 긴 머리를 물에 비쳐보았지만 물속에 비친 것은 여자의 형체가 아니었다. 무엇인지 알아볼 수도 없는 모습이었다.

귀신은 선미에 기대어 배의 키와 돛줄을 조종하는 방법을 자세히 연구했다. 그 대형 정크선은 푸저우福州 '화비고花屁股'든, '녹두선'이나 '백저선'이든 키 손잡이의 길이가 두 장에 달했다. 보통 가녀린 여자들은 도저히 움직일 수 없는 장치인데, 하물며 힘쓸 일이 없는 여자귀신은 어떻겠는가. 그저 선체에 기대어 배의 키와 거리를 두고 멍한 눈으로 바라볼 뿐이었다.

더 위험했던 것은 한 선원이 소복 입은 여자의 형체가 선미의 '감실'로 다가가 방향을 살피는 모습을 보았을 때였다. 배의 영혼인 '나성羅星'을 보기 위해서였다.

나침반이라 불리기도 하는 나성은, 특별히 설치된 감실에 놓여 있었고, 유리로 바깥을 감싸고 밤에는 등잔불을 켜서 조명을 확보해두기도 했다. 나성은 '화장火長'이 관리하고 사용했기 때문에 일반 선원들은 함부로 접근할 수 없었다. 나성의 직경은 약 팔 센티미터 정도로 바닥이 흰 나무함에 들어 있었고 길이 오 센티미터에 불과한 나침반 바늘은 검은색으로 칠해져 있었다. 방위는 팔괘와 십천간十天干, 십이지의 조합에 따랐고 상단부에는 유묘자오건곤酉卯子吾乾坤 등의 난해한 문자들이 가득했다.

언제부터인지 가볍고 민첩한 여자귀신의 그림자가 아주 좁은 감실 안으로 들어가는 것을 보았을 뿐만 아니라 나성 안에 앉아 있는 모습도 보았다는 소문이 돌기 시작했다. 이때 정지해 있던 검은색 나침반 바늘이 한바탕 요란하게 흔들리면서, 갑자기 동쪽을 가리켰다가 또 갑자기 서쪽을 가리키는 바람에 방향을 잡을 수 없었다고 했다.

소문을 들은 사람들은 놀라움에 혀를 찼고 하나같이 정신이 나간 표정으로 서로에게 물었다.

"배가 항해하고 있을 때 귀신이 키를 잡게 되면 우리를 어디로 데려가게 될까?!"

사람들은 서로 얼굴만 쳐다볼 뿐 감히 함부로 대답하지 못했다.

별도 달도 없는 어두운 밤에 설상가상으로 안개가 짙게 끼고 바람까지 거세게 부는데 깜깜한 망망대해에 길을 잡아줄 것이라곤 아무것도 없는 상황에서, 의지할 수 있는 것은 나성뿐이었다. 이때 정말로 귀신이 키와 나성을 조종하게 된다면 배는 조종하는 사람의 의지에 관계없이 암초나 해구를 향해 갈 것이고, 이는 스스로 죽음으로 이끄는 것이 아닐 수 없었다.

귀신이 정말로 장난칠 마음으로 나성을 조종한다면 배에 탄 사람들이 공연히 바다를 맴돌게 될 수도 있으리라. 한 바퀴 한 바퀴, 또 한 바퀴…… 배가 가라앉아 사람들이 다 죽을 때까지 영원히 멈추지 않을 수도 있으리라.

심지어 어떤 사람은 속으로 이렇게 중얼거리기도 했다.

"나성이 흔들리게 된다면 그건 아마도 이미 음계에 들어선 것을 의미할 거야!"

또다른 두려움을 갖는 사람들도 있었다. 감실 안에는 나성 말고도 사람들이 '천상의 성모' '해상의 여신'으로 신봉하는 마조가 있었다. 선원들에게 마조는 지고무상의 수호신,

모든 가호의 기원이자 평안함의 다른 이름이었다.

정말로 귀신이라면 깨끗하지 못한 물건인데, 어떻게 감히 마조의 신상에 가까이 다가갈 수 있단 말인가? 마조에게 가까이 다가간다 하더라도, 하늘의 뜻이 이물異物인 그녀를 어떻게 처리할지 알 수 없는 일이었다.

한동안 무수한 추측과 은밀한 대화가 오갔다.

그러나 소문이 어떻든 오랜 시간이 지나도 여자귀신은 사람들에게 전혀 무해한 것처럼 보였다. 악한 모습을 드러내 사람들을 놀라게 하지도 않았고, 오히려 사람들을 피하는 듯 항상 벽 모퉁이를 따라 몸을 숨긴 채 움직였다. 한동안 조심하지 않아 사람들의 눈에 띄었던 것은 그녀가 무언가에 빠져 있던 때이기 때문이었다.

그제야 선원들의 두려움이 조금씩 가라앉았다. 사공과 선원들 모두 제사를 지내거나 금지를 태우고 참회의 경문을 암송하며 법회를 거행했지만 귀신은 전혀 개의치 않는 것이 분명했다. 일찍이 고은庫銀을 얻은 적이 없어서 복보福報를 받은 덕분이고, 업보가 소멸되어 다시 윤회에 들어가 더이상 현신하지 않아도 되었기 때문일 것이다.

아! 귀신은 밤마다 항구에 정박해 있는 수많은 배들 사이를 오갔다. 푸젠이나 타이완에서 온 배이기만 하면 '녹두선'이건 '백저선'이건 아니면 '화비고'이건 관계없이 찾아다니며, 배의 선체와 선창, 배 밑바닥을 오가면서 꼼꼼하게 살폈다. 그녀가 찾는 것은 바로 자신을 태워 바다를 건너 탕산으로 온 횡양선이었다.

모든 배의 뱃머리에 주현을 나타내는 호칭과 선주의 이름이 적혀 있고, 뱃머리 양쪽에는 속칭 '용의 눈'이라 불리는 어안魚眼도 선명하게 그려져 있었다. 푸저우의 배들은 밖은 흰색, 안은 검정색의 볼록한 모양이었고, 취안저우의 배는 밖은 흰색, 안은 검정색의 평평한 모양, 광둥과 안후이安徽의 배는 밖은 붉은색, 안은 검정색의 둥근 모양이었다. 모양뿐 아니라 색상도 제각기 달랐고 손으로 그렸기 때문에 미세한 부분에도 각각 차이가 있었다.

경험 있는 노련한 사람이라면 용의 눈초리의 미세한 날림이나 눈 앞쪽 결합 부분의 살짝 패인 흔적으로, 선주가 누구이며 배의 호칭이 무엇인지 충분히 알 수 있었다.

귀신은 직접 이 배를 탔으면서도 어떻게 어느 배가 어느 배인지 전혀 기억하지도 못하고 좀체 알아보지도 못했던 것일까? 게다가 그처럼 많은 우여곡절을 겪으며 오랜 세월을 찾아온 것이 아니었던가!

당시 여자귀신은 단지 지관이 시키는 대로 검정 우산에 몸을 숨긴 채 다시 배를 타고 바다를 건넌 것에 지나지 않았다. 한 가닥 혼백이 되어 하늘로 승천하는 귀신 특유의 강력한 힘에 의해 우산 속에 들어간 귀신은, 새까만 어둠에 둘러싸여 있다는 것만 느낄 수 있을 뿐이었다. 우산 속의 끝없이 깊고 무거운 어둠은 고체처럼 원혼을 그 안에 가두었다. 꼼짝달싹도 할 수 없었을 뿐만 아니라, 아무것도 보이지 않았고 아무것도 들을 수 없었다. 눈과 귀, 코와 혀, 피부의 모든 감각이 굳어버린 것 같았다.

마치 고체 속에 갇힌 듯 의식만이 남아 있을 뿐이었다.

이처럼 완전한 단절 속에서, 설사 귀신이 날렵하고 통달했다 하더라도 미칠 수 있는 곳에 미치지 못하고, 이를 수 있는 곳에 이르지 못한다면, 모든 감각 기관과 지각을 초월할 도리가 없다. 그저 한 치의 빈틈도 없이 꽉 닫힌 그곳에 갇혀 있는 수밖에 없는 것이다.

따라서 여자귀신에게 당시의 평범한 양갓집 부녀자들처럼 바다를 건널 기회가 있었다 하더라도 경험할 만한 것은 아무것도 없었을 것이다. 모든 것이 그저 캄캄한 공백이었을 테니 말이다.

복수에 성공한 귀신에게 마땅히 있어야 할 분노, 원망, 슬픔은 당장이라도 생각해볼 수 있는 것이지만, 바다 위의 이 기이한 만남으로 인해 그녀가 찾아야 하는 것은 일찍이 몸을 기탁했던 배였다.

처음에는 단지 모호한 생각에 지나지 않았다. 해안가에

백 년 넘게 머문 귀신에게 시간은 얼마든지 있었다. 거리낌 없이 그윽하고 아름다운 밤에 귀신은 크고 밝은 달빛에 힘입어 정박해 있는 많은 대형 정크 횡양선 사이를 날아다니며 하나하나 자세히 살펴보았다. 귀신 특유의 섬세한 감각으로 배 위 곳곳을 돌아다니며 자신이 일찍이 머물렀던 곳을 찾아다녔다.

그 과정에서 귀신은 또다른 즐거움을 발견했다.

그랬다! 귀신은 처음으로 배가 흔들리는 것을 느꼈다. 너무나 가벼운 혼체가 마치 요람 안에 있는 것처럼 가볍게 흔들리자 편안한 위로를 느낄 수 있었다. 내던져진 것처럼 가벼웠지만 오로지 견고한 회전만 반복될 뿐이었다. 왔다 갔다 하는 사이의 순간들이 전부 하나로 연결되어 있었고 일정한 규율이 있었다. 한 번 오면 한 번 가고, 한 번 가면 또 한 번 오기 때문에 상실감도 없었고 영원히 사라져 돌아오지 못할 것을 걱정할 필요도 없었다.

바다는 해안에 도착한다 해도 여전히 하나였다. 파도가 서로 이어지고 물결이 서로 연결되어 있었지만 경계는 있었다. 결코 귀신이 항상 두려워하는 혼돈과 공허함은 아니었다. 여자귀신은 해안가에 닻을 내리고 운항을 멈췄지만 파도를 따라 흔들리는 배의 곳곳을 노닐며 구경하다가, 발걸음을 멈추고 선원들의 대화를 귀 기울여 듣기도 했다.

여자귀신은 이를 통해 모래시계와 분향焚香으로 거리를 계산하는 것을 포함하여 다양한 항해 지식을 습득할 수 있었다. 밤과 낮이 한 번 지나는 시간을 이십사 루漏로 셈했다. 입구는 좁고 가운데는 큰 유리관 안에 들어 있는 모래가 모두 사라지면 일 루이고, 이 루 반은 일 경更이었다.

분향은 샤먼廈門이나 타쿠獺窟의 정크선에서 주로 사용했다. 향은 제사를 지낼 때 사용하는 일반 향이 아니라 특별히 제작한 것으로 직경이 삼사 센티미터, 길이가 한 척 정도 되는 것이었다. 향 하나가 완전히 타는데 걸리는 시간은 대략 세 시간 정도였다. 정상적으로 순풍이 불 경우 한 시간에 사 해리(약 십오 리)를 운항할 수 있었다.

계산에 능한 여자귀신은 더이상 그녀의 남북 잡화점 점포의 긴 계산대 앞에 앉아 계산할 필요도, 계산대 위의 주판을 굴릴 필요도 없었다. 여자귀신은 섬섬옥수를 들어 허공의 가상 주판을 굴렸다. 그녀는 어릴 때부터 익숙했던 구결지법口訣指法으로, 진즉에 루청과 취안저우 사이의 거리를 계산해냈다. 열여섯 시간을 운항해야 타쿠에 도착할 수 있다면, 두 곳의 거리는 약 백삼십여 리 정도였다.

백삼십여 리에 달하는 두 곳 사이의 거리는 당시 정크선 안에서 검정 우산에 몸을 숨긴 채 바다를 건넜던 거리이자, 탕산을 사이에 둔 넘기 힘든 거리였다. 여자귀신은 속으로 이렇게 셈을 하고 나서 탄식을 금할 수 없었다.

"백삼십여 리나 되는구나!"

그러나 이런 숫자는 일종의 표현법일 뿐이었다. 귀신은 배가 돛을 올리기를 마냥 기다릴 수 없어, 향을 사르며 시간을 계산하기로 했다. 향 하나하나가 대표하는 것은 확실히 어느 시공간의 교차점을 통과했다는 것이고, 다 타버린 재는 한번 쓰고 나면 돌아올 수 없는 생명이었다.

이렇게 시간을 계산했다.

아! 귀신이 어떻게 이런 시간의 계산을 모를 수 있겠는가. 설사 귀신에게 무한한 시간이 제공된다 하더라도, 매일 해가 뜨고 여명이 찾아올 때면 여전히 초조하고 다급하기만 했다. 무한한 것 같아 보이는 시간 속에서 귀신이 시간 계산에 사용하는 것이 어디 모래시계와 향뿐이었겠는가. 귀신은 매일 찾아오는 일출과 여명을 모두 계산했다. 그것도 한 치의 오차도 없이 정확히 계산해냈다. 그리하여 머물 수 없는 시공에서 혼백이 흩어지는 일이 없게 했고, 더이상 현현이 용납되지 않는 어두운 밤도 피할 수 있었다.

귀신과 시간을 계산할 수 있는 모래시계는 어떤 애증의 관계를 갖고 있는 걸까!

일찍이 사람들에게 발견되었던 날, 여자귀신은 밤새 멍하니 배 위의 모래시계를 바라보고 있었다. 한쪽 구석에 앉아 모래가 가득 찼다 모조리 사라지는 것을 지켜보면서 한시도 눈을 돌리지 않았다. 여명이 밝아오려는 순간, 마지막 남은 모래가 사라지는 것을 끝까지 보지 못했다는 사실을 결코 믿지 않는 귀신은 몸을 숨기지 않으려고 고집을 부렸다. 몇 초 남지 않은 중요한 순간에 그녀는 죽음의 일출日出과의 영零의 유희를 즐기고 있었다.

귀신은 곧 발견될 것이었다. 자신을 축소시켜 아주 작은 모래시계 속에 감추고, 시간을 계산하기 위해 끊임없이 흘러내리는 모래 속에 앉아 자신의 무게로 모래의 움직임을 더욱 빠르게 하고, 이를 통해 시간의 흐름을 더 빠르게 할 수 있는지 시험하고 있는 모습으로 발견될 것이었다.

소복에 산발을 한 여자가 발견될 것이었다. 숙연한 얼굴로 가부좌를 틀고 모래 위에 단정하게 앉아 흐르는 모래를 따라 계속해서 아래로 꺼져 들어가면서도 여전히 한 치의 흔들림도 없는 편안한 모습으로 발견될 것이었다. 마지막 모래알을 상대로 좁은 관으로 빨려드는 거대한 압력을 다투다가 마지막 임계점에서 몸 전체를 물려 표연하게 날아갈 수 있을지 시험하는 모습이 발견될 것이었다.

공간에 갇힌 모래알의 함몰, 언제나 그칠 줄 모르는 유실, 여자귀신은 혼계魂界의 끝없는 시간표인 흘러감과 지나감을 조롱하고 경험했다.

(하지만 누가 또 혼계에 시간 제한이 없다고 말할 수 있을 것인가. 아침에 먼저 쏟아져 들어오는 햇살과 열두 개의 차이, 그리고 스물네 시간이 모두 한순간의 중단을 순환하고 있는 것이다.)

시간이 얼마나 흘렀는지 해안에 닻을 내리고 있는 정크선은 여전히 해안의 수면 위에 뜬 채 앞으로 한 치도 나아가지 못했고, 항해도 하지 않았다.

3

여자귀신은 날아서 이동하고 싶었다. 이는 그녀가 자신을 태워 바다를 건너주었던 배를 찾으려고 아무리 애를 써 봐도 헛수고로 그치고 난 후에, 그와 똑같은 배가 바다 건너편인 탕산에도 있다는 것을 알게 되면서부터였다.

특히 귀신이 생각하지 않을 수 없었던 것은 어째서 그 배를 찾을 수 없는 것인가 하는 것이었다. 자신이 그 배를 기억하지 못하는 것이, 똑같이 배를 탔던 다른 여행객들이 가장 걱정하는 것처럼, 그 배가 아예 바다 속에 가라앉아버렸기 때문인지, 그것이 정말 아리송했다.

해난사고가 발생하면 누구도 요행을 기대할 수 없었다.

어쩌면 배가 너무 낡아서 이미 해체된 것인지도 몰랐다.

배가 더이상 존재하지 않는다면 피안의 탕산은 어떻게 되는 것일까?

탕산은 절대 사라지지 않는 곳일까? 그렇다면 목적지로 삼기에 충분했다.

여자귀신은 다시 한번 바다를 건널 수 있는 가능성을 계산해보았다. 이번에는 자신이 살해당했던 남북 잡화점 계산대 앞에서 한참을 계산할 필요가 없었다.

그녀는 직접 해안으로 가서 항상 자신이 올라가 놀던 몇 척의 정기 횡양선으로 날아가 정크선의 맨 아랫부분에 있는 화물칸에 들어가 다시 한번 몸을 숨겨 바다를 건널 수 있는 방법을 연구했다. 가끔씩 우연히 사람들의 눈에 띄던 하얀 옷에 산발한 여자귀신은, 여객들이 타는 객실에는 출몰하지 않고 화물칸에만 나타나 사람들에게 몹시 불길한 느낌을 주곤 했다. 사람들은 여러 번의 경험을 통해 일반적으로 해난 사고를 당해 죽거나 피살된 귀신들이 현현할 때는 반드시 죽기 전에 머물던 곳에 나타난다고 믿고 있었다. 화물칸을 배회하면서 다른 곳으로 가지 않는다면 지관의 도움으로 검정 우산에 몸을 숨겨 복수하러 탕산으로 갔던 바로 그 여자귀신일 것이라는 결론이 내려졌다.

그녀는 이미 원수를 갚았는데 또다시 찾아와서 뭘 어쩌겠다는 것일까?

아직 다 이루지 못한 소원이 있는 것일까?

다 누리지 못한 것들이 있어 아직 인간 세상에 아쉬움을 갖고 있는 것일까? 사람들은 귓속말로 온갖 추론을 주고받았다.

사람들의 생각은 과거와 판이하게 달라져 있었다. 여자귀신이 악독하게도 바다를 건너 탕산으로 남편을 죽이러 간 것은 상식적인 윤리를 파괴한 것이라는 것이었다. 사람들은 여자귀신이 인륜을 저버리고 남편을 죽였기 때문에 윤회를 통해 다른 생에 환생하지 못하고 영원히 귀신으로 남아 처벌을 받게 된 것이라고 믿었다. 그래서 계속 선창 화물칸을 떠돌고 있다는 것이었다.

이처럼 여귀가 되는 것이 당시의 습속으로는 대단히 불길한 일이었다. 가볍게는 뱃사람들에게 재물이나 인명 상의 사고가 생기고, 집안사람들이 중병에 걸리며 딸들이 아이를 낳지 못하게 되거나 태내에서 사산하게 되고, 심할 경우에는 사람이 죽고 재물도 말아가버려 집안이 완전히 망하게 된다고 믿었다.

따라서 반드시 귀신을 찾아내 안정시켜야 했다.

인애한 마음을 가진 사람들은 여자귀신이 남편에 의해 살해당해 복수한 것이고 이제는 사람들에게 아무런 해도 끼치지 않으니 보통 여귀들과는 다르다고 하면서, 반드시 배를 떠나 안식할 수 있는 곳을 찾아줘야 한다고 말했다. 그녀의 혼백이 흩어져 먼지가 되게 하면 그만이라는 것이었다. 쫓아내지 못한다 해도 여귀가 보복을 하게 될 가능성은 아주 적다는 것이 그들의 생각이었다.

게다가 눈에 보이는 흔적도 전혀 없는데, 그 여자귀신이 검정 우산 속에 숨어 원수를 갚기 위해 바다를 건너 탕산으로 갔던 바로 그 귀신이라고 단정할 수는 없었다. 만일 그저 오래된 보통 귀신이라면 그렇게까지 긴장하면서 수선을 떨 필요도 없는 것이었다.

바로 이때 루청 사람들 사이에서는 은밀하게 '검정 우산' 사건에 관한 소문이 돌고 있었다.

사건은 선원 하나가 대형 횡양선을 청소하고 있을 때 선창 바닥의 아주 구석진 곳에서 일어났다.

"이 일을 수십 년 넘게 해오면서도 선창 바닥에 이런 공간이 있는 줄은 놀랐네요."

선원의 말이었다. 하지만 당시 상황이 어땠는지에 대해서는 굳게 입을 다물고 말을 하지 않았다. 단지 여귀 하나가 달려들어 자신을 해치려 했다고만 말했다.

선원이 발견한 것은 대나무 살에 기름오동나무 천을 입힌 검정 우산이었다.

"전 그냥 아무 생각 없이 우산을 펼쳤을 뿐이에요. 그냥 한번 펴보려 했던 거지요. 망가진 데가 없으면 쓰려고."

하지만 이렇게 심상치 않은 장소에 오래된 것 같지만 여전히 기름오동 천이 반짝거리는 멀쩡한 우산이 '언제든지 사용할 수 있는 것처럼' 얌전히 놓여 있다면 그 안에 뭔가가 들어 있는 것이 분명했다.

"우산을 펴는 순간 왠지 모르게 손이 떨리더니 검정 우산이 바닥에 떨어지는 거였어요. 그러더니 완전히 밀봉된 채로 원래 있던 자리로 돌아가 그 자리에 얌전히 놓이는 게 아니겠어요."

선원은 이런 광경을 보고는 너무 놀라 후들거리는 다리를 움직여 날듯이 도망쳤다.

"우산을 그 자리에 잘 놔두고 절대 펼치지 않는 게 상책이었지요. 그러지 않고 다시 우산을 펼쳤다가는 혼백이 숨을 곳이 없어 결국 제가 혼백을 흩어지게 만든 죄인이 되고 말았을 거예요."

귀신이 죽었는데도 억울한 기운이 흩어지지 않으면 더 악독한 여귀가 되어 복수를 하게 된다.

"제가 죽는 건 괜찮지만 집안 식구들이 줄줄이 다 죽을 수는 없잖아요."

아무리 위협하고 달래도 선원은 어느 배의 선창 밑바닥

어디에 그 우산이 있는지 절대로 말해주지 않았다.

"내가 댁과 아무런 원한도 없는데 이처럼 해가 될 수도 있는 일을 어떻게 말해줄 수 있겠어요?"

선원은 선창의 아주 어둡고 후미진 곳에서 그 우산을 발견하고는 소리를 질렀다. 이는 최근 선창 화물칸에 출몰하는 소복 차림에 산발한 여자귀신이 복수를 위해 검정 우산에 숨어 바다를 건넜던 그 원혼임에 틀림없다는 것을 실증하는 일이었다.

선원은 굳게 입을 다물고 어느 배인지 말하지 않았다. 그가 '승무행'에 속해 있는 점을 고려하면 대충 짐작은 할 수 있었지만 뜻밖에도 선원은 일부러 다른 배를 타고 있었다. 일시에 푸젠과 타이완을 오가는 모든 횡양선들과 선박회사로 이 문제가 파급되기에 이르렀다.

사실 원양 정크선은 항해 위험의 변수가 극도로 컸다. 일단 바다에 나가면 생명을 완전히 하늘에 맡겨야 했다. 때문에 생명의 안전을 보장하기 위해 금기도 무척 많았다. 예컨대 화물을 적재한 화물선에는 여인이 출몰하는 일이 없어야 했다. 여인이 출몰하면 더러운 기운 때문에 배가 침몰한다는 것이었다.

(여자귀신도 여자로 치는 걸까?)

따라서 배 밑바닥에 여자의 혼귀가 몸을 기탁한 검정 우산이 사람들의 눈에 띈다는 것은, 배 안에 보통 사람들의 혼백을 담은 유골함을 적재하고 있는 것이나 마찬가지였다. 뜻밖에도 검은 우산에 귀신이 몸을 숨기는 것은 유골함보다 더 괴상한 것으로 받아들여졌다. 그 속에 피를 뚝뚝 흘리며 복수를 벼르는 귀신이 숨어 있다는 것은 사람들에게 두려움을 주기에 충분한 사실이었다.

이 선원이 루칭에서 가장 큰 선박회사인 '승무항'에 소속되어 있어서 그런지 소문이 퍼지기 시작하면서 갈수록 기이한 이야기로 발전해갔고, 결국에는 여자 여귀가 검정 우산을 들고 배 안 곳곳을 돌아다니고 있는데, 잘못하여 귀신과 마주치는 날에는 우산 속으로 빨려 들어가 완전한 어둠에 갇힌 채 모든 정기를 여자귀신에게 빼앗기게 되고, 다시 우산 밖으로 튕겨져 나올 때는 형태를 알아볼 수 없는 피와 살덩어리로 변한다는 소문이 들렸다.

'승무' 선두행의 선주 리李씨는 이런 소문이 자신의 회사에 불리하다고 판단하고는 인심을 무마시키기 위해 재부財副와 총간總桿, 화장火長, 아반亞班, 타공舵工, 그리고 일반 선원과 향공香公, 총포總鋪에 이르기까지 회사 모든 직책의 인원들을 전부 모아놓고 잔치를 벌여 이들을 대접하면서 상여금을 주겠다고 약속했다.

그 결과, 일을 그만두는 사람이 하나도 없었다.

하지만 그렇다고 소문까지 잦아든 것은 아니어서, 여자귀신이 몸을 숨긴 검정 우산이 실려 있는 원양 횡양선은 바다로 나서기 무섭게 침몰할 것이라는 소문이 돌았다. 여자귀신이 우산 속에서 악한 술법을 연마하여 자신을 보조할 혼백들을 모으고 있고, 배를 침몰시키면 힘 안 들이고 수십 명의 원혼을 확보할 수 있으며, 다른 곳에서는 이렇게 쉽게 많은 원혼을 확보할 수 없기 때문이라는 것이었다.

선원들이 태업을 시작하려는 조짐이 뚜렷해지더니, 결국에는 '승무' 선두행의 선주 리씨가 이에 대해 뭔가 확실한 보장을 해주지 않으면 배를 출항시킬 수 없다는 요구를 하기에 이르렀다.

서로 경쟁 관계에 있는 다른 선두행들은 차가운 눈빛으로 수수방관하면서 '승무' 선두행이 이 문제를 어떻게 해결하는지 지켜보고 있었다.

바로 이때 다른 선두행에 소속된 '상화호祥和號'라는 이름의 횡양선에서도 선창 밑바닥 아주 쉽게 눈에 띄는 곳에서 검정 우산이 하나 발견됐다는 소문이 나돌았다.

여귀가 이처럼 악독해져서 여기저기에 현현하고 있고 게다가 모습을 감추려는 노력도 별로 하지 않는다면 조만간 큰 불안과 소란을 일으킬 가능성이 컸다. 하지만 이처럼 배 이름이 명확히 밝혀질 경우 어떤 선두행이든 간에 계산에 뛰어난 선주들은 의심을 품기 마련이었다.

혹시 치밀하게 계산되고 준비된 함정은 아닐까? 만일 그렇다면 대단한 술수가 아닐 수 없었다. 검정 우산 하나로 큰 힘 들이지 않고 상대방 선두행을 위기에 빠뜨리고 심지어 파산시킬 수도 있으니 말이다.

정말로 음흉하고 악독하기 그지없는 수법이었다.

남에게 결정적인 피해를 입히는 수법이 이렇게 쉬운 데다 여세를 몰아 더 큰 위해를 가하는 것도 어렵지 않았다. 수많은 선두행들이 수년간 경쟁적으로 운항하다 보니 서로 불화의 틈이 없지 않았다. 따라서 다음번에 같은 피해를 보게 될 사람이 누구인지 아무도 단언할 수 없었다.

몇몇 대형 선두행의 선주들은 서로 상의하여 공동으로 대책을 마련했다. 다시는 서로 이런 일을 꾸미지 않는 데 동의한 것이다. 그래도 걱정을 완전히 잠재울 수는 없었다. 정말로 검정 우산 속에 몸을 숨기고 있던 여자 여귀가 나와서 해를 가한다면 선두행들 사이의 은혜와 원한을 처리하는 것만으로는 문제가 해결되지 않기 때문이었다.

지금의 상황에서는 차라리 일을 하나하나 처리해나가는 것이 바람직했다. 일이 악화되면 누구에게도 좋을 일이 없었고, 만에 하나 배가 침몰되기라도 하면 더욱 수습하기 어려워지기 때문이었다.

가장 먼저 할 수 있는 일은 귀신을 쫓아내는 초도 법회를 여는 것이었다. 검정 우산이 자신들의 선대에 속한 배에서 처음 발견되길 원치 않았던 '승무' 선두행은 동업조합인 '천교泉郊'가 나서서 이 일을 처리해주길 원했다.

건륭·가경 연간에 루청에서는 이미 동종 업계의 상인들이 동업조합을 결성하여 규약을 정해놓고 있었다. 그리고 이를 업종과 지역에 따라 천교와 원교原郊, 속교簌郊, 유교油郊, 당교糖郊, 시교市郊, 염교染郊, 남교南郊 등 여덟 개로 구분했다. 푸젠 한간이나 선후深滬, 타쿠, 충우崇武 등을 오가는 배들을 '천교'라 칭했는데, 이는 당시 루청에서 가장 큰 동업조합이었다.

검정 우산 여귀가 출몰하는 배가 '천교'에 소속된 배였던 만큼, '천교'로서는 이를 거부할 명목이 없어 전면으로 나서야 했다. 그러나 '검정 우산 사건'이 계속 확대되는 것을 피하기 위해 대외적으로는 일반적인 지방의 초도 법회라고만 밝혀두었다.

해안지역 뱃사람들 사이에는 원래 미신과 금기가 많았고 법회도 일 년 내내 끊이지 않았다. 하지만 이번에 '천교'에서 앞에 나서 거행하는 법회는 사람들에게 무한한 상상의 여지를 남겼다.

법회는 사뭇 괴상하게 진행되어 귀신을 쫓아내지 못했을

뿐만 아니라 누구도 상상할 수 없었던 뜻밖의 결과를 낳고 말았다.

이른바 '우산이 있으면 배가 가라앉지 않는다'는 말은 '천교'와 빈번하게 왕래하는 고명한 지관에게서 나온 것이었다. 음양안을 갖췄다는 이 지관은 명계의 사물을 꿰뚫어볼 수 있었고 여자귀신이 검정 우산에 몸을 기탁하여 배에 나타난 것도 잘 알고 있었다. 하지만 여자귀신이 배의 침몰과는 아무런 관계도 없다는 것을 잘 알기 때문에 감히 이렇게 호언장담했던 것이다.

얼마 후에는 배에 검정 우산이 나타난 적이 없었다는 소문이 돌았고, 심지어 어떤 선원은 자신이 여자 혼귀의 힘을 빌려 배의 안전 운행을 보장하려는 생각에서 직접 검정 우산을 선창 맨 아래 화물칸 은밀한 곳에 몰래 놓아두었다고 말하기도 했다.

선원들은 약속이라도 한 듯이 배에서 검정 우산이 발견되어도 무조건 못 본 척했고 이 일을 공공연하게 입 밖에 내는 사람도 없었다. 사사로운 자리에서 슬쩍 언급할 때에도 '검정 우산'이라 하지 않고 '그것'이라 했다. 사건을 설명하기는 하지만 절대 일어나선 안 되는 일인 양 쉬쉬했다.

물론 검정 우산을 펼쳐 드는 사람도 없었다.

여자귀신은 자신에게 바다를 건널 수 있는 최적의 시기가
왔다는 것을 알게 되었다.

지관은 떠나기 전에 그녀가 몸을 숨겨 바다를 건널 수 있
는 검정 우산을 하나 남겨두었다. 아울러 그녀에게 검정 우
산 속으로 들어갈 수 있는 심법구결을 가르쳐주었고 여자귀
신은 날마다 부지런히 이를 연마했다. 또한 귀신은 계속해서
각종 법회에 적극적으로 참여하면서 경전을 듣고 참회의 염
불을 외웠다. 이렇게 얼마동안 꾸준히 공덕을 쌓은 결과 이
미 많은 것을 깨닫게 되었다.

혼체가 점점 안정되고 건강해짐에 따라 여자귀신은 지관
이 자신을 감춰준 '본명本命'* 검정 우산 안에 오래 머물 수
없다는 것을 깨닫게 되었다. 우선 그녀는 점점 더 자주 검정
우산을 드나들 수 있는 방법을 수련했다. 매번 들어갔다 나
올 때마다 비축된 모든 힘을 다 써버리고 혼체가 완전히 이
탈해야 하며 오랫동안 움직이지 못하게 되는 것은 아니었다.

일단 우산 밖으로 나와 일정한 시간이 지나면 반드시 다

---

* 자기 띠에 해당하는 해에 길상을 위해 붉은색 물건을 몸에 달고 다니는 것을 말하나
여기서는 생년에 관계없이 길상을 의미한다.

시 그 '본명'의 우산 속으로 돌아가야 했다. 그리고 그 속에서 유양생식하다가, 어느 정도 정기가 쌓이고 남아돌게 되면 다시 밖으로 나왔다 들어갈 수 있었다.

그 '본명' 우산에 의지하여 생명을 보존하게 된 이상, 여자귀신은 사실 우산에서 한시도 떨어질 수 없었다. 그 때문에 우연히 마주치게 되는 그녀의 모습은 항상 검정 우산을 들고 있는 모습이었다. 하지만 낮에는 숨긴 몸과 검정 우산이 확연히 구별되었기 때문에, 여자귀신은 반드시 이를 극도로 은밀한 장소에 감춰두어야 했다.

한 가지 두려운 것은 누군가 아무 생각 없이 검정 우산을 펼치기라도 하면 정말로 자신의 혼백이 흩어져버릴 수 있다는 점이었다.

'검정 우산 사건'이다. 여자귀신 때문에 일어난 것은 아니지만, 그 일을 통해 여자귀신이 큰 이득을 얻은 것은 틀림없는 사실이었다. 루청과 탕산 사이를 오가는 횡양선 위뿐만 아니라 배 밑바닥에 숨겨두어도 검정 우산은 쉽게 찾아낼 수 있었다. 물론 가장 중요한 것은 아무도 감히 우산을 열어볼 엄두를 내지 못한다는 점이었다.

이런 보장으로 인해 다시 한번 바다를 건널 생각을 하고 있던 여자귀신은 세심하게 계획을 세워 루청과 취안저우 사이를 오가는 화물의 운송 상황을 속속들이 연구한 끝에 마침내 이런 결론을 내리게 되었다…….

당시 횡양선인 '백저선'과 '녹두선'은 루청에서 출항했는데 쌀과 설탕을 주로 운송했고 이밖에 조와 기름, 영마, 등나무, 콩과 밀, 연초, 용안龍眼 등도 운송했다.

기본적으로는 농산품과 산에서 나는 물건들 그리고 임산품이 주류를 이루었다.

하지만 취안저우에서 수입하는 것은 주로 직물이나 약재, 무명, 잡화, 도자기, 석재, 목재 등이었다. 대부분이 완제품이거나 수공업 제품들이었다.

여자귀신은 부친의 남북 잡화점을 회상하는 과정에서 루청에서 영마를 탕산으로 가지고 가면 돌아올 때는 이미 마포나 포대의 완제품이 되어 있었다는 것을 알게 되었다. 이제 와서 생각해 보니 원자재를 싣고 가서 완제품을 만들어 들여왔던 것이다.

여자귀신은 또 어렸을 때, 루청에서 탕산으로 쌀과 곡식, 설탕 등을 싣고 가서 돌아올 때는 화물을 내린 뒤라 중량이 줄어들어 선체가 불안정해지기 때문에, 배가 전복되는 것을 막기 위해 탕산에서 많이 생산되는 석재로 '바닥짐'을 채워야 중량이 안정되어, 안심하고 회항할 수 있다는 말을 들었던 것도 기억해냈다.

한 척 또 한 척 먹을거리와 진귀한 미곡을 싣고 가서 바꿔

오는 것이 전부 다 쓸모없는 무거운 돌뿐이라는 것이 그녀로선 정말 이해하기 힘들고 상서롭지도 못한 사실이었다. 어른이 되고 나서 부친의 남북 잡화점에서 일할 때에야, 비로소 탕산에 대한 루청의 입장을 이해할 수 있었다. 매년 일정한 한도의 '공물'인 미곡이 정해져 있었고, 이는 저 멀리 하늘 끝에 있는 탕산의 황제에게 바치는 것이었다.

하지만 돌아오는 빈 배의 바닥에 실려 온 청백석靑白石은 그녀에게 뭔가 빼앗기고 있다는 불안감을 갖게 했다. 어쨌든 돌아올 때는 어떤 것이라도 가지고 와야 했다! 하지만 다른 어떤 것도 다 상관없지만 돌덩이만은 허락할 수 없었다. 그토록 험난하고 어려운 항해가 고작 돌덩이를 나르기 위한 것이어서는 안 될 일이었다.

하지만 지금까지도 탕산에서 실려 오는 이 석재는 여전히 여자귀신에게 어쩔 수 없는 상대였다.

탕산으로 가는 배는 미곡이나 설탕 그리고 기타 임산물과 농산물을 가득 싣고 갔기 때문에, 반드시 포대나 마대로 포장을 해야 했다. 그리고 이렇게 포대에 담긴 화물들이 차곡차곡 쌓인 틈새에는 검정 우산 하나 정도를 감춰두기에는 충분한 공간이 있었다.

그러나 탕산에서 돌아올 때는 여자귀신이 탄 배가 불행하게도 바닥짐으로 석재를 가득 실은 배일 경우, 반들반들한 청백석을 만나는 것이 몹시 참혹한 일인 데다 검정 우산을 숨겨둘 만한 공간도 찾기 어려웠다. 또한 선체가 몹시 흔들려 아래로 압력이 가해지기라도 하면 무거운 돌이 내리눌러 우산을 망가뜨릴 수도 있고, 그렇게 되면 귀신은 몸을 의탁할 만한 곳을 잃게 될 수밖에 없었다.

여자귀신에게는 또다른 걱정거리가 있었다. 횡양선이 석재를 싣고 회항하다 보면 가장 걱정스러운 일은 석재가 굴러 배 바닥과 부딪쳐 배가 부서지면서 물이 들어와 배가 침몰하게 되는 것이었다. 실제로 이런 사고에 관한 이야기를 그녀는 어려서부터 자주 들어왔었다. 이제 마침내 직접 배에 올라 자세히 살펴보니, 배 밑바닥 측면의 양쪽 나무판이 쇠못으로 고정되어 있었고 이음새에는 마를 꼰 실을 쑤셔 넣은 데다 굴 껍질과 석회를 오동기름과 섞어서 만든 접합제로 새는 곳이 없도록 잘 막아놓았다. 선체 내부도 대들보가 있어 매우 견고했고, 또한 선창에 물이 새어 들어오지 못하도록 모든 틈새가 잘 밀봉되어 있었다.

다 합쳐서 네 번이나 방수용 오동기름을 칠했기 때문에 선체가 뭔가에 부딪쳐도 쉽게 물이 새지 않았다.

물론 그래도 가장 좋은 방법은 석재를 실은 배를 타지 않는 것이었다. 여자귀신은 밤마다 화물을 실은 배 바닥을 돌아다니면서 적재된 화물의 품목을 기록하다가 선적화물에 여러 가지 제한이 있다는 것을 알게 되었다.

예컨대 죽재와 철, 초석, 유황 등은 적재 금지 품목이었다. 배를 타고 건너오는 급한 용도의 물건들도 정해진 한도 내에서만 간신히 실을 수 있었고 큰 배라 해도 쇠못은 육십 근, 접합제도 육십 근, 면사는 오십 근을 넘을 수 없었고, 기타 주단 및 견사도 일정한 한도가 정해져 있었다.

또한 쇠솥도 겨우 두 개만 실을 수 있도록 제한되었으니 화폐의 수량은 두말할 것도 없었다.

여자귀신은 선원들에게서 이러한 규정과 관제가 전부 상선들이 해적들에게 물자를 공급하는 것을 방지하기 위한 것이라는 사실을 알게 되었다. 하지만 여자귀신은 화물들을 자세히 살펴보는 과정에서, 이것이 오히려 탕산에서 귀중품이나 고급 물품들이 타이완으로 흘러들어가는 것을 견제하기 위한 장치인 것 같다는 생각을 하게 되었다.

해적은 이를 위한 가장 좋은 핑곗거리에 지나지 않았단 말인가?

그렇지 않다면 모든 횡양선에 겨우 쇠솥 두 개만을 화물로 허용하는 것이 정말로 상선들이 쇠솥을 해적에게 공급하는 것을 막기 위한 조치는 아닐 것이다.

해적들에게 쇠솥이 부족할 이유가 뭐란 말인가? 해적들에게 쇠솥이 없다면 무엇으로 밥을 짓는단 말인가?

여자귀신은 속으로 실소를 금치 못했다.

루청 항구는 인가가 조밀한 까닭에 방어력이 강해 해적이 일곱 차례나 연안에 출몰했었지만 제대로 목적을 이룬 적은 한번도 없었고, 단지 담수를 보조해 달라고 요청했을 뿐이었다. 하지만 어려서부터 월항/월아는 해적에 관한 이야기들이 전부 재난이나 태풍, 해류 등과 관련되어 있는 것을 익히 들어 알고 있었다.

해적들로 인한 살인과 방화, 약탈은 면할 수 없었지만 자연재해는 어쩌다 한 번씩 모면할 수 있었다.

월항/월아는 바다에서 위험에 부딪쳐 도움을 요청하다가 해적이나, 혹은 미심쩍은 선척을 만나게 되면 곤경에서 벗어나기는커녕 오히려 위험만 가중된다는 것을 어려서부터 잘 알고 있었다.

(이런 해적들이 쇠솥 두 개도 갖고 있지 않단 말인가?)

여자귀신은 횡양선 선창을 뻔질나게 드나들면서 탕산에서 와서 하역을 기다리고 있거나 탕산으로 가기 위해 이미 선적되어 있는 화물들을 세밀하게 분석하고 연구했다. 어떤 종류의 화물을 적재한 배들이 해적들의 공격을 덜 받게 되는지 알아보기 위해서였다.

만일 정말로 해적을 만나 배가 침몰하고 자신이 기댈 곳이 없어진다면 그녀는 혼백이 흩어질 수밖에 없었다. 그런데도 위험을 무릅쓰고 바다를 건너야 하는 것일까? 이번에는 복수를 위해서가 아니라면 무엇 때문에 바다를 건너려 하는 것일까?

게다가 이번에는 천명을 예견하는 지관의 비호도 없어 모든 것을 자신이 준비한 것들에만 의지해야 했다. 그 때문에 주도면밀하지 못한 부분을 피할 수 없었고 위험은 더 말할 것도 없었다.

여자귀신은 약간 망설이기 시작했다.

그러나 여전히 멀쩡한 혼백은 자주 몸에서 빠져나와 정크선으로 날아가 준비를 했다. 여자귀신은 선원들에게서 태풍을 만나 선체가 격렬하게 흔들리면 아무리 경험이 많은 항해자라도 속이 뒤집히고 구토가 멈추질 않는다는 이야기를 들은 바 있었다.

귀신은 스스로 뱃멀미에 견디는 능력을 훈련해야 했다. 배에 탈 기회가 없다면 해안에 정박해 있는 배의 선체를 흔드는 것만으로는 한계가 있었다. 곰곰이 생각에 잠겼던 귀신은 태풍이 엄습하는 밤에 몸에서 빠져나와 높이가 이십칠 미터에 달하는 가장 큰 정크선의 돛대로 날아갔다.

엄습한 태풍에 대처하기 위해서 선박들은 전부 항구에 정박해 있었고 큰 배들은 네 개의 닻을 모두 내리고 선체를 해안가에 밧줄로 묶어두었다. 마침내 여자귀신은 혼과 몸에서 빠져나와 가벼운 몸으로 가장 큰 배의 돛대에 올라서는 재미를 맛보았다.

귀신은 뱃속에 토할 만한 것도 없었지만 며칠 뒤에 정크선에 가까이 다가갔다가 하늘과 땅이 빙빙 도는 듯 머리가 어지럽고 눈앞이 캄캄해지는 것을 경험했다. 그러고는 감히 다시 배에 오를 생각을 못하게 되었다.

이렇게 한참동안 루청 해안에 서 있던 여자귀신은 점차 시일이 지나면서 정말로 그 크고 훌륭하던 항구가 어떻게 진흙과 모래로 막혀 화려했던 시절이 다해 가는지 두 눈으로 똑똑히 보게 되었다.

섬의 하천들은 대부분 중앙 산맥에서 흘러나오는 것으로 발원지가 높고 험준하다 보니 하류에서는 갑자기 평지로 흘러내리면서 유속이 급감했다. 게다가 하천이 지나는 모든 산지의 토질이 연약하기 때문에 쉽게 무너지거나 패이게 되었고, 시냇물은 아래로 흘러가면서 다량의 모래와 자갈을 운반해 하상의 퇴적을 가속화했다.

여자귀신은 또 큰비가 쉬지 않고 내리면 중부의 가장 큰 시내가 흙탕물이 된 채 범람하여 상당한 재난으로 발전하고 그 가운데 큰 지류는 루청 항구에서 유실되어 항구의 입구를 모래로 막게 되며, 그 아래에 있는 암초들 때문에 항로가 점점 비좁고 구불구불해져 배를 대기가 쉽지 않게 되는 것을 직접 목도한 적이 있었다.

서남풍이 불어올 때까지 기다려야만 비로소 원활한 입항이 가능해지는데, 풍향이 순탄하지 않으면 큰 배들은 되돌아 나와야 했기에 불편이 이만저만이 아니었다.

여자귀신은 제때에 기회를 잡지 못하면, 횡양 정크선을 타고 다시 항해에 나서 탕산으로 가 전에 가보았던 곳을 다시 찾는 것이 쉽지 않다는 것을 알고 있었다.

마침내 떠나기로 마음을 먹은 여자귀신은 봄에 출발하는 것으로 결정을 내렸다. 여름에는 태풍이 잦아 굳이 그런 위험을 감수할 필요가 없었다. 가을과 겨울은 바다의 상태가 항상 험악하고 항해가 힘들기 때문에 배를 타기에 좋은 계절이 아니었다.

여자귀신이 선택한 배는 '승무행'에 소속된 횡양선으로 그녀에게는 애틋한 기억이 남아 있는 배였다. 지관의 도움으로 검정 우산에 몸을 숨겨 바다를 건너 복수를 하러 갈 때도 역시 '승무행'의 배를 탔던 것이다. 아주 많은 날들이 지난 터라 똑같은 배를 다시 탈 수는 없었지만, 어차피 같은 회사, 같은 선대의 배였다.

이런 사실만으로도 좋은 시작을 미리 축하하기에 충분했다.

5

드디어 그렇게 오랫동안 기다리던 순간이 왔다.

해가 지고 밤이 찾아왔지만 아직 칠흑같이 어두운 밤은 아니었다. 그런데도 여자귀신은 일찌감치 검은 우산에서 몸을 빼냈다. 감히 갑판에는 오르지 못하고 그저 화물을 실은 선창 안에서만 이리저리 돌아다니고 있었다.

밀봉된 선창 바닥은 원래 빛이 통하지 않는 데다 선체 일부가 어두운 바닷속을 운행하느라 잠겨 있었다. 바닷물과 선체 안팎의 모든 요충지마다 서로 통하지 못하게 막아놓아 선창 바닥은 칠흑같이 어두웠다. 깊은 밤 같았다.

하지만 귀신의 몸 안에서는 여전히 분명한 계시가 올라오고 있었다.

혼계의 시간은 아직 오지 않았다.

자시子時가 되자 소복 차림에 머리를 산발한 여자귀신은 긴 화살을 쏘는 듯한 요란한 소리에 선창 문 틈으로 빠져나와 예전에 해안에서 자주 머물던 정크선의 이십 미터 남짓한 가장 큰 돛대를 향해 날아올랐다. 그녀는 거의 생각과 동시에 그곳에 도달해 있었다.

이어서 하늘과 땅이 한 차례 빙빙 도는 듯했다.

아! 이 얼마나 오랫동안 기대하고 바라던 바다였던가. 지금 바다가 그녀의 눈앞에 펼쳐져 있었다. 아직은 루청 연안이었고 단지 어젯밤에 몸이 정크선의 가장 큰 돛대 꼭대기에 올라가 있었을 뿐이다. 여자귀신은 여전히 해안을 등지고 얼굴을 바다로 향한 채 멀리 펼쳐진 드넓은 곳을 바라보았다. 시야를 가리는 것이 아무것도 없었다.

몸을 돌리지 않고도 섬 연안의 항구와 육지를 볼 수 있었다. 지금 귀신은 아무런 고민 없이 항해하는 가장 높은 돛대 꼭대기에 서 있다. (귀신에 대한 일반적인 묘사에 따르면 귀신은 항상 땅에서 석 자 정도 떨어져 움직인다고 한다. 그래서인지 여자귀신 역시 가장 높은 돛대의 꼭대기에서 석 자나 떨어진 상태로 서 있었다.)

귀신은 처음에는 일부러 주위를 두리번거리면서 신경을 썼다. 아! 눈 깜짝할 사이에 육지의 일부가 쓸려가 버리지 않을까, 걱정할 필요가 없었다. 사방이 온통 푸른빛의 깊은 바다였다. 그렇게 아름다울 수가 없었다.

귀신은 이리저리 사방을 두리번거리다가 아직도 부족했는지, 이어서 영계에서만 가능한 장난을 치기 시작했다. 그녀는 머리를 가다듬고는 먼저 시간과 방향에 맞추어 오른쪽으로 몸을 돌리기 시작했다. 보통 사람들이 돌 수 있는 구십 도 정도의 각도를 넘어 뒤로 더 몸을 꺾었다. 음, 정확히 백팔십 도를 돌아서 자신의 등을 확인한 그녀는 계속 몸을 돌려 이백칠십 도까지 돌았다. 그런 다음, 다시 오른쪽으로 돌아서 음, 삼백육십 도를 돌았다. 이렇게 완전히 한 바퀴를 돌아 다시 정면으로 돌아왔다.

귀신은 또 바다와 하늘이 맞닿는 곳을 똑바로 바라보는 것을 즐겼다. 그녀는 다시 머리를 위로 젖히고는 별과 달이 눈부시게 비치는 온 하늘을 바라보면서 계속 머리를 뒤로 젖혔다. 그런 그녀의 시야에 끝없는 하늘이 펼쳐졌다.

이렇게 눈으로 본 것은 온통 바다와 하늘뿐이었다. 일망무제의 바다와 하늘이, 있는 듯 없는 듯 가상의 선 하나 외에는 접촉선이 전혀 없는 듯했다.

그토록 오래 기다리던 순간이 미처 다 가기 전에, 그 순간의 맛을 찬찬히 느껴보지 못했는데, 갑자기 천지가 뒤집히고 빙빙 도는 듯하더니, 여자귀신은 이십여 미터가 넘는 높이의 정크선 최고봉 돛대에서 곧장 곤두박질치고 말았다.

중량이 없는 것처럼 가벼운 귀신이니, 어딘가 몸을 부딪쳐 부상을 입을 리는 없었다. 실제로 여자귀신은 갑판 위로 떨어지기 전에 이미 몸을 돌려 또다시 가장 높은 그 돛대 꼭대기로 날아 올라가고 있었다.

여전히 그 바다는 투명하게 빛나는 별과 달 아래에 있었고 밤에만 출몰하는 귀신은 여전히 맑고 먼 곳 바다와 하늘이 맞닿는 지점을 바라볼 수 있었다. 끝없는 해수면이 삼백

육십 도로 돌면서 원구의 호도를 느낄 수 있었다. 길고 거대한 포물선의 중심이 약간 움츠르드는 듯했다. 바닷물이 지평선 양끝으로 유실되지나 않을까 걱정이 들었다.

다행히도 삼백육십 도로 돌아가는 시선을 따라, 여자귀신은 사물을 바라보는 그녀만의 특별한 방식으로 도처의 모든 사물을 바라보았다. 모든 물체의 중심이 밖으로 튀어나와 있는 것처럼 보였다.

(그렇지 않다면 어떻게 바닷물이 그렇게 오랜 시간 동안 양끝으로 유실되지 않고 남아 있을 수 있단 말인가?)

이렇게 거대한 바다가 깊은 밤의 고요 속에서 파도마저 크게 일지 않으면, 맑고 깨끗한 잔물결이 흔들리면서 선체에서 쏟아진 빛의 물결이 퍼져 짙은 빛의 바닷물을 그윽한 자줏빛이나 쪽빛으로 물들였다. 맑은 바람에 찰랑대는 소리가 유유자적하기에 안성맞춤이었고 끝없는 해수면은 아무 구속도 없는 청명함과 환희를 안겨주었다.

그렇게 오랜 세월 동안 기대했던 것이 바야흐로 이루어지는 것이 아닐까!

그러나 갑자기 현기증이 몰려오면서 여자귀신은 또다시 높이가 이십 미터가 넘는 정크선 돛대 위에서 곧장 추락하고 말았다.

이번에는 귀신도 밑으로 추락하는 중력에 역행하지 않다

가 갑판에 거의 다다라서야 본능적으로 몸을 돌려 뱃머리 아래 쪽으로 몸을 숨겼다. 선체에 몸을 바싹 붙이고 있던 귀신은 천천히 몸을 일으키면서 자신의 현기증이 추락의 원인이라는 것을 깨달았다.

그녀는 사방이 정말로 완전히 비어 있는 절대적인 공허함이라는 것이 두려웠다.

(과연 귀신은 몸을 벽 모퉁이에 있는 문에 숨기는 것도 잊은 채 벽면에 붙어서 '귀신' 특유의 잠행을 했던 것일까?)

여자귀신이 뱃전에 등을 기댄 채 눈을 들어 올려다보니 방금 전에 배의 돛대 위에서 사방을 둘러본 것을 포함하여, 모든 경치가 전혀 막힘이 없는 검푸른 하늘 천막이었다. 그러다가 다시 익숙한 각도에서 다시 나타난 사물들을 바라보니 돛대를 따라 선체의 모든 물건들이 각기 제자리에 와 있었다. 그제야 귀신은 마음을 가라앉히고 시선을 옮겼다.

아 — 여자귀신은 여귀의 울음소리를 냈다.

소리는 마치 흙강이 찢어지면서 나는 듯한 그런 소리였다. 귀신의 울음소리는 날카로운 칼날로 밤하늘을 베어놓는 것 같았고, 도끼로 밤바람을 찍어내는 것 같았다. 모든 공간을 다 찢어버릴 것만 같았다.

아 —

이 세상에(물론 귀신의 영역도 포함하여) 정말로 완전히 평평한 시각은 존재하지 않는단 말인가. 중력의 영향을 받지 않아 가볍게 날아다닐 수 있는 귀신은 문득 아직도 자신이 할 수 없는 어떤 한계가 남아 있다는 것을 깨달았다. 이에 그녀는 자신의 몸으로 날아오를 수 있는 가장 높은 고도까지 올라가 가장 높은 시각에서 아무것도 가려지지 않은 드넓은 공간 전체를 초월하고자 했다.

이것이 애당초 불가능한 억지 요구였을까?

그 해에 원귀가 되어 지관의 도움으로 검정 우산에 숨어 바다를 건너가 복수의 목적을 달성한 뒤로 몇 년 동안 가장 유감스러웠던 것은, 바다를 건너는 좋은 기회였건만 몸이 검은 우산이라는 좁은 공간 안에 갇혀 있다 보니, 바다를 직접 눈으로 보지 못하고 바다와 하늘이 이어져 있는 광활함과 자유를 누리지 못했다는 것이었다.

그리고 이제 엄청난 정신력과 체력을 허비하고 갖가지 어려움들을 극복하여 마침내 한없이 넓은 바다에 왔으나 그런 광활함과 자유가 애당초 얻을 수 없는 것이라는 사실을 깨달을 뿐이었다.

모든 것엔 한계가 있고 끝이 있기 마련인가.

몸을 돌려 하늘로 날아 올라갈 수 있고 모든 공간과 경계를 넘나들 수 있으며 또한 아무데나 갑자기 모습을 드러낼 수 있는 귀신이라 해도, 마지막 숙명은 여전히 담장 구석이나 벽면에 몸을 숨기고 문 뒤의 어두운 곳으로 '귀신' 특유의 잠행을 해야 하는 몸이었다. 그런 곳이야말로 마음놓고 목숨을 지킬 수 있는 곳이었다.

여자귀신은 계속해서 내던 여귀의 울음소리를 멈췄다.

그러나 그 뒤로 그녀가 항해를 하면서 뱃전에 기대는 법을 배워 사방을 둘러보면서 여전히 돛대와 돛으로 시선이 가려진 부분의 바다를 볼 수 있었는지, 그 부분에도 똑같이 맑은 바람이 있고 드문드문 별이 있으며 파도가 유유자적하게 치몰려오는 것을 느꼈는지는 알 수 없었다. 아, 그렇지 못했을 것이다. 당연히 그렇지 못했을 것이다. 복수에 집착하여 넓고 깊은 바다를 가로지르는 위험을 감수한 여자귀신이라면 당연히 돛대 꼭대기 가장 높은 곳에 수없이 올라갔을 것이고, 수차례 현기증으로 추락하고서야 마침내 포기하고 더는 무모한 시도를 하지 않았을 것이다.

하얀 소복 차림에 산발을 한 여자귀신이 루청과 취안저우 사이를 오가는 '백저선'에 종종 출몰하는 것이 목격되었다. 가랑비 내리는 한밤중이면 안개 자욱한 축축한 돛대 위에서 여자귀신이 검정 우산을 손에 들고 경전 같은 모습으로 나타나곤 했다. 몇몇 신참 선원들은 그녀를 바다 위에 있는 사람들을 지켜주는 지고의 여신으로 착각해 그 자리에서 엎드려 절을 올리거나 합장을 하고 기도를 드리기도 했다.

그랬다. '천후'라고 불리는 바다의 여신 마조는 쉽게 사람들의 눈에 띄지 않았다. 그러니 손에 검정 우산을 들고서 소복 차림에 산발을 한 여자귀신도, '그녀가 출몰하는 배는 절대로 침몰하지 않는다'는 비밀스런 부적처럼 홀연히 선원의 눈앞에 나타난 것으로 인식될 수 있었다. 그래서 선원은 그녀가 마조인 줄로 알고 그녀를 향해 진심으로 평안을 기원하는 기도를 드렸던 것이다.

또한 여자귀신에게는 사람들의 숭배를 받는 작은 신이 될 수 있는 기회도 있었다. 시의적절하게 법력을 나타냈으면 충분히 그렇게 되었을 것이다. 예컨대 항해하는 배들이 방향을 잃었을 때 귀로를 찾아주거나 밤중에 어둠 때문에 서로 충돌한 배들을 안전한 곳으로 인도해주고 강풍과 격랑 속에서 사람과 배를 안전하게 비호해주었다면 충분히 신이 될 수 있었을 것이다. 아니면 큰일을 해내지 않더라도 해상에서 갑자기 병이 난 사람을 치료해주거나 발을 헛디뎌 물에 빠진 사람을 구조해주는 것만으로도 얼마든지 공을 쌓을 수 있었을 것이고 적시에 현현하여 자신의 존재를 드러내기만 했어도 향 공양을 받을 수 있었을 것이다. 그녀는 작은 묘당에서 사람들의 숭배를 받는 존재가 되었을 것이다.

그녀의 작은 묘당은 절대로 황제가 책봉한 '천후'인 마조의 묘당처럼 규모가 크지는 않겠지만, 적어도 해변가의 작은 길이 끝나는 곳에 있는 석두공, 유응공有應公*토지신 등의 묘당에 견줄 수 있는 작은 묘당에서 아침저녁으로 향불 공양을 받기에 부족함이 없었을 것이다.

그러나 여자귀신의 속셈은 여기에 있지 않았다. 그녀는 사람들에게 제사를 받을 수 있는 기회를 놓쳤을 뿐만 아니라 몸이 정크선 위에 있었기 때문에, 항로의 종점인 피안 탕산에 대해서도 또다른 생각을 가지고 있었다.

여자귀신은 자기 조상의 고향과 잔혹하게 자신의 목숨을 앗아간 남편의 고향에 대하여 날마다 그리워하고 생각한 것은 아니지만 어쨌든 다시 가보고 싶었다. 게다가 그곳은 직접 가서 원수를 갚은 곳이기도 했다.

여러 해가 지나고 수많은 어려움을 겪고 나서 마침내 피안에 도달하게 되었다.

원수를 갚기 위해 왔을 때 마음의 눈을 가리고 있던 분노와 원한의 기운이 사라지고 유일한 목표마저 없어지자 여자귀신은 피안에 도착하자마자 길을 찾아 걸음을 재촉하던 당시의 모습과는 달리 이번에는 편안한 마음으로 물가를 이리

---

* 도가에서는 천신과 지신을 신명으로 인정하고 그 외의 영적 존재를 유응공有應公 또는 유응령령有應靈靈으로 분류했다. 유응공은 말 그대로 감응을 주는 분이라는 뜻으로 인간의 대소사에 영향력을 행사하는 모든 영령을 통칭하는 말이다. 우리나라의 당집에 모셔진 당산신이나 당산나무와 유사하다.,

저리 돌아다니곤 했다.

오랜 세월이 지나기 전에도 그다지 익숙지 않던 해구가 더욱 낯설게 느껴졌다. 그리고 뜻밖에도 전에 있던 해항은 진흙과 모래에 막혀버리고 새로 개설된 항구도 몇 차례 이전을 거듭하는 바람에 모든 노선과 배치에서 과거의 흔적은 전혀 찾아볼 수 없었다.

심지어 항구에서 들을 수 있는 사람들의 목소리와 말투도 예전과 달랐다. 여자귀신이 귀를 기울여 자세히 들어보니 여전히 취안저우 사투리이긴 했지만, 어째서 루청 방언의 억양과 그렇게 차이가 나게 된 것인지 알 수 없었다. 오랫동안 잔인하고 악독한 남편의 '취안저우 억양'을 들을 기회가 없어서, 취안저우 사투리의 억양을 제대로 기억하지 못해서 그런 것일까?

여자귀신은 가볍게 한숨을 지으며 몸을 일으켜 성 안으로 날아 들어갔다. 하지만 눈에 보이는 것이라고는 온통 변해버린 또다른 꿈속 풍경이었다.

때는 이미 아편전쟁이 끝나고 한참이 지난 뒤라 열강들의 끊임없는 침략과 청 정부의 무능으로, 사방에서 지방의 토비들이 들고 일어나 인명과 재산을 파괴했다. 마을 전체, 심지어 지역 전체가 폐허가 된 곳이 한둘이 아니었다.

귀신의 눈에 보이는 것이라고는 온통 전쟁과 내란이 지나간 뒤의 파괴와 황폐함뿐이었고 더욱이 오랫동안 기근과 역병이 동시에 발생하여 수많은 인구가 사망하거나 다른 곳으로 이주했다. 일찍이 그토록 번화하여 루청은 그 축소판에 불과했던 시가지도 지금은 담장이 허물어지고 벽이 무너져서 어디가 어딘지 알아볼 수가 없었다. 새로 지은 건물이 약간 있긴 했지만 여자귀신에게는 아무런 의미가 없었다.

완전히 낯선 풍경 속에서 여자귀신은 심지어 추모할 만한 옛 경관이나 물건들조차 찾을 수 없었다. — 취안저우 지역 전체에 대해 기억할 것이 없었고 가장 인상 깊은 곳이었던 배신한 남편의 저택 역시 언제 부서져 평지가 되었는지 알 길이 없었다.

여자귀신은 한참을 서 있으면서도 어디가 어디인지 구분하지 못했고 어디로 가야 할지도 알 수 없었다. 이곳에 처음 왔을 때는 복수를 하러 온 것이라 잠시 머물다가 목적을 이루고 곧바로 떠났었는데, 다시 옛땅에 와 보니 완벽한 거리감과 단절감만 느껴질 뿐이었다. 여자귀신은 다시 날아올라 주변을 한번 둘러본 뒤 자취를 감춰버렸다.

나중에야 그녀는 비로소 배를 타고 온 것이 결국은 피안에 도달하기 위해서였으며 반드시 다시 와야 했다는 것을 깨닫게 되었다. 다시 찾아온 것은 작별을 고하기 위해서였다. 좀더 마음을 놓고 편하게 떠나기 위해서였다. 그리고 이곳을 떠나는 데 그치는 것이 아니라 이곳과 관련된 모든 것으로부터 떠나는 것이었다.

여자귀신의 마음속에서 모든 것이 명징해졌다. 이제 내려놓아야 할 때가 된 것이었다.

변한 것은 원래부터 낯설었던 탕산뿐만이 아니었다. 백년 동안 자신이 살았던 루청과 가족들의 생계가 달려 있던 해변 지역도 전부 거대한 변화와 개혁에 직면해 있었다.

하천의 물길이 바뀌자 루청 항만의 입구에 토사가 쌓이고 바다 밑바닥에 암초가 빽빽하게 들어차자 대형 정크선이나 여자귀신이 타고 바다를 건넜던 '백저선' 같은 배들은 더이상 입항할 수 없었다. 그러니 인근 지역의 해구에 배를 대고 다시 범선이나 삼판선으로 화물을 날라야 했다.

여자귀신은 새로 개발되는 이런 항구들이 루청에서 갈수록 멀어지고 있다는 것을 확실히 알 수 있었다. 가장 먼저 개항된 항구는 집시 입구의 대로인 '우푸로'에서 겨우 이 킬로미터밖에 떨어지지 않았지만 역시 토사의 퇴적으로 막혀버렸다. 그리고 다시 개발한 새 항구는 시가지에서 사 킬로미터나 멀어지더니 나중에는 육 킬로미터나 멀어지게 되었다. 결국 루청 항구는 완전히 토사에 막혀 범선조차 밀물 때나 간신히 입항할 수 있었고, 화물을 운송하려면 오로지 대나무 뗏목에 의존해야 했다.

여자귀신은 번화하던 옛 모습을 다시 찾을 수 없을 정도로 이미 완전히 썰렁해진 루청 해안에서 훨씬 더 자유롭게 운신할 수 있는 공간을 갖게 되었다. 그녀는 여러 차례 사람들의 눈에 띄었지만 전혀 아랑곳하지 않았고 자신의 영원한 전설적 모습을 그대로 드러냈다…….

온몸에 긴 소복자락을 휘날리고 머리는 허리까지 길러 산발한 모습이었지만, 이제는 빗질을 하여 잘 정리한 상태로 대나무 살에 오동나무 기름을 먹인 종이를 댄 검정 우산을 들어 얼굴을 가리고 있었다.

여자귀신은 그렇게 황량하고 적막한 나날을 보내며 자주 사람들의 눈에 띄었다. 그것도 항상 종종걸음 치면서 바삐 움직이는 모습으로. 정면으로 사람이 다가오는 바람에 미처 얼굴을 피할 시간이 없을 때는 얼른 걸음을 재촉해 스쳐 지나갔다. 이런 일이 여러 번 반복되자 그녀는 우산으로 얼굴을 가리는 방법을 터득하게 되었다. 스쳐 지나간 사람이 그녀를 다시 보려고 발길을 되돌리기도 했지만 사방이 텅 비어 있고 여인의 종적은 찾을 수 없었다.

그제야 사람들은 모골이 송연해지면서 소리를 질렀다. (어쩌면 속으로 몰래 외칠 뿐, 감히 밖으로 소리를 내지는 못했을지도 모른다.)

"귀신이야, 귀, 귀…… 귀신이야!"

귀신은 왜 그렇게 황급히 다녀야 하는 것일까? 아! 어쩌면 길을 재촉하기 위해서일 것이다! 같은 날 한밤중에 누군가 루청 항구의 해안가에서 검정 우산을 든 여자와 몸을 스치며 지나갔는데, 잠시 후 그곳에서 이 킬로미터(어쩌면 사 킬로미터 혹은 육 킬로미터) 밖에 있는 새로 개발된 항구에서 그 모습이 또 목격됐으며, 총총히 걸음을 옮겨 한바탕 회오리바람을 일으키며 정크선에 몸을 실었지만, 어디로 갔는지는 알 수 없다는 소문이 돌기 시작했다.

아! 설령 여자귀신이 귀신 특유의 가벼운 귀신걸음으로 날아서 이동했다고 해도 귀신들에게는 엄연히 시간의 한계가 있었다. 새로 개발된 항구가 루청에서 갈수록 멀어져가자 여자귀신은 두 곳 사이의 거리 차이 때문에 압박을 받고 있는 것이 분명했다. 그녀는 자시 이후에야 출몰할 수 있었기 때문에 이 킬로미터나 사 킬로미터 정도는 그런대로 괜찮았지만, 육 킬로미터 심지어 그 이상으로 멀어지게 되면 귀신의 힘으로도 역부족이었다.

하지만 여자귀신은 여전히 급하게 걸어다녔다. 그런 그녀가 어떻게, 달빛이 어둡고 별이 드문 날 차갑고 음산한 바람이 부는 뱃전에 기대어 설 수 있었는지 알 수 없었다. (이제 그녀는 몸을 날려 높이가 이십 미터나 되는 돛대에 올라가지 않고 돛대에서 세 자 정도 떨어진 곳에 서 있었다.) 그녀는 선체가 바람을 타고 파도를 가르며 내는 소리와 파도 소리를 함께 들으면서 선체가 앞뒤로 끊임없이 요동치면서 한 자, 열 자, 앞으로 나아가는 속도감을 느끼고 있었다.

배가 지나온 물 위에는 아무 흔적도 남지 않았다.

광활한 하늘과 땅 사이는 더 말할 것도 없었다. 하늘과 바다가 맞닿은 지점에서는 아무런 구속도 없는 완벽한 자유를 만끽할 수 있었다.

그러나 끊임없이 접거하고 다시 떠나기를 반복한 뒤에 배가 마침내 피안의 목적지에 도착했지만 여자귀신은 해안에 오를 수도 없었다. 기다렸다가 그 배를 다시 타고 돌아가거나 온 곳을 향해 곧 출발하는 다른 배를 갈아타고 다시 항해에 나서야 했다.

이곳에 도착하기 위해 온 것도 아니고, 꼭 뭍에 오를 생각도 아니었던 여자귀신은 이렇게 한 번 또 한 번 계속 양안 사이를 왕복하면서 멈추려 하지 않았다.

이렇게 얼마간의 시간이 지나면서 여자귀신은 배 위에서만 양안 사이를 왕복하는 여행에서 차분히 마음을 가라앉히고 명상에 잠겼다. 때때로 혼돈의 깊은 늪에 빠질 때면 탄식을 금치 못하면서도 무한한 희열에 젖곤 했다.

내가, 바다다.

더 많은 세월이 지났다. 뭍에 오르지 않는 배 위에서의 여행에서 귀신은 명상 도중에 일종의 공명(空明)의 상태에 진입했다. 자신의 몸이 무한히 존재하는 상태가 된 것이다. 여자귀신은 이내 생각이 바뀌었다. —

내가, 바로 섬이고, 또한 대륙이다.

일순간에 그 오묘함 중의 오묘함, 한없이 현묘한 상태에 도달했다 해도, 여자귀신은 끊임없는 이동 상태에 있었고, 단 한순간도 멈추지 못하는 배를 타고서 여행을 하고 있었다. 진정으로 무아의 상태에 진입하여 배도 없고 바다도 없는 독특한 무의 경지에 도달해 있었다. 정신이 돌아오는 순간 귀신은 아무 말도 하지 않았다.

귀신은 아무 말도 하지 않고 그저 엷은 미소만 지었다.

갑자기 하늘과 바다가 만나면서 하늘 가득 별과 달이 나타났다. 갑자기 바닷바람이 얼굴을 때리고 파도 소리가 귀를 메웠다. 갑자기 선체 밖에서 광풍과 거대한 파도가 밀려오더니 물을 퍼붓는 듯한 비가 쏟아지기 시작했다.

아! 여자귀신은 보다 먼 길(육 킬로미터 또는 팔 킬로미터)을 사뿐히 날아갔지만, 아무리 해도 피안에 닿지 못하는 여행을 잊을 수가 없었다. 한 걸음 다가갔다가 열 걸음 물러서야 했고, 배가 파도에 밀려도 배에는 흔적이 남지 않았다. 기약 없는 여정이었다. 여자귀신은 서둘러 길을 재촉하다가 사람들의 눈에 띄게 되는 위험도 아랑곳하지 않고, 결국 피안에 닿지 않는 해상 여행을 계속하기로 했다.

6

마침내 마지막 원양 항선마저 떠나버렸다.

새로운 항구는 계속 토사에 막힌 데다 중일전쟁이 발발하면서 루청과 탕산 사이의 통상이 두절되고 인근 항구 지역들이 전부 폐항의 위기를 맞게 되었다. '배를 기다리는 손님은 없고 갈매기들만 제방에 기대어 졸고 있는' 상황이 된 것이다.

황량한 해안가를 배회하는 것이라고는 여자귀신밖에 없었다. 가랑비가 내리는 황혼 무렵이나 처량하게 밤비가 부슬부슬 내릴 때면, 한없이 서글프고 무한히 슬플 때면, 손에 검정 우산을 든 소복 차림의 여자가 외롭게 길을 걷고 있는 것을 볼 수 있었다.

전란으로 인해 운항이 단절되자 여러 해항海港들이 하나둘씩 폐쇄되었지만 너무나 갑작스럽고 직접적인 사태라 문을 닫은 항구를 대체할 만한 것도 없었다. 홀연히 몸을 달려 올라 탈 정크선이 없어지자, 여자귀신은 더는 끝없는 바다를 오갈 수 있는 기회를 가질 수 없게 되었다.

한순간에 모든 것이 중지되고 말았다.

또 한 번의 이 단절에 여자귀신은 자신이 모래시계의 가는 목에 갇혀 있다 해도, 자신의 움직임을 막지 못할 것이라는 생각을 하게 되었다. 그리고 시간이 계속 흐르고 있다는 것도 확실히 인식하고 있었다.

하지만 온갖 시련을 몸소 겪은 여자귀신은 이미 백 년 전의 원혼이 아니었다. 잔해만 남은 남북 잡화점의 기다란 계산대 앞에 앉아 아무런 대책도 없이 주판만 굴리던 혼귀가 아니었다. 이제 밤마다 허공을 향해 울부짖던 귀신은 아주 빨리 새로운 기회를 찾게 되었다.

여러 해에 걸친 전란으로 지역이 황폐해지자 루청 인근 지역에서는 크고 작은 법회가 끊이지 않았다. 여자귀신은 이런 법회를 일일이 찾아다녔을 뿐만 아니라 참회의 경문을 외웠으며 여러 부처들과 보살들, 벽지나한辟支羅漢들과 범왕제석梵王帝釋 그리고 천룡팔부天龍八部 등 모든 성중聖衆에게 절을 올렸다.

하지만 대각금선大覺金仙에 귀의하여 간절한 참회의 뜻을 밝히기를 원치 않았던 여자귀신은 죄를 자백하고 초도하여 윤회를 거쳐 새로운 세상에 환생하고 싶은 마음도 없었다. 여자귀신은 그저 크고 작은 법회에서 독창적으로 혼백들이 경험해 보지 못한 새로운 항해의 여정을 시험해보고자 했던 것이다.

그랬다! 복보福報를 빌어주기 위해 법회에서는 천등天燈을 띄워 소원을 빌었다. 대형 천등은 대나무로 골격을 만들고 그 위에 풀로 비단과 종이를 붙여 등형을 만들었고 소형 천등은 대나무 조각과 대나무 줄로 둥글게 틀을 만든 다음 그 위에 풀로 종이를 붙여 통 모양으로 만들었다. 사람 키만한 대형 천등도 있고 높이가 한 자 정도 되는 작은 천등도 있었다. 하지만 가장 중요한 것은 이 천등이 가능한 한, 반드시 멀리 날아가야 한다는 것이었다.

여자귀신은 공터에서 날려 보내 하늘로 올라가게 할 수는 있지만 절대로 혼귀가 올라탈 수 없는 천등에 흥미가 생겼다. 하늘로 날아올라갈 수 있는 것이라면 그녀에게 전혀 위협이나 두려움의 대상이 되지 않았다. 귀신인 그녀는 이미 가볍게 날아다니는 데 익숙해져 있었고 어쨌든 천등이 있어서 하늘로 올라간 뒤에도 여전히 몸을 기대고 감출 수 있었다.

법회 기간에 대량으로 천등을 날릴 때 여자귀신은 처음에는 천등에 육갑장군六甲將軍이나 여섯 역사力士들이 그려진 붉은 종이 위에 평안과 번영, 성공과 치부을 기원하는 글을 적는 것을 옆에서 구경만 하고 있었다. 이처럼 기원이 가득 담긴 천등이 하늘 높이 올라가면 여러 신들이 이를 천청에 쉽게 전달해줄 수 있을 것이었다.

여자귀신은 편안과 복을 바라는 사람들의 기원문 속에서 자신이 몸을 숨길 공간을 찾아냈다. 사람들은 없었다. 법회에서 천등을 날리는 사람이 (그럴 수 있는 능력이 있다면) 귀신, 그것도 원한을 품은 귀신이 천등을 타고 하늘에 올라가 초도를 함으로써 인간 세계를 떠나 다시는 사람들에게 해를 입히지 않게 되는 것을 반대할 수 있을까?

여자귀신은 가볍게 천등의 대나무 뼈대 안으로 들어가 등을 감싼 비단 종이에 몸을 기대고 그 안에 있는 금지에 불이 붙여져 두둥실 하늘로 오르게 되길 기다렸다.

아! 그 얼마나 짜릿한 비행의 쾌감일까. 불이 붙어 열이 발생하면서 천등을 하늘로 올라가게 할 금지는 원래 신에게 바치는 제물로서, 기원을 드리는 사람들과 신 사이를 연결해주는 매개였다. 사전에 기름을 적셔두기 때문에 불을 붙이면 금지는 맹렬하게 타올랐고 그 열기에 힘입어 종이를 붙여 만든 천등이 하늘로 올라갈 수 있는 것이었다.

천등은 땅에서 떨어지기 무섭게 빠른 속도로 상승했다. 마치 줄이 끊어진 연처럼 너무나 빠른 속도로 올라가는 바람에 여자귀신은 몸이 흔들려 떨어지는 것을 막기 위해 가끔씩 천등의 대나무 틀을 꼭 붙잡아야 했다.

하지만 낮은 곳에는 바람이 세지 않았고 마침 그 유명한 루청의 구강풍도 불지 않아 천등은 곧장 빠른 속도로 상승하여 끝없이 어두운 허공을 향해 계속 올라갔다.

처음에 여자귀신은 천등을 타고 미지의 어둠으로 갈 만한 담력이 없었다. 생각해야 할 또다른 문제들도 많았다. 앞으로 다시는 지상으로 돌아오지 못하게 되면 어떻게 하나? 천등의 뼈대에 의지하지 못하게 된다면 어디로 날아가게 되는 것일까? 영원히 허공을 떠돌게 되는 것일까?

여자귀신은 자신의 능력이 미치지 않는 범위에서 안전하게 천등을 이탈하여 가볍게 지상으로 내려앉는 방법을 생각해야 했다. 그녀는 고개를 들어 계속 하늘로 올라가고 있는 천등들을 바라보았다. 밑에서 바라보니, 활활 타는 금지가 요란한 황금빛 화염을 내뿜으면서 붉은 천등을 요염한 빛깔로 물들이고 있었다.

그 다음 순간에 불씨가 다른 부위로 옮겨가 천등 전체가 다 타버리더니 캄캄한 하늘에 처연한 빛으로 획을 그으며 사라졌다. 아무 일도 없었던 것 같았다.

여자귀신은 밤의 어둠이 천등을 삼켜버리는 광경을 보고 싶지 않았다. 빨리 대나무 뼈대가 튼튼한 천등을 하나 물색하여 천천히 하늘로 오르는 쾌감을 누리고 싶었다.

여자귀신은 이런 비행을 통해 또다른 유형의 표류를 경험하게 될 것이었다.

그랬다! 이번 표류는 드넓은 허공을 떠다니는 것이었고 피안의 땅에 내려앉는 것이 아니었다. (게다가 이번에는 피안이 어디인지, 정말 피안이 있는 것인지조차 알 수 없었다.) 수면을 떠다니기 위해서는 배와 해수면이 서로 붙어 물 위를 미끄러져 가야 했다. 하지만 하늘을 떠다닐 때는 전혀 걸릴 것이 없는 절대적인 자유자재였다. 영혼의 움직임과 꿈에도 구속 따위는 없었다.

여자귀신은 한 번 또 한 번 천둥이 더 높은 곳으로 올라가는 짜릿한 쾌감을 시험하면서도 법회에서의 또다른 의식을 잊을 수가 없었다. 물과 관련된 의식이었다. 다름 아니라 수등水燈을 띄우는 의식이었다.

해전에서 모숨을 잃거나 해상사고를 당해 죽은 사람, 유시流屍……. 이렇게 '물길을 떠도는 외로운 원혼들'은 어둡고 차가운 물속에 수장되어 법회를 통한 초도를 받을 수 없었기 때문에 수등으로 그들의 저승길冥路을 인도해야만 해안에 닿아 보시를 받을 수 있었다.

깊은 바닷속은 너무나 넓고 위험하기 때문에 더 먼 바다의 원혼들도 길을 찾을 수 있도록 하기 위해, 법회 전날 저녁에 수등을 방류하기 시작했다. 길이 먼 원혼들에게 충분한 시간을 주기 위한 배려였다.

'수등' 역시 종이와 풀로 만들었다. 일반적으로 집 모양의 틀에 풀로 종이를 붙여 사람들이 사는 집을 만드는데, 작은 것은 보통 목제 기와집 모양이고 큰 것은 화려한 고층빌딩 모양으로 만들어, 화려한 조각과 그림을 가미하기도 했다. 문도 있어 외로운 원혼들이 쉽게 들어올 수 있도록 배려해놓았지만 사실은 혼귀들은 그 안에 들어갈 수 없다. '수등'은 조명으로만 혼귀들을 인도할 수 있을 뿐이다.

도사들이 바라를 치면서 길을 인도하는 가운데 물가에서는 향탁을 준비하여 경을 읽고 나서 수등 안에 있는 초에 불을 붙여 방류했다. 환한 촉광이 사방을 둘러싸고 있는 담장의 보호를 받아, 바람에 쉽게 꺼지지 않고 천천히 물결을 따라 흘러 멀리 떠내려가면서, 춥고 음산한 물속의 고혼들에게 찾아오는 길을 알려주었다.

수등은 종이와 풀로 집 모양을 만든 것이라 올라타기가 아주 편했다. 여자귀신은 작은 수등 안에 들어가 조용히 사방을 두리번거리며 연도의 경관을 바라보며 흘러갔다.

아! 귀신인 그녀는 망망한 대해를 수없이 떠다녔고 루청과 탕산 사이를 오가며 무수한 격랑과 광풍, 폭우를 경험했다. 물론 잔잔한 바람과 거울처럼 맑고 고요한 수면에 달과 별이 그림자로 쏟아지는 광경을 목격하기도 했었다.

드넓은 바다의 기이함과 아름다움, 엄청난 위험과 자극을 여자귀신은 모두 경험했었다!

그리고 지금 이 순간, 없는 것처럼 너무도 작고 가벼운 수등에 몸을 싣고 바닷가의 수면 위를 둥실둥실 떠가고 있는 것이었다. 여자귀신은 길이가 한 자밖에 되지 않는 작은 수등 안에서, 유람을 떠나듯 편안한 마음으로 물결을 따라 떠내려가고 있었다.

수등 안에 있는 여자귀신이 마음만 먹으면 종이 벽 바깥을 향해 입김을 불어 훨씬 더 멀리 갈 수도 있었다. 이에 그녀는 집 모양 수등의 방향과 속도를 자기 마음대로 조종하면서 이제까지 한 번도 맛보지 못한 짜릿한 즐거움을 만끽했다.

이리하여 여행의 모든 것을 장악한 그녀는 작은 수등을 몰고 수초와 부목 사이를 오가며 온갖 기이한 경관들을 맘껏 즐겼다. 여자귀신은 마침내 직접 자신의 생명의 배를 몰고 다니며 맘껏 표류의 여행을 즐길 수 있게 되었다.

그녀는 또 색다른 시험도 해보았다. 방류된 수등은 종이와 풀로 집 모양을 만든 것 말고도, 금지를 한 겹 한 겹 붙여 활짝 핀 여러 송이의 연꽃을 만든 것도 있었다. 촛불로 된 연심에 불을 붙여 물 위에 띄움으로써 조명으로 길을 인도하게 하는 것이었다.

여자귀신은 사뿐히 날아가 손바닥만한 연꽃 위를 밟고 다니며, 온몸으로 가볍고 부드러운 바닷바람을 맞고 있었다.

흰색 긴 옷이 바람에 휘날렸다. 하나하나 경문이 쓰여 있는 작은 연꽃들 위를 건너다니는 사이에 경문과 범창梵唱이 귀를 가득 메웠다. 한 걸음 한 걸음 경문을 밟고 가는 것은 결국 또 한 차례의 출발을 위한 것이었다.

물 위에 떠 있는 황금빛 연꽃들은 한 송이 한 송이가 인도이고 부름이었다. 정말로 그렇게 한 걸음 한 걸음 마지막 귀의를 향해 가는 것이었다.

하지만 피안은 어디 있는 것일까? (정말로 피안이 필요하기나 한 것일까?)

법회 기간에 수등을 띄우면 연꽃이나 집 모양의 작은 등불들은 빠르게 물가를 벗어나 어두운 수면 위로 흔적도 없이 사라져버리곤 했다. 촛불이 꺼져서 그런지, 아니면 다른 원인이 있는 것인지 알 수 없었지만 말이다. 때로는 불어난 조수에 사라졌던 수등이 다시 나타나기도 했지만, 그것이 같은 수등인지는 확인하기 어려웠다. 단지 작은 수등이 천천히 흘러가는 것이, 마치 외로운 원혼들을 가득 태워 그 중량 때문에 물속에 깊이 빠졌다가 결국에는 지붕까지 전부 타버리는 바람에 한 줄기 요염한 빛으로 어두운 해안의 수면 속으로 사라지는 것처럼 보였다.

뭍에 오른 여자귀신도, 수등의 인도로 함께 뭍에 오른 여러 원혼들을 따라, 도사가 바리때와 나막신을 놓아둔 곳으로 갔다. 바리때는 외로운 원혼들이 손발을 씻을 수 있도록 담수가 가득 담겨 있었다. 나막신도 원혼들이 신고 다닐 수 있도록 준비된 것이었다.

여자귀신은 영원히 마르지 않는 그 바리때 안의 물을 찍어 꼼꼼히 얼굴과 손을 씻고 닦았다. 소금물과 바닷바람의 먼지를 닦아내자 정말 집으로 돌아온 듯한 기분이었다.

이렇게 여자귀신은 정신이 오락가락하는 현묘한 경지에 빠져 입에서 터져 나오는 대로 소리를 질렀다. ─

내가, 바로 이 섬이다.

7

완전히 황폐해진 루청 해변에 퇴적된 토사가 점차 하이푸신생지를 조성했다. 마치 약탈하는 손이 바다를 향해 뻗어오고 있는 듯 했다. 마침내 진흙이 어지럽게 쌓이면서 해안의 바닷물도 푸르고 깨끗한 모습을 찾아볼 수 없게 되었다. 해변의 제방도 무너져 흔적도 없이 사라져버렸고, '갈매기가 내려앉아 졸던' 풍경은 상상도 할 수 없었다.

단지 여자귀신만 백 년이 넘도록 떠나지 않고 이곳에 남아 있었다. 저녁비가 내리는 황혼 무렵이나 깊은 밤이 되어 사방이 더 고요해지면 황량해진 인간 세상에, 손에 검정 우산을 든 긴 소복 차림의 여자귀신이 전설 같은 모습으로 처량하고 적막한 해변을 혼자 쓸쓸히 걸어다니곤 했다.

아! 여전히 해변을 떠나지 않고 남아 있던 여자귀신은 해변의 수역에 떠 있는 수등水燈에 몸을 맡겨 속죄를 바랐던 것일까, 아니면 해변의 공터에서 하늘로 띄워 보내는 천등天燈을 타고 하늘로 올라 초탈하려 했던 것일까?

아! 아니었다. 결코 그런 것이 아니었다. 여자귀신은 여전히 끌리는 바가 있었다.

그랬다! 정크선을 타고 마지막으로 여행할 때 여자귀신은 드넓은 바다 위에서 멀리 돛을 달지 않고 바람을 맞받아치며 달리는 배를 보았다. 화약 연기처럼 끊임없이 하얀 증기를 내뿜으며 달리는 기선을 보았다. 아울러 기선이 내는 거대한 기적소리를 들었다.

여자귀신은 날듯이 빨리 달리는 이 '기선'에 대해 나름대로 끝없는 상상을 하고 있었다. 비록 아주 먼 해역을 사이에 두고 있지만 열심히 쫓아가다 보면 언젠가는 그 배를 타고 달려볼 기회가 있을 것이라고 믿었다.

그러나 타이완 해역의 항구들이 줄줄이 섬 중부에서 남북의 두 끝으로 이전하게 되면서, 여자귀신은 육지를 가운데 둔 중부 항구와 북부 항구 사이의 거리가 수백 킬로미터나 된다는 사실을 깨닫게 되었다.

너무나 멀고 건너가기 어려운 거리였다.

하지만 귀신은 이런 상황 때문에 포기하지 않았다. 그녀는 과거에 정크선을 쫓던 갖가지 수단을 발휘하여, 하얀 증기를 내뿜는 이 '기선'이 대부분 섬 북방의 '딴수이淡水항'을 드나들고 있고, 맨 처음에는 영국의 '더글라스 회사'가 장악하고 있던 것이 지금은 조대의 변천에 따라 새로운 통치자가 된 일본의 손에 들어갔다는 사실을 알아냈다.

여자귀신이 본 것은 1075톤급 '마이즈루마루舞鶴丸'였다. (1075톤이란 것이 무엇일까, 그리고 대체 뭘 '마루'라고 하는 것일까?)

어떻게 수백 킬로미터 떨어진 '딴수이항'까지 갈 수 있고, 어떻게 해야 '마이즈루마루'호에 탈 수 있을지 고심하던 여자귀신은, 하늘로 올라가는 대형 천등을 따라 한 번도 도달해보지 못한 높이까지 올라가다가 뜻하지 않게 날아가는 큰 새를 보게 되었다. 이 큰 새의 뱃속에는 놀랍게도 사람이 들어 있었다.

천등의 불이 다 타서 꺼지고 빠른 속도로 하강하는 바람에 여자귀신은 큰 새의 뱃속에 있는 사람을 자세히 볼 수 없었다. (분명히 귀신은 아니었다.) 그러나 그 사람도 눈앞에 뭔가가 나타났다 갑자기 추락하여 보이지 않게 되자 눈을 커다랗게 뜨고 몹시 놀란 표정을 지었다는 것만은 분명했다.

그녀를 귀신이라 생각하고 있는 것이 분명했다.

(그가 귀신을 본 것이 아니라고 누가 말할 수 있겠는가?)

언젠가는 사람이 탔던 그 새를 꼭 한 번 타보고 말 거야!

이렇게 여자귀신은 새로운 기대를 갖게 되었다.

여자귀신은 확실히 여자들이 하지 못하는 것들을 해낼 수 있었다. 하지만 일본의 여성학자 우에노 치즈코上野鶴子는 '모든 여인이 일단 명계로 넘어서기만 하면 귀신이 된다'고 말한다.

정말로 너무나 오래 뜸들이다 현현하는 귀신들이다.

2000년에 『자전 소설』『표류하는 여행』을 출판한 직후, 나는 '귀신들의 나라'에 관한 우언을 구상하기 시작했다. 이 '귀신들의 나라'의 원형을 내 고향인 루강鹿港, 즉 이 소설 속의 루청으로 설정한 것은 그곳이 내가 가장 잘 아는 곳이기 때문이다. 실제로 나는 그곳에서 귀신을 보고 놀란 경험이 적지 않았다.

그랬다. 옛날 루강에서는 음침한 골목이나 폐가들은 하나같이 귀신들이 몸을 숨기던 곳이었다. 고등학교에 다닐 때 매일 수업을 마치고 집으로 돌아가려면 아주 긴 골목을 하나 지나야 했다. 나는 그 골목을 매번 허둥지둥 뛰어서 통과했고, 그때마다 골목을 내달리는 자신의 발자국 소리에 덜컥 놀라곤 했다…….

소문에 의하면 그 골목에 길게 깔린 석판 밑에는 '옹자귀甕子鬼'들이 묻혀 있다고 했다. 전쟁 기간에 무수한 사람들이 죽었지만 제대로 매장할 곳이 없어 시신을 항아리에 담아 골목 안에 묻었고, 그러다 보니 골목이 흙으로 돌아가 편안하게 안식하지 못하는 귀신들의 근거지가 되어 사람들이 그 위를 걸을 때마다 요란한 소리를 내게 된다는 것이었다.

루강을 떠난 뒤로 아주 오랜 세월이 흘렀는데도 나는 아직도 고향에 대해 이런 기억을 갖고 있다. 고향의 작은 골목이나 거리의 모든 모퉁이가 내게는 귀신들의 근거지로 느껴지는 것이다.

이처럼 '귀신들의 나라'가 발생한 지역을 고려하자면 어떤 귀신들을 거론할 수 있을까?

우선은 당연히 여자귀신을 선택해야 했다. '귀신들의 나라'를 쓰기 위해 나는 타이완의 여자귀신들에 관한 전설을 전부 뒤져 읽어보고서 그 원형을 찾아냈다. 놀랍게도 타이완의 여자귀신들은 대부분 치정이나 재산문제로 남자들에게 살해당했고, 죽은 뒤에는 여귀가 되거나 복수할 마음을 갖지 않았다.

여자귀신들은 확실히 여자들이 하지 못하는 것들을 해낼 수 있었다.

하지만 이런 여자귀신들의 이야기는 하나같이 창의성이 떨어졌다. 그래서 '귀신들의 나라'를 쓰면서 일종의 우언적 요소를 갖추려면 타이완의 여자귀신들에 관한 전설을 포기하고 완전한 허구에 기초하여 나만의 여자귀신들을 창조해내야 했다. 과거의 귀신들과는 전혀 달라야 하고 모든 귀신들이 아주 재미있는 이야기를 담고 있어야 했다.

나는 글쓰기 속도가 무척 느린 편이라 가장 먼저 쓴 중편 「여행하는 귀신」이 『자유시보自由時報』 문예란에 처음 발표된 것이 2001년 연말이었다. 그 후에 곧장 「불견천의 귀신」을 쓰기 시작했다. 역시 중편이었다. 이때만 해도 '귀신들의 나라'가 아직 완벽하게 형성되기 전이라, 열심히 쓰면서 귀신들 스스로 현신하기를 기대하고 있었다.

이어서 「대나무의 귀신」을 쓰기 시작했을 무렵, 일본 도쿄대학의 후지이 쇼조藤井省三 선생이 내게 바다를 주제로 한 단편소설을 한 편 써서 유명한 아쿠타가와芥川상 수상자인

413

오가와 요코小川洋子와 함께 2003년 11월에 도쿄에서 열리는 문학포럼에 참석하여 토론을 진행해보는 것이 어떻겠느냐는 제안을 해왔다. 그러한 연유로 이 작품이 일본 문학잡지 『신조新潮』에 실리게 되었다. 「대나무의 귀신」은 원래 바다와 밀접한 관계가 있는 작품이었고 이처럼 공교로운 기회를 나는 기꺼이 수용했다.

가장 마지막으로 쓴 작품이 비로 이 책의 맨 앞장을 장식하고 있는 「정번파의 귀신」이다. 원래 처음부터 다섯 여자귀신들의 정위를 정확하게 계산해내기 어려웠고 어떤 순서로 배열할지도 무척 고민스러웠다. 그러다가 중요한 귀신 넷이 완성되자 순서도 자연스럽게 정해졌다. '귀신들의 나라'는 동, 북, 중, 남, 서 다섯 방위의 순서로 배열되었다. 물론 우리가 보편적으로 아는 동, 서, 남, 북, 중의 순서와 다른 것은 일정한 우언적 의미를 확보하기 위해서였다.

내친 김에 마지막으로 쓴 「임투 숲의 귀신」에 대해 간단히 설명하고 싶다. 존중과 우언적 요소를 확보하기 위해 '귀신들의 나라'는 어느 정도 타이완의 민간전설을 담고 있어야 했다. 그래서 타이완 사람이면 누구나 다 알고 있는 '임투 언니들'을 소재로 선택하여 「임투 숲의 귀신」을 완성하게 되었다. 하지만 편폭이 너무 짧아서 이천 자字가 조금 넘는 수준에 그치고 말았다.

이 다섯 귀신은 2002년에 기본적으로 완성됐지만 2004년이 되어서야 처음 출판될 수 있었다. 여러 가지 요인으로 인해 발표가 미뤄지면서 출판도 늦어진 것이다.

앞서 말한 것처럼 어린 시절 나는 귀신이 무서워 긴 골목길을 뛰어서 통과해야 했지만, 달리는 내 발자국 소리가 오히려 날 더 무섭게 했었다. 아마도 이것이 '귀신들의 나라'가 담고 있는 우의寓意일지도 모른다.

—
부록

리앙이 리앙을 인터뷰하다*

타이완 · 리앙

나는 이제 막 인생의 한 단계를 지나왔다. 여류 문인인 나는 장장 40년에 달하는 타이완의 계엄체제 속에서 성장했다. 나는 줄곧 체제의 반대자였고 내가 쓴 소설은 종종 '성性'이나 '정치政治' 같은 사회적 금기의 영역을 침범하곤 했다. 어떤 분야에서는 이의異議도 가치가 될 수 있다. 그 과정에서 항쟁은 필수불가결의 조건이 된다.

타이완은 국민들의 각고의 노력을 통해 중국인 사회에서 가장 성숙한 민주주의를 확립했다. 물론 타이완 민주주의는 아직 갈 길

* 이 글은 작가 리앙이 2011년 4월 28일부터 4월 30일까지 인천문화재단이 주최한 '제2회 AALA(아시아/아프리카/라틴)문학포럼'에 참석하여 발표한 강연원고이다. 작가의 작품 세계를 이해하는 데 도움이 될 듯하여, 리앙과 인천문화재단의 동의 아래 이곳에 싣는다.

이 멀지만, 적어도 민주주의가 나 개인에게는 무한한 창작의 자유를 주었다는 사실을 부정하기 어렵다.

젊은 시절 나는 개발도상국의 한 연약한 여성이자 이류異流분자였고 사회에 대한 냉소로 똘똘 뭉친 작가였다. 그러나 지금은 이미 중년이 되어 대단히 자유로운 사회 분위기 속에서 내면의 세계를 더욱 확장할 수 있기를 갈망하고 있다. 그리하여 나는 '리앙이 리앙을 인터뷰하는' 방식을 통해 내가 걸어온 길을 돌이켜보기로 마음먹었다.

어둠 혹은 잔혹함

극도로 '이질적인 어둠'은 극도의 여성성과 맥을 같이한다.

지난 세월 극도의 억압과 구속에 저항해왔던 비참한 운명 때문인지 어떤 문제를 대할 때 여성 예술가들의 분노와 규탄은 남성보다 더욱 직접적이고 강력하다. 이런 경향은 '성'과 '폭력'의 문제에서 더욱 두드러진다. 심지어 여성이 남성들보다 더 '대담할' 때도 있다.

따라서 이질적인 어둠 또한 존재의 이유가 있는 셈이다!

어둠__ **당신의 소설이 그렇게 어두운 이유는 뭔가요?**

빛__ 예전에 저는 제 소설이 어두운지 그렇지 않은지에 별로 신경을 쓰지 않았습니다. 저는 그저 저를 감동시킬 수 있는 소재로 글을 써왔고 그것이 어둡게 느껴지는지는 별로 생각해본 적이 없습니다. 진지한 현대 소설들은 대부분 다 어둡지 않던가요?

어둠__ 그러고 보니 당신은 전통적인 가정에서 성장하지 않았나요? 부모님은 당신이 중년이 될 때까지 살아계셨고 형제자매들도 많은 데다 비교적 유복하여 경제적 어려움은 전혀 없었지요. 심지어 글쓰기로 생계를 유지할 필요도 없었습니다. 그런데 당신의 작품은 대체 왜 그렇게 어두운 건가요?

빛__ 젊은 시절의 저는 '실존주의'와 '심리분석'에 빠져 있었고 저 자신을 가장 깊은 곳의 어두운 면까지 해부했었습니다. 타이완의 지난 50년 역사를 되돌아보면, 초기의 '백색테러'에서 최근의 소요사태에 이르기까지 그야말로 암흑기였다고 할 수 있습니다. 물론 이러한 배경 말고도 제 작품이 이렇게 어두워진 이유는 또 있을 겁니다.

하지만 솔직히 말해서 저는 반평생을 글쟁이로 살아왔지만 누가 굳이 그 이유를 묻는다면 대답은 항상 똑같습니다. "저도 잘 모르겠습니다."

어둠__ 그렇다면 자신의 작품이 '이질적 어둠'의 분위기를 갖는 이유는 무엇이라고 생각하십니까?

빛__ 초기 작품인 「꽃 피는 계절」이나 「곡선의 인형」에서 느껴지는 공포와 불안, 미혹 등에서 『회상』의 의혹, 『남편을 죽이다』의 살기殺氣,『어두운 밤』의 패덕,『미로의 정원迷園』의 자아 붕괴에 이르기까지……. 이 모든 작품들이 하나같이 좌절, 실패, 초조를 담고 있지만 마침내 모두 극단적 방법을 통한 변신과 새로운 자아 인식으로 이어집니다. 어쩌면 이것은 지극히 '여성적인' 방식이라고 할 수 있지요. 하지만 그 결과물은 더럽혀지지 않은, '정치적으로 정당한' 아름다움입니다.

하지만 전체적으로 보면 저는 확실히 다른 여류 작가들처럼 서정적이고 상징적이며 심미적이지는 않습니다. 한마디로 말해 저는 그냥 '어두운 작가'인 셈이지요.

어둠__ 당신의 소설은 줄곧 논란을 빚어왔습니다. 타이완 사회에서 논란의 소지가 있다는 것은 대중 앞에 발가벗겨져 낱낱이 해부된다는 말과 같지요. 혹시 이것이 당신의 작품에 가득한 어둠의 원천이 아닐까요?

빛__ 아닙니다. 어쩌면 그 반대일지도 모르겠군요. 제 소설들은 '성'과 '정치'라는 당시 타이완 사회의 두 가지 금기를 건드렸지요. 게다가 저는 줄곧 정치적으로 비판적인 태도를 유지해왔고, 그로 인해 줄곧 논란의 대상이 되었습니다. 어쩌면 이것은 닭이 먼저냐 달걀이 먼저냐 하는 것처럼 근본적으로 답이 없는 문제라고 할 수 있을 겁니다.

계엄에 대한 항쟁의 의미로 발표한 작품이 바로『남편을 죽이다』였습니다. 이 작품이야말로 엄청난 비난과 매도의 도화선이었지요. 젊은 여성 작가가 이런 소설을 쓴 것에 대해 사람들은 너무나 쉽게 사생활이 지저분할 것이란 무책임한 판단을 던졌습니다. 그들은 제게 할 말 못할 말 가리지 않고 온갖 공격과 비난을 퍼부으며, 성적 모욕을 주었지요. 왜곡된 시선과 갖가지 헛소문, 인신공격의 글들이 밀물처럼 밀려들었고, 적잖은 문학계 인사들이 앞다투어 저를 비난했습니다. 심지어 일부 독자들은 생리대나 팬티 등을 보내 모욕감을 주기도 했습니다.

더 황당했던 것은 『자립만보自立晚報』의 사설이었습니다. 그 사설에서 글쓴이는 저를 몹시 음탕한 여자로 매도했고, 제가 소설을 통해 사회를 더럽히고 불순분자들에게 활동의 빌미를 제공했다고 비난했습니다. 이는 중화권中華圈 언론이 사설의 형식으로 문학작품을 비방한 최초의 사건이었습니다. (이는 제 몸에 성적으로, 그리고 정치적으로 불순분자라는 주홍글씨를 새겨놓은 것과 마찬가지였습니다!)

당시 제가 재직 중이던 문화대학교의 한 교수는 제가 학생들에게 본보기가 되지 못한다고 비난했고, 그로 인해 저는 하마터면 교직에서 물러날 뻔했습니다. 하지만 더욱 무서웠던 것은 집에서 느끼는 압박감이었습니다.

빛__ 당신은 한 번도 대부분의 여성 작가들이 그렇듯이 잘 정제된 글을 쓰거나 대부분의 민중이 기대했던 '여성 작가의 작품'을 쓰지 않았습니다.

어둠__ 그렇습니다. 『어두운 밤』 이후 저는 역사와 가족을 주제로 하는 방대한 양의 작품 집필에 착수했습니다. 바로 『미로의 정원』이지요. 훗날 논란이 된 '에스닉ethnic'의 전신이기도 했지만, 저는 그 작품에서 퇴폐성 decadency에 대해 말하고 싶었습니다. 『미로의 정원』에서 아버지와 딸의 타락은 화려하기 그지없는 방식으로 이루어집니다. 결과적으론 패망에 이르지만 그 타락의 과정은 '변화'의 가능성을 열어주지요.

『미로의 정원』에서 말하고자 했던 것이 바로 제 모든 작품들의 주제입니다. 이질적인 어둠 또는 잔혹함, 그리고 그 안에 담긴 아름다움이 그것이지요. 이 아름다움은 한마디로 창작에서 기원한 것이라고 할 수 있습니다. 이는 무척 이질적이고 음산하며 퇴폐적이고 기괴한 아름다움입니다. 그러면서도 비할 데 없이 아름답고 중첩적이며 난해하고 모호하지요. 하지만 그 아름다움은 또 극도로 이질적인 낭만을 담고 있습니다. 그래서 저는 이를 '이질적 어둠'이라고 불렀던 것입니다.

빛__ 하지만 그 어둠은 점점 더 짙어졌습니다. 어둠이 짙어질수록 이질적인 아름다움도 커져갔지요.

어둠__ 그렇습니다. 1987년 계엄해제 이후부터 중국 대륙을 방문하는 것이 가능해졌습니다. 나는 타이완 공산당 창시자 중 하나인 셰쉬에훙謝雪紅을 등장인물로 하는 소설을 집필할 계획이었습니다. 계엄이 해제됨에 따라 더 넓은 창작 공간이 생길 것이라 예감한 저는 곧 '성'과 '정치'라는 중화문학의 두 가지 금기에 도전할 생각을 갖게 되었습니다.

작품 구상 단계에서 저는 실제로 일어났던 정치사건에 별 흥미를 느끼지 못했습니다. 「남편을 죽이다」에선 여성과 여성을 둘러싼 외부 환경 문제를 다뤘지만, 이번엔 시선을 여성의 신비로운 내면으로 돌려 탐구하고 싶었습니다. '사회의 구속을 받지 않는 여성 본위가 과연 존재하는가?'와 '무엇이 진정한 여성 본위인가?' 하는 문제를 말입니다.

2000년에 들어 저는 생각대로 「자전 소설」과 「표류하는 여행」의 집필을 끝냈습니다. 총 40만 자나 되는 분량이었지요. 제 작품들 중 가장 복잡하고 감정적인 것들입니다.

그 후에는 방향을 바꿔 「베이강의 향로에는 누구나 향을 꽂는다」라는 작품을 썼습니다. 이 작품이 제시한 문제는 저의 작가 인생에서 가장 큰 도전이기도 했습니다. 정치적인 문제를 다루긴 했지만 「남편을 죽이다」와는 다른 성격의 작품이지요. 자세한 얘기는 뒤로 미루기로 하겠습니다.

「베이강의 향로에는 누구나 향을 꽂는다」의 마지막 장인 '피의 제사'에서 '2·28사건'을 다루었고, 그 때문에 전체적으로 어두운 분위기를 띨 수밖에 없었지만 그 와중에서도 한 줄기 희미한 빛이 탈출함을 예언하고 있습니다.

어둠__ 그렇다면 그렇게 큰 압박감을 어떻게 견뎌낼 수 있었나요?

빛__ 그 점에 대해선 먼저 부모님께 감사드리고 싶습니다. 부모님 덕분에 저는 경제적인 면에서 아무 걱정 없이 살 수 있었습니다. 벼랑 끝까지 스스로 몰아세우며 글쟁이로 생계를 이어나가지 않아도 되었죠. 다음으로 내 몸 속에 흐르는 저항과 투쟁의 피를 들 수 있을 듯합니다. 20여 년이 지난 지금 돌이켜보면, 저에게 그런 것들이 있었다는 것을 알 수 있습니다. 그 저항과 투쟁의 뿌리는 아마도 자아의 독립성과 자주성일 것입니다.

(보세요! 여성의 독립성과 자주성이 이렇게 중요합니다.)

또한 당시의 압박감을 견딜 수 있었던 것은 문학에 대한 제 신념과도 무관하지 않습니다. 저는 세계의 문학작품을 두루 읽어왔고 당연히 내가 지금 무엇을 하고 있는지도 명확히 인식하고 있었습니다.

필연적으로 패배를 잘 인정하지 않는 제 고집과도 관계가 있을 겁니다. 저는 어려서부터 응석받이로 자랐고 하루하루 즐겁게 보내는 방법을 잘 알고 있었습니다. 그래서 문단에서 만신창이가 되어도 다른 곳에서 새로운 출구를 찾곤 했지요. 저는 진심으로 제 인생이 꽤 아름답고 완벽하다고 생각합니다. 저는 많은 곳을 여행했고 세계 곳곳의 산해진미를 맛보았으며 음식을 주제로 소설을 쓰기도 했습니다. 적어도 2004년 말에 프랑스 문화부가 수여하는 예술가로선 최고의 영예라 할 수 있는 '예술문학기사훈장'을 받을 때까지는 그랬습니다. 하지만 그 뒤로 몇 년은 괴로움 그 자체였습니다. 이유를 알 수 없는 극도의 허무감에 빠졌고 저라는 존재가 바닥이 보이지 않는 심연의 지옥에 떨어진 듯한 느낌을 받았습니다.

저는 끝없이 저 자신에게 물었습니다. '세상에 태어나 소설 쓰는 것 말고 한 게 뭐가 있는가?' '글쓰기 말고 내가 할 수 있는 게 있기는 할까?' 이런 질의에 제가 내린 결론은 참으로 참담했습니다. 저는 결혼도 안 했고 아이도 없으며 한 번도 '직업'이란 의식을 갖고 일을 해본 적도 없었습니다. 결과적으로 저는 '소설'을 빼면 시체나 다름없는 존재였지요. 그것 말고는 어떤 특기도, 심지어 사생활이라 할 만한 것도 없었습니다.

어둠__ '문제 작가'가 된다는 것이 당신이 말하는 것처럼 그렇게 쉬운 일이라고 생각되지 않습니다! 대체 당신은 여태까지 그 적대적인 시선들에 어떻게 적응해왔습니까? 그것이 희생이라고 생각하지는 않습니까? 가장 어려운 점은 무엇이었습니까?

빛__ 지금 저는 '문제 작가'로 불리고 있습니다. 80~90년대의 길고 긴 20여 년 동안 저는 저항과 투쟁을 통해 수없이 많은 불합리한 대우들을 견뎌냈습니다. 그 때마다 저는 극단적인 방법으로 배수진을 쳐왔고 그 과정에서 저 자신이 변해가는 것을 느꼈습니다.

하지만 바닥이 어딘지 알 수도 없이 추락하던 그때에 저는 어둠 속에 길이 있다는 것을, 저항이란 것이 값을 매길 수 없을 정도로 큰 가치라는 것을 통감했습니다. 그런 깨달음이 저를 지탱해주었고 추호의 망설임도 없이 앞으로 나아갈 수 있게 해주었습니다. 그 후, 타이완 사회에는 점점 자유와 민주라는 것이 나타나기 시작했고 저는 지난 10년 동안 타이완 사회의 정치적 대립과 분쟁을 바라보면서 저와 '다른 것'을 인정하는 것이 얼마나 중요한 일인지 깨달았습니다. 마침내 저는 평상심을 되찾아 지난날을 돌아볼 수 있게 되었고, 저 자신의 변화 또한 발견할 수 있었습니다.

먼저 저라는 한 '인간'에 대해 말해보겠습니다! 제 소설들은 항상 논란의 중심에 있었고 그 비난과 공격에 맞서는 과정에서 저 또한 끝없이 반격을 가했습니다. 또한 저는 정치적으로도 꽤 오랜 시간 동안 위험인물로 간주되어 왔습니다. 이러한 저항과 투쟁은 자연히 제 자아에 영향을 미칠 수밖에 없었지요.

물론 저는 그것이 전부 후천적 원인으로 그렇게 된 것이라고는 생각지 않습니다. 상당 부분 제 선천적 기질에 기인할 것입니다. 만약 제가 이런 성격이 아니었다면 스스로를 그런 처지까지 몰고 가지는 않았을 겁니다.

요컨대 저는 날카롭고 직설적이며, 타협을 모르고 항상 가시를 세운 채 반격을 준비하고 있는 사람이 되고 말았습니다. 안타까운 것은 젊은 시절에 지녔던 섬세함과 따뜻함, 애정 같은 것도 다 잃어버렸다는 사실입니다. 가끔씩 '저 불합리한 비난과 공격을 혼자 고군분투하면서 받아내고 있을 때 날 도와주고 아껴준 사람이 누가 있었던가?' 하는 생각을 해보곤 합니다. 그래도 적어도 저한테 잘해준 사람에게는 반드시 보답을 하려고 합니다.

다시 '문제'로 돌아가 볼까요. 저항과 투쟁의 길을 걷는다는 것은 마음의 안정을 찾을 날이 한시도 없다는 것을 의미합니다. 하지만 그것을 통해 제 창작이 새로운 단계로 나아갈 수 있지는 않을까요?

제 지난날의 상처는 정말 치유된 것일까요? 하지만 치유되었다고 한들 그것을 무슨 수로 알 수 있으며, 또 무엇이 달라지겠습니까?

여성 그리고 여성작가

제목에서도 알 수 있듯이 저는 여성과 관련된 작품들을 많이 썼습니다. 그래서 그런 작품들에 관해 이야기해보고자 합니다. 소설이 지니는 특성 때문에 제 작품은 언제나 다른 얼굴, 다른 옷을 입고 미로처럼 얽힌 관계의 심연을 오갑니다. 만일 여러분이 반감과 편견을 버리고 있는 그대로의 작품을 마주한다면 틀림없이 그 속에서 여성의 내면 깊은 곳에 있는 '미로의 정원'을 발견하게 될 것입니다. 그것은 아마 여성의 마음 깊은 곳에 감춰진 어두운 욕망일지도 모릅니다. 단지 과거 남성중심의 문화에 억눌려 발산되지 못했을 뿐이지요!

어둠__ 당신의 소설작품들을 관통하는 키워드는 '여성'이란 의견이 있습니다. 이에 동의하십니까?

빛__ 맨 처음 작품활동을 시작할 때에는 성별 구분에 대한 개념이 전혀 없었습니다. 중고등학교 시절에는 실존주의에 탐닉했지요. 주목할 만한 것은 당시 저는 자아를 탐구하고 확립하는 과정에서 여성의 주체의식을 넘어 인간 본연의 모습에 집중했다는 것입니다.

그래도 제 작품에서 '여성'이란 주제는 피할 수 없는 숙명과 같은 것이라는 생각이 듭니다. 제가 남자를 지칭하는 '그'라는 대명사를 주로 사용한 첫번째 소설집 『꽃 피는 계절』에서도 「꽃 피는 계절」과 「곡선의 인형」같은 여성성과 깊은 관련이 있는 작품들을 찾아볼 수 있습니다. 『남편을 죽이다』에서는 경제적 독립성이 없는 여성의 운명이 얼마나 비참한 것인지 좀더 자각적인 태도로 그려낼 수 있었고 그와 동시에 인간과 인성의 문제를 함께 조명할 수 있었습니다.

이어서 저는 '여인'의 매력에 깊이 천착하게 되었습니다. 앞서 언급한 바와 같이 『자전 소설』은 여성의 신비한 내면에 대한 탐색을 기록한 것입니다. 2004년 출판된 『눈에 보이는 귀신』에서는 여자귀신이 보통 여성은 도저히 할 수 없는 엄청난 복수를 감행합니다. 하지만 사실 그 소설의 중심은 복수를 마친 여귀가 어떻게 자신의 자유를 찾아가는가 하는 데 맞춰져 있지요. 소설에 나오는 여자귀신 다섯은 모두 어둠의 극치를 경험하고 나서 새로운 출구를 찾게 됩니다.

이것은 제가 어둠을 벗어나 빛을 향해 나아가는 단초였다고 할 수 있습니다.

이어서 저는 『화간미정花間迷情』을 통해 여성의 다른 모습, 즉 여성들 사이의 이야기를 담아내려 시도했습니다. 2007년 출간된 『원앙춘선鴛鴦春膳』에서는 남녀의 사랑과 욕망을, 2009년 출간된 『칠대에 걸친 인연因緣의 타이완/중국 연인』에서는 연인들 사이의 낭만을 그려냈습니다. 제 작품세계가 점점 더 밝은 방향으로 나아가고 있는 셈이지요.

(이는 제가 더이상 논쟁에 휘말리지 않게 되어 이에 대항할 필요가 없어졌기 때문일까요? 아니면 다른 이유가 있는 걸까요?)

어둠__ 당신이 말하는 이른바 '이질적인 어둠'이 갖는 특색은 사실 근래 많은 서양의 여성 예술가들에게서도 찾아볼 수 있습니다. 그렇다면 당신의 '이질적인 어둠'은 사실 핍박받는 여성들의 집단적 잠재의식이 가져온 공통된 특성은 아닐까요?

빛__ 맞습니다. 하지만 먼저 이것에 관해 '왜?' 하고 질문을 던져볼 필요가 있습니다. 과거 오랫동안 여성들이 엄청난 억압 속에서 살아오면서 집단적 잠재의식을 갖게 된 것은 부정할 수 없는 사실입니다. 여성들은 그동안 제 목소리를 내지 못했을 뿐이지요. (여성이 문단에 대거 진출한 역사는 채 백 년이 되지 않습니다!)

물론 저처럼 사회의 어둠을 소재로 글을 쓰는 사람들을 제외한 (중화권에서는 대다수가 아닐까 짐작됩니다만) 여성 예술가들이 비교적 은유적이고 시적인 표현으로 여성의 문제를 다루고 있다는 것도 잘 알고 있습니다. 그녀들의 섬세함과 여성적 시각은 우리에게 또다른 아름다움을 선사하고 있지요.

반대로 저를 포함한 일부 여성 예술가들이 이들 여성 예술가 집단 사이에서 '검은 양'이라고 불린다 해도 저는 이를 기꺼이 받아들일 수 있습니다! '검은 양'으로 사는 것이 무척 힘들고 괴롭더라도 말입니다. 심지어 과거에는 저도 '왜 나는 다른 여성 작가들처럼 비판받지 않고 영광과 명예를 누리며 살지 못하는 걸까?' 하는 생각을 해보았습니다.

하지만 저에게는 한 가지 신념이 있었습니다. 다름 아니라 '도전하고 앞서가며 멀리 보는 것, 그리고 여성 창작의 새로운 가능성을 여는 것'입니다. 이는 제가 계속 새로운 도전을 할 수 있는 원동력입니다.

저의 소설은 여성과 관련된 '이질적인 어둠'을 표현한 작품이 대부분이지만 소설이 지니는 특성으로 인해 언제나 다른 얼굴, 다른 옷을 입고 미로처럼 얽힌 관계의 심연을 오갑니다. 만일 여러분이 반감과 편견을 버리고 있는 그대로의 작품을 마주한다면 틀림없이 그 속에서 여성의 내면 깊숙한 곳에 있는 '미로의 정원'을 발견하게 될 것입니다. 그것은 아마 여성의 마음 깊은 곳에 감춰진 욕망일지도 모릅니다. 그저 과거 남성중심의 문화에 억눌려 발산되지 못했을 뿐이지요!

저는 많은 시간을 들여 세계 곳곳을 돌아다녔습니다. 특히 과거 우리에게 익숙지 않았던 중동국가를 많이 여행했습니다. 물론 그저 주마간산 식의 여행이었을 뿐이지만 그 과정에서 이른바 지구

촌'의 발전된 모습을 살펴보고자 노력했습니다.

저는 기본적으로 좋은 문학작품은 그 가치가 오래 지속된다고 믿습니다. 예컨대 얼마 전에 어떤 분이 제게 말하길 "28년이 지나서도 『남편을 죽이다』를 다시 읽어보면 지금처럼 전 세계 여성들이 직면한 '가정폭력'의 문제를 떠올리게 된다"라고 하더군요. 다른 작품도 마찬가지입니다. 2007년에 출간한 『원앙춘선』은 음식을 소재로 한 장편소설입니다. 아시다시피 '음식'은 전지구적으로 사랑을 받는 소재이지요. 2005년에 발표된 타이완을 중심으로 엮어나간 소설 『칠대에 걸친 인연의 타이완/중국의 연인』의 경우 타이완과 중국 대륙의 영원한 화두인 '양안兩岸관계'를 그 배경으로 합니다. 이밖에 3년 전에 집필을 시작한 『부신附身』은 최근에 집중 거론되는 타이완의 평포족平埔族 문제를 다루지요!

남들보다 앞서 나가는 것. 그것이 바로 제가 추구하는 목표이자 변함없는 신념입니다.

어둠__ 바로 그 점이 당신을 논란에 휩싸이게 했지요. 지금은 과거의 억울한 '누명'을 다 벗었다고 생각하십니까?

빛__ (하! 하! 하!) 최근에 타이완 사회는 자유가 넘쳐나다 보니 법과 원칙 그리고 사회 기강이 무너지는 현상이 나타나고 있습니다. 젊은 친구들은 대수롭지 않게 "『남편을 죽이다』를 읽어봤지만 이 책이 어째서 그렇게 큰 사회적 파장을 몰고 왔던 건지 잘 이해가 되지 않는다"라고 말합니다. 그럴 때마다 저는 "아마도 자네가

28년 전 타이완 사회로 돌아가 이 책을 다시 읽게 된다면 아마 그 이유를 알게 될 걸세"라고 웃으며 대답하는 수밖에 없지요.

20년에 가까운 세월 동안 제 한몸에 쏟아지는 비판에 흔들리지 않고 끊임없이 창작활동에 전념하는 데는 확실히 많은 용기가 필요했습니다. 저는 항상 제가 사람들의 비판에도 쓰러지지 않고 살아남은 것이 정말 다행이라 생각합니다.

2009년에 저는 양안관계를 주제로 하는 소설 『칠대에 걸친 인연의 타이완/중국 연인』을 완성했습니다. 이 작품에는 제 개인적인 정치사상이 반영되어 있는 만큼, 이에 대해 활발한 사회적 논의가 이루어지길 기대했지만 소설의 시각은 오늘날 중국 대륙과 타이완의 국민당 그리고 민진당民進黨 모두의 '정치적 정당성'에 부합하지 못했습니다. 그래도 오늘날 타이완 사회가 겪는 혼란과 다원화는 다양한 목소리를 허용하고 있는 편이지요.

어둠__ 페미니스트냐는 질문을 자주 받는 걸로 알고 있습니다. 이에 대해서는 어떻게 대답하시겠습니까?

빛__ 아시는군요. 이런 질문을 받을 때마다 저는 제가 처한 시기에 따라 매번 다른 대답을 했습니다. 지금은 페미니즘이 유행하고 있지 않을 뿐 아니라 적잖은 부분에서 오명을 쓰고 있지요. 하지만 저는 페미니스트가 맞다고 대답하고 싶습니다. 페미니즘이 제가 여류 작가로서 기초를 닦을 수 있게 해주었습니다. 저는 자신이 '모더니즘'에서 '페미니즘'으로 진화했다고 생각합니다.

국제적인 시각

개발도상국에서 흔히 찾아볼 수 있는 비애와 저항, 격정에서 벗어나 더 멀리 내다볼 수 있는 넓은 시야를 가지고 앞서가는 것이 바로 저의 추구이자 목표입니다.

어둠__ **세계여행을 자주 해오셨습니다. 견문을 넓히기 위해서든 삶을 즐기기 위해서든, 아니면 강연이나 좌담회, 출판기념회, 문학포럼 등의 각종 행사에 참석하기 위해서든 말이지요. 우리의 국제적인 시각을 넓히는 데 도움이 될 수 있도록 당신이 여행에서 느낀 점에 대해 함께 얘기해보고 싶군요.**

빛__ 제가 자주 거론하는 에피소드가 하나 있습니다. 오래전에 하이델베르크 대학에서 강연을 할 때 만난 젊고 똑똑한 독일 여자 대학원생에 관한 이야기이지요. 그 학생은 "선생님은 항상 사회의 금기에 도전하는 작품들을 써오셨습니다. 하지만 만일 언젠가 타이완 사회에 더이상의 금기가 존재하지 않게 된다면 그때는 무엇을 소재로 책을 쓰실 겁니까?"라고 물었습니다. 당시 저는 아직 젊어서인지 별 고민 없이 곧장 질문에 대답했던 기억이 납니다. 저는 "모든 사회에는 그 사회만의 금기가 존재한다고 봅니다. 하지만 사람들은 그것이 사회적으로 부각되고 나서야 그것이 금기임을 깨닫곤 하지요. 독일처럼 자유롭고 개방적인 나라에도 금기는 분명 존재할 거라고 생각합니다. 아직 그것이 부각되지 않았을 뿐이지요"
라고 대답했습니다.

하지만 타이완 사회가 어지러울 정도로 개방된 오늘날에는 사실 이러한 금기는 더이상 주목의 대상이 되지 못합니다. 하지만 사회에 더이상 금기가 존재하지 않더라도 저는 예전처럼 계속 소설을 쓸 것입니다. 민주와 자유라는 소재에서 더 많은 가능성을 보았기 때문이지요.

얼마 전 저는 19일 동안 미국의 여덟 개 대학에서 영어로 강연을 하고 돌아왔습니다. 강연의 주제가 '성과 정치의 글쓰기Writing Sex and Politics'여서, 토론의 초점은 타이완의 민주주의와 자유의 확대가 제공해준 무한한 창작의 자유에 맞춰졌습니다. 즉 제 작품활동 초기에 사회적으로 발생한 논쟁에 용감하게 맞서야 했던 상황에서 이제는 사회 전체가 제 작품을 받아들이는 상황으로 변화가 일어난 것이지요.

타이완으로 돌아온 뒤에는 최근 몇 년 사이에 나타난 이 변화에 대해 더욱 확실하게 생각을 정리하게 되었습니다. 과거의 불안과 몸부림은 모두 저항으로 인해 생겨난 불공평과 상처 그리고 왜곡으로 얼룩진 사회를 바로잡기 위한 노력이었으며, 이 단계를 넘어서야만 한 단계 더 올라서서 새로운 방향과 기회를 탐색할 수 있다는 것이지요. 제가 더 늙기 전에 이런 기회를 맞이한 것은 어쩌면 하늘이 내려준 축복이 아닐까요?!

435

과거 한동안 저는 자신이 선진국의 여성 작가가 아닌 것을 감사히 여겼었습니다. 격동하는 타이완 사회가 작가인 저에게 무궁무진한 소재를 제공해주었기 때문입니다. 이는 이미 적당한 발전을 이루고 안정적인 사회 질서를 확립한 서구 선진국의 작가들에게는 좀처럼 주어지기 힘든 것이지요.

  하지만 지금의 저는 개발도상국에서 흔히 찾아볼 수 있는 비애나 저항이나 격정에서 벗어나 더 멀리 내다볼 수 있는 넓은 시야를 가지고 앞서가는 것을 진정으로 바라고 추구하고 있습니다.

  타이완 민주화와 자유화의 역정은 아직 완성되지 않았지만, 중화권 국민들의 가려운 곳을 시원하게 긁어주고 있고 어떤 제약도 받지 않는 넓은 시야를 선사해주고 있다는 데는 이견이 없을 것이라고 믿습니다. 글을 쓰는 작가로서 제게는 이제 더이상 불합리한 시대적 환경을 비난할 거리가 없는 셈입니다. 이로 인해 저는 이제 새로운 전선에 올라섰다는 모종의 도전의식을 느끼게 됩니다. 이제는 더이상 개도국이 주는 소재에 의지하여 앞서갈 것이 아니라 오히려 뒤처지지 말아야겠다는 각오를 다지게 되는 것이지요.

  지금 이 순간 제게는 모든 것이 갖춰져 있습니다. 제가 유일하게 걱정하는 것이 있다면 '나이가 너무 많아 창작의 샘이 마르지는 않을까?' 하는 것입니다. 정말로 나이가 들어감에 따라 느려지고 둔해지는 자신에게 화가 날 때가 많습니다. 하지만 다행스러운 것은 제가 아직은 새로운 방향을 향해 꾸준히 나아가고 있다는 것입니다……

　그러나 문제는 소설이라는 장르가 시처럼 '순수하지' 못하다는 것이지요. 젊은 시절의 고민이 없는데도 새로운 방향으로 나아갈 수 있을까요?

　다행히 최근에 집필을 마친 장편소설 『부신』이 꽤나 마음에 듭니다. 그래서 그런지 앞으로 10년 또는 20년은 더 펜을 잡을 수 있을 것 같다는 기대도 해봅니다. 괴테의 걸작 『파우스트』 역시 여든이란 삶의 만년에 완성되지 않았던가요?

눈에 보이는 귀신

초판 1쇄 인쇄 | 2011년 4월 20일
초판 1쇄 발행 | 2011년 4월 30일

지은이 리 앙
옮긴이 김태성
펴낸이 강병선
기 획 고원효
책임편집 고원효 편집 김영옥 이정옥
저작권 김미정 한문숙
디자인 국자와포크 디자인
마케팅 신정민 서유경 정소영 강병주 | 온라인 마케팅 이상혁 한민아 정진아
제작 안정숙 서동관 김애진 | 제작처 상지사 P&B

펴낸곳 (주)문학동네
출판등록 1993년 10월 22일 제406-2003-000045호
주소 413-756 경기도 파주시 교하읍 문발리 파주출판도시 513-8
전자우편 editor@munhak.com | 대표전화 031)955-8888 | 팩스 031)955-8855
문의전화 031)955-8890(마케팅) 031)955-2685(편집)
문학동네카페 http://cafe.naver.com/mhdn

ISBN 978-89-546-1469-6 03820

* 이 도서의 국립중앙도서관 출판시도서목록(CIP)은 e-CIP 홈페이지(http://www.nl.go.kr/ecip)
  에서 이용하실 수 있습니다.(CIP제어번호:CIP2011001715)

www.munhak.com